漫娱图书
SINCE BOOKS

NEVER SAY DIE ///

不服

消失绿缇 著

2 完结篇

长江出版社 CHANGJIANGPRESS　漫娱图书

ACE TO ACE

/////

"想跟我一起打比赛啊？"

"因为你，我才成为电竞选手的。"

一大早，寒堂推开公寓大门，就看见一个清瘦俊秀的身影抱膝坐在门边。走廊阴冷，那人看起来很疲倦，将下巴埋在双膝间，闭着眼静静等待着。

是寒陌。

十二岁的寒陌已变得沉默寡言，因为经历过太多平常人永远也不会遇到的苦痛挣扎。不是他来选择自己要成为什么样的人，一直是生活强迫他成为什么样的人。

寒堂皱了皱眉，先是回头望了一眼屋内，确认左韵诗还没有起床后，这才低头打量寒陌。

他关上门，拽了拽寒陌洗得发白的外套："你又来我这儿干吗？"

寒陌从蒙眬的睡意中睁开眼，看向寒堂。他眼中有恨意一闪而过，很快就被隐藏起来。他垂着眸，强忍着双腿的酸麻站起身来："我妈妈生病了，你能不能再借我点钱？"

这句话说出口后，寒陌用力地攥紧了拳头，嘴唇绷得发白。

虽然寒堂是他的父亲，但对他来说，跟寒堂借钱是件无比耻辱的事情，可他太小了，他不知道该怎么赚更多的钱。

寒堂果然不情愿，上下打量着寒陌："能有什么大病，她自己不能赚钱？"

寒陌很想开口质问寒堂，他妈妈一边照顾老人，一边工作，一边还要照顾他，这些本该寒堂一起分担的工作，却一股脑地全压在了他妈妈身上。

现在寒堂有了新欢，妈妈却因多年劳累病倒了。寒堂有义务对他们负责，他一个孩子都明白的道理，寒堂却装作不懂，极力撇清关系。

但他知道愤怒没有任何作用，只会激怒寒堂。

寒陌低眉顺眼，伸出尚且稚嫩的手掌："你借我一些，我长大就还给你。"

寒堂沉默了。他知道寒陌的性格有多执拗，这钱要不到，寒陌肯定会天天来烦他。左韵诗不想看到他跟前妻的孩子，每次都会因此跟他吵架，他实在是不堪其扰。

不得已，寒堂只得从钱包里掏出来一千块钱："以后尽量别来找我，我也没钱。"

寒陌接了钱，紧紧绷着唇，清冷的眸子深深地看了寒堂一眼，然后一语未发，转身走了。

寒堂被他那眼神看得烦躁，一个十二岁的小孩，怎么就有那种让人感觉到压力的眼神？

"都把他教成什么样了，没大没小的。"寒堂嘟嘟囔囔地回了屋。

每周三学府路的一家卤肉饭店都有活动，上午卤肉饭打三折，下午五折。

寒陌正巧路过这条街，看到店里挂出来的活动招牌，停住了脚步。卤肉饭价格打三折的话，和他平时随便吃一顿饭的钱也差不多了。

自从妈妈生病之后，他已经很久没吃过外面的东西了。

寒陌将寒堂给他的钱揣好，另外抽出一张十块的零钱。

他进店的时候客人还很少，柜台里的服务人员因为没事做正在聊天，他仰起头看了看挂出来的招牌卤肉饭，然后将手里的十元钱递了过去。

"我要一份卤肉饭，谢谢。"

寒陌不是很喜欢跟陌生人说话，绝大部分时间，他都比较沉默。虽然他年纪小，但俊秀的五官已经初具轮廓，因此店员对他很热情。

"怎么没有家长陪你啊小朋友，这个也给你。"递给他一份卤肉饭的同时，店员又塞给他一个杯子，让他去饮料区接饮料喝。

寒陌迟疑了一下，低声说了句谢谢。

原本寒陌吃饭的速度很快，但大概是因为今天可以免费喝饮料，他不由得放慢了速度。

临到中午，店内的人多了起来。卤肉店的过道上挤满了人，店员也开始忙碌起来，座位上食客更迭的速度变得很快。

"冰，队长都说你挺有天赋的，你真没想过来打职业？"

"呵呵，我啊，玩玩还行，打职业就算了，再说了我也不能和你争啊。"

寒陌听到交谈声，不由得抬起头，朝门口望去。

进来的是两个穿着高中校服的学生，为首的那个男生长着一双杏眼，头发微长，皮肤很白，校服半敞着，手腕上戴了一只银色的手表。

手表的表盘上都是英文，看起来就很昂贵。

寒陌歪着头，不知道为什么，总是舍不得把目光从他身上移开，他从来没见过这么好看又充满朝气的人。

梁和风理着个寸头，眼圈周围有点黑，一副网瘾少年的模样。

他淡笑："Zero 不是说会有两个入选名额嘛，要是咱俩一起进了，不又能在一起玩了？"

言易冰懒洋洋地打了个哈欠，抬手揉了下眼睛："哈，我爸妈不能同意吧。"

梁和风其实也不是真想让言易冰入行，毕竟言易冰接触这个游戏没多久，水平就快要超过他了。天赋是个让人望尘莫及的东西，他不得不承认，在游戏上，言易冰比他有天赋。

梁和风："也是，你学习那么好，还是考状元靠谱，打电竞就是青春饭。"

言易冰不置可否地扯了扯唇。

他排在队伍后面，目光扫过店内，想找一个僻静的、空一点的座位，然后就发现了一个人坐在角落的寒陌。

言易冰的目光停住，猝不及防地跟寒陌的视线对上。

这小孩儿，气质倒是很独特，长得也清秀，就是怎么身边连个大人都没有？现在这年代，每家家里基本上就一个孩子，都盯得跟个宝一样，居然还有人敢放小学生自己出来。

言易冰见这小孩儿也一直看着自己，抿了抿唇，有些尴尬地移开了目光。他怕自己再看下去，别人该误会他要拐孩子了。

寒陌本来快吃完了正打算走，但看到言易冰，他突然又想再坐一会儿。

他觉得这两个高中生聊的东西很新奇，什么叫"打职业"？什么是"Zero"？电竞他好像听说过，但也只是听说过罢了。

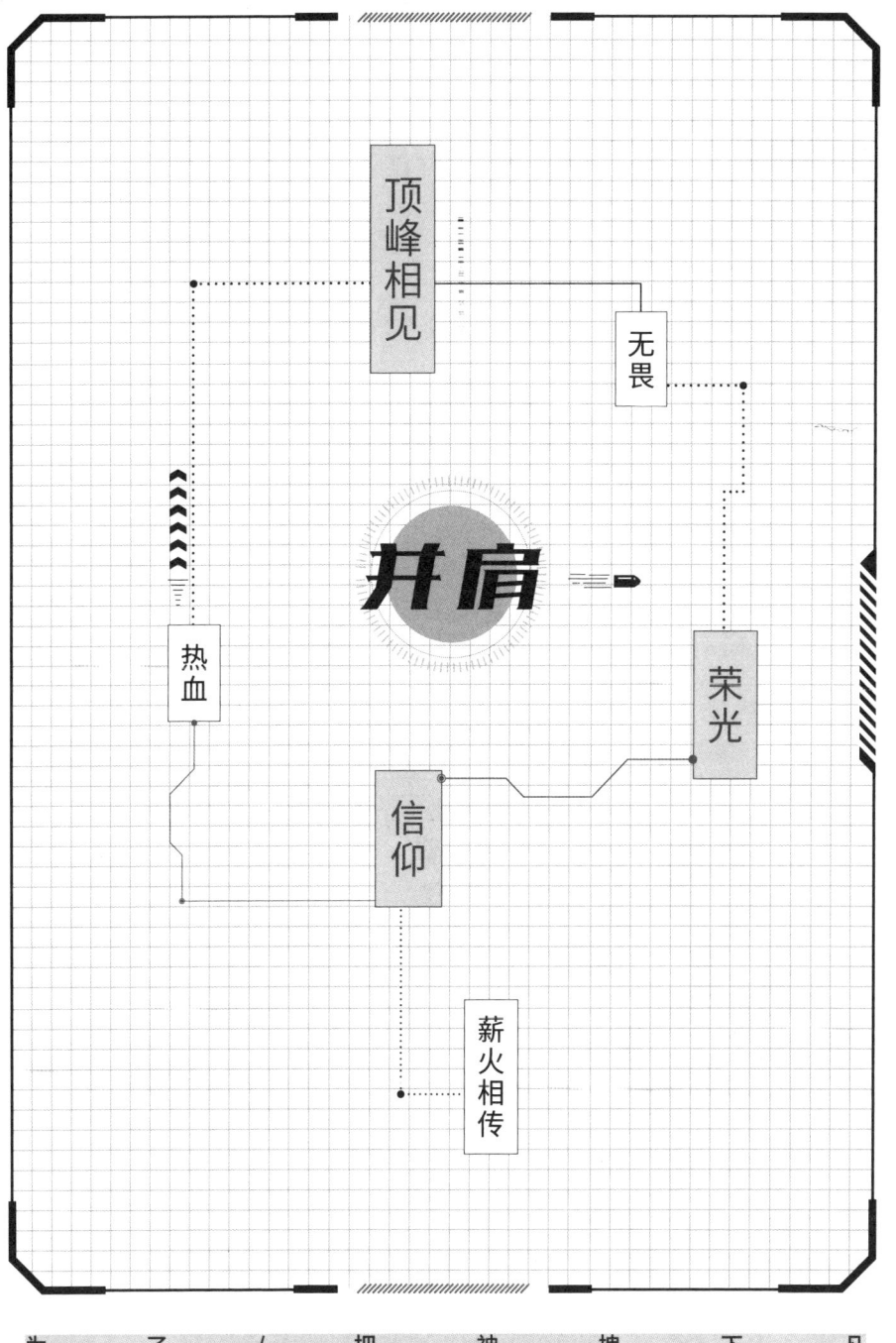

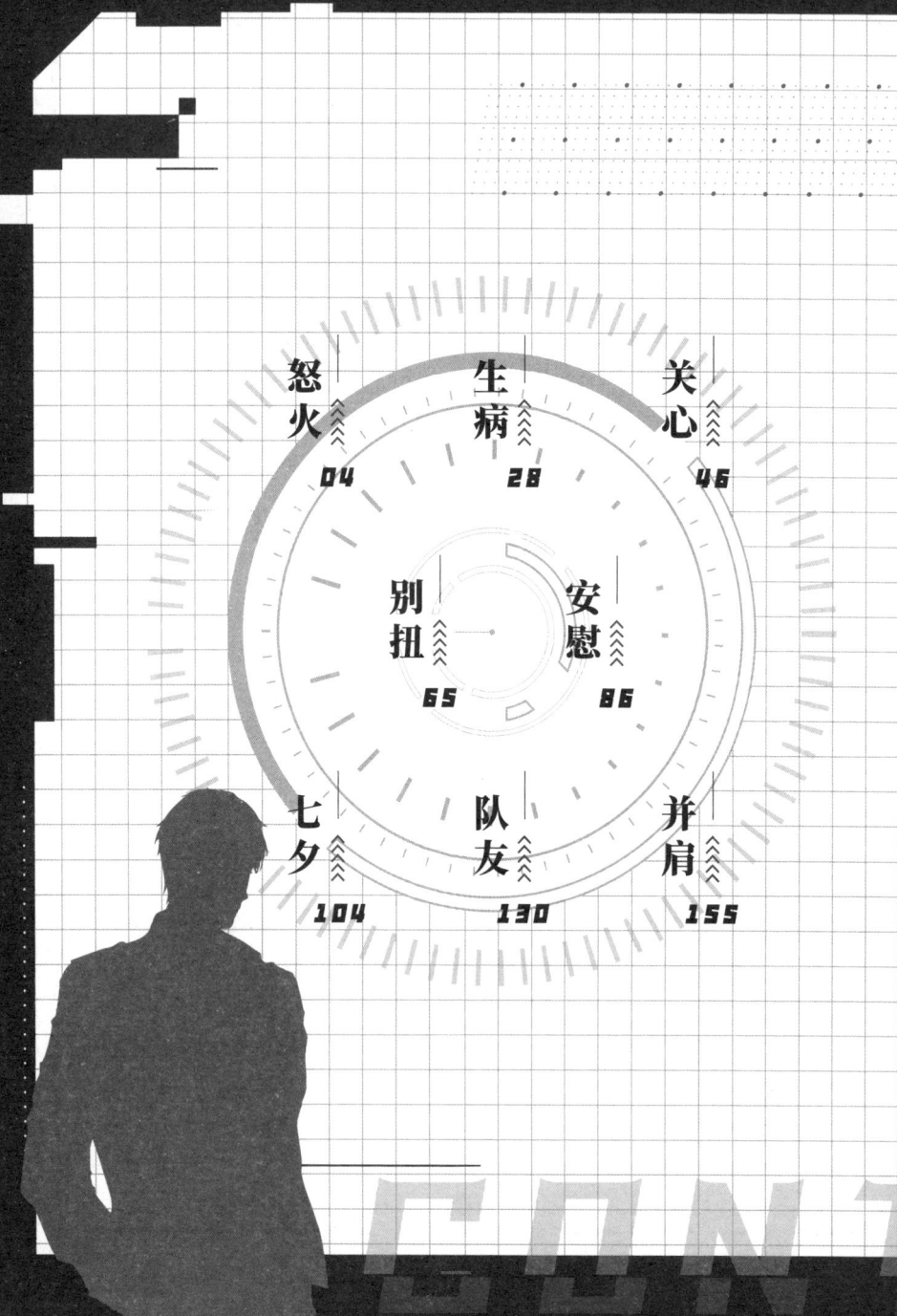

CONT

目录

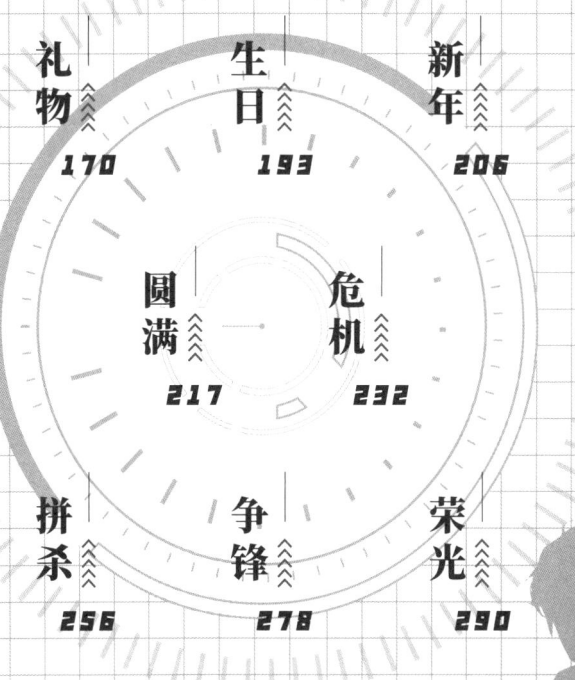

NU HUO

怒火

CHAPTER *1*

　　第二天一早，大家归心似箭。飞机飞了八个多小时，终于降落在魔都机场。他们互相道别后，就各回各家了。

　　重新恢复到高强度的训练生活，大家都有点不适应。言易冰这几天经常晚起，后来被教练严肃地教训一顿，才端正了态度。

　　一周之后某天早晨，手机振动起来。言易冰扫了一眼，有些恍惚。他拿着手机，避开宋棠他们，独自到会议室打电话："雅康花卉吗？我想订一束淡百合和马蹄莲，帮我送到西山公墓。"

　　"请问您有我们家的会员吗？"

　　"有，我叫言易冰。"

　　"啊找到了，您去年和前年也在我们这里订过，请问今年还是傍晚送去，避开亡者家属探望的时间吗？"

　　"今年……不用了，在中午阳光最好的时候送去吧。"

　　"好的，我这边将付款二维码发给您。"

　　订完了花，言易冰把手机扔在桌面上，自己拉开椅子，懒散地点了一根烟。烟丝温温柔柔地拂过眼前，浓郁的味道呛得他嗓子微痒。他抽完了一根烟，拍了拍带有烟味的衣服，若无其事地拿起手机出了会议室的门。

　　坐在电脑屏幕前，他摒弃了一切杂念，开始专心致志地练习。又练了一个小时，宋棠招呼他去吃饭，但言易冰有点困了，于是摆摆手，自己回了房间。

他正准备睡会儿觉，半醒半梦之间，梁和风打来电话。言易冰迷迷糊糊地接了，还没说话，梁和风那边就急切说道："冰，之前让你联系解说圈的熟人，你找到了吗？东亚对抗赛要开始了，我想要抓住这次机会。"

言易冰揉揉太阳穴，勉强坐起身子，喃喃道："哦，我忘了跟你说，朵檬那边可能不太行，她们要求二十岁以下的小鲜肉。现在郁晏给我推了一个人，也是开俱乐部的，他们专推解说，但我不太熟，只能把他微信推给你，你跟他聊一下吧。"

梁和风："……行啊。"

梁和风其实有点失望。对他来说这么重要的事，言易冰居然只顾着玩，忘了跟他说。而且这个人还是从郁晏那里推过来的，那岂不是跟言易冰不熟，没法给他特殊的照顾。

梁和风知道自己年龄不太占优势，他本以为自己放下脸面，指望唯一可以依靠的言易冰就能另辟蹊径，达到事业巅峰，但现实比他想象得惨淡太多了。

"我推给你了，你可以先了解一下，我有点困，先睡了啊。"言易冰睡得迷迷糊糊的，没听出梁和风语气里的失望，挂断电话后，他往床上一倒，再次睡了过去。

梁和风捏着手机，把还没说完的话咽了下去。身后，梁母扯着嗓子咒骂："你看你交的什么朋友！你看他那副高高在上的样子，他就是不想帮你，你已经跟他不在一个层次上了，你清醒一点吧！"

梁和风烦躁地抓了抓头发："冰已经给我推了一个老板，你能不能消停点。"

梁母冷笑："推了一个老板？你不还是得面试，人家还是有可能把你开掉！要我说你就缠着言易冰，不是说全 Zero 俱乐部都指着他一个人吗，那他把你要回去打比赛也没什么吧，谁还能拒绝他？他就是不想做！"

梁和风沉了沉气，不耐烦道："电竞圈不是你想的那样，电竞选手一到二十五岁就不可能再打比赛了你懂不懂！"

梁母："言易冰不是二十五岁？你什么都懂，你当初为什么退学搞这个破东西！你还不如考个大学找个工作，我们心里也踏实！"

梁和风气道："随便考个破大学找个破工作能有我现在赚得多吗，你知道他们一个月才几千块钱，我直播一场就出来了！"

梁母："人家那是铁饭碗，是能吃一辈子的，你这个呢，你三十岁以后谁还会看你直播？"

梁和风脸色阴郁，不说话了。他得承认，他妈妈说得有一定道理。别看他现在还算光鲜，直播收入也能满足较为奢侈的生活，但他这些钱是要花一辈子的，要是以后没粉丝了、不懂年轻人的梗了怎么办？不会有人愿意看个老大爷打游戏的，也只有顶级职业选手的工资才能支撑他们过一辈子光鲜亮丽的生活，他还差得远。

梁和风把手机揣好，扫了一眼床上给梁母治疗精神的药，低声道："我出去抽根烟。"

Prince 俱乐部商务室里，经理丁俊笑眯眯地看向面前的男人："真是抱歉，我们寒神的运动服代言已经签出去了，就是前两周签的，一年合同，您要是实在想合作，不如之后再来问问？"

丁俊从孙天娇那里听到消息，说"寒诗"这家品牌商目中无人，还狮子大开口，估计几家战队都跑了一趟，但丁俊没想到，"寒诗"的CEO 居然是最后来的 Prince。

丁俊还有点攀比心理，先去找 Zero，最后才找 Prince，是嫌他们站得不够高吗？所以对方刚提，丁俊就准备微笑着把人赶走。

寒堂跷着腿，掸了掸指尖的烟灰，满不在乎道："什么意思，我还没报价你就拒了？"

丁俊皮笑肉不笑："实在是已经签了合同，不能毁约，不然您去别的俱乐部问问，比如 Zero 呢？"

寒堂不知道孙天娇和丁俊私下通过气，眼皮一耷拉，愠怒道："我去了，他们那家纯属坑钱，一年的合同管我要八百万，真当他们家是明星呢？"

Prince 和 Zero 是同等地位的电竞俱乐部，寒堂这么贬损 Zero，大有警告他的意思。丁俊扯起唇角，懒得较真："那还有 CNG 和

AXE，您都可以问问。"他其实知道，寒堂在这几家都碰了壁，故意提出来，也是为了气气寒堂。

寒堂抬起眼，定定地看了丁俊几秒："我现在是跟你谈，你扯这么多乱七八糟的做什么？"

丁俊直言："我们这里签不了。"

现在签的这个代言丁俊十分满意，对方也很尊重寒陌，诚意足够。广告还没开始拍，就已经在官网上宣传起寒陌来，还承诺给寒陌投放各大平台。而且这家品牌算是轻奢，不会拉低寒陌的身价。

丁俊倒是也很了解"寒诗"。爆款，质量一般，销量巨大。他知道面前坐着的这位 CEO 非常有钱，但他看起来过分傲气了，觊觎电竞市场，却又不把电竞选手当回事。

寒堂轻呼一口气，朝丁俊挥了挥手："我不跟你说，你把寒陌叫出来，我跟他说。"

丁俊的笑意慢慢淡了，他现在倒是很羡慕孙天娇撒泼的能力，用来对付这种土大款最管用了。

"我们队长忙着训练，而且他不管商务，我就能做主。"

寒堂用指尖敲了敲桌面，一副教训下属的语气："知道我为什么亲自过来吗？我是他爹！"

正巧陈泽峰举着酸奶从门口路过，听到寒堂嚣张的语气，陈泽峰脑子一热，推门闯了进来："你骂谁呢！"

他们直播的时候也见过无数黑粉，但隔着一条网线，大家也不会往心里去。但今天来的这个人就过分了，骂人还骂到线下来了，连谁的地盘都看不清，一点眼色都没有。

寒堂睁大眼睛朝陈泽峰看去，显然没想到这种级别的俱乐部，工作人员可以随意冲出来。

寒堂站起身，把皮包往桌面一摔："你去把寒陌找来，看他认不认识我！"

陈泽峰嗤笑，抿了口酸奶："我们队长是你想见就能见的？打着谈生意的名义上这儿追星来了？抱歉，你打听打听，我们队长只打比赛不营业。"

寒堂："我是他爸爸。"

陈泽峰气笑了，恨不得把酸奶倒在寒堂脑袋顶上："你真是……"

"陈泽峰，让开。"不知什么时候，寒陌出现在门口。他脸色极冷，语气也冷淡，眼底带着毫不遮掩的戾气。

虽然是在跟陈泽峰说话，但寒陌始终盯着寒堂，幽深的眸子映出寒堂的脸。陈泽峰听话地退到一边去了，他毫不怀疑，现在的寒陌随时能抡起钢管砸个人。

寒堂见到寒陌，语气平缓很多，淡淡道："派头挺大啊，现在想见你一面还不容易了。"

丁俊表情严肃，小声问道："寒神，他真的是……"

寒陌往桌边一靠，长腿极具侵略性地伸着，他随手甩开打火机，捏了一根薄荷爆珠。

"见我有事？"

寒堂扫了扫寒陌的姿势，皱起眉头，但还是耐着性子道："爸爸最近准备做一套电竞系列的运动服，设计已经做好了，工厂也开始赶制了，现在就差宣传。本来没想找你，毕竟我们的关系，举贤避亲，但你们这个行业太浮躁了，漫天要价，一点儿也不实在。"

"我想，还是你来我放心，正好赶上你们有东亚对抗赛，你在比赛上穿一下'寒诗'的运动服，做做宣传，给你的粉丝推荐一下。

"你也知道，我只有你一个儿子，我现在有的，将来都是你的，你不只是在为我宣传，也是为你自己。"

寒堂说的不是假话。他和左韵诗一直没有后代，不是他们不行，是左韵诗不愿。左韵诗大小姐出生，身娇体贵，吃不得苦，被网上那些生产科普一吓，坚决不愿意生孩子。寒堂算是入赘，不敢要求左韵诗，虽然他心里不痛快，但还是表现得有丁克倾向，不喜欢孩子。

这么多年过来了，左韵诗年纪也大了，他也完全不想了。后代的确是只有寒陌一个。对寒堂来说，虽然跟寒陌的母亲早就没感情了，但寒陌还是不一样的。将来他的财产，怎么也不能给左家那些侄子侄女，还是得留给寒陌。

这也是他能理直气壮地来找寒陌的原因。父子之间，没有永恒的仇怨。寒陌应该知道，他是个非常长脸面的父亲。

寒陌轻呼出一口烟，浓郁的薄荷凉气四溢。他平静道："报价呢？"

寒堂皱起眉头，似乎对他开口就提钱不太满意。但寒堂还是沉声道："二百万是公司的预算，如果是你，我可以再加五十万，看在我们父子的面子上。"

丁俊瞥了一眼寒陌，等他的意思。寒陌轻嗤一声，眼皮一垂，狭长的眼尾轻折，墨黑的发丝在瞳孔中央投下清冷的阴影："丁哥，给他报一下我代言的基础价。"

丁俊熟练地报家门："我们寒神毕竟是联盟积分榜第一的选手，微博粉丝量几百万，直播热度最高上亿，并且他刚刚拿了PCL全国联赛的冠军，现在的市场代言费是五百万，而且这个价格的前提是没有竞争者。您也知道，东亚对抗赛曝光量极大，这么跟您说吧，现在的代言我们是高于五百万签的，具体的不方便说了。"

寒堂脸色顿时沉了下来："太夸张了，这么多钱都够找个明星了。"

寒陌掐了烟，站直身子："影视公司出门坐地铁四站路，不送。"

寒堂低吼道："寒陌！你听懂我的意思了吗，我的迟早都是你的，你在胡闹什么！"

丁俊笑了："我说叔叔，我们寒神一年至少也能赚上千万，还不包括投资理财的收入，养活自己肯定是没问题了，您可能对头部电竞选手的经济状况不太了解。"

寒堂微微一惊。他知道寒陌打游戏有点名气，但怎么可能赚这么多呢，不就是对着电脑玩游戏吗？"寒诗"现在一年的毛利也才几千万，还得照顾左家一堆亲戚。寒堂冷哼："开玩笑呢，他还是一个毛头小子。"

丁俊微微一笑："是啊，现在这个毛头小子就是我们战队的摇钱树了，再过几年，我都不好说。"

寒堂还是满脸的不信："你们给他那么多钱，你们俱乐部还开不开了？"

丁俊："或许我们俱乐部的纯利润是你公司的几倍呢。"

寒陌垂下目光，嫌弃地扫了寒堂一眼，不留情道："二百万的代言费，这是十年前的价吧。"

陈泽峰小声接话："队长，十年前二百万好像还能在魔都买套房。"

寒堂额上青筋跳起，神经突然抽痛了一下。他沉了沉气，扯过皮包，怒冲冲地走出了Prince。

陈泽峰吓得都不敢说话，目送着寒堂离开，又呆呆地看向寒陌。他之前一直以为寒陌的父母都去世了，没想到寒陌的父亲还活着，而且还是个做生意很成功的企业家。

寒陌垂下目光，手指微不可见地颤抖。他脸上虽然没什么表情，但脉搏却快了将近一倍。

他将所有的愤怒都压抑在心里，低声道："见笑了。"

丁俊小声道："寒队，其实你不出来我也能把他劝走。"

寒陌摇摇头，转头道："陈泽峰，还不回去训练？"

陈泽峰回神，慌不择路道："我我我马上回去！"

把陈泽峰赶回去，寒陌却没回训练室。他跟丁俊告了假，一个人开车去了西山公墓。

二百万，对现在的他和寒堂来说，不算多。但他曾经，无比渴望能有这样一笔钱。

早些年寒母病得还没有那么重，如果早点接受治疗，说不定能治好。他曾经守在寒堂家门口一周，不敢睡，不敢上厕所，就为了见寒堂一面，借钱给妈妈治病。他想，既然结过婚，总该是有感情的。而且当初犯错的明明是寒堂，出轨的也是寒堂。正常人，都会感到愧疚的。

但那时候，寒堂幻想着跟左韵诗生孩子，根本不把他当回事。听说他要二十万的治疗费，寒堂觉得他疯了。

"二十万你知道是多少钱吗，够我投资一个厂子了，你跟我说二十万才有可能治好，这根本就是个无底洞，况且我和你妈妈都离婚了，我们什么关系都没有了。寒陌，爸爸劝你一句，没用了。"

寒陌当年个子才到寒堂的肩膀。因为他还小，打工也没人要，他对这个世界的规则和底线太陌生了，除了求寒堂，他想不出别的办法。

可寒堂跟他说，没用了，不要救你妈妈了，二十万不值得。他用尽一切卑微的、把自尊踩在地里的方式，去求寒堂，求那个左韵诗，但他们只觉得他是累赘。

最后寒堂给了他二十块钱买肯德基，跟他说："当初跟你妈妈是你自己选的，如果跟我，肯德基这玩意儿就只是你看不上的快餐，你想吃，每天都能吃到。"

左韵诗娇嗔地捶了寒堂一下："干什么，你想要他我还不同意呢。"

寒堂笑笑，安抚道："开玩笑，这不是等咱们俩的宝宝等不及吗。"

左韵诗低哼一声："我可暂时不想生。"

后来，寒母喝中药、吃偏方，坚持了几年，但病情恶化得更厉害了。那段时间，是寒陌最迷信的日子。他多希望那些偏方都是真的，是什么古刹老僧传下来的，能把一切疑难杂症都治好。但希望最终只是希望。

其实他就差那几年，如果他能早点出生，或者母亲晚几年生病，他都能赚钱了，就不至于走到现在这个地步。

寒陌猛然加速，车窗被风鼓动得呜呜作响，高速路两边的植物呼啸而过，焦烫的日光把棉花糖样的浓云融化成了破湿巾。

到了西山公墓停车场，寒陌一个漂移，将车甩进车位。他深吸了一口气，额头抵在方向盘上，沉默片刻，才重新抬起眼睛。他锁了车，从后备厢里抱出一捧白菊。今天是他妈妈的忌日，寒堂却在他面前大放厥词。

寒陌抱着花，压抑地走到墓碑处，目光一垂，却看到了盛放的淡百合和马蹄莲。他怔了怔，妈妈没有别的亲人了，除了他，不会再有人来看她。

寒陌叫来墓地的管理员，问这花是不是有人送错。管理员核对了一下来访信息，告诉他："没有错，是给贝静竹女士的，花店的工作人员送来，我给放到墓碑边的。"

寒陌皱了下眉："登记送花的人留姓名么？"

管理员摇头："就是花店的名字，不过有电话，你可以打过去问问。"

管理员把电话抄给寒陌，转身回监控室。寒陌低头看了看那行号码，默不作声地揣进兜里，然后他把白菊放在淡百合的旁边，轻轻摸了一下墓碑。墓碑上有点灰，石头却被阳光晒得发热，仿佛那温度，是来自他想念的人。

"妈，好久不见，想我了吗？"没有人回答，骄阳烈烈，耳边只有树叶被风翻卷的声音。

在墓前站了三个小时，寒陌迈开酸得发疼的腿，回到了车上。天色已经有点暗了，空气也没有那么热，橘红色的夕阳残片散在天边，渐渐被地平面吸收。

寒陌拨打了那个电话："你好，请问今天你们送到西山公墓的花是谁付的款？"

"抱歉先生，这是客户隐私，不能透露。"客服非常程式化地回答。

寒陌顿了顿，一本正经道："卡片上的名字写错了，是买家告诉你们的信息错了还是你们记错了？"

花店的客服有点慌，给逝者送的花，如果名字出了问题可太不合适了。

她翻了翻过往记录，赶紧道："不能吧，我们按这个地址和姓名送过三年了，以前都没说写错啊。"

"三年了。"寒陌摩擦着方向盘，喃喃重复。

客服当然不愿意担责任："我们这边是不可能登记错的，可能是买家说错了吧，而且以前都让傍晚送去，估计没人发现。"

寒陌若有所思，缓缓道："嗯，但还是挺尴尬的，你说该怎么办呢？"

客服犹豫："要不我这边咨询一下买家吧。"

寒陌："也说不定对方是故意的，我跑江湖，仇家挺多，有点担心，你这边不告诉我是谁，我只能报警了。"

客服："可这不关我们的事啊！"她是新来的工作人员，而且今天这个单子就是她负责的，她不想给店里惹麻烦。

寒陌："那买家叫？"

客服憋不住，小心翼翼道："姓言，是你……仇家吗？"

寒陌眼底终于有了些温度，寒堂带来的恨意如潮水般退去，他平静地说："哦，我多虑了，不是仇家，是我朋友。"

客服松了一口气："是吧，仇家怎么会送花呢，而且价格不便宜，连送了三年呢？"

寒陌："嗯，打扰了。"

言易冰打开一盒燕麦牛奶，慢悠悠地喝着，理疗师在给他按摩发酸的颈椎。他能明显感觉到，自己疲乏的速度越来越快了。即便他已经很注意保护自己，但消耗的确是不可逆的。二十五岁还能被人称为巅峰，已经是上天恩赐了。

孙天娇风风火火地推开理疗室的门，神秘兮兮地趴在言易冰的床边，挤眉弄眼道："祖宗，我刚才听来一个大新闻，你有没有兴趣？"

言易冰半阖着眼，舔了舔唇角的牛奶："没有。"

孙天娇的关注点一向跟他的不一致，言易冰是真没有兴趣听。孙天娇有些扫兴，站起身，叹气道："哎，这可是我好不容易从小丁那儿套出来的。"

言易冰歪过头："小丁是谁？"

孙天娇："丁俊，报答我给他的情报，他回了我一个。"

言易冰嫌弃道："你们作为两个俱乐部的经理，公然私联合适吗？"

孙天娇云淡风轻："这叫交易懂不懂，我不仅跟 Prince 私联，我还跟 CNG 和 AXE 私联，这样我就知道三家的情报了。"

言易冰："那他们不也知道我们的了，你这还好意思嫌弃我把战术说漏嘴？"

孙天娇侧目鄙夷："我有那么蠢？我给他们的消息当然是无关紧要的。"

言易冰："人家肯定也给你无关紧要的啊。"

孙天娇若有所思："虽说无关紧要吧，但还是挺劲爆的，我原来一直以为寒陌的父母都去世了呢，唉。"

孙天娇说罢，把手插进兜里，低着头，准备出门。言易冰双手撑着床坐了起来："你说什么？"

孙天娇回头，疑惑中带着明显的得意："你不是不感兴趣吗？"

言易冰绷了下唇，耐着性子："现在感兴趣了。"

孙天娇眨眨眼，飞快转身回来，凑近言易冰，小声道："其实也没什么，就是我之前跟你提的那个'寒诗'的 CEO，你还记得吗？"

言易冰想了想："说电竞选手不值钱那个？"还有，是寒陌讨厌的那个。

孙天娇一拍大腿："对！丁俊跟我说那个 CEO 是寒陌他爸！亲爸！你敢信吗？寒陌他爸不仅没死，而且这么有钱，关键儿子就是打电竞的，他居然还瞧不起电竞选手。"

言易冰深深凝眉。他回想起自己那天偶然查的"寒诗"的创始人信息。那个人叫寒堂，有个妻子叫左韵诗，左家是江北的书香门第，大户望族，且两人没有孩子。寒陌怎么会跟寒堂有关系？

孙天娇说完，喃喃自语道："奇了怪了，寒陌他爹这么有钱，他以前怎么好像苦兮兮的，我记着'寒诗'这个牌子存在很久了啊？"

言易冰从床上下来，捞过手机，飞快地查了一下。寒堂创办第一家公司的时间是七年前，但那时候不叫"寒诗"，叫"潮人堂"。那年寒陌十二岁，寒堂投资四十万搭建工厂，"潮人堂"主打少男少女的潮服，在市场上存在了几年。大概是利润一般，所以寒堂给公司改了名，又加大投资建了另外两个厂子。这笔钱，应该就是他现在的妻子家资助的。

虽然"潮人堂"当时做得不算成功，但寒堂绝对是不缺钱的。换言之，寒陌本该从小就过着衣食无忧的富足日子，可他并没有。

言易冰放下手机，轻声道："寒陌的妈妈叫贝静竹，寒堂现在的妻子叫左韵诗，两个人应该很早就离婚了吧。"

孙天娇有点唏嘘："怪不得，我记得当年寒陌赌赛也是为了筹钱给他妈治病，这么说，他爸一点也没……没帮他，不应该啊，那时候他还没成年，他爸怎么都得付基本的抚养费吧，而且寒堂还那么有钱。"

言易冰又想起寒陌当时望着"寒诗"运动服的样子。怪不得，寒陌那么恨，寒堂一定做得很绝吧。

言易冰轻叹了一口气，眉头蹙了蹙，低喃道："不是所有人，都有资格被称为父亲。"

那时候的寒陌，领着每月一千五的青训生工资，照顾着病弱的母亲，到底是怎么挺过来的？除了铤而走险去赌赛，他大概也没得选择了吧。他连玩赌赛的本金都没有，估计是先去管人借了高利贷，把自己的前途和命运都押了上去。

然后寒陌凭借自己对游戏的天赋，大概率押中胜方，费尽心力，这才能赚回那二十万。但二十万也没有救回人，得知所有的努力都是徒劳时，他一定很痛苦吧。

言易冰记得，度假游轮的顶层就是开放赌场，所有人都可以购买筹码，在里面玩得尽兴。

那些国际上流行的玩法，游戏机，在游轮上应有尽有。公海是一片没有规则的地方，赌博被允许。他听说，一晚上，就有人输几万美金，这才是游轮公司真正赚钱的项目。但寒陌，一次都没有上去过。

孙天娇抓抓头发，踌躇道："丁俊说，寒陌和寒堂的关系的确不怎么好，寒堂准备用两百万让寒陌签推广，他应该是知道寒陌现在很有名气，之所以没先去 Prince，大概也觉得没脸面对寒陌吧。可在咱们这儿和 CNG、AXE 都没成功，他还是去找寒陌了，不过最后被寒陌给羞辱走了。"

言易冰垂下眼睛，扣住手机，低声道："今天是寒陌妈妈的忌日。"

孙天娇吃惊地张大了嘴巴："天啊，那寒堂今天去找寒陌，不是刺激寒陌吗？这哪是爹啊，这是讨债鬼吧！"

言易冰揣好手机，披上衣服："我回家一趟。"

孙天娇："你干吗？"

言易冰："没什么，你忙吧。"

说罢，言易冰匆匆回房间收拾了电脑和手机充电线，背上包，打车回家。在车上，他差不多把一切事情都串联起来了。

寒陌当时需要钱，但他们所有人都不知道，因为寒陌没求救过。寒陌之所以不求救，是因为他认为自己有更应该求救的人。如果被俱乐部这些仅仅相处了几个月的同事知道，他父亲是企业家，有的是钱，他却还要管同事借钱，估计也……不会借给他。而他却没法解释，他的亲生父亲，不愿意救他的母亲。

言易冰揉了揉眉心，心烦意乱。他当初为什么不多了解一下，为什么那么冲动地把寒陌赶走。寒陌当年，一定很需要一个依靠吧。他却没能成为寒陌的依靠，还在寒陌心上又插了一刀。

出租车司机透过后视镜，看了一眼言易冰。言易冰走得匆忙，衣服被背包压得皱皱巴巴，看起来有点狼狈："小伙子，心情不好？"

言易冰放下手，含糊道："嗯。"

司机笑笑："都会过去的，吃点甜的，心情就好了。"

言易冰勉强弯眸："谢谢。"

到了小区，他匆匆往家的方向跑，可跑了两步，又茫然停下。那栋别墅算是寒陌的家吗？或许寒陌根本就不会回来呢？而且现在的寒陌，已经不是当年的小孩了，大概也不需要他的安慰。

言易冰拎着背包，神情落寞地走到家门口。扫描指纹后，大门打开，屋内传来一股浓郁的糖浆味儿。言父放下报纸，轻笑："嗬，言少爷回来得真是时候，你妈妈心血来潮做拔丝香芋呢，去厨房看看吧。"

言易冰无精打采："算了吧，我没兴趣。"

言父皱了下眉，严肃道："你妈难得下厨，夸夸她再上楼，别回家跟住宾馆似的，什么都不管。"

言易冰只好放下包，趿拉着拖鞋来到厨房。他把手插在卫衣兜里，悄悄走近他妈。香芋味道越来越浓了，他走过去打开水龙头，冲着手，一边洗一边恭维："妈你做得真好，太香了，我口水都……"

他一抬眼，透过厨房的窗户，看到了寒陌家亮着灯。

言母哼道："夸得一点都不走心，来得倒是挺准时，你二姨承包的地里种的，纯天然无污染，尝一块。"

言易冰舔了舔唇，目光却一直望着窗户。他轻轻拍拍他妈妈的肩："妈我出去一趟。"

言母："这么晚了干什么去？"

言易冰心不在焉："看看寒陌，今天是他妈妈的忌日。"

言母顿了顿，收起笑容，有些疼惜："唉，也是可怜孩子。我给你装几块拔丝香芋，你趁热带去给寒陌吃，他今天肯定没怎么吃东西。"

言易冰犹豫："妈你做的……"

言母："保证毒不死人。"

言母利落地在塑料盒里装了七八块，封好，塞给言易冰："去吧，帮我带好，让寒陌没事儿到家里来玩，我们都欢迎他。"

言易冰根本没想带吃的去，他只想看看寒陌的状态怎么样。但他妈妈都装好了，他也不好推辞，只能拿着拔丝香芋出门了。

他们两家别墅离得很近，言易冰很快就走到了寒陌家门口。言易冰顿了顿，抬手按响了门铃。等了一会儿，里面有走动的声音。大门一打开，他看到了衣着整齐、面色冷静的寒陌。

寒陌只是微微挑了挑眉，表示惊讶，随后松开手，给言易冰让出了一条路。言易冰抬抬手里的塑料盒："我妈做了拔丝香芋，让我给你送点儿。"

迈进屋后，他终于发现了不对。屋内的酒气很重，寒陌身上的酒气更重。只是刚才风是由外向内吹，酒气没有飘到他这里来。寒陌低声道："没想到你会来，抱歉，喝了点酒。"

言易冰心道，何止一点。可能所有人都以为，喝酒能缓解痛苦吧。但喝了就知道，除了头疼脑涨，什么都缓解不了。

言易冰看着寒陌，动了动嘴巴，却不知道该说什么。说他从孙天娇那里知道了寒陌和寒堂的关系？说他知道今天是寒陌妈妈的忌日？

寒陌眨着眼，就这么望着他，似乎在等他的下一步动作。言易冰轻咳了一声："你家的灯怎么回事，没用几天又暗了。"

亮还是亮的，但是亮度不够了，估计当时快递送来的灯泡也不是什么好牌子，老板以次充好，坑了寒陌。寒陌望望天花板，酒精的作用让他的感知度有些下降："我还没发现。"

言易冰托起拔丝香芋："喝那么多酒，胃里得有点东西，趁热吃吧，凉了就黏在一起了。"

寒陌瞳仁漆黑，眼睛在酒精的刺激下有点湿漉漉的。他接过来，端详片刻，默默打开盒子："谢谢。"

说过谢谢后，寒陌的动作又停住了。他抬起眼，望着言易冰，有些无奈："抱歉，我家里没有筷子。"

言易冰：……

他忘记了，寒陌这家跟毛坯房也差不了多少，怎么可能准备碗筷呢。

寒陌低下头，额前的碎发遮在他眼前，在脸上留下斑驳细长的阴影。他似乎有点沮丧，薄唇绷着，下颚的角度倒是很漂亮。言易冰叹了一口气，颓丧的人今天最大。

"算了。你去洗个手，就这样吃吧。"

热腾腾的香芋烫得寒陌指腹微红，棕黄的糖丝在拉扯中慢慢变长，最后成为纤细的透明的一小条，飘散在空气中。糖液飞快地凝固，飘散的糖丝被呼吸吹得绕在他的手背上。

言易冰在旁边说："我妈妈的手艺我不敢保证，她第一次尝试，反正毒不死人。"

寒陌笑了笑，慢条斯理地把香芋放进了嘴里，还意犹未尽地舔了舔糖丝，对言易冰真心实意地道了声谢谢。寒陌将香芋咽进去，安静地望着言易冰，不言语。

除了眼睛有点潮湿，眼角微微发红和已经浓得掩盖不住的酒气外，寒陌一点儿都不像个醉汉。他的神情很清明，动作也非常稳重，只是有一点和平时不一样。他不再会掩饰情绪了。他看着言易冰，意思是，他还想吃。言易冰非常识时务地把盒子举到他面前："吃吧。"

寒陌还真的又拿了一块起来，神情看起来和平常没什么区别。但是他越是看起来理智稳重，越说明他醉得厉害。他克制久了，就连喝醉都不愿意失态。

言易冰知道一切，忍不住安慰说："我看你心情不好，多吃点甜的，心情就好了。"

寒陌垂着眼睛，睫毛在半亮不亮的灯光下显得浓长，眼皮上带着一道浅浅的、细长的痕迹。他舔着香芋上的甜丝，言易冰看着觉得有些好笑："你是属猫的吗？"

喝醉了的寒陌没有基本的判断能力。寒陌蹙了下眉，一本正经地告诉他："生肖里面没有猫，你不记得我属什么吗？"

言易冰叹了口气，只好不再跟他计较。跟喝多了的人，是讲不通道理的："干吗要喝这么多？"

寒陌眼睑颤了颤，薄唇绷了一下："今天发生了很多不好的事。"

言易冰知道他说的不好的事都指什么。妈妈的忌日本来已经很伤心了，偏偏爸爸又是那么个东西。不仅没安慰寒陌，还企图搬出父子关系占便宜。他没有亲眼见过寒堂，但从孙天娇几次嫌弃的语气中，也听得出这人有多吝啬。

言易冰从小父母和睦，家庭幸福，他难以想象，寒陌这些年到底吃了多少苦。最可气的不是单纯的恶人，而是恶不自知，还能堂而皇之地走到受害者面前肆无忌惮带来更大痛苦的人。

"不过还有一件好事。"寒陌说。

"还有好事啊，好事是什么？说出来我听听。"言易冰问他。

寒陌指了指他手中的盒子。

"嗯？"言易冰稍微怔了下。

他思虑一会儿，释然一笑："是说我给你带的拔丝香芋？你饿了多久啊，我要是不给你带你就饿死了吧，那我还真算是做了好事。"

寒陌只是笑笑，没说话。言易冰还有些疑问，想趁机问清楚。他凑近一点，用眼神示意手里的香芋："一会儿再吃，问你点事儿。"

言易冰抬眼，问道："当初缺钱治病，怎么不来找我，你应该知道，我不缺钱。"

寒陌瞳仁猛地缩紧，似乎被他的问题惊到了。他下意识想向后退一步，但言易冰直接抓住了他的胳膊，用了些力，不让他回避这个问题。

言易冰一字一顿，眼神跟得很紧，不给寒陌一丝逃脱的机会："为什么，不来找我？"

才二十万，对他来说又不算什么，为了寒陌，他一定会借的。但偏偏这二十万，像是扇动翅膀的蝴蝶，把一切都改变了。

寒陌下颚紧绷，嘴唇快速地抿了几下，他垂下眼，眼神像被石子击碎的湖面，满目碎光。

他终于低喃，语气有些苍凉："不止二十万。"

"我也不知道需要多少，太晚了，医生说太晚了。

"二十万你会借给我，四十万呢，一百万呢？

"我们不过是师徒，总有一天，你会厌烦的。"

寒陌没再说下去。他的确喝了不少，话说得多了，就有点语无伦次。但他的意思言易冰听明白了。言易冰嗤笑，当初那种愤怒和无力的感觉又涌了上来。

"你是看不起我还是看不起你自己，只要你再等一会儿，孙天娇马上就能跟你签约，你会是全战队力捧的核心，一队的年薪至少是二百万，你还能有直播收益，我不管借你多少钱，都相信你还得起。"

寒陌默声，片刻后缓缓道："当时，没想到那么多，二十万对我来说，太庞大了。"

言易冰突然有些卸力。是啊，现在发泄这些有什么意思，一切都过去了。可是这些话，原本在当年就应该说明白。

言易冰声音放软，扯过寒陌的衬衫衣领，有些强势地问："当初我赶你走，很恨我吧？有多恨？"

寒陌胸口微微起伏，点点头，又摇摇头，最后眼圈红了。他低喃："抱歉。"

言易冰一皱眉，松开手："怎么又是抱歉，你一晚上要说多少句抱歉？恨我就恨我，我又不是没感觉。"

寒陌却自顾自道："不是恨你，不是想让你退役，我想跟你打比赛，一直都想跟你一起打比赛……"

言易冰呆滞一瞬，才猛然意识到，寒陌说的是两年前那场表演赛。所以他今天晚上每句抱歉都是为那时候说的？

寒陌低着头，他的喉结一下下滚动，不断吞咽的动作让情绪的紧张暴露无遗。

"你拉黑了我，后台遇到，你也不看我。你不生气、不伤心、不失望，对我去 Prince 也毫无反应，你留下了雷明，然后，彻底把我赶走了。"

言易冰深吸一口气，肺里憋闷得快要爆炸。他避开寒陌的眼神，往周遭看去。灯光昏黄，夜色深沉，清冷的客厅里，只有拔丝香芋还散发着丝丝热气。他眼底一阵湿热，心口酸涩得厉害。他不知道，原来寒陌会这么想。

言易冰突然暴躁："你哪儿那么多自怨自艾的念头，没听说过冷战吗，我气你才不搭理你，要真是不在乎了，当时就能让你禁赛，我什么都没追究，你还嫌我把雷明留队里了？"

寒陌缓慢地眨眨眼，眼底闪过一丝迷惑："只是生我的气？"

言易冰气笑了，在他脑袋上不轻不重地拍了一巴掌，低斥道："所以我就该上报你侮辱对手，让主办方罚你禁赛半年，上缴十几万，你就觉得我在意了？你在想什么啊寒陌？"

寒陌被打了也不在意，只是抬起眼睛看着言易冰。他心里一直堵塞的郁结情绪缓缓消逝了。

"对不起，那天我过生日，我只是想要个……生日礼物。"

因为这是言易冰曾经答应过的事情，但是他没等到。

听他道歉，言易冰的火气又迅速降了下来。他想起当初寒陌跪在他面前，隐忍又脆弱的那句："不是说好，让我以后和你一起打比赛吗？"

言易冰闭了闭眼。这一句话，还真是杀人诛心。他对寒陌的所有承诺都错了。承诺的时候是真心的，但后来没有做到，也是真的。那天本来应该是个值得纪念的日子。但显然那天，他和寒陌过得都不愉快。

言易冰记得自己准备了一枚领针，是托国外的珠宝设计师设计的，水金色的领针上嵌着颗莹白的钻。

他记得那天是寒陌生日，但因为和寒陌的分裂，他不好在那天送出去。他听见宋棠叨念寒陌的生日。宋棠跟寒陌毕竟是同期，多少有点情谊，过生日还是得意思一下，送个微信红包之类的。

于是言易冰漫不经心地路过，把领针甩给了宋棠："送礼物别那么小气，赞助商给的小玩意儿，你拿去用吧。"

宋棠还以为他听到寒陌会生气，诚惶诚恐地把领针给收了起来，一句话没敢多说。但因为表演赛上的突发事件，激起了 Zero 和 Prince 之间的矛盾，领针显然也没送出去。

言易冰叹息，心一软，忍不住问道："当初想要什么礼物？"他后背抵着墙，懒散道："大不了补给你一个。"

寒陌猝不及防地狠狠抓住了言易冰的手腕，他也不知道自己用了多大的力气，酒精让他没办法准确地认知自己的行为。

他眼圈通红，呼吸间都带着被酒精侵扰的难耐："让我回 Zero 好不好，我什么都不要了，我想跟你一起……师父……"

言易冰的大脑足足空白了十多秒。他甚至无法接受自己这十秒钟的心态变化，因为刚听清寒陌这句话的时候，他居然在想，那多好啊，那就好了。

现实让他很快意识到这有多离谱，可越是离谱，寒陌说的那句话就越是残忍，无异于在他心上狠狠扎了一刀。

这辈子他们可能注定都没办法成为队友，这是寒陌永远的遗憾，当然也是他的。现实荒诞就荒诞在，他甚至都不能说这种遗憾不完美，因为寒陌这么优秀的选手，就该有更广阔的天地，成为一队之长，独当一面，而不是像只雏鸟一样一直留在他身边。让他走是为他好这种话，真的懒得再说一次。

"你有病吧！"言易冰还被寒陌攥着手腕，他愤懑地骂了一句，抬手推了寒陌一把。但喝了酒的寒陌力气很大，他竟然没把他推开。言易冰又气又心痛。

"队长……师父……"寒陌望着他，认真地叨念，"我想回去，让我回去吧。"

言易冰快气晕了："你别以为喝多了就能随便说这种话！你是 Prince 的队长，谁教你这么不负责任的！"

"你没教我，你是我见过最好的队长，我自私，我永远也做不到你这么伟大，我只想做我自己想做的事。"

寒陌眼眸微垂，手指牢牢收拢，酒气肆意飘散。言易冰快速地喘息两下，用了点力气，终于挣脱了寒陌的手。获得自由后，他抬腿就踹向寒陌。

　　言易冰以前管教寒陌的时候，看他游戏打得不理想，也没少踢他。但那都是开玩笑的，碰碰小腿，无伤大雅。只有这次，是真的用力了。

　　可他并没碰到寒陌。寒陌一抬手，不知怎的，就把他的脚踝给扣住了。力道骤然被阻，惯性带着他向左一歪，言易冰尴尬地在原地跳了两下，险些摔倒。

　　"师父，这就是你平时不爱锻炼的后果。"寒陌歪着脑袋看向言易冰。倒不是故意嘲讽言易冰，寒陌喝多了酒，情绪表达很单纯，他真的觉得言易冰这脚动作慢，很容易被防住。

　　言易冰气急败坏："松开！"再不松开他就要一屁股坐在地上，更没面子了。

　　寒陌听话地松开手，眼皮缓慢地开合："你想踢就踢吧，我不挡了。"

　　言易冰还真没法踢了，他又不是来打沙包的。这玩意儿第一下气势还在，第二下就尴尬了。他指着寒陌的鼻子，激动得连手背都是红的："我懒得跟个醉鬼废话！"

　　言易冰满腔愤懑无处宣泄，一转身，来到门口，打开锁，朝门猛踹了一脚，抬腿就走。

　　言易冰烦躁地皱着眉，堵住耳朵，大跨步进了小树林。夜里的小区静谧温馨，凉风习习，暗绿色的枝杈有条理地蔓延着。言易冰踩着鹅卵石路，狠狠地揉了揉脸。

　　他没直接回家，现在他的状态，肯定能被父母看出端倪来。这是他自己的事，不想让爸妈担心。

　　言易冰无头绪地在绿化深处的小路转着，路上时而有路灯，时而没路灯。他随时会被身边的树枝刮一下，或者被更粗的枝干撞到头。转了一小会儿，嗅够了新鲜空气，吹多了风，他终于能稍微冷静一点了。

　　户外蚊子多，树丛里更是蚊虫的栖息地。不过几分钟，言易冰就被蚊子咬了好几个包，其中一个还讨厌地咬在了他脖子上。他不能在外面待了，只好回家。

　　言易冰刚走两步，想起来装拔丝香芋的盒子还在寒陌那儿。他倒不是心疼一个破塑料盒，但他妈经常用那些塑料盒装家里阿姨做的饺子和小笼包，他把盒子扔那儿了，他妈肯定要问。

　　言易冰叹气，认命地往寒陌家走。他想好了，一句话不说，拿了盒子就走，至于寒陌，随便怎么样吧。

言易冰插着兜，冷着脸，走到寒陌门前。门半开半掩，虚弱的灯光泄出来，照亮了门阶那一小片地方。就这么开着门，蚊子大概能把人吃了吧。

言易冰绷好唇，神色淡漠地拉开门，一步迈进寒陌家里。他记得两人争执的时候，拔丝香芋被他掉在了地上。

可当他的目光去寻找盒子时，却顿住了。寒陌坐在地上，靠着墙，右膝曲起，左腿盘着，埋着头，安静地吃那一片狼藉的拔丝香芋。

香芋已经凉了，糖丝也全部凝固在上面，糖分不均，有的过于甜，有的还没味道。但他不在乎。

地上还有香芋打翻的痕迹，完整漂亮的小块被摔成了扁泥，但寒陌却如品珍馐一样，一点一点吃进嘴里。

灯光微弱，他的影子投在墙壁上，只占了方寸之地。偌大的别墅里，全都是被遗忘的空间。而寒陌，就像是一只孤寂的小狼狗，没有筷子，坐在墙角吃着被打翻的食物。明明是寒陌没理智，他反倒觉得自己做错了。

寒陌停下咀嚼的动作，抬起眼，有些惊讶却又隐藏不住惊喜地看向言易冰。言易冰指了指他手中的盒子，语气不善："赶紧吃，盒子还我！"

寒陌走过来，把塑料盒递给言易冰。他的手还没完全伸过去，言易冰就粗鲁地抢过来，盒子细细的边缘狠狠在寒陌的指腹上碾了过去。寒陌停下手，指腹飞快地红了。

言易冰一顿，下意识看向寒陌的手，神情有些慌。作为这个行业的巅峰玩家，他比所有人都知道电竞选手手指的重要性。再严重的隔阂摆在眼前，他也是第一时间关心寒陌的手。

但寒陌却不在意，他低声道："好吃。"

言易冰见他手没事，放下心来，绷着脸冷哼："都掉地上了，好吃才怪了！"

"今天的话我就当没有听过，你也不要再想了。"说完，言易冰再也没看寒陌一眼，径直离开了别墅。

天彻底亮了，言易冰坐起来，把灯关掉。缺少睡眠让他的四肢有些发虚，他闭上眼，揉揉眉头，准备喝杯咖啡清醒一下。今天是战队开例会的日子，他必须得出席。

刚下了床，手机就在枕边振了一下。言易冰的心也跟着一震，他直觉，这个短信可能是某个酒刚醒的人发的。他捞起手机，屏幕上出现微信消息提示。

寒陌："拉黑了吗？测试。"

言易冰：……

他刚想点进微信，痛骂一顿寒陌的愚蠢行为。但还不等他点开聊天界面，寒陌已经把这条消息撤回了。寒陌似乎只是来确认有没有被拉黑，根本不期待收到他的回复。

言易冰的怒气一下子堵到嗓子口，怎么都发不出来。他深吸一口气，把手机甩到床上，去洗漱了。

下午一点，言易冰浑浑噩噩地到了Zero俱乐部。一杯咖啡不太能顶得住，他现在全凭意志在撑，但浑身都没力气。

孙天娇在工作时间一向精气神十足，风风火火，看见言易冰，他撸胳膊挽袖子冲了过来："一点了啊！大公鸡都睡完午觉了，祖国的花朵都快要放学了，您才起床！"

言易冰蹙着眉，杏核眼半眯着，不耐烦道："例会不是四点吗，着什么急。"

孙天娇仿佛被狐狸偷了面包的乌鸦，小黑豆眼哀怨地盯着言易冰："还例什么会，联盟的文件都下来了，让你下午一点去联盟大楼开会，商量东亚对抗赛的事。"

言易冰稍惊，终于清醒了一点："名单这么快就下来了？"

孙天娇撇撇嘴："都什么时候了还不下来，其实也没有悬念，选手就你们四个，替补加了路江河，现在让你们几个见见，商量一下合作训练的事。"

言易冰差点忘了，东亚对抗赛是以国家名义打的比赛，没有战队的概念。所以在刚和寒陌大吵一架之后，他和寒陌即将变成队友，在不到两个月的时间里，练习配合。

言易冰太阳穴涨疼，他知道寒陌向来说到做到，带着点不管不顾的狠劲，不然几年前也不敢背着所有人偷偷赌赛。尽管昨天已经明确告诉过寒陌回 Zero 的事情别想了，但言易冰仍然担心这么快就和寒陌一起共赛会让他冲动行事。

还有一个言易冰不敢深想的原因，他更害怕自己在东亚对抗赛和寒陌成为短暂的队友后，会控制不住地想要同意寒陌回来的请求。

他看向孙天娇，眼角有些浮肿："参赛名单还有可能变吗，比如我或者寒陌不打了呢？"

孙天娇眨眨眼，用一种"你好天真"的眼神看向他："想什么呢，你代言都签了，要是不打我当场切腹自尽。"

言易冰耷拉着眼角，食指骨节敲着眉心，无奈地点点头："知道了。"不止他签了代言，寒陌也签了，他和寒陌当两个月队友的事儿无可避免。

孙天娇打了个响指，抬起瑞士表，在言易冰眼前晃了晃："我刚才说一点开会来着，你看现在几点呢。"

言易冰静默几秒，挎着包往门外走。孙天娇招呼门口的保安："找辆车，把我们家队长送过去。"

言易冰到了联盟大厦，登记了姓名，被人领着去会议室："冰神，就在这儿，郁神他们几个都到了，在里面等你呢。"

言易冰点了点头："谢了。"

他看了看表，已经一点四十了。房间里面隐隐传来闲聊的声音，听起来气氛还很愉快。他没听到寒陌的声音，但寒陌本身就不爱说话，这种场合，寒陌不会为了避开他不来。

言易冰稳了稳心神，硬着头皮推开了门。在迈步进去的一瞬间，他绷起脸，眼神冷冰冰的，一副疲倦暴躁的模样。

屋内的闲聊声顿时停了。片刻后，郁晏哼笑："啧，我跟丁洛约会她顶多迟到十五分钟，咱们冰神可真是大少爷。"

言易冰眯眼，冷飕飕道："离我远点儿，小心我收拾你。"

路江河坐在郁神身边，扑哧一笑，他弓腰捞起一瓶矿泉水，朝言易冰的方向滚过去。

"千呼万唤始出来，来冰神，喝水。"

陈驰用笔帽敲敲桌面上的文件："行了你们，赶紧谈正事儿吧。"

寒陌当然也在。他今天穿了一件黑色开衫，轻薄透气，装饰的假拉锁坠在胸前，领口散着。他的眼睑缓慢地抖动，并没直接看向言易冰。

　　言易冰用余光扫了扫会议室，看到寒陌，他浑身不自在。他深吸一口气，干脆把椅子一扯，坐在离寒陌无比远的位置，然后一跷腿，拿起文件来不说话。对此，寒陌只是轻挑了下眉，并没说什么。

　　倒是不明所以的郁晏皱眉问道："怎么回事儿，今天火气这么大？"

　　"没事儿，说吧。"言易冰理了理文件，拧开矿泉水瓶，喝了一口水。郁晏迟疑了片刻，看看陈驰，陈驰耸耸肩，表示自己也不懂。

　　"行吧，也没什么可说的，你来之前我们商量差不多了。具体就是配合训练，联盟这边会给我们开辟个训练室，每天至少打配合四个小时。照理说咱们四个，基本没什么短板，谁打什么职位都可以，但以防出乱子，还是要区分一下，我们抓阄来分的，就给你剩了个纸团。"

　　说罢，郁晏把一个小纸团朝言易冰扔过去。言易冰一抬手，把纸团接过来。他歪着头，用指腹揉开纸团，搭眼一看——突击手。

　　一般一个团队里，有两个突击手，一个狙击手，一个自由人兼指挥位。突击手负责冲锋、蹚雷，狙击手负责架枪掩护，自由人策应。两个突击手往往有更多需要合作的地方，有时候还会涉及卖队友这种不得已的情况。

　　言易冰抬眼问："你们都是什么？"

　　郁晏一指寒陌："寒队长突击手，我指挥，陈驰架枪，所以你和寒队长要好好配合，把什么新仇旧恨都给我放一边儿，这是代表国家比赛，不是闹着玩儿的。"

　　寒陌抬起眼，看了看言易冰。

　　言易冰一扭头，避开他的目光，不情愿道："这职业换换吧，我狙击，陈驰突击。"

　　郁晏一笑，一副了然的样子，缓缓摇头。陈驰清了清嗓子，捏着脖子模仿道："主席就猜到你们会有这样那样的小矛盾小意见，所以他说了，必须按这个配置好好练，把个人情绪都收起来，专心打比赛，这么大的人了，别那么矫情。"

　　言易冰郁结："怎么就矫情了？我不想玩突击手不行？"

　　路江河缩了下脖子，又捞起两瓶矿泉水，打圆场道："冰神别着急，喝水吧，矿泉水帮忙递一下。"

　　对面陈驰和寒陌的矿泉水都快喝完了，路江河想缓解气氛，塞了两瓶水给言易冰，让他传一下。

言易冰接过水，抬手朝寒陌扔了过去。瓶子速度很快，力道也不小，但方向很好，冲着寒陌的肚子。寒陌下意识收紧双臂，把矿泉水瓶抱住，但瓶子还是砸在他小腹上，稍微有点疼。

路江河瞠目结舌。陈驰怕言易冰的第二瓶水朝自己飞过来，直接钻桌子底下了。但言易冰只是重重地把水瓶扣在桌子上，沉了沉气，暴躁道："我去趟卫生间。"

他走后，郁晏眨眨眼，虚心求问："你们谁学历高，用心理学的知识告诉我一下，他这是怎么了？"

路江河唏嘘："我以我一中优秀毕业生的身份回答你，不好说。"

寒陌低头，将矿泉水瓶托在掌心颠了颠，淡笑着站起身："我也出去一趟。"他把水轻轻放在桌面上，起身，慢悠悠地跟出去。

言易冰进了卫生间，撩起水洗了把脸。头发散下来，被水打湿，柔软地黏在他脸侧，水珠滴滴答答地顺着发尖往下滑，水汽蒸发的清凉带走了皮肤上的燥热。他撑着洗手台，低着头，吹了吹额前的头发。

昨天一夜未睡，让他的脾气变得有些暴躁。他烦躁地揉了揉脸，水顺着脖子没入衣服里，身上那些被蚊子咬的包又开始发痒。尤其是脖子上这个，越挠越痒。他对着镜子看了看，红彤彤的，蚊子包上还有几点被他抓出来的瘀血。

冷静下来后，他准备出去跟那帮人道个歉。他们都比他年龄小，但看起来好像比他更成熟。郁晏应该不至于生气，毕竟这么多年的交情了。虽然路江河大大咧咧，但还是得解释一下。陈驰脾气好，老好人，也不能跟自己一般见识。

寒陌……言易冰正想着，卫生间的门开了。他立刻转过脸去看，寒陌正好迈步进来。

言易冰：……

寒陌抬起手，往前伸了伸，递到言易冰面前。手指翻开，掌心躺着一小盒清凉止痒膏。

他说道："擦擦吧，别气了。"

SHENG BING

生病

CHAPTER 2

　　言易冰垂眸盯着那盒清凉膏，心情复杂。这人，什么时候准备的这东西？难道昨天晚上就猜到他会在外面乱转？

　　言易冰动了动唇，不冷不热道："你先出去，我要方便。"他没接寒陌给的那盒清凉膏，这点痒还是能忍的，等开完会，他回俱乐部的路上就能买。

　　寒陌收回手，扯唇，慵懒道："我就不能来方便？"他慢悠悠地说着，可偏偏站着没动。

　　言易冰扭过头，瞪了寒陌一眼，走也不是不走也不是。

　　寒陌的眼神若有若无地往下扫，认真道："师父，憋久了不好。"

　　言易冰活这么大，还从没有遇见过如此尴尬的场面。他只想问天问大地，好好的冷漠少年到底为什么变成了今天这样？

　　"我憋不憋都好得很，不上了。"言易冰抽过一张吸水纸，擦了擦手，把纸团往垃圾桶一扔，拧开门锁，迈步出了门。

　　"哦。"寒陌挑了下眉，也跟着他往外走。言易冰停住脚步，憋着气："你不是要方便？"

　　"真听不出我是故意的？"寒陌佯装讶异。

　　言易冰：……

　　他当然知道寒陌是故意的，正常人被这么质问，总要找个理由解释。

但寒陌没有，只要寒陌自己不尴尬，尴尬的就是他。言易冰是真想方便，他喝的那杯咖啡见效了，咖啡因刺激着膀胱收缩，他有点忍不住了。反正寒陌也不去，言易冰在原地顿了两秒，突然转身往回走，趁着寒陌来不及反应的空当，飞快地锁上卫生间的门，将寒陌关在了外面。

寒陌眨眨眼，其实不是没反应过来，是真不想言易冰憋坏了。他忍俊不禁，走过去，把那小盒清凉膏拿出来，搭在了卫生间大门的把手上。只要言易冰一拉门，这玩意儿就会掉下来，不会注意不到的。寒陌扫了一眼门缝，转身回去了。

回到会议室，郁晏抬眼："你们俩有什么问题，你又惹他了？"

寒陌耷拉着眼睛，不清不楚道："我能怎么惹他。"说罢，他把言易冰砸他的那瓶水拿过来，装进了背包里。

陈驰揉揉肚子，站起身："哎，看他那样就是没睡好，大少爷起床气大，行了，我也去上个厕所，给他顺顺毛。"

寒陌友情建议："别去，他把卫生间的门锁上了，你进不去。"

陈驰："什么毛病？"

路江河："我现在相信言易冰真的是大少爷了，咱没啥事儿撒吧？"

郁晏狐疑地打量寒陌："你真没招他？"

寒陌靠着桌面，搭个边坐着，手指拨弄着烟盒："你觉得呢？"

郁晏皱眉："言易冰心思单纯，他以前得罪过你，但你也得罪过他，我知道你不想跟他合作，但这是上面的要求，不是随便就能拒绝的。"

寒陌漫不经心道："谁说我不想跟他合作？"

郁晏挑眉，路江河也诧异地睁大了眼睛。但还不等他们继续说什么，言易冰擦着手回来了。他心情恢复了一些，脸色也没那么差了，一回来，先抿了抿唇："刚才脾气不好，抱歉啊。"

郁晏："得了吧，你也不是第一天这样。"

陈驰摆摆手："没说的，赶紧把那四个小时的练习时间敲定了，我俱乐部还有事。"

言易冰点头，他们太熟了，不需要弄这些矫情的："时间我都行，别太早，不一定起得来。"

郁晏："下午两点到六点或者晚上七点到十一点，随时根据特殊情况协调，练完各回各家。"

陈驰："好，我回去交代一下。"

言易冰："没意见。"

寒陌："嗯。"

敲定好时间，他们也不愿意在联盟大厦多待。郁晏和言易冰挤一辆车，打车走了。很快，陈驰的车也来了，他扫了一眼寒陌："你不走？"

寒陌："走了。"等所有人都离开，他又绕回楼上的卫生间。大门上那盒清凉膏没有了，地上也没有。他又看了看最近的垃圾桶，垃圾桶也很干净。他低着头，笑了笑，打开打车软件。

言易冰回到俱乐部，脑子还是一团乱麻。孙天娇扯着他问那边的安排，言易冰简单说了一下，但没说两句，就以练压枪为由把孙天娇给支走了。

训练室里，宋棠和许瑞正在聊天。他们电脑屏幕开着，显示吃鸡成功的界面。宋棠背对着言易冰，正唉声叹气："你说现在的小姑娘，我是真不理解了，都喜欢什么玩意儿？"

许瑞看到言易冰了，抬了抬头："队长。"他随手给言易冰扔了个小蛋糕过去，言易冰没吃东西，正饿着。他接过来，撕开包装纸，问道："什么小姑娘？"

宋棠扭过身来，一张脸皱着，万分嫌弃："我妹，买了一堆小说，我闲着没事儿想翻着看看，结果全是各种修仙玄幻，那里面的男主角背叛师门、堕落成魔，最后还倒打一耙、欺师灭祖，周围人还拍手叫好。我去批评她，她还揍我！"

言易冰正准备把小蛋糕往嘴里塞，听了宋棠的话，手一抖，蛋糕滚到了地上。

言易冰：……

许瑞幸灾乐祸："你看你把队长给吓得，他可带过不少青训生呢。"

宋棠赔笑："她那个是仙侠，不一样，咱们队长又不会这样。"

言易冰面无表情地把小蛋糕捡起来，将脏的一部分撕下去："现在的作者真能写。"

言易冰又吃了两口，看着手里的蛋糕，实在吃不下去了。他冷着脸，斥道："训练时间少瞎聊天，分冲够了吗！"

许瑞吐吐舌头，把头低下去了。言易冰吼完，顿了顿，有些泄气。

他今天实在不适合出来见人，没睡觉，加精神紧张、脾气暴躁，快把身边的人都得罪遍了。所以他也没训练，直接回自己屋了。

他坐在床上，脱了上衣，开始给身上的蚊子包涂药。冰凉凉带着浓郁味道的药膏在皮肤上晕开，痒痛很快消失了。不得不说，寒陌这玩意儿买得还挺管用。他倒不是矫情，而是这盒清凉膏他不要肯定也被打扫卫生的扔了。东西是无罪的，他可不想浪费。

言易冰的指腹在自己脖颈上按揉着，大脑却难以抑制地想起了昨天晚上的场景。也不赖他瞎想，寒陌的话给他的冲击太大了，他仿佛能看到和寒陌穿着同样的队服，一起站在世界赛领奖台上的样子。那一瞬间他感觉肾上腺素飙升，大脑充血无法呼吸。

可是冷静下来，现实又给了他狠狠一击。言易冰摇摇头，烦躁地躺在床上，光着上半身，睡了过去。

他也不知道睡了多久，第二天睁开眼，天色竟然还是沉的。他挣扎着想坐起来，可是浑身就像脱了力一样，怎么都使不上劲。太阳穴一胀一胀地跳动，口中干涩发疼。他抿了下唇，突然觉得耳根处传来微微钝痛，就好像咬合肌被黏合在了一起，不听使唤了。

言易冰按着耳根，眼底蓄上一层水光。他摸过手机，盯着屏幕上显示的时间，呆滞了好久。他竟然睡了整整一天？

手机里，来自各方的消息都快把微信撑炸了。有孙天娇的、队员的、郁晏的，还有梁和风的。梁和风发了好几条六十秒的语音，言易冰暂时没心情听。

他看了一眼郁晏的消息，郁晏问他要不要一起吃个饭。言易冰看了看时间，郁晏的消息已经是一个小时之前的事了。郁晏还打了几个电话，但是他都没接到。

孙天娇是给他发合同书，然后小心翼翼地问他是不是出门了。言易冰先给孙天娇回："没出门，睡过了。"

他又给宋棠他们说："我睡过了，你们先练。"

最后告诉郁晏："我晚上不吃了，才看到。"

梁和风的语音太多，他犹豫了一下，突然有点胃里作呕，不愿意看手机屏幕。言易冰挣扎着坐起来，眼前一阵泛黑。他摸了摸额头，似乎也不觉得热，但肯定是身体出了点问题，不然不能这么难受。

他在俱乐部的工作群里联系了队医，让队医过来给他看看。没一会儿，队医拿着药箱赶过来，有些慌张道："冰神你哪儿不舒服？"职业选手最怕在比赛前夕生病，生病了打不好比赛，影响的可是一连串的赞助。

言易冰："我觉得不烧，但是身上没力气，头有点重，耳根有点疼。"

队医皱眉，拿出测温仪测了下温度："都三十八度了，怎么不烧！"

言易冰微微叹气。怕什么来什么，关键时刻他怎么能发烧呢。队医又移过他的脸，看了看他的耳后。柔软的耳垂被压得有点发红，上面还有枕巾褶皱的印子，耳骨的轮廓圆润漂亮，露在灯光下，近乎透明，耳垂后面，似乎有点肿胀。

队医按了按那处柔软的皮肤，言易冰一皱眉，哑声道："疼。"

队医严肃道："冰神，我怀疑是腮腺炎，这病潜伏期是一周左右，你肯定是什么时候被传染了。"

"腮腺炎？"言易冰眯着眼睛，喃喃道。

队医点头，顺便戴上了口罩："我建议你还是去医院做个检查，确诊一下，如果是，腮腺炎有传染性，你得回家休养。"

言易冰一皱眉："传染性厉害吗？"

队医："当然厉害，一般学校里一个人得了，周围几个班都得传遍。"

言易冰赶紧用被子捂住自己的口鼻，生怕把队医也给传染了。队医帮他把被子扯下来："这病绝大部分都是十八岁以下的孩子得，成年人免疫系统完善，不容易中招，而且我小时候得过，已经终身免疫了，不用担心。"

言易冰眼神颤了颤，张了张嘴，拉扯感实在太明显了，他用力耳根就会疼："我都二十五了，怎么也能被传染？"

队医："作息不规律，内分泌失调，可能抵抗力太差了。"

言易冰皱眉："我没把俱乐部里的人传染吧？"

队医："那要八天后才知道，不过他们都成年了，而且你最近也没在食堂吃饭，正常情况下不会，但是我还得给他们冲点抑制病毒的冲剂。"

言易冰捂着耳朵，垂着杏核眼，眼尾被烧得泛红。他的声音突然变得很小，模模糊糊地问："那……要是跟成年人离得很近，容易传染吗？"

队医没听清，凑过来问道："你说什么？"

言易冰浑身发热，嘴唇绷着，顿了几秒，一闭眼："我要是跟别人离得很近，还吵了一架，那人会得吗？"

队医：……

言易冰不知道自己是什么心情，只是更想揍死寒陌了。要是因为那次争吵，他不小心把寒陌传染上了，东亚对抗赛训练直接缺席两个人，主席大概会气炸了。

队医："按理说不会……但这种事不能按理说，您还是让对方去验个血吧，如果现在没反应，就吃点药，扛一扛。"

言易冰生无可恋，瓮声瓮气道："多久能好？"

队医："这病没有特异性抗病毒治疗，你就在床上休息，等退烧，大概一周之内就能好。"

"行，你跟他们说一声，让他们注意，再让保洁消个毒，我先回家了。"言易冰不敢在队里待了。他怕待久了病毒积蓄得多，真把人给传上了。也正好今天他爸出差，带着他妈妈一起去玩，家里就剩他还有偶尔过来照看的阿姨。

队医："还是得退烧，吃退烧药，如果很快又发烧，最好物理降温，这病是难受一点，后面几天你大概只能吃流食了。"

言易冰抵着脑袋，深吸几口气，揉揉蓬乱的头发，喃喃道："行。"

队医："要不我陪你吧，怕你一个人有事。"

言易冰摆摆手："去歇着吧，才三十八度，我没那么废。"

他站起身，觉得两腿发软，头重脚轻。但为了不给人添麻烦，他还是装作若无其事的样子，走去卫生间洗了把脸。手指碰到凉水，才感受到身上有多烫，凉水把热气带走，他清醒不少。言易冰套了件新衣服，又拿出一件外套裹在身上。别看他发着烧，但一下床，反倒冷起来了。

他皱着鼻子给郁晏打了个电话："我今天可能不能去训练了。"

郁晏："我们几个吃饭呢，你怎么了？"

言易冰："我发烧了，队医说是腮腺炎，我也不清楚，可能得先去医院验个血，昨天跟你们见面了，你们喝点板蓝根吧，好像能传。"

郁晏"啧"了一声："严重吗？"

言易冰："队医说成人不容易被传，应该不算特别严重，如果你们抵抗力好的话。"

郁晏："我问你烧得严重吗，我热爱锻炼，身体一向很好。"

言易冰："唔……三十八度，在家待几天就能好，就是麻烦你们先练了，抱歉啊。"

电话里哗啦一响，是椅子被推开的声音。郁晏捞起衣服，简短道："等我，我去看你。"

言易冰赶紧拒绝："别别别，都说有传染性了，你自己身体好，丁洛可不一定，你别把病毒带回去。而且我家里有人呢，用不着你。"

郁晏皱眉："你一点常识都没有，行吗？"

言易冰："你才一点常识都没有，不说了，你们吃吧。"

郁晏虽然有点不放心，但他知道言易冰父母都在附近，也就没坚持要过去。

言易冰给郁晏打完电话，冷着脸，拨通了寒陌的号码。电话响了两声，寒陌接听了。

寒陌沉声道："你刚刚跟郁神说的我听到了。"

言易冰懒得废话："出来，去验血。"

寒陌莞尔，似乎对这病毫不在意："怎么，害怕我得病？"

言易冰："你知道传染性很强吧，你做过什么没忘吧。"

寒陌弯眸，压低声音："没忘啊。"

言易冰："……那就去验血！"人不要脸果然无敌。

寒陌低笑："好，等我去找你。"

言易冰反对："你别来，自己去验血。"

寒陌垂眸，靠着窗口，背对所有人，轻声道："不想一个人去医院了。"

他太多次一个人去医院，忙前忙后，看尽离别和痛苦。医院里那么多人，没谁的痛苦是能共通的。大家都在忙自己的事，谁都可怜，谁都无暇分享同情心，他也没有任何人可以分享。

他不喜欢医院的味道：烟味、消毒水味、不同人衣服上带来的外面的味，还有病房里阳光照在水泥地板的味道，这些片段连同着漫长的记忆，深深地印在他的脑海里。

言易冰沉默了一会儿说道："南华医院。"那是离他家最近的三甲医院，在魔都不是很出名，所以人还算少。

寒陌："嗯，多穿点。"言易冰没应，挂断了电话。

寒陌回到餐桌，捞起自己的衣服："我出去一趟，你们吃吧，晚上可能没法训练了。"

陈驰皱眉："你又怎么回事？"

寒陌也不隐瞒："看看我师父。"

郁晏沉了沉气，筷子往桌面上一放："我刚才说了，他不让我去，这玩意儿传染。"

寒陌轻笑："我十岁的时候得过，医生说终身免疫，我去没事。"

郁晏挑眉："啧，行吧，帮我看看他状态怎么样，他特别难受的话记得告诉我。"

寒陌："不用你管了，有我呢。"

陈驰好奇："你们俩不是对头吗，什么时候这么好了？"

寒陌穿好衣服，意味深长道："总归还是我师父。"

陈驰听闻还有些欣慰："你没忘就行。"

晚上七点，天还没彻底黑，天空是深沉海水的颜色，月上梢头，星辰静谧地挂在天空。言易冰戴着口罩，坐车来到南华医院，在大厅门口撞到了寒陌。寒陌比他到得早，穿着灰色休闲运动服，里面是单薄的白色短袖。

言易冰看到寒陌，垂了垂眼。他烧得难受，实在没什么精神，就连瞪人都没力气。医院里人来人往，导诊台还挤着一小圈人，他茫然环顾四周，不知道该去哪儿挂号。

他很少去医院，偶尔发烧感冒就在家吃点药，稍微严重一点儿，他妈妈就把他带去大学的校医院里。F大的校医院水平很高，经常有在校代课的教授来坐诊，再加上他妈妈是校内员工，所以办事很方便。他从没自己忙过这一系列流程。

寒陌走到他身边，抬手想摸他的额头，言易冰一歪脑袋，躲开了。他只有一双眼睛露在外面，扫了寒陌一眼后，他扭过头，不说话。他发着烧，眼中蓄着生理性的眼泪，水汪汪的，实在没有什么威慑力。

不过言易冰也知道寒陌不怕他，要不是担心自己把寒陌传染了，他也不想在工作之余见寒陌。

寒陌没生气，轻声道："身份证给我，我去挂号，你坐着等我。"

言易冰迟疑片刻，从兜里掏出身份证塞给寒陌。寒陌很熟练地去窗口挂号了，言易冰望着他的背影，心里还不住地琢磨，他的身份证上应该没有病毒吧。

等了二十分钟，寒陌挂完了号，过来叫他："二楼采血，结果半个小时出来，我扶你。"

言易冰抽回自己的身份证，低声道："不用。"寒陌若有所思地点点头，跟着他，默默往楼上走。

言易冰站在窗口，看着细细的、泛着银光的针有些眼花。他怕疼，更怕刺入的感觉，但从小到大总是避免不了各种注射，而且身为男性，说害怕也太矫情了一点，更何况采血的医生还是姑娘。

"攥拳，往前伸一点。"

言易冰伸了伸胳膊，紧张地咬着牙，把脸扭向一边。他太久没扎过针了，都忘了是什么感觉。他皮肤白，血管浅，很好找，医生熟练地用棉球给他擦了点酒精，胳膊上凉凉的。言易冰不断吞咽着口水，等着刺入那一下。

"师父，胆子这么小吗？"寒陌突然出声，嗓音里带着点说不清道不明的嘲讽。言易冰被他吸引了注意力，抬起眼，心里愤怒地骂着寒陌，但也就在这时候，针刺进去了。

医生熟练地取了血，对他说："好了。"言易冰甚至没时间回味疼痛。他怔了怔，发现寒陌已经恢复了清冷的表情，不再逗他了。所以刚刚是为了……帮他转移注意力？

下一个就是寒陌。他很迅速地脱掉半边袖子，将胳膊伸了过去，然后眼睛眨也不眨地被取了血，好像什么都没发生一样。他知道自己不会被传染，采血，只是为了陪陪言易冰，医院这个地方，没有人陪是很孤单的。

接下来，两个人就坐在椅子上等。言易冰难受，半靠着椅子，衣服虚虚地盖在身上，他闭着眼，昏昏欲睡。寒陌则拨弄着手机，翻看朋友圈。他想让言易冰靠着他，但言易冰拼死不从。

半个小时很快过去，检查结果出来了，言易冰的确感染了腮腺炎，但寒陌没有。言易冰立刻跟他拉开了距离，低声道："你没事，你回去吧。"

寒陌的目光落在地面上，看着被骤然拉大的空间，轻声道："介意我去你家照顾你吗？你爸妈不是出差了吗。"

言易冰蹙眉："你怎么知道……"

他想起来，寒陌上次来他家吃饭，加了他妈妈的微信。刚刚寒陌就是在翻朋友圈。言易冰按紧口罩，声音有些闷，没好气道："介意，离我远点，你这次运气好没被感染，下次就不一定了。"

言易冰侧着身，鼻梁上有一道被口罩压出的浅红痕迹，浓密的睫毛卷着，在医院白晃晃的灯光下，投下浅淡的阴影。寒陌抬眸，眼皮折得很深，他往前凑了凑，似乎根本不在意言易冰身上的病毒。寒陌低声问他："真不让我去？"

言易冰微怒，怒得有气无力："都说了这病传染性很强！你真想传染上啊！"他耳根肿得似乎更严重了，说话都牵动着患处，丝丝缕缕地疼。

寒陌沉默片刻，突然靠近言易冰，抬手扯下那紧压着细嫩皮肤的口罩，露出言易冰被捂得潮湿的、微红的脸："没关系，干脆传染上得了，我陪师父一起。"

言易冰看着眼前的人，心里只有一个字，疯！说完，寒陌抬起手，口罩撩上去那一刻，言易冰被遮得严严实实，就像什么都没发生似的。言易冰眯着眼，气得抬腿踹了寒陌一脚。

他愤怒又担忧。怒在寒陌没有责任心，不顾及自己的身体，马上就要东亚对抗赛了，如果他们两个身体出了问题，那对中国队来说必定是一大打击。

担忧在这次会不会碰到飞沫了，寒陌身体再好，也可能被病毒感染。得病又不是什么好事，而且队医说了，只能挺过去，没有特异性的药。

这一周，寒陌估计得跟他一起隔离了，郁晏和陈驰知道肯定要炸了。寒陌任他踢，也没揉揉腿，只是眼睛亮亮的，嘟囔道："之前踢青的还没消。"

言易冰在心中狠狠地骂，活该！但事实上他并没说话，只是扭开脸，眼神清冷，不看寒陌。他也不知道自己该怎么办，跟寒陌闹翻吗，像当初一样？他不想，明明隔阂都说开了，也没什么深仇大恨，除了寒陌有时候太疯了外，他还是挺喜欢寒陌的。

讲不通，理还乱，又不能一锤打死。言易冰把外套的帽子扣在脑袋上，遮住额头和露在外面微肿的耳朵，匆匆往楼下走。

寒陌迈步跟上他。他比言易冰高一点，步子也迈得比言易冰大，但为了不在这时候找不痛快，他还是跟言易冰保持着一定的距离。

急诊医生想让言易冰留在医院输液，但急诊已经没有病床了，他得坐在椅子上。言易冰拒绝了，医生只好开了退烧药，让他按照说明书吃。

付了款拿了药，闻着药房苦涩的味道，言易冰胃里空荡荡地发酸。但他又没法跟寒陌倾诉，只能绷着脸，努力像个正常人一样，穿梭在医院大厅里。

出了医院，天已经彻底黑了。漆黑的夜色中，星辰和月色就显得格外耀眼，但也只是显得而已。还是城市的灯光更亮，医院的灯光更亮。这里像一个永不停歇的发光屋，孜孜不倦地为任何时间都有可能赶来的人类服务。他们是这个城市里，渺小却旺盛的生命。

医院外面不好打车，一是正赶上医院的医生下班，私家车源源不断地驶出地库，在路口造成了小范围拥堵；二是同样打车回家的人多，打车软件上排队人数排到了上百名。

言易冰眯着眼，站在夜风里，帽子没有遮住的碎发被风吹起来，挡住了他的眼睛。他抱着小腹，下意识护住身体的热量。虽然穿得挺厚，但他烧得厉害，身体虚，体内越热表皮就越冷。

寒陌扫了他一眼，把自己的外套脱下来，披在言易冰肩上。虽然他的外套薄，但多少能挡风。言易冰抖了一下，想甩掉，但寒陌的态度挺坚决，按着他的肩膀，不让他乱动。不知道是不是错觉，多了一层防护，言易冰觉得没那么冷了，他也就识时务地不挣扎了。

等了半个多小时，总算有出租车来了。言易冰一上车，就难受地歪在座椅上，闭着眼，皱着眉。他已经坚持到极限了，如果再没有车来，他就要委屈俱乐部的司机加个班了。

在出租车上，他怕病毒传播出去，所以口罩扣得很紧，呼吸不是很通畅。车开了半个小时，路上堵，走走停停，他的胃里也翻江倒海。

一到小区，言易冰快速下了车，跑到路边弓着腰，拽掉口罩干呕起来。他胃里没东西，只有酸水，呕得他双腿发软，睁不开眼睛。

他直觉，现在的体温绝对不止三十八度了，三十八度不会这么难受的。他粗喘着气，咳嗽着，但每咳嗽一下就牵动着耳后的肿胀，让他丝丝拉拉地疼。这个病，太痛苦了。他觉得寒陌肯定会后悔死，为了他传染上这么难受的病。

"师父，我背你回去。"寒陌付了钱，过来扶住他。寒陌的双臂结实又有力，慢慢将他身体的重量压到自己身上。

言易冰眼皮颤了颤。他其实还在和寒陌生气，但人在极度难受的时候，是没心情计较任何事情的，他现在只想好受一点。言易冰没有拒绝，趴在了寒陌背上。

寒陌微微躬身，双手按住他的腿，一用力，将他托到身上，找到最舒服的姿势，扣住他的膝盖。言易冰不知道自己算不算重，但寒陌背起他来还是很轻松的。他脑袋歪着，半睁着杏核眼，有些离散的目光落在寒陌侧脸。

寒陌还是年轻，皮肤紧致有弹性，颌骨只在耳根处有个小小的凸起，下巴收拢得非常精致好看。他头发墨黑，皮肤却白，耳前发梢剪裁得整齐干净，内双的眼尾冷冽狭长。

言易冰闭上眼，加快了呼吸的速度，身体里的热气呼出来，能稍微舒服一点。寒陌背他背得很稳，走路也快，但手掌按着他双腿的力气还是挺大的。力的作用是相互的，寒陌的手指估计也不会太舒服。手指啊……胃里突然又是一酸，言易冰立刻什么都不想了。

到了家门口，里面果然没有人。阿姨已经回去了，他父母下午就出门了。言易冰喃喃地告诉寒陌密码，寒陌单手开了门，将他背着，一直到了他楼上的卧室。

言易冰一沾到床，就一骨碌到被子里去了。他裹着被子，闭着眼，轻声道："谢谢了，你赶紧回去吧。"

寒陌甩了甩胳膊，然后蹲在言易冰床边，目光落在他脸上。随后，寒陌凑近他，轻轻扯下他的口罩："我不回，就在你房间陪你。"言易冰睁开眼，皱眉，哀怨地看了他一眼。

"先别睡，我给你倒水吃药。"

言易冰抿了抿嘴唇，呼吸有点沉："寒陌，你真想被传染是吧。"

寒陌满不在乎，轻笑："这么怕我被传染，你家测温仪在哪儿？"

言易冰睫毛颤了颤，有气无力道："谁管你。"片刻后，他又小声道："没有测温仪，温度计在客厅电视柜下面的药箱里。"

寒陌帮他把烦冗的衣服拿开，低声道："嗯。"他关掉大灯，开了柠檬黄的床头灯，站起身，拿着医院开的退烧药，下楼去了。

言易冰也不再赶寒陌回去。没人不喜欢被人照顾，尤其是在身体极度难受的时候。他担心寒陌被传染，气寒陌不听他的话，不代表他现在不需要人在身边陪着。这个人还得不怕病毒，心甘情愿地忙前忙后。言易冰叹了口气，这都什么事儿啊？他闭眼迷糊了一会儿，被窝热起来，胃里也不那么酸了。

过了好一会儿，寒陌端着两个碗上来，手指间还夹着温度计。言易冰艰难地睁开眼，发现他一只手端着温水，另一只手端着一碗糯糯的疙瘩汤。大概就是上次来他家里吃饭的时候，寒陌记下了餐具和面粉的摆放位置。

寒陌把水放下，将疙瘩汤端到言易冰面前："吃点东西再吃药，不然胃里难受。"

言易冰发着烧，没有食欲，一扭头，把脑袋埋在了枕头里。寒陌端着碗，静等了几秒，扯了扯他的被子，把他的脑袋露出来。

寒陌轻笑，把碗放在一边，盯着言易冰的后脑勺："师父这是在耍赖？"

言易冰心脏一颤，胸口闷闷的。他嘟囔："谁耍赖。"

"师父，反正你现在发着烧，没力气，你不吃，我就拍个视频发到大群里，让大家看看电竞之光冰神生病的时候是怎么像小孩一样连饭都不吃的。"

寒陌的声音压得很沉，带着隐隐的威胁。言易冰绷紧了肩膀，不得不愠怒地把头从枕头里转出来，顶着蓬乱的头发，瞪着润红的眼睛，咬牙切齿。他相信寒陌干得出来。

寒陌见他把头露出来了，慢条斯理地把碗递到言易冰手中。言易冰顿了片刻，用勺子舀了一点疙瘩汤，嘴唇触碰到软糯的汤汁，鼻翼间嗅到了一股淡淡的香气。他能猜到寒陌做饭的水平不差，毕竟在没人照顾的那段时间里，寒陌都要靠自己。

疙瘩汤并不油腻，只是稍微放了点酱油，还加了一点西红柿，蛋花碎碎地浮在表面，零星的葱花点缀着单薄的色彩。疙瘩已经尽可能地揉细了，但毕竟时间有限，寒陌又着急让他吃饭，还是有稍微大一点的面块。

言易冰只舀了容易嚼的。他微微抬起脖子，艰难地张开嘴，皱眉轻声道："疼。"他的咬合肌不听使唤，怎么都张不开，牙齿一用力就不舒服。

寒陌耐心劝他："那也得吃东西，等明天我做不用嚼的。"

言易冰垂着眼，不说话了。他默默地含住勺子，把疙瘩汤抿了进去，在口腔内咀嚼几下，囫囵咽到了肚子里。胃里暖洋洋的，舒适多了。他虽然发烧，但病的是腮腺，胃还是需要滋养的。

寒陌看着他吃完了大半碗，言易冰疼得有点麻木了，沉沉地躺在枕头上，眨眼看着寒陌自然地将他的碗收到了一边。

寒陌又把温水端过来，怕言易冰呛到，撑着他的背把他扶了起来："吃药。"他挤了三粒退烧药，递给言易冰。言易冰皱着眉，拿起胶囊含在嘴里，和着水吞了下去。他又漱了几次口，口腔中疙瘩汤的味道彻底没了。

最后，寒陌抽出那根温度计摆弄着。虽然现在公共场合大多用上了测温仪，但家庭中还是温度计比较普遍。不过寒陌家里没有这玩意儿。寒陌从小就很少病，似乎身体也知道，一旦他生病会让家庭境遇变得更艰难，为了让他强壮地活下去，细胞们分外努力。

寒陌指间夹着细细的温度计，瞄了一眼刻度，目光看向言易冰："该测测温度了，这玩意儿，你一般怎么用？"

言易冰奇怪地看了他一眼，细白的手指伸过来，抢过温度计，塞在被子里，夹了在腋下。

在言易冰量体温的时候，寒陌把碗端下去刷了，又拿过言易冰的毛巾，接了盆凉水。他把毛巾浸透水，拧干，搭在了言易冰的额头上。

五分钟到了，他推推言易冰，言易冰把温度计抽出来，眯着眼要看。寒陌直接抽过去，扫了一眼："三十八度五。"

言易冰轻呼一口气，喃喃道："还好。"只要不到三十九度，药物都能控制得住。寒陌把温度计收起来，放在言易冰枕边。

阳光掠过窗帘的缝隙，在乳白色墙壁上拉长影子，若有若无的温暖在宁静的空间里蔓延。

言易冰动了动脚趾，把一只腿探出了被子外。脚趾触碰到墙面的那刻被冰了一下，他缓缓醒了。昨天睡得很沉，但很安心。他也不知道自己睡了多久，但在睡着的过程中，总算不觉得难受了。

睁开眼睛，他知道自己还是在发烧，因为眼球转动的时候会浅浅地痛。一晚上他出了很多汗，被子严严实实地贴在身上，皮肤也黏腻得厉害。

他一皱眉，侧了侧脑袋，准备坐起来。但下一秒，他突然停下了动作。彻底清醒后，全身的神经都恢复了敏锐。他意识到，自己的身侧有人趴着。

寒陌靠在他的床边，脑袋沾着一点点被子，半边脸压着，只露出一只紧闭的眼睛，漆黑的头发凌乱地垂下来，盖在眉梢。

寒陌睡着，呼吸很浅，没有任何声音。衣服还是昨天那件单薄的短袖，袖口处，一只胳膊垫在脑袋底下，另一只压在被子上，像是怕他踢被子。所以，寒陌守了他一夜。

言易冰眨着杏核眼，望着寒陌的睡颜，手臂下意识动了一下，被子被带着挪动了一下。他浑身僵住，担心动作太大会把寒陌吵醒。寒陌给他换了一夜的湿毛巾，估计没睡多长时间，他这时候把人吵醒有点太混蛋了。

可寒陌这样趴在他床边……不合适吧。他正胡思乱想，寒陌突然动了动脖子。发丝摩擦到松软的夏被，发出沙沙的声响。言易冰慌张地收回眼神，闭上眼睛，装睡。不面对尴尬场面的最好方式就是假装不知道。

寒陌果然醒了。他眼底泛着红血丝，内双肿成了明显的双眼皮。一抬眼，他看到言易冰闭着眼睛，呼吸均匀，眼皮轻轻地颤动。

寒陌歪着脑袋，定神注视了一会儿，勾唇一笑。本来还有的一点困倦瞬间荡然无存。这傻瓜师父，难道不知道装睡应该把控制不住的眼皮遮住吗？

寒陌目光落到整洁的被子上。昨天晚上他帮言易冰换毛巾，后来实在是太晚了，就不知不觉地睡了过去。寒陌动了动手指，又看向言易冰的脸。言易冰还在装睡，只是眼皮颤抖得更厉害了。

寒陌轻笑一声，把手下的被子压紧了一些，牢牢地裹在言易冰身上。房间里的温度已经渐渐高了，言易冰佯装不适，哼唧了一声，皱着眉头翻身，借着翻身的惯性，把被子从寒陌手下拯救了出来。他面对着墙，抱着被子缩成一团，稍稍松了一口气。

寒陌眼底含着笑，轻飘飘道："啧，这样也太容易着凉了，难道要再拿一床被子来盖上？"

言易冰差点咬破了腮肉。他进退两难，连呼吸都乱了。言易冰郁闷地转了过来，睁开眼，装作刚睡醒的样子，五官都是皱的。

寒陌故意逗他："你终于醒了？"

言易冰面无表情道："我家阿姨要过来了，你先回去休息吧。"

"郁晏和陈驰那边我通知了，他们俩先配合着，我们晚一个星期去。"

寒陌昨天的确没怎么睡，一直这么下去，估计也撑不住。言易冰"嗯"了一声。他其实也有点急，对手的水平不低，他们四个训练的时间又无法抗拒地缩短了。要是东亚对抗赛拿不到一个好名次，丢的可是国家的脸。

"今天晚上我们试着排一下，我在家这边上。"言易冰不想因为自己耽误时间，就算发高烧发挥不出平时的水平，他也能尽量不拖后腿。

寒陌扫了他一眼："今天别打了，我有个推不掉的采访。"

"哦。"言易冰闭上眼，也不坚持，寒陌这么说让他心里的内疚减轻了一点。

又过了一会儿，他家阿姨来了。寒陌交代完情况，就先回家了。言易冰隔着房门，听到寒陌离开，他立刻从床上爬起来，头重脚轻地往浴室走。满身的汗实在是太恶心了，不管多难受他都得洗个澡。

阿姨在楼下扯着嗓子喊："冰冰啊，你该测一下温度了吧！"

言易冰拉开门："不用吧？"

阿姨上来，戴着口罩，关切道："哎哟不行，温度得时常测的，烧得太厉害会烧坏脑子的。"

阿姨一进屋，就麻溜地帮言易冰收拾屋子。把乱扔的衣服叠一叠放起来，汗湿的被子和床单扯下来堆在一起，又给他换上了新的。忙完一切，阿姨找到温度计，抽出来狠狠地甩了两下，就要往言易冰嘴里塞。

言易冰吓得一躲："唔！"

阿姨愣了愣："快点测温度啊。"

言易冰皱眉："哪有用嘴测的。"

阿姨在围裙上擦了擦手，憨厚地笑笑："哎呀，我们村里都是含着测的，说更准，测完洗洗就好了，你们城里可能不太一样。"

言易冰一边把温度计夹在腋下一边叨念："还有这方法？"

测了体温，确定没突破三十九度大关，阿姨下去做饭了。他泡在浴缸里，终于没有踩着棉花般轻飘的感觉了，水的浮力托举得他很舒服。也不知道在浴缸里泡了多久，他听见阿姨在楼下热情地喊："哎哟小伙子，你又过来了！"

言易冰一下惊醒了，他抬起头，反应了片刻。寒陌不是应该一觉睡到晚上吗？怎么这么快又回来了！

紧接着他听到了有人上楼的声音。言易冰一个激灵，坐直身子，想从浴缸里跳出来。可他泡得太久了，猛地一起身，眼前一黑，膝盖不争气地一抖，扑通又摔回了浴缸里。也幸好，他下意识护着脑袋，只有膝盖重重地磕了一下。

"啊！"言易冰咬着牙，倒吸一口冷气。

寒陌回家睡了两个小时，又从药店订了退热的冰贴，然后拿着这些东西来想给言易冰物理降温。退烧药毕竟对身体有害，不能短时间内大剂量地吃，可这病就是这样，不吃药热度就压不下去。

他刚一上来，就听到了言易冰在浴室折腾的声音，紧接着又听到言易冰痛苦的叫声。情急之下，寒陌一把拧开浴室的门。言易冰跪趴在浴缸里，双手扳着浴缸边缘，小臂肌肉绷紧，微微发抖。他一只膝盖缩着，正努力往浴缸外面迈。

言易冰意识到背后的目光，脖子快速憋红了。他不尴不尬地缩回腿，蹲在浴缸里，抱成一小团。

"你先出去。"言易冰低声尴尬道。他头发还是湿的，狼狈地贴在耳朵上，滴滴答答往下流水。

寒陌深吸一口气，没搭理他的话，而是捞过一边的浴巾，走上前去，一把把言易冰扯了起来，用浴巾裹住。不等言易冰拒绝，寒陌直接把他从浴缸里捞了出来。寒陌道："师父，下次注意点安全行吗？"

言易冰：……

他扯紧浴巾，低着头，踉跄着从浴室出去了。

回到房间，言易冰囫囵擦了擦身上的水，捞过新被子，把自己裹了起来。他头发还没干，盘腿坐在床上，窘迫得口干舌燥。这是第二次被寒陌从水里捞上来了。再这么下去，他的面子就要丢光了。

　　寒陌等言易冰收拾好了，才从浴室出来。他今天穿的是件灰色的 T
恤，刚才捞言易冰出来的时候，衣服上难免沾了些水点，视觉效果特别
明显。这些都提醒着言易冰，刚才发生了什么。

　　"你怎么回来这么早？"言易冰云淡风轻地问。

　　"不早了，两个多小时了。"寒陌过来，自然地递给言易冰一条擦
头发的毛巾，还好是在家里，不吹干也没事。

　　言易冰这才知道自己泡了多久。他低头，去看刚刚被浴缸磕到的膝
盖，那里还是麻麻地疼，似乎有点瘀血了，明天就会青。

　　"怎么这么不小心，比你踢我踢得还狠。"寒陌蹲下身，在他的伤
处轻轻碰了碰。

　　言易冰缩了下腿，反驳道："少胡扯，我没那么用力。"

　　寒陌懒洋洋道："哦，为什么不用力啊，师父担心把我踢坏了？"

　　言易冰：……

GUAN XIN

关心

CHAPTER 3

言易冰抱着枕头，吸了吸鼻子，将手机压在耳朵底下，嘟囔道："我没事，你们不用着急回来。"

透过电话都能听出言母语气里的焦急："我怎么不着急啊，到底是在哪儿传染的，怎么得这个病了呢？"

言易冰抚了抚额头上的冰贴："不知道哪儿传染的，倒霉呗。"

言母心疼，柔声问道："难不难受啊儿子？"

言易冰想了想："还行吧，就是发烧，吃不了东西，别的没什么，医生说一周内就能好。"

言母叹气："一周不吃东西怎么行呢，让阿姨给你做点甜品吧，酸奶西米露之类的。"

言易冰顿了顿，轻飘飘道："寒陌给我做了疙瘩汤，吃着还行，不饿。"

言母"啊"了一声，连忙问道："寒陌给你做的？你这个病不是传染吗？"

言易冰翻了个身，用发烫的手掌摸着墙降温："谁知道呢，他百毒不侵吧。"

他确实不知道寒陌为什么没反应。他们两个这两天都待在一起，这病毒脚程再慢，也该飘到寒陌身边了。

言母嗔道："别开玩笑，你怎么能让寒陌来照顾你呢，他也得工作啊。"

言易冰翻了个白眼，翻得眼眶隐隐作痛。他捂着眼睛哼道："他乐意，跟我有什么关系。"

言母顿了顿，苦口婆心道："你别欺负寒陌了，寒陌老实，认死理，没有你活泛。"

言易冰抿着唇，想了想寒陌这两天的所作所为，心里的委屈涌了出来。

"你这说的是谁，寒陌？哈，他老实，妈你太天真了！"

言母叹了口气："你看看你，人家好心照顾你你还这样，我怎么把你养得这么娇气。"

言易冰：……

他气得太阳穴直涨："不说了，我要休息了。"

言母："好好好，你多睡觉，焐焐汗，我不打扰你了。"

言易冰挂断电话，顶着已经变温的冰贴，深吸一口气。趁着这时候寒陌不在，言易冰撑着墙下楼，趴在楼梯栏杆上道："阿姨，您今天帮我把晚饭准备出来，我用微波炉能热就行，然后你别放寒陌进来了。"

阿姨愣住，洗了洗抹布："为啥，你们吵架了？"

言易冰眼神闪避，摇头："没吵架，不想麻烦他了。"

阿姨踌躇了一下："可他让我买的东西我都买来了，那个西式的玩意儿我不会做啊。"

言易冰皱眉："他让您买什么了？"

阿姨："说要给你做法国菜，红酒烩牛肉配土豆泥。"

言易冰默默咽了咽口水，想吃。阿姨："那等他来我就找个理由把他劝回去？"

言易冰舔舔下唇："今天就算了，材料都买了，明天就不让他来了。"

阿姨笑笑："行，你说了算。"

下午四点半，寒陌忙完了俱乐部的事，准时到了言易冰家。言易冰靠在沙发里，盖着小毛巾被，脑袋上顶着乳白色的冰贴，望着寒陌进了厨房。他稍微伸了伸脖子，确认寒陌是不是真的要做红酒烩牛肉配土豆泥。他看寒陌把牛肉捞出来，放到了案板上，才彻底放心，收回目光。

寒陌穿了件较为正式的衬衫，衬衫下摆塞进黑色休闲裤里，柔韧的腰线清晰可见，宽阔的脊背稍微弓着。他挽起袖子，露出一截手臂，娴熟地拿起刀，边切割牛肉，边问道："师父吃药了吗？"

言易冰撇撇嘴，嘴里管他叫师父，实则一点都不听他的话："吃了。"

阿姨穿好了衣服，挎着自己的包，一边穿鞋一边夸奖寒陌："小伙子下午做什么去？还得赶回来做饭，真是辛苦你了。"

寒陌将牛肉扔进沸腾的水里，淡声道："没事。"

阿姨推门回家了，言易冰眨了眨眼，忍不住问道："Prince又研究新战术了？"

寒陌调好了小火，转过身来，饶有兴致地看向言易冰："师父还真是百折不挠，费尽心思想从我这儿打听战术啊。"

言易冰脸一热，想起了自己开变声器套路寒陌那件事。那次可真失败，才一天就被寒陌给发现了。他扭过脸，头枕在抱枕上，淡淡道："我稀罕。"

寒陌顿了几秒，缓缓道："俱乐部来了新人，让我去面试。"

言易冰睁开眼，忍不住问："Prince要办青训营吗？"

寒陌："不是，就来了一个新人，成绩还不错。"

言易冰若有所思："是你们丁经理挖的？最近我都没关注排名。"

寒陌动作停了一下，眼睑微垂："不是挖的，直接过来的。"

"哦。"言易冰悻悻道。优秀的新人谁家都缺，虽然转会期也有可能要到好手，但名选手的转会费太高，没有新人性价比好。新人一般签约费低，年龄小，签约时间长，还能根据战队的风格培养。

孙天娇就是一直没找到顺意的新人，都开始考虑转会的事儿了。没想到Prince这么幸运，还有新人上赶着去。话题说到这儿，谁也没再继续。两家俱乐部毕竟是对手，还是有忌讳的。

寒陌洗了两个土豆，削了皮，切成小块，放在一边。牛肉想要炖得入口即化，至少要两个小时。寒陌也不着急，擦了擦手，出来站在沙发边："给我腾个地方，我有个采访。"

言易冰躺在沙发上就不愿意动，他懒洋洋道："你去餐厅呗，我家餐桌旁边有挂画，还好看点。"

寒陌低声："师父真是没良心。"

言易冰往毛巾被里缩了缩，手指勾住被边，把嘴巴捂起来："我一直都没良心。"其实他还是不敢让寒陌离得太近。一次两次可能没传染，或许三次四次就传染了呢。免疫力这东西谁都说不好。

寒陌只好翻出苹果电脑，拎着去了餐桌。言易冰家的餐桌很大，长方形，青瓷色的桌面上铺了乳白的桌布，桌布上有玫瑰花纹的镂空网，隐约透出下面淡青瓷的颜色，远远望去，仿佛盛开的一朵青玫瑰。

言父很讲究生活品质，就连椅子都是从给克拉里奇酒店制作桌椅的工厂定做的。餐桌一边是酒柜，上面摆着各种牌子的红酒，另一边挂着《戴珍珠耳环的少女》。就像言易冰说的，这里才比较适合接受采访。

寒陌背对着客厅，拉开椅子，打开电脑，登上直播软件。后台私信里，主持人已经戳他好几条消息了。寒陌看了看时间，他还不算迟到。根据约定，他进了主持人的直播间，顺便把衬衫袖子放了下去。

直播间里已经聚集了不少人。这个活动在五天前就开始预热了，网上也征集了很多问题，所以虽然言易冰突然生病，寒陌也不好推辞。

主持人："是寒神到了，稍等，我给寒神加个权限，然后管理帮忙抱一下。"

寒陌很快被提上了开麦位，镜头打开的一瞬间，他调整了下电脑的角度。屏幕一晃，他淡声道："能看到吧？"

粉丝激动地刷起弹幕来——

"啊啊啊啊寒神！好久不见了！"

"今天是黑衬衫！好帅！"

"呜呜呜寒神这么白就要穿黑色的。"

"我能获得一张东亚对抗赛门票吗？"

"寒神帅啊，我又被秀到了，再这样我女朋友要移情别恋了。"

刷屏飞快，大部分都是无意义的尖叫。寒陌只是扫了一眼，表情依旧淡淡的，人往椅背上一靠，等着主持人控流程。

主持人愉悦道："频道里的粉丝都太激动了，寒神跟大家打个招呼吧。"

寒陌没有戴耳机，只好微微凑近笔记本收音器："大家好。"

主持人就知道，三个字之后绝对没有后文了："哈哈，寒神今天穿得好正式，电竞选手平时也会这么穿吗？"

寒陌："平时很随便，今天去面试新人。"他的回答一向言简意赅，除了偶尔动一动眼皮，整个人就像卡住了一样，但粉丝依旧乐此不疲地为一点小动作兴奋。

主持人："厉害厉害，寒神十九岁就已经开始面试新人了。不知道东亚对抗赛准备得怎么样了，和其他几位队长合作得愉快吗？"

言易冰在沙发上听到了，敏感地竖起耳朵。都怪他，所以准备还没开始。虽然郁晏和陈驰都给他吃宽心丸，告诉他没问题，可他听说韩国那边的训练日程非常紧密，态度比他们端正多了。

寒陌："我们内部有战术，说得太多你们也听不懂。合作得暂时还不错，按规定每天训练四个小时。"

主持人笑笑："嗯……接下来就有点八卦了哈，有粉丝问，你和冰神合作还能找回当年的默契吗？"

寒陌下意识侧身，向后看了看。言易冰把脸往沙发里面藏了藏。这些主播真是烦，每次都要拐弯抹角地打听他和寒陌的关系。好像他和寒陌不公开撕破脸，是所有人的遗憾一样。

寒陌轻笑，收回目光："我和冰神不用找当年的默契，我们一直很默契。"

弹幕——

"哈哈寒神越来越会场面话了。"

"客套吧，他和言易冰默契什么，不让对方'落地成盒'就不错了。"

"所以我说这次真的危险，人家日韩选手好多都是兄弟哥们儿，咱们这儿，呵呵，俩水火不容的。"

"寒神帅就完了，反正赛场上谁菜谁尴尬。"

"呃……是想嘲言易冰菜吗，有点夸张了吧。"

主持人挑眉愣了愣："哇，这样看来冠军我们是志在必得了。"

"会全力以赴。"寒陌说话滴水不漏。

主持人绾了绾头发，抿唇笑："接下来这个问题，不是我问的，是我们高层有人要问的。请问，寒神平时训练这么忙，参加那么多比赛，还有时间解决个人问题吗？电竞圈里好像单身人士特别多。"

"？？？高层别假公济私吗！寒神才十九，正是搞事业的时候。"

"啧啧，无语，能不能让寒神给水友们出攻略啊，净问没用的。"

"寒神还小！"

"把主持人又出去！"

所有人都以为寒陌会反驳这种无聊的问题，毕竟寒陌性情淡漠，而且最烦别人打探他的隐私。但几秒之后，寒陌垂着眼睛，手指把玩着一支温度计，不否认也没有肯定。

"？？？"

"什么！不是我想的那样吧！"

"你还小啊！我不允许！"

"我酸了酸了，是不是那个朵檬啊，上次她送了寒神古龙水。"

"不要朵檬吧，呜呜呜是也没办法，朵檬又美又有钱。"

言易冰也被勾起了好奇心，一边竖起耳朵偷听一边用手指抠着沙发套。

采访结束后，寒陌关掉电脑，转回身，发现言易冰从沙发上坐了起来，杏核眼圆睁，严肃地望着他："寒陌，谁和你一直默契了？"

寒陌挑眉，将温度计轻轻放在桌面上，轻描淡写道："说说也不行，师父真小气。"

寒陌盯着他看了几秒，没说话，转身去了厨房。他打开锅盖，试了试牛肉的口感，又把切好的土豆块放到另一个锅里煮。煮完的土豆放到搅拌机里搅碎，再倒出来，用烧热的黄油和牛奶一起翻炒。等土豆泥把黄油和牛奶全部吸收，再盛出来，放在盘子里。

他又将红酒、各种香料倒入牛肉汤中，熬了一个小时。等汤汁变得浓稠，再一起倒在土豆泥上。热腾腾的烩汁瞬间溢出醇香，光是闻着就让人垂涎欲滴。

言易冰也不例外。他只能吃流食，消化得快，早就饿了。嗅着牛肉的香味，他忍不住舔了舔微干的唇。寒陌什么都会，对比得他非常"废物"。他眼看着寒陌将牛肉土豆泥端出来，盘子上还放了一只银色的汤匙。

寒陌走到他面前，用汤匙舀了一勺沾满汤汁的土豆泥，随后垂眸看向他："想吃吗？"

言易冰扬起下巴，扯掉脑袋上的冰贴，咽了咽口水。寒陌把勺子递到他嘴边，言易冰伸手要接："我自己来。"

寒陌却又把勺子撤回去了。言易冰抓了个空，手指在空中顿了顿，凝眸看向寒陌。寒陌摆弄着勺子，轻描淡写道："那我们默契吗？"

言易冰绷了绷唇，戒备道："不默契。"

寒陌没失落，只是若有所思地点点头："那就不给你吃了。"

言易冰急道："你不是来照顾病人的？"

寒陌把盘子放在茶几上，淡声回道："不是所有病人我都愿意照顾。"

言易冰：……

寒陌倒也不遗憾，将汤匙里的土豆泥又倒回去："你不吃我就端走了。"

言易冰肚子里隐隐在叫，忍不住出声："喂！"

寒陌停住脚步，看着他，神情中丝毫没有妥协的余地。言易冰皱眉挣扎了一会儿，小声说："默契。"

反正家里只有他和寒陌两个人，别人也不会知道，而且他们也确实配合默契，言易冰也没有说假话。寒陌这么混蛋，说不给他吃就真不会给他吃的。

寒陌勾唇轻笑，重新把土豆泥递到了言易冰手中。

病歪歪地在家里躺了两天，言易冰似乎已经习惯和高烧共存。白天家里有阿姨，寒陌并不经常在，言易冰迫不及待地打开了电脑，登录游戏。

已经好几天没摸过鼠标和键盘了，他怕自己没有手感，到时候速度和意识都跟不上其他几个人。他年龄最大，别人又不好苛责他，最后要真打得不好，只能以死谢罪。

他贴好冰贴，选择了单排模式，直接开着分高的大号去了韩服。他也不怕别人认出他，现在丢脸不算什么，在赛场上丢脸才可怕。

第一场，不巧，是个天谴圈。言易冰十杀进圈，开车去打劫坡的时候，被前后两方夹击，他带走了前面的，被后面的补死了，最后排名第八。看着刺眼的排名和得分，他真想抽根烟冷静一下。但现在的身体大概不能支持他这么折腾。

过了一会儿，言易冰又开了一局。这局很顺，十八杀吃鸡，中间有几个莽的上来跟他对枪，都被他反杀了。

第三局，决赛圈冲房，他的位置很不好，因为没有队友能扶，所以打得非常谨慎。房里的人水平不错，几个雷都躲过去了，最后他干脆一咬牙，冲上去硬刚。也幸亏他留了把霰弹枪，最后一枪把对方护甲打穿了。

手感逐渐回来了。他松了口气，揉了揉一鼓一鼓胀痛的耳根，又开第四盘。他自认不是电竞圈最努力的，但绝不是仗着天分就自命不凡的。顶级选手都是靠训练时长推上去的，他也不例外。

阳光炙热，魔都的温度飙升到今年最高。寒陌在大中午被召去了俱乐部。路上，郁晏给他打电话，拐弯抹角地问言易冰的情况。寒陌淡定道："精神恢复得不错，应该过两天就能好，以防万一，还是不要见面。"

顿了顿，郁晏低声道："没想到最后是你帮忙照看他，谢了啊。"

寒陌："应该的。"

郁晏笑笑挂了电话。

回到俱乐部，寒陌把外套往衣架上一搭，仰头喝了几口矿泉水，薄汗褪去，他问道："急匆匆让我过来干什么？"

丁俊打量着寒陌的脸，左看右看，企图从他脸上看出点春意荡漾来，可惜没有："不是，你最近真的有喜欢的人了啊？"丁俊皱了下眉："追小姑娘要送礼物，陪吃饭陪逛街陪看电影吧，你最近哪有时间啊？"

寒陌瞥了他一眼，扯把椅子坐下："放心，没有，不会耽误训练。"

丁俊安心了些，又表明态度道："我肯定不是反对你们谈恋爱啊，这个年纪谈恋爱太正常了，反正你心里得明白，人家喜欢你肯定是喜欢你的成功，所以事业才是最重要的。"

寒陌眼睑一垂，轻笑："知道了。"

寒陌闭了闭眼："找我来就这事儿？"

丁俊笑笑："哪能啊，这不队里新来那小孩儿，想见见你嘛。"

寒陌："见我？面试那天不是见过了。"

丁俊："虽说现在在考察期，但我肯定是想签他的，他年纪小，天赋也不错，不过现在一队没位置，等考察期过了先让他在二队待待，然后看情况。"

职业赛场都是很残忍的。有经验的选手和俱乐部签约，都是一年合同制，一年结束，还能不能一起打比赛再看。有时候是战队想留人但选手有了更好的去处，有时候是选手想留但战队物色了更强的人选。在这种压力下，不进步，很快就会被甩掉了。

Prince 一队如今比较一般的是漠贝。他年纪跟寒陌差不多，但是入行晚，天赋也不是特别高，水平肯定是够的，但显然丁俊认为新来的这个更好。

丁俊说，在这个小孩身上看到了寒陌当年的影子。虽然暂时放在二队，但如果这小孩在二队表现好，到转会期的时候，估计就会取代漠贝了。

寒陌虽然觉得这种优胜劣汰很残酷，但他们所有人都是踩着前人的肩膀往上走，没什么例外："行，看他表现再说吧。"寒陌对于还没发生的事不是很关心。而且最近联盟的政策改了，新来的这个小孩要比赛还得一段时间。

丁俊："辛辰说你是他偶像，他就是为你来的 Prince，所以想让你指点指点他。"辛辰就是新来的少年。

绕了半天，丁俊就是想让寒陌去稳住新人。偶像的力量不容小觑，就像能够影响寒陌情绪的言易冰。寒陌沉默了一会儿，轻嗤道："我只会打不会教，指点不是教练的工作吗，找我去干什么。"

术业有专攻，寒陌的确不会教别人。他甚至都懒得说话，或者根本不理解有些人为什么操作不强。队内的指挥一直是肖诺，肖诺才是那个能统筹大局、整合所有人优势的人。辛辰想要指点，要么问成天研究战术和选手的教练，要么问口齿最利索的肖诺。他自己根本不是一个好人选。

丁俊拍拍他的肩："我知道我知道，但小孩执着，非要你去指点，也不是什么大事儿，我就答应了，你随便看看，提点要求就行，想跟偶像亲近的心情不就是这样吗？"

寒陌皱眉看了看表。这个时间，言易冰很可能还睡着。而且家里有阿姨，应该不会出什么事。反正他也得在俱乐部训练几个小时，看看新人也无妨。

寒陌跟着丁俊走到二队训练室。现在二队还有四个人，名义上，辛辰只是备选替补，连桌子都是给他现加的。

寒陌跟着丁俊一进门，二队几个人默契地抬起头，拽掉耳机："经理，队长。"

丁俊点点头："你们练你们的，寒神过来看看。"

寒陌的目光环视一圈，最后定在最靠角落的小桌子上。一个个子稍矮、但长相清秀阳光的少年正双目灼灼地望着他。少年挺瘦，穿着有点简单随性，肥大的运动服挂在肩膀上，像个压瘪的口袋。

"寒神。"辛辰轻轻地叫了一声，抿了抿唇，手指无意识地擦着桌面。

寒陌打量片刻，淡漠地点了点头："加油。"

辛辰兴奋得脸色泛红，郑重地发誓："我会加油的，我一定要成为你的队友，和你一起打比赛。"

他沉浸在近距离见到偶像的兴奋中，还没发现，这句话一说出去，噼里啪啦的键盘声瞬间消失了。二队的几个人没抬头，没张望，没出声，但心已经不在训练场上，鼠标焦躁地晃动着，脸色很难看。

丁俊有些尴尬。虽说他心里知道，二队的这几个人水平够不上一队，但作为管理者，他始终把升入一队当鼓励讲给他们听，这些人也都梦想着能跟寒陌做队友，打比赛。但一队的名额有限，能去的人更是少之又少，所以没人会把野心挂在嘴边上，辛辰纯粹是没眼力见儿。

寒陌垂了垂眼，轻描淡写道："先练着，所有人都一样，打得好没什么不可能。"

他刚来 Prince 的时候，跟辛辰差不多一样的年纪。丁俊破格把他提到一队当队长时，他面对的压力和妒忌远比辛辰大。

虽然寒陌性情冷淡，少言寡语，但他会做人。从小的经历让他十分会看人脸色，几乎一打眼就能明白别人心里怎么想他。所以他从不说刺激队友的话，在战队里也尽量低调，不把自己当战队的明星，也不觉得作为队长自己就高人一等。

他把指挥的权利让给肖诺，很少参与营业性的活动，还经常拿出奖金请大家吃饭。这让俱乐部其他队员心里的不平衡减少了许多。

可即便如此，他也是花了将近一年的时间，把能拿的冠军都揽回Prince，才算彻底坐稳了一队队长的位置。丁俊的热情似乎给了辛辰某种错觉，让他认为自己就是下一个寒陌。

丁俊打圆场："你还小，现在也没法参加比赛，就多在队里练习，有什么不会的，问问这些前辈。"

可辛辰显然对屋内的气氛毫无察觉。他眼中只有寒陌，于是脱口而出："我想让寒神指导我。"

寒陌扫了他一眼："队里有专业的教练，他们的指导对你更有帮助。"

辛辰委屈地皱了皱眉，肌肉紧张地绷着，喉结紧了紧："可是……"

当年您也是得到了冰神的指导，才能少走很多弯路吧。"

他心里有傲气，觉得自己现在的水平已经很厉害了，一般的选手根本指点不了他，他也不会服。整个电竞圈，让他服气的只有少年成名的几个人，寒陌，言易冰，郁晏。

在这三个人当中，只有寒陌的经历最热血最刺激。言易冰和郁晏都是从青训生开始，一步步往上打，等原来的队长退役，接班，然后成名的。但寒陌不一样，寒陌在两个顶级俱乐部间来去自如，离开 Zero 后，就直接空降成 Prince 的队长，当时差不多整个圈子都炸锅了。

寒陌算是一夜成名，而且他担得起这个名声，他有不容置疑的实力，也是迄今为止最年轻的队长。辛辰也想成为这样的紫微星。

寒陌沉默了片刻，淡淡道："因为冰神是指挥位，会讲会教，当初也有闲心在青训营转悠。我一不会教，二没有耐心，而且冰神也已经很多年不去青训营了，我只是运气好。"

辛辰舔舔唇，坚持道："我不会让你失望的，我想你做我师父。"

丁俊讶异地张了张嘴。他没想到，辛辰对寒陌崇拜到这个地步。队友和师徒还是不太一样的。一个要用心，一个要用情。

寒陌想也没想就拒绝了："我不收徒弟，而且我也只比你大两岁，不合适。"

他找了个托词，对丁俊道："肖诺那边等我去复盘，我先过去了。"

丁俊赶紧点头："好好好，你去忙。"

辛辰眼底闪过一丝失望，清俊的脸扭到一边，不言语。丁俊皱皱眉，过去笑呵呵地安慰他："别心急，队长现在还没看到你的成绩呢，你证明给他看，说不定他就接纳你了。"

辛辰执拗道："我当然会，现在不能打游戏真讨厌，不然秋季赛我就可以证明自己。"

丁俊拍拍他的肩："时间长着呢，不着急。"

辛辰不甘心："可寒神很早就已经出名了。"

丁俊乐呵呵："规定嘛，没办法。寒陌最近的确挺忙，又得参与队内练习还要准备东亚对抗赛，你就别去打扰他了，等过了这段时间，我找个机会让你俩双排。"

辛辰眼中熄灭的火苗又燃了起来，语气中有掩饰不住的欢喜："真的？"

丁俊："真的。"

寒陌回了一队训练室，肖诺正在吃饼干。看见寒陌的脸色，肖诺笑道："新来那个，有点缠人吧。"

寒陌抬眼："也缠你了？"

肖诺耸肩："哪能啊，人家一进队就说为你来的，还说要你当他师父呢。"

寒陌眼中不耐烦："我不需要徒弟，也没兴趣教徒弟。"

肖诺"啧"了一声，开玩笑道："队长你不能藏私啊，当初冰神当你师父，现在你当别人师父，也算传承。"

寒陌微眯眼，眸色深沉，轻声道："不一样。"

肖诺笑："怎么不一样了？"

寒陌低头，点了根烟，道："冰神在我这里，可不光是传道授业解惑的。"

肖诺怔了怔："不然师父还要干什么？"

寒陌冷冷扫他一眼，严肃道："现代社会，该叫教练叫教练，该叫导师叫导师，喊什么师父。"

肖诺：？

这算是只许州官放火，不许百姓点灯吧？

傍晚，寒陌开车回家，先去了小区附近的连锁超市。他买了一箱燕麦牛奶，又买了一袋小圆子和红豆沙。在付款台刷卡的时候，他给言易冰打了个电话，没人接。

寒陌皱了皱眉，把东西拎出去，又打了一个，还是没人接。直到他打第五个电话，响了六七声，对面才接听。

寒陌问："干什么呢？"

对面迟疑："你是谁啊？冰冰在房间练习呢，没法接电话，你有事晚点再打吧。"

寒陌轻轻挑了下眉，听出了阿姨的声音。他道："阿姨，我是寒陌。"

阿姨知道他的名字，立刻热情道："哎哟你呀，打了好几个电话我才接了，怕耽误正事儿，我去给你叫冰冰？"

寒陌："不用，本来也是找您，我买了奶和红豆沙，晚上做个红豆圆子汤，您帮忙给他做个滑蛋粥就行。"

阿姨："好的好的。"

寒陌顿了顿，像是结束对话后随意一提，轻飘飘道："备注看不出来是我啊？"

阿姨不好意思地笑笑："那哪能看出来呀，我又不懂你们年轻人的说法。"

寒陌轻笑："嗯，我们是随便给对方起外号，我给他备注的就是'没良心'。"

阿姨恍然："这样啊，我就说这个名字……开始我都没敢接。"

寒陌不动声色地引导："我们俩总闹着玩，我这个外号起得比他厉害吧。"

阿姨沉吟片刻，不太赞同："那还是冰冰这个厉害，他给你起的'不是人'。"

寒陌：……

寒陌唇边的笑意更深了一点，眸色也深了下来，指腹轻轻擦着手机外壳："这样啊。"

他挂断电话，备注上的"师父"一闪而过。

言易冰练了一天游戏，头昏脑涨得厉害。眼看着自己的发挥越来越不好，注意力越来越不集中，他烦躁得直出冷汗。最后他干脆扯掉已经失效的冰贴，狠狠地揉着太阳穴。

正巧这时阿姨敲门："冰冰，我给你们留了滑蛋肉末粥，在锅里呢，寒陌说一会儿过来做红豆圆子汤。"

言易冰将手肘撑在桌面，按着太阳穴，侧着脑袋问："他什么时候说的？"

阿姨："刚才寒陌打了好几个电话，我看你练得太专注就没打扰你，我替你接的。"

言易冰四下找手机，身边果然没有。他这才想起来，中午他去厨房接温水，顺手把手机放在下面餐桌上了。他顿了顿："他打了很多个电话？"寒陌不会看他一直没接生气了吧？

"五六个吧，也怪你的备注太……"阿姨腼腆地笑笑，"一开始没敢接，后来接了才知道是他。"

言易冰舔了舔下唇，尴尬道："我的备注……你们怎么说的？"

"那小伙子看着挺冷淡的，其实私下里也蛮健谈，还跟我说你俩喜欢给对方起外号，他说他管你叫'没良心'，我说你这边备注的是'不是人'。"阿姨不好意思地捂了捂嘴，似乎觉得这种骂人的话说出来非常不合身份，"哎哟不说了，我得回家抱孙子了。"

言易冰：……

他不关心寒陌是不是给他备注的"没良心"，但现在寒陌知道他管他叫"不是人"了。言易冰头皮发麻。寒陌是真不是人，但大概不会喜欢这个名副其实的外号。

眼看着阿姨走了，言易冰琢磨着要不要把寒陌关在外面。理想是美好的，但现实是惨淡的。阿姨穿鞋出门的时候正好寒陌敲门，两人完美交接，根本没给他操作的空间。言易冰刚拖着身子到楼梯口，寒陌已经在跟阿姨道别了。

言易冰：……

他扫了一眼，扭头转身，准备回屋。

寒陌轻描淡写说了一句："师父，牛奶往哪儿放？"

言易冰只好停住脚步，又磨磨蹭蹭地下来："地下室的储物柜里，我来吧。"

寒陌拎开牛奶箱，转而把小圆子递给言易冰："牛奶太沉，你把这个放冰箱，化了再煮容易裂。"

"哦。"言易冰捏着小圆子，冰凉凉的还挺舒服。他打开冰箱，塞进冷藏里。一边关冰箱，他一边用余光注视着寒陌。寒陌表情如常，眼眸垂着，面部肌肉平滑，只有头发因为天气太热而变得潮湿。

寒陌喘息很匀，袖子卷起，自然地拎起牛奶去了地下室，似乎没有生气。难道他自己也十分认可"不是人"这个称号？

小区里别墅的构造大同小异，寒陌不用言易冰教，也知道储物柜在哪儿。和他家相比，言易冰家的地下室利用得非常充足，除了别墅自带的储物柜，言母似乎又打了个柜子，他不确定是哪个。犹豫了一下，寒陌还是拉开别墅自带的嵌在墙里的柜子。他扫了一眼，发现里面都是堆积很久的旧物。

　　年头已久的数码暴龙机、溜溜球以及四驱车，套在袋子里的旱冰鞋，落灰的滑板车，还有破洞的网球拍，和十多年前很红的弹跳棒。这些似乎都是言易冰小时候用的东西，言母不舍得扔，把这些记忆都存留了下来。

　　寒陌看着，眼神变得温柔了些。他拿起数码暴龙机按了按，发现早就没有电了。言易冰比他大六岁，等他开始看动漫，知道这些小玩意儿的时候，当初流行的玩具都停产了。当然，他的童年过得很快，从对小玩具和动画片痴迷，到再也不碰，似乎就在一瞬间。

　　他又伸手比量了一下旱冰鞋的大小，也就不到一掌长。这得是言易冰四五岁的时候玩的吧，那时候他还没出生。他在脑海里幻想了一下师父小时候的模样，肯定看起来很机灵乖巧。不过，还是现在好。

　　欣赏一圈后，寒陌准备关门。在光线即将消失的一瞬，他瞥见了一个在角落里摆放的，不起眼的透明箱子。箱子上写着——阿易宝贝的情书箱。透过透明箱，可以看见里面花花绿绿的明信片、心形的小信封，还有象征着爱情的千纸鹤、星星瓶。有的很坦荡，直接在明信片上用大大的字写着"言易冰，做我男朋友好吗，我爱你"。

　　寒陌有些感慨，言易冰把这些年的情书都留着，真的是很温柔的人。他把牛奶放到新打的柜子里，上了楼。言易冰正拧开一杯酸奶喝。他嘴张不开，喝酸奶也是一小口一小口地抿。寒陌看了他一眼，低声道："我身上都是汗，先回去洗澡换衣服，你记得测体温。"

　　"嗯。"言易冰靠着冰箱，没精神地点点头，"还有……算了。"

　　临走时，寒陌眯着眼睛扫了扫言易冰，视线定格几秒，移开。言易冰眼睑颤了颤，莫名其妙地摸了摸鼻尖。

　　寒陌洗漱很快，也就十多分钟，他就顶着湿漉漉的头发回来了，还换了一件深蓝色短袖。一进门，他就问："多少度？"

　　言易冰眼神飘了飘："三十八左右吧，跟平常差不多。"

　　其实是三十八度五。他今天没怎么休息，打游戏又需要精神高度集中，过于疲惫后，温度很容易就升了上去。他下午才吃的退烧药，似乎没管用。

　　寒陌拿了两袋牛奶，将小圆子从冰箱里取出来，点火烧水，将小圆子放在水里煮。大约五六分钟，他把水控控，将牛奶和红豆沙倒入锅内，小火熬着，等红豆沙完全融合在牛奶里，他才关了火，盛到碗里，放在窗口晾着。

"先喝粥吧。"寒陌给言易冰盛了粥。言易冰趴在餐桌上，默不作声地把手机从桌面抽了下去。忙了这么半天，寒陌肯定把备注的事儿给忘了。忘了挺好，最好再也不要想起来。

他张开嘴，吹了吹气，然后小口小口地抿着粥。虽然这个病有进食障碍，但因为这些天寒陌换着花样给他做好吃的，他也没觉得难熬。

吃完阿姨做的粥，甜品也凉了，言易冰又喝了一碗小圆子汤。糯糯的小丸子用舌尖一抿一抿就可以咽了，牛奶豆沙也很香甜，吃完后，他还下意识地把勺子含在嘴里。

寒陌轻描淡写道："听说师父今天上游戏了？"

言易冰垂眼，漫不经心："嗯，玩了一会儿。"他不太满意。后面几局手软脑袋晕，手榴弹在身边炸开了才发现，反向冲分冲得一脸血。

寒陌："一会儿我看看回放。"

言易冰机警地抬起眼："你看回放做什么？"

寒陌扣下勺子，一本正经道："当然是看看冰神的水平，马上就要合作训练了，我总要心里有数吧。"

言易冰蹙了蹙眉，轻"嗯"了一声。寒陌的要求也不算过分。四个在团队里当惯了核心的人，必须足够了解对方，互相协调，才能打好比赛。寒陌看看也没什么，只不过今天玩得这些局实在代表不了他真实的水平。

吃完饭，言易冰就在客厅打开笔记本，登了自己的账号，调出历史记录，言易冰瞥一眼，臊得扭开了脸。B+, SSS, SSS, S, SS, A, A, B, S, SS, B, A。

这成绩真是惨不忍睹。寒陌从上到下看了一遍，心里默默地记下。发着高烧，趁他不在，竟然玩了十二把游戏，还都是韩服的高端局，打起来又耗时间又费精力，快赶上他一天的训练量了。

寒陌压了压怒气，打开第一个 B+ 的回放。缩第二个圈，言易冰开车直奔打劫坡。这地方离机场太近，几乎是兵家必争之地，坡上有埋伏是必然的。但言易冰显然对这几天的空当非常有怨气，故意挑战高难度。

开车冲上去的时候，已经至少三个方向传来了枪声。言易冰把车停在大石头边，用车做掩体，跳下来，打死两个人。打完之后，他很有经验地打算转移阵地，毕竟车横在这里实在太明显了。

可他的位置早就暴露了，前面有人怼着他打，对面山头又有人架着狙。没办法，再厉害的选手也很难躲开远处的狙。而且他也不能继续躲在车后，那车几枪就能扫爆了，所以言易冰拿了个 B+。

言易冰又开始冒冷汗，长时间对着屏幕，让他的身体更难受了。他干脆靠着沙发，抱着抱枕，不陪寒陌看了。寒陌连续看了几个，把回放一关，转过头，轻飘飘道："冰神，你打成这样，还怎么当别人师父啊。"

言易冰脸一红，有些气急败坏："这又不是我的真实水平，打到后面没劲儿了而已。"

寒陌单手扣上电脑，眼眸微敛，嗓音低沉，缓缓道："是吗？第一局，犯这么低级的错误，在我们 Prince 是要被队长罚站一小时的。"

言易冰咽了咽口水，抿着唇，莫名羞耻。寒陌却置若罔闻，压低声音道："知道怎么罚站吗？就站在一队训练室的门口，像小学生一样背着手，不许松开，不许靠墙，让来来往往的工作人员都看看，是谁打得不够好，这么大的人了还被罚站。"

言易冰呼吸逐渐急促，他的手紧紧地攥着抱枕。他觉得太阳穴一涨一涨的，作为寒陌曾经的师父，现在反倒要被徒弟教训，他觉得很丢脸："我们 Zero 不搞体罚。"

寒陌轻笑："罚站算什么体罚啊，只是给不听话的队员一个教训，不过师父自己就是一队之长，教练和经理肯定不舍得罚你。"

言易冰咬着牙，一字一顿："都说了，我发烧了，状态不好。"

寒陌若有所思地点点头，问道："冰神教徒弟的时候，也能接受这种借口？"

言易冰绷紧了唇，盯着寒陌，眼皮折得很深。虽说寒陌今天有点找碴儿，但他当年巡视青训营时的确翻脸无情，不认任何借口。

他还训过寒陌，什么感冒发烧，没打好就是没打好，一遍打不好就翻倍练回来，等操作形成了肌肉记忆，闭着眼睛都能打。当然这是夸张，他也没想到，有一天这种事会落到他身上。状态不好，不管练多少遍都会是这个德行。

见言易冰没答，寒陌又问道："既然师父知道自己发着烧，状态不好，为什么不好好休息，反而浪费时间反向冲分一整天？"

言易冰微怔。他突然反应过来，这才是寒陌想说的话。不是质疑他打得差，而是气他在这种状态下强逼着自己训练。所以是……关心他？

言易冰眼角微垂，浓密的睫毛舒展着，脸上还有点红。但羞耻的感觉已经没有了，完全是烧的。他能感觉自己身体的温度更高了，保持清醒也更难了。的确不该训练的，再过两天就一周了，他不至于等不了。因为心虚，言易冰的声音很轻："知道了，这两天不练了。"

寒陌点头，眯着眼，倾身靠近了些："这件事说完了，我们是不是该讨论一下备注的事儿了？"

言易冰：！

果然！小心眼儿的男人绝不会放过这件事！

寒陌自言自语念叨："不是人。"

言易冰：……

他十分想说句"你听我解释"，但他似乎没有什么可解释的。他给寒陌的微博、微信、手机通信录的备注都是"不是人"，生动形象，简单易懂。

寒陌："我天天来给你做饭，帮你按摩、剥橙子，俱乐部小区两边跑，结果不是人？"

言易冰牙齿抵着舌尖，眼神颤了颤。寒陌明显偷换概念！明明是偏执，不听他的话，疯得连传染病毒都不顾才不是人。不过寒陌太会戳动人心，这些事说不感动是假的，除了他父母和寒陌，没人能这么照顾他。

于是言易冰低声："好好好，我改了行吧。"

他摸过手机，点进手机通信录，还没来得及改，寒陌问："改成什么？"

言易冰："寒陌呗，不然你还想是什么？"

寒陌笑，眼尾轻折，目光明亮："师父确定听我的？"

他理所当然道："改成'徒弟'怎么样？"

徒弟？言易冰手指顿住，心里很不是滋味："寒陌，你……你知道我们现在已经不能算师徒了。"

寒陌垂下眼眸，酸酸道："师父从小到大收过的情书特意存了满满一箱子，对待没有关系的人都这么温柔，为什么唯独对我这么苛刻呢？"

"谁告诉你我……"言易冰想起来了。他妈妈的确给他收拾过个箱子，专门放他从小到大收过的情书，说那是年少的记忆、纯情的美好，要是以后找不到女朋友，还可以查缺补漏。

他妈妈有这个情怀，他可没有。箱子放在地下室，他一次都没去看过。以前收的情书，很多他也没拆开，反正大同小异的话，特别无趣。

"那是我妈存的。"言易冰解释道。

寒陌不依不饶："那我之前给师父买过的东西呢？师父是不是全部都丢了？"

言易冰有些心虚，他无法回答寒陌的问题，只好转变策略。他卸了力道，身子缩了缩，蜷缩在沙发上。随即，他蹙起眉头，微张着唇，虚弱喘息。

"寒陌你不能这样，我发高烧了，下午量三十八度五，现在肯定更高了。

"我头好疼，是不是容易得脑膜炎并发症？

"嗓子也疼，耳朵后面肿得难受，还想吐。

"太难受了，我要死了。"

说罢，他闭上眼睛，歪着脑袋，鼻子皱着，让几缕头发狼狈地垂到脸前，像一只奄奄一息的小动物。

寒陌顿了几秒，果然不再追问，抬手摸向他的额头，的确滚烫。言易冰的脸上呈现着不正常的潮红，嘴唇有点干，耳朵后面鼓胀胀的，快要贴到耳垂。看来今天的训练对他身体造成的负荷很大。

寒陌从沙发上下来，有些无奈："行，病人说了算。"

BIENIU

别招

CHAPTER **4**

四天之后，言易冰彻底恢复了健康，高烧退去，腮腺的肿也消了，嚼东西完全没有痛感，就连走路也轻便了。他爽了。

到医院验了血，确认完全康复后，言易冰连夜打包衣服回了俱乐部。俱乐部里也没人被他传染，大家这段时间训练得有条不紊，宋棠还冲到了美服前十。

言易冰懒洋洋地靠在小沙发里，感受着大家一波接一波的慰问，在生病期间偏离轨道的生活终于也变得正常了。

他再也不需要寒陌的贴身照顾，不会得这种张不开嘴的病，不会给寒陌管他的机会。他们俩重新变回单纯的合作关系，再多，也就是两家队长的竞争关系。

言易冰站起身，背着手，在落地窗前来回晃悠。他的双眼明亮有神，迷恋地看着这些曾经不屑一顾的风景。路上车流断续，行人往来，小烧烤店燃起炭火，水果摊支上棚子。天色格外明媚，骄阳火热，但阳光散落在粼粼的小河里，又被冰凉的河水稀释了温度。他深吸一口气，心里的负担放下不少。

言母还有点惋惜他这么快离家，这两天天天给他打电话。经历过这次腮腺炎，言易冰突然发觉了生病时有人照顾的重要性，对他妈妈介绍的相亲对象热情了起来，完全不是以前敷衍的态度。

他妈这次出门，认识了一个运动员姑娘，和他门当户对的运动员姑娘。言母斩钉截铁："儿子，这个女孩真的不错，今年二十四，练花滑的，人又漂亮又苗条，落落大方，你们都是搞竞技体育的，肯定能聊得来。"

言易冰想象了一下自己曾经看过的花滑比赛。女孩一般都穿着漂亮的小裙子，在冰面上做着各种优雅的艺术感极强的动作，腿一抬就能轻松越过头顶。光是想想就知道很美了。他抿唇笑："是吗，怎么认识的？"

言母从言易冰愉悦的语气中察觉到了一丝不同，她心花怒放，心想自己终于戳中了儿子的心。原来言易冰不是恐婚，是喜欢搞运动的。

"女孩儿父母是你爸以前的客户，在你爸还在当高级律师的时候，负责过他们家公司上市的项目，然后就交了个朋友。这次你爸出差，正好在阆市，女孩儿父母就招待了一下，我见过那姑娘了，人家马上要去参加锦标赛了。"

言易冰连连点头："厉害，你们出趟差都能惦记着我的桃花运。"

言母："最近女孩儿在准备比赛，你也要准备比赛，等你们打完，我安排你俩见一见，女孩儿没怎么来过魔都呢，你带她玩一玩，去迪士尼之类的，培养一下感情。"

言易冰一听还要带人去迪士尼，想到迪士尼摩肩接踵的拥挤，顿时觉得有点麻烦。他刚要找理由推辞，话到嘴边，又被他咽了下去："行啊，您安排吧。"

"好，那你加油训练吧，我帮你盯着。"言母兴致勃勃，仿佛找到了事业的第二春。

言易冰关心了他妈妈两句，挂断了电话。孙天娇拿着两盒冰淇淋从外面进来，顺手带上了门："香芋味儿和巧克力味儿，要哪个？"

言易冰把手机放在桌面上，下意识伸手去拿紫色香芋味儿的冰淇淋杯。但手指即将触碰到杯壁时，他顿了顿，转而拿了那杯巧克力的。香芋，拔丝香芋，让他一瞬间想到了那个晚上跟寒陌争吵的场景。

孙天娇舀了一勺，抿了抿，感叹道："这两天可真热，热得我都快现原形了。"

"嗯，是挺热。"言易冰专心致志地低头吃冰淇淋，回答得漫不经心。平心而论，巧克力味儿也是很好吃的，不比香芋的差。

孙天娇打量他一会儿，咂咂嘴："冰神，你都恢复了，今天不去联盟大厦那边训练吗？"

言易冰果断摇头，柔软稍长的发丝随着他的动作轻晃，有一缕搭在了他的鼻梁上。他拨开碎发，淡淡道："不去，以防万一，我在俱乐部跟他们连麦也是一样的。"

其实他是为了躲着寒陌。这段时间他和寒陌接触得过于频繁了，他必须得让寒陌知道，这样的日子不会成为常态，他们见面的机会也会越来越少。

他们作为队友的时间不过短短两三个月，等到东亚对抗赛结束，毫不留情的对手才是他们间正常的关系。年轻，总是有点离经叛道的念头，但他二十五岁了，不能再离经叛道了。

孙天娇没察觉出言易冰的异样，有一搭没一搭地跟他闲聊："Prince进了个新人你知道吧？"

言易冰的动作顿了顿，眼眸一垂，轻描淡写道："啊，听说了。"这些他还是从寒陌那里知道的，或许比孙天娇知道得更早。

孙天娇放卞冰淇淋，深深地叹了一口气："我是真嫉妒小丁，他运气怎么就那么好，天上总能掉馅饼。当年的寒陌，现在的辛辰。哦，那个新人叫辛辰，他们还没官宣呢，但被我挖出来了，啧啧啧，气死我了，我给辛辰发的邮件他一个字都没回，结果居然跑到 Prince 去了。"

言易冰抬头看了他一眼，意外道："很厉害？"

孙天娇点头："冲进韩服前五了，虽然只进过一次，很快就掉下来了，因为韩国那边的顶级选手也在配合练四排，把分刷得特别高，要是在平时，辛辰能稳一会儿。"

"这跟你当初可是一个年龄、一样的成绩，不过你还是不一样，你入行晚，一开始只是随随便便玩，你要是早接触，估计更小就能进了。反正我注意到了之后肯定立马私信啊，但一直没收到回信，我以为是那种业余玩家，不愿意从事这行，没想到他主动去 Prince 了，连个礼貌性的回复都没有。"

言易冰静默片刻，继续吃冰淇淋，意兴阑珊："那是挺不错的苗子，好好培养，前途不可限量。"

孙天娇酸溜溜地哼道："我看丁俊这几天脖子都快仰到天上去了，骄傲得跟下了蛋的小母鸡似的，而且把那小选手看得可紧了，生怕人跑了。"

言易冰失笑："是吗？"

孙天娇眨眨眼，凑近一点，八卦道："你还不知道吧，听说那小孩儿是寒陌的狂热粉，他去 Prince 就是为了跟寒陌并肩作战的，说是想像寒陌那样一夜成名。丁俊可宠他了，还让寒陌去跟他双排，亲自指导他训练。天啊，那可是寒陌啊，丁俊的眼珠子啊！"

言易冰挑了下眉，满不在意："带新人嘛，我当初不也一样，我还一带带一堆。"

孙天娇哼道："你那是闲得没事自己乐意，你觉得寒陌那脾气愿意揽这个差事？"

言易冰淡声道："有什么不愿意的，谁还没有好为人师的中二时期。"

孙天娇怅然："这小孩儿要是加入 Prince 一队，他们就更强了，我估计下次转会期漠贝就要被替下来了，其实漠贝也不错，那孩子挺努力的，就是存在感有点低。"

"漠贝。"言易冰有些恍惚。他跟漠贝其实不太熟，但当时 Prince 宣布漠贝加入一队的时候，他也转发微博恭喜过。后来战队联谊，漠贝也给他敬过酒。他对漠贝的印象不错，知道这孩子眼睛很亮，有点天真，但很努力。

新人更强，漠贝就要被替换了，也不知道以他现在的年龄，能不能承受得了。但竞技赛场就是这么残酷。

孙天娇紧接着感叹："残酷啊！"他拍了拍言易冰的肩膀。这些话，他也只能跟言易冰说。作为战队经理，他非常理解丁俊的做法，但一旦和队员们有了感情，做起恶人来就是剜心地疼。

"呵。"言易冰轻笑了一下，杏核眼弯着，浮起浅浅的卧蚕。但事实上他根本不想笑。

这样的残酷其实一直环绕在他身边。梁和风，雷明，还有现在的漠贝。如果他们更有天赋，成绩更好，或许就是另一番完全不同的境遇。他遗憾、惋惜，却又无能为力。他只能看着曾经亲密无间的兄弟，诚心以待的后辈逐渐变成面目全非的样子。

吃完冰淇淋，言易冰该去训练了。他找了个单独的训练室，连上外设，进入服务器，和郁晏陈驰以及寒陌四排。

郁晏："啧，冰神满血复活了，还不亲自来见我。"

言易冰："呵，怕病毒的余韵把你带走。"

郁晏："在家爽了一周，不会把怎么开枪都忘了吧？"

言易冰："放心，我忘了你也不会忘了怎么打枪。"

陈驰："别贫了，开。"他们在打游戏的过程中话并不多，对他们这样的选手来说，随便提一个字，大家就懂对方是什么意思。

他们一连打了十局，除了队形始终有些离散外，几乎把把都吃了鸡。MVP各把不同，但很均匀。言易冰和寒陌两个突击手发挥了很大的作用，人头拿得最多，但蹭雷也多，对他们来说，将希望寄托在队友身上是种非常新奇的体验。毕竟以往在比赛里，背负这种重担的是他们。

训练完，言易冰还跟郁晏拌了几句嘴，等关了游戏下线，他立刻收到了寒陌的微信。备注名已经被他从"不是人"改成"寒陌"了。只是寒陌这两个字，不痛不痒，表达不了任何情绪，似乎还不及"不是人"亲切。

寒陌："还难受吗？出去吃晚饭吗？"

言易冰揉了揉眉心，叹了一口气。他盯着微信看了一分多钟，又缓缓把手机放下，关掉，没有回。不是不想回，是不想那么亲近。

晚上八点，已经彻底过了吃晚饭的时间，言易冰订了份外卖，一边闷头吃着，一边时不时地瞥一眼手机。寒陌再也没有发微信过来，他相信，寒陌应该懂他的意思了。

晚饭是他很喜欢的秃黄油拌饭。因为嘌呤高，所以他几个月才吃一次，每次都是极致的享受，他恨不得花一个小时，一粒一粒地品味。

只有今天，他突然觉得饭有点腥，吃下去，胃里翻江倒海地恶心，最后还剩了大半碗。他看着黄澄澄油亮亮的蟹黄，却再也吃不下去了。言易冰舔舔唇，心里突然不是滋味儿。

距离寒陌给他发微信，已经过去三个小时了，是时候回一下了。言易冰仿佛突然被解开了封印，快速捞过手机，手指在键盘上飞快扫过，像是赶几秒钟的死线一样，发了出去。

言易冰："才看到，晚饭吃过了，彻底好了。"

确认微信发出后，他咽了咽唾沫，喉结一紧，嘴唇下意识地抿起。两分钟过去了，消息失去撤回的最后机会，寒陌并没有回复。言易冰觉得，他好不容易解开的封印仿佛又被贴上了，他陷入了新一轮的等待。

他望着微信界面，皱着眉，心里烦躁。不回寒陌的消息他觉得愧疚，回了又怕寒陌误会什么。这种情况已经严重影响他的生活了。

他晚上无事可做，把饭打包好送去厨房冰箱，又回来躺在床上补眠。闭着眼睛待了一会儿，实在睡不着，他又起床去洗澡。洗了澡，浑身湿漉漉地从卫生间出来，他一边甩着头发，一边关掉呼呼吹冷风的空调。

就在空调扇子彻底闭紧的瞬间，手机振了一下。言易冰心脏漏跳一拍，他顾不得擦头发，赶紧到床边，拿起手机看了一眼。是微信，是寒陌发来的消息。

寒陌："嗯。"

一个字，没有任何情绪，没有任何意义，仿佛就是表达自己知道了。言易冰心里更烦躁了，这一个字还不如不回。

他转身坐在床上，毛巾搭在头顶，弓着背，怔怔地望着地板。自从主动疏离寒陌，反倒是他开始心神不宁，言易冰不知道自己现在的状态算怎么回事。

他回消息经常不及时，有时候看到了，觉得不太重要也不会立刻回。比如梁和风，之前大段大段的语音发过来，他后来听了，发现都是抱怨解说公司办入职多不专业，要求有多变态。

但他就没回，因为无关紧要。抱怨工作是所有人都会干的事，老板也不是慈善家，让你难受是很正常的。可哪怕没回，他也不觉得心里多难受。

寒陌为什么不一样？到底哪里不一样？故意不回寒陌的消息，他为什么心里会这么难受？身上少许的水已经蒸发掉了，他都没来得及擦。只有头发还是湿的，微凉的水珠时不时地砸在他肩膀上。

言易冰登录好久不上的微博，他发现自己发的上一条微博还是吐槽人生倒霉的。那次寒陌堵到他相亲，故意找碴儿，还用曝光小野猫的账号威胁他。

寒陌那时候应该被他气坏了吧，毕竟他故意换了女号去打探Prince的策略，但他最后也没有把这件事情曝光出来。言易冰轻笑，动手指，又发了一条状态。

"@Zero言易冰：总算满血复活，腮腺炎要死了，大家在人员密集的地方尽量戴口罩吧。"

刚发出去没多久，粉丝们就闻风而来："啊啊啊第一！"

"冰神我爱你，多发自拍！"

"新运动服超漂亮，已入手，冰冰身材真好。"

"东亚对抗赛千万要抓紧训练啊，不能丢脸！"

"冰神得腮腺炎了？天啊，那个好难受的，都吃不了东西，心疼。"

"我得腮腺炎的时候瘦了六斤，饿得眼睛都是绿的，太痛苦了，一咀嚼就疼。"

"不是说成年人不容易得吗？这么倒霉。"

言易冰心想，他没瘦，好像还稍微胖了点，多亏寒陌变着法地给他做好吃的。想到寒陌，他眼神颤了颤，鬼使神差地搜索寒陌的微博。

寒陌的微博一直很无趣。他从来不发表观点，输出情绪，他的微博里除了广告还是广告，要么就是朋友拜托他转发的推广。

言易冰点进去，发现最新一条是寒陌转的代言商的官宣微博，就是东亚对抗赛寒陌签了年度代言的那个品牌。这牌子不错，和他签的那家不相上下，只不过他签的是季度代言，双方都比较谨慎；而寒陌直接签了年度代言。言易冰点进广告博，不知道评论为什么变成了实时排序。

"寒神新关注的人是谁？"

"@XC0717 是什么，车牌号吗？"

"不会是寒神在直播里说的喜欢的人吧，嘤，我心梗了！"

"傻了么各位，那是个男的！也关注了 Prince 官博和其他 Prince 的选手，肯定是工作人员吧。"

言易冰点开寒陌的关注列表，发现列表第一个，的确是 @XC0717。戳进 @XC0717 的微博，里面只发了一条。

"@XC0717：队长 @Prince 寒陌，早晚有一天，我会和你并肩站在巅峰！"

热门回复——

"@Prince 寒陌：加油吧。"

"@XC0717 回复 @Prince 寒陌：啊啊啊我太开心了！"

这段对话在寒陌回了他那个"嗯"字后。这个像车牌号的微博，估计就是新选手辛辰的。

看来丁俊担心夜长梦多，想要早日官宣了，寒陌倒是难得配合。不过有人崇拜自己，肯定是挺爽的，配合也正常。

并肩站在巅峰什么的，呵呵。言易冰懒散地扯了扯唇，胸口闷闷的。

言易冰也不能总在俱乐部躲着，他还是得到联盟大厦现场和他们当面研究战术，分析对手。联盟给他们请了两个专业素养过硬的教练，言易冰也得去听。

训练之前，言易冰和郁晏在小楼道口边吃哈根达斯边聊天。言易冰问："如果有天一个一直黏着你的小孩不理你了，一般是怎么回事？"

郁晏扫他一眼，轻呵："不是吧，你这是遇到情感问题了？"

言易冰冷着脸："没有，就是我一个朋友……"

郁晏三两口把哈根达斯球吞下去，含糊不清道："赶紧的，马上开始训练了。"

言易冰佯装淡定，慢条斯理地舀了一小口冰淇淋，模糊掉了大部分内容："爱信不信，真是我朋友，男的，年纪挺小的，我一直当弟弟照顾，之前关系挺好的，前段时间突然不理人了。"他前段时间确实跟寒陌关系还不错，也不算说谎。

郁晏皱了皱眉，听说是男的之后就失去了兴趣："可能你不小心得罪人家了，或者他谈恋爱了吧，年轻人的心思本来就是一天一个样。"

言易冰顿了顿："算了，也不是什么大事。"

郁晏勾着他的肩，散漫一笑："没关系，你这不是还有我们吗？走了，训练了。"

言易冰也三两口把剩下的冰淇淋吃掉，擦擦嘴，和郁晏一起慢悠悠地往训练室走。他俩算是掐点到的，陈驰、寒陌和两个教练已经到齐了。

在场的不止这些人，言易冰的目光落在寒陌的身边，一个长相有些稚嫩，个子不超过一米八的男生正低头跟寒陌说话。男生看起来不算帅气，但很清秀干净，因为身材瘦，所以低头的瞬间，颈椎明显凸起一个包。

"哇，DPI这么高的吗，用起来鼠标不会飘？"他说话的时候，为了让寒陌听清楚，会下意识地凑近寒陌的耳朵，他那运动服的拉链几乎坠在了寒陌的肩头。

寒陌正在调外设，闻言动作一顿，只是轻描淡写地回了一句："适应就好。"

男生脸上红扑扑的，眼睛发亮，小声道："那我下次也试试，虽然容易飘，但是速度快，控制得好刚枪是优势，像我这种突击型选手，还是得有意识地练习，教练也那么说，队长你觉得呢？"

寒陌沉了沉气，关掉调节界面："不用学我，按你自己的方式来。"

这两天，他能明显感觉到辛辰在模仿他，模仿他的打法，模仿他的基础数据设定，模仿他的作战意识，甚至是模仿他打游戏时的小动作。他有时候颈椎累了，背酸了，会在确认安全的瞬间用左手指骨按自己颈侧的穴位。辛辰也这样，同样的手指，同样的穴位。

看过一次，寒陌觉得很不适。他当年在 Zero 的时候，风格里也有不少言易冰的影子，但那是因为言易冰总教他，天天看着他，这种风格的形成是潜移默化的，他没有刻意模仿。

但他从来没教过辛辰，也不存在潜移默化，而且辛辰模仿得非常具体，就好像不只是想要复制他的竞技水平，而是要复制他这个人。辛辰好像把他当成了一夜成名的模板，类似批量生产的偶像明星。

寒陌弄完外设，一抬头才看到站在门口的言易冰。言易冰正盯着他的方向，眼睛眨也不眨，漆黑水亮的眸子在明热的日光下反着光，有一根发丝突兀地搭在他眼角处，被照成了棕黄色。

寒陌刚要动唇，言易冰已经把目光移开了，和郁晏有说有笑地去了自己的位置，也开始娴熟地装外设，检查设定值。于是寒陌又把话咽下去了。

郁晏插好键盘，挑眉看向寒陌："你带来的新人？"他们四个的训练没规定不能来人观摩，只要不打扰到他们就好。郁晏的女朋友丁洛也偶尔会来，就在一边默默坐着，有时凑热闹看看战况，绝大部分时间在玩手机。

寒陌淡淡道："经理让我带来学习。"他说罢，看了言易冰一眼。言易冰板着脸，一本正经地鼓弄键盘，根本没抬头。寒陌总觉得言易冰今天有点不正常，好像故意不愿意搭理他。

郁晏笑笑，打趣道："看来丁俊很重视嘛，要进一队了？"

"不是吧，队长没有通知我。"辛辰低着头，抿唇含蓄一笑。他这个笑很意味深长。不是谦虚羞涩，不是自嘲推诿，仿佛在说，嗯谢谢你提前恭喜我，我的确是要进一队了。

"这不是我操心的事。"寒陌漠不关心，倒是见言易冰装好外设了，他从背包里捞出一杯珍珠薏米水，朝言易冰的方向推过去，"冰神，润喉。"

只有一杯，连他自己都没有。训练室有成箱的矿泉水，其他人也不需要他带水关心。郁晏微怔，但随即了然，言易冰病刚好，身体是娇气一点，寒陌倒是挺细心。于是郁晏顺手想拿给言易冰，言易冰却轻声道："不渴。"

郁晏动作一顿，刚准备伸出去的手又缩回来了。他当然是站在言易冰这边的。

"寒队长自己喝吧，刚才我俩在外面喝过咖啡了。"他顺嘴胡扯。

寒陌挑眉，别有深意地看了言易冰一眼。薏米水是乳白色的，杯底沉淀着一圈软糯糯的薏米，这是新加坡的特色饮品，最适合在炎热的夏季喝。辛辰皱皱鼻子，小声问："队长，这是哪家的薏米水啊，好喝吗？"

言易冰用余光扫了一眼辛辰。这话，简直就是明示了，有脑子的人都能听出来是在索要。

他无声轻笑，却发现笑得一点都不痛快。但很快，"没脑子"的寒队长说话了："好喝。"

两个字，没了，压根儿没有送出去的意思。就连辛辰都愣了愣，最后没趣地退到一边了。言易冰却觉得，他心里舒服了点。

教练开好幻灯片，对他们说："你们打一盘，热热身。"

言易冰点头开房间："哪个服？"

教练："就韩服吧。"

言易冰："这个点，高手们还没上线吧。"

教练："不用高手，随便热个身。"

言易冰点头，开了游戏。这局打的是雨林，跳点天堂度假村。这个地方有点特殊，不管你是不是突击手，都要落地迅速摸枪、刚枪、占领点位。其中人数最多、战况最激烈的就是度假村前沿，越靠后院，人数越少。

寒陌："冰神和我跳前面，郁神上房顶架枪，陈哥策应一下？"这样能拿到最多的人头数，但也有突击手被全灭的可能。

郁晏点头："嗯。"这的确是最合适的打法，但他想要毫无后顾之忧地占领最佳点架枪，需要一小段时间。

在这期间，陈驰必须保证郁晏不被后面山头的阴枪打，因为房檐的活动范围有限，虽然角度刁钻，但一旦被瞄准，很容易直接死了。这也意味着，前期言易冰和寒陌不会有应援。但有应援也来不及，敌人数量密集，一旦倒下，根本等不及人救。

寒陌："冰神，我们跳左侧。"

言易冰没说话，开伞后，他调整角度姿势，熟练地下飘，鼠标一扫，看到了密密麻麻的人。教练嘱咐道："别太自负，都小心点。"

落了地，言易冰很幸运，飞快摸起一把M416，在他装弹的时候，已经有三个人落在他视线所及之处。寒陌的落点只有一把手枪，他飞快翻进了内院闪避。

一墙之隔，言易冰已经跟人对上枪了。击杀信息快速刷新，三十发子弹，言易冰打倒了三个人。他一边开枪，一边飞快地朝墙内退去，但在找到庇护的下一秒，却迎面遇见了人。

言易冰一绷唇，手指用了点力气，用极其灵巧的走位避开子弹。但这并不是长久之计，就在他打算往后院跑找陈驰照应的时候，寒陌一枪击倒了追着他的人。

言易冰只迟愣了一秒钟，就飞快蹲身，捡枪，捡子弹，把自己简单装备起来。刚才真的很惊险，对方是冲锋枪，连发杀伤力很大，他就算走位再厉害，也不能保证撑多久。如果不是有寒陌照应……

下一秒，言易冰抬起M416点射，淘汰掉一个藏在寒陌身后草丛中的人。寒陌眼底含笑："谢谢冰神。"

"应该的。"言易冰冷静地收枪，又开始清内院的兵。他和寒陌配合默契，互相帮衬，虽然有几次情况凶险，差点血线滑到底，但最终谁都没倒。他们坚持到了郁晏占领最佳位。

不过每次寒陌的主动互动，言易冰都反应淡淡，似乎并不想过多交流。

郁晏非常"丝滑"地狙掉了隐藏在各处的敌人，陈驰则负责给郁晏送弹，四个人的小团队很快清理了天堂度假村，一共二十三杀，战绩足够漂亮了。

一局过后，教练开始复盘分析。在椅子上坐了两个小时，教练让他们随便休息一下。言易冰摸出烟，准备出去清醒一会儿。他刚走到门口，推开门，就听到辛辰对寒陌吹的彩虹屁。

"队长刚刚太厉害了，尤其是救冰神那一枪，要是在正式比赛上肯定被列为精彩片段反复播放，我也要像你一样，青出于蓝胜于蓝。"

此刻房门半遮半掩，辛辰虽然声音不大，但他也听得清楚。言易冰气得胃疼。夸寒陌就夸寒陌，还顺带踩他一脚。青出于蓝胜于蓝？他没救寒陌？他怎么就比寒陌差了？

不对，他和寒陌谁救谁都是正常的，队友本就是相互弥补相互扶持的，不用比谁高谁低，这小孩儿太招人烦了。

寒陌望着言易冰的背影沉默几秒，随后站起身，绕开辛辰，跟着言易冰走了出去。言易冰正在生气，没听到身后的脚步声，他拐到了安全通道，关上门，靠着楼梯一侧的墙，摸出一根橘子味儿的烟来。

他把烟叼在唇间，还没来得及点燃，安全通道的大铁门又是一开，寒陌迈了进来，随后，门被严丝合缝地按了回去。

言易冰眨眨眼，打火机上的火苗颤抖了一下，照亮了昏暗的楼道。他有点惊讶，但意识到寒陌跟来的这一刻，他心里的闷气消散了一些。

寒陌往前走了几步，随手一扇，将打火机扇灭，紧跟着捏住他的烟，从他唇间拔了出来。

"病刚好，抽什么烟。"

言易冰唇间一空，顿了顿，没好气道："关你什么事。"他扣上打火机，伸手，想要把烟夺回来。寒陌手一背，将烟藏到了身后，言易冰的手指差点擦到寒陌的腰，他睫毛颤了一下，收回了手。

"我是不是惹着你了？"寒陌稍微高点，所以垂眸看向言易冰。楼道内昏暗，他眸色漆黑，看不出情绪。

言易冰：……

他觉得自己跟一个小孩儿犯别扭有点太小心眼儿了。而且那小孩儿除了过度自信以外也没别的毛病，或许是他年纪大了，感受到了新鲜血液带来的危机感。

那小孩儿的天赋的确不错，过几年他状态下滑，可能真的会被超越的。这种事绝对不能承认。言易冰懒散笑笑，背抵着墙，漫不经心："寒队长说什么呢，没惹我。"

寒陌又靠近了些，昏暗的环境给了他们隐蔽的错觉，事实上，这个安全通道随时可能有人来抽烟。联盟大厦那么多工作人员，这里几乎成了公共吸烟点。寒陌低声问："那为什么不理我，我给你的水也不喝？"

言易冰牙齿轻碰，似笑非笑："忙啊。"

寒陌若有所思："我也忙，我昨天……"

言易冰打断他："我们俩都忙，所以见面还是尽量聊正事儿吧，比如消化一下教练的话。"

"教练的话一会儿再说，我现在就想聊聊。"寒陌无辜地垂下眼，轻声道，"师父别不理我，特意给你买的薏米水，甜的，真的好喝。"

言易冰又气又郁闷，什么叫他不理人？明明是寒陌昨天一个简单的"嗯"字之后，就跑去跟明日之星互动了。

他正想发作，楼上一声粗咳，紧接着传来鞋底摩擦烟蒂的声响。楼道空间窄，墙壁一回音，声音仿佛就响在他们耳边。上下两层的声控灯都被这一声给弄亮了。柠檬黄的灯泡热情地散发着光芒，把每一寸角落都照得清清楚楚。

言易冰愣住了，寒陌也是一怔，显然没料到安全通道里还有人。刚才他们说的话，肯定都被听到了。言易冰十分窘迫，他忧心地抬起眼，往楼上看了看。

楼上的人没下来，但也没继续点烟，更没有离开。似乎那个人也不知道该怎么反应，隔着薄薄的一层楼板，两方陷入僵持。寒陌这种脸皮厚的很快恢复了正常。他低声道："师父怎么吓成这样，明明刚刚更丢脸的是我吧……"

言易冰狠狠地瞪了寒陌一眼。楼上的声控灯骤然灭了，周遭一切都陷入昏暗，仿佛近在咫尺的威胁也遥远了。他来不及斥责寒陌，抬手推开他，拉开铁门溜了出去。寒陌低笑，也跟了出去。

"都怪你！"言易冰重新见到明朗的阳光，朝寒陌发脾气，"太丢脸了！"

寒陌毫不在意："他不知道我们是谁。"

言易冰气道："要是熟悉的，肯定一听就听出来了！"

寒陌佯装真诚地建议："那师父就说是我惹你生气了。"

言易冰顿了顿，转过脸义正词严地强调道："本来就是你惹我生气了。"

寒陌语气里含着笑："嗯，而且我们还可以反将他一军，他随地扔烟头呢，到时候让大家强烈谴责他。"

言易冰：……

回到训练室门口，言易冰伸出手："烟呢，还我。"

寒陌随手把烟揣在兜里："不给，等身体彻底恢复再说。"

言易冰皱眉，语气有点冲："你管得太多了吧？"

寒陌："嗯，师父也可以管我，我都听的。"

言易冰心中一动，意识到了什么，快速道："以后不许管我。"

寒陌直接笑出了声，因为离屋内太近，他的笑声很沉："明明我比师父小六岁，师父怎么好意思跟我耍赖。"

言易冰：……

明明比他小六岁，还是他徒弟，怎么好意思管他？但他也觉得耍嘴炮挺幼稚的，于是扭开脸，懒得理寒陌。

还不等他们推门进去，门就从里面打开了。辛辰露出脑袋来，先是瞥了一眼一脸平静的言易冰，随后将目光落在寒陌身上："队长，你去哪儿了，我还找你呢。"

寒陌在门开的一瞬间，又恢复了冷淡。他皱眉："找我有事？"

辛辰认真地点点头："刚才看你们复盘，发现有一个韩国的职业选手，之前在韩服冲分的时候排在我前面，挺厉害的，队长有没有他的资料啊？"

寒陌淡声："我没有，找教练。"

言易冰不愿意听他们队内交流，于是从缝隙进了门，边往里面走边手欠拨了一下郁晏的椅背。郁晏仰着头，回看言易冰一眼，怔住："你脸怎么红了？"

言易冰：……

言易冰努力保持表情不崩："被烟呛到了。"

"哦。"郁晏也没多想，跟言易冰嘟囔，"啧，早知道也带我徒弟封晨来了，多少学点东西。"刚才中途休息，辛辰眼巴巴地望着寒陌出去了，于是开始缠着他和教练，嘚吧嘚吧问复盘时的问题。

按理说这次东亚对抗赛没有辛辰的事儿，教练也没义务告诉他。但闲着也是闲着，只好给他讲。明明是休息的时间，教练和郁晏愣是被困住了二十多分钟。

言易冰轻笑："那我们宋棠也可以来。"

郁晏咂嘴："宋棠够厉害了，还来什么呀，给有需要的人一个机会。"

言易冰："封晨可是你手把手教的啊，你不在就等于他？"

郁晏："我这不想着你徒弟在现场，我徒弟也得来凑个热闹嘛。"

言易冰："……滚，寒陌是选手。"

他们正在打趣拌嘴，门外有人喊："各位队长，教练，你们点的外卖到了。"

紧接着门一开，工作人员从外面拎进来好几袋饮品。教练皱眉："你们谁点外卖了，马上要练习了。"

言易冰茫然地看看郁晏，又看看陈驰，最后摇摇头。他和寒陌一直在一起，他们都没点，显然郁晏和陈驰也是一脸蒙。辛辰举起了手，无辜地笑笑："我看队长那个薏米水不错，也想着大家都没尝过，就从店里订了六杯。"

辛辰把薏米水接过来，一杯杯给大家分发。两个教练，郁晏，陈驰，替补路江河，还剩一杯，言易冰挑了下眉。郁晏凝眉："谢谢啊，不过少一杯吧。"

辛辰讪讪："呃，刚才冰神说他不喝，我怕点多了。"

他说罢，尴尬地看向言易冰，似乎在表明自己的无辜。言易冰的确说了不喝，他也并不渴。按理说辛辰为了防止浪费点六杯不算错，只是稍微显得情商有点低。但辛辰还小，言易冰不想跟他计较。

"嗯，我是不喝，别浪费了。"屋内一阵沉默，气氛到了冰点，就连郁晏都不知道该怎么活跃气氛，辛辰这操作的确有点太离谱。他们谁都不缺一杯薏米水，刚刚寒陌只给言易冰带，是因为寒陌知道，在场喜欢喝甜的吃甜的只有言易冰。

寒陌买　杯薏米水关心言易冰没事儿，但辛辰给全场人都点了，唯独漏下言易冰就说不过去了。不过郁晏作为接受馈赠者，也不好说什么。

寒陌默默拿过自己买的那杯薏米水，走到言易冰身后，倾身，放到了他面前，还贴心地帮他把吸管插好。他的动作很慢，在和言易冰视线相交时，他轻声道："你不能喝凉的，对胃不好，给你买的常温的。"

言易冰诧异地扫了他一眼。他没想到寒陌这时候会过来，现在把这杯给了他，那全场唯一没有薏米水的反倒成了寒陌。啧，言易冰琢磨了一下，有点舒服是为什么呢。

辛辰傻眼了。他知道言易冰和寒陌以前是师徒的关系，但都各自为战两年了，而且分属对家战队，网上粉丝吵得不可开交，年年线下赛对线。按理说，他和队长是一伙的，言易冰才是外人。

但队长似乎过于讨好言易冰了。特意买价格不菲的薏米水送他，刚才又追着出去跟他私下聊天。但言易冰对他队长的态度一直冷不热的，有时还爱搭不理。可奇怪的是，屋里所有人都习以为常，仿佛言易冰就该那么对他队长。

他认为师徒不该是这样的。虽然名义上是师徒，但大家都是年轻人，差不了特别多，凭什么低人一等。他替寒陌鸣不平，甚至有点厌恶言易冰。

其实少买一杯也是故意的。毕竟言易冰自己说过不喝，那就不算他错。但现在事情的发展有些脱离他的预判。辛辰犹豫了一下，把自己那杯递过去："要不队长你喝我的吧？"

寒陌摆手："我不爱甜的，你喝吧，也不用给他们，他们都能自己买，真想要就主动说了。"

辛辰又把手缩回来："哦。"

如果是以前，言易冰没心情跟小孩儿搞这些钩心斗角。他也没打算跟辛辰做朋友，在他有限的职业生涯里，接触的 Prince 队长都会是寒陌。不过今天……他拿起寒陌给他的薏米水，大大地喝了一口，皱眉挑刺："不够甜。"

寒陌从善如流："嗯，明天买五分糖的。"

辛辰：……

教练欣慰地点点头，一副老父亲的慈祥眼神："你们选手之间互相爱护才是对的。"他来之前听说寒陌和言易冰之间有摩擦，还以为带队会很困难，结果根本不是这回事儿。两人多好啊，兄友弟恭的。

训练又进行了两个小时，太阳已经彻底落山了，不过天空还是晴蓝的，偶尔飘着几丝棉絮样的薄云。结束后，大家累得不想说话，瘫在椅子上玩手机。辛辰没理由继续待在这儿，寒陌也不留他吃晚饭，他一步三回头地走了。

郁晏给言易冰发微信。郁晏："我跟洛洛说了，她正坐车往这边来，你跟她聊。"

言易冰："聊什么？"

郁晏："你朋友那事啊，洛洛好歹大学毕业，比我懂。"

言易冰：……这事他都给忘了。

很快，丁洛戳言易冰。丁洛："冰神，郁晏说你跟你弟弟吵架啦？"

言易冰："啊……"

言易冰知道郁晏这人爱偷工减料，但这才一会儿就传成弟弟了，太离谱了。

言易冰："不是弟弟，就是我一个朋友，年纪比我小一点，大概六岁吧，前段时间就一直往我这儿跑，结果突然又不乐意搭理人了。"

他打完字，对面沉默了一会儿。言易冰后悔，觉得自己说得有点多了。片刻后。

丁洛："！！！"

言易冰："？？？"他不知道丁洛这是什么意思。

丁洛："冰神，你说的弟弟不会是寒神吧？"

丁洛发了一个坏笑的表情，言易冰蒙了。突然，手机又振了一下。

寒陌："晚上一起吃饭？"

言易冰紧张得眼花缭乱，下意识回："不是，我那个朋友叫梁和风。"

寒陌："……"

言易冰瞥见对话框的头像是谁，心里一咯噔。No！寒陌有梁和风PTSD（创伤后应激障碍）！言易冰下意识点了撤回，可看到消息撤回的提示，他觉得自己更蠢了。寒陌都看见了他撤回还有什么用。

言易冰赶紧抬起眼，望向寒陌的方向，支吾道："不是！"

寒陌也看着他，眼睛垂了垂，嘴唇绷了起来。睫毛一遮，言易冰看不到他的神情，只觉得有点委屈，还有点生气。

言易冰咽了咽口水，心焦气躁地在座位上磨蹭了一会儿。随后他心一横，干脆站起身，走到寒陌面前："咳，我发错了。"

寒陌没抬眼，手指摩擦着手机屏幕，轻飘飘道："有人说过不在我面前提的。"

言易冰抿了抿唇，杏核眼微凝。面对寒陌，他竟然开始心虚。虽然他只提了一句梁和风，但寒陌确实不喜欢听。

言易冰犹豫半天，把薏米水往前递了递，小声道："你渴吗，徒弟。"

寒陌的目光落在薏米水上，眼睑颤动，突然低笑了声："嗯，好渴。"

他接过薏米水喝了一口，片刻后抬起头，当着郁晏、路江河、陈驰以及两个教授的面道："看来师父知道我想要什么。"

路江河听了个只言片语，好奇："寒队长想要什么啊？"

言易冰低下头，揉了揉眉心，遮住容易泄露心虚的眼睛。

他轻嗤："谁知道呢。"

寒陌："晚上——"

他话没说完，丁洛推门进来了。她一进门，没先找郁晏，反而别有深意地朝言易冰和寒陌的方向望了一眼。寒陌正坐在电竞椅上喝饮料，言易冰靠着寒陌的桌子，面对着窗外，单手揉着眉心。丁洛看着着急，他们两个到底和好没有啊……

郁晏："正好洛洛也来了，晚上一起吃个饭？"

两个教练推辞："我们算了，家里做好饭了，你们去吧。"

陈驰："我也不在外面吃了，最近甘油三酯有点高。"

路江河倒是没意见。言易冰松了一口气："行啊，一起呗。"他还担心跟寒陌单独吃饭不自在。

寒陌抬起眼看着言易冰。他那种遗憾的目光被丁洛 get 到了，丁洛舔舔唇，勾住郁晏的脖子："还是去你们 CNG 吃吧，我想吃 CNG 的糖醋排骨了。"

郁晏："啊……也行。"

寒陌："冰神，那——"

手机突然响了起来。寒陌皱了下眉，低头一看，接了起来："经理？"

丁俊："寒神，你那边完事没有啊，完事来好景轩，一起吃个饭。"

寒陌又扫了言易冰一眼："今天不了吧，跟人约好了。"

丁俊："唉有点难办啊，你要不推一下吧，正好约了陈律师一起。"

丁俊身边有个低低的声音，试探性问道："队长不来了吗？"

丁俊："来来来，你跟他们说四副餐具。"

辛辰一喜："好的。"他跑到包厢外，冲服务生喊道："四位，先给我们上壶茶。"

遥远的喊声从手机里传出来，还是能听得清楚。言易冰摆了摆手："你赶紧去吧，丁俊找你肯定是正事儿，我跟郁晏他们去吃。"

寒陌迟疑了一下，低声："嗯。"

嗯？嗯！又是"嗯"，昨天晚上就是一个"嗯"，然后就去跟明日之星友爱互动了，今天又是跟明日之星吃饭。

言易冰"高贵冷艳"地走到郁晏旁边："我也去你们 CNG 转转？"

郁晏："啧，刺探敌情？"

言易冰："我稀罕？"

丁洛的目光在言易冰和寒陌身上来回打量，勉强笑了一下："突然不想吃食堂了，咱们还是吃火锅吧，就新开的那家海鲜火锅。"

她支开郁晏、路江河是为了给寒陌和言易冰创造机会的，现在寒陌都被人勾走了，索然无味。寒陌收拾好背包，挎在单肩，淡声道："我先走了。"

言易冰用余光扫了他一眼，很快收回目光，也不冷不热地回了个"嗯"。但是寒陌显然没有被这个字影响。他推门出去，很快连走廊里都听不到他的脚步声了。

言易冰只好跟郁晏、丁洛和路江河去吃火锅。这家是精品小火锅，主打海鲜和和牛，味道是不错，但价格也不低，四个人临时去已经排不上包间了，只好坐在外面散台。空气里满是火锅底料的味儿，虽然香，但是明天衣服肯定不能穿了。

言易冰跟路江河坐一边，郁晏和丁洛坐一边。菜单拿过来，先给在场唯一一位女士。丁洛点了蟹棒、虾滑和豆腐皮，然后给郁晏，郁晏点了三盘肉，又递给言易冰。

言易冰心情不佳，只想花钱。他随便扫了一眼："十个贝隆生蚝，一盘大黄鱼片，一瓶白葡萄酒。"

路江河唏嘘："贝隆生蚝放锅里煮是不是有点暴殄天物了？"

言易冰漫不经心："不够再要，我请客。"

路江河："好嘞老板。"

郁晏眯着眼，看着言易冰问道："你在生什么气？"

言易冰一愣，反问道："什么？"

郁晏又重复了一遍："看你半天了，从联盟大厦出来就气不顺，怎么了？"

言易冰吓了一跳："我？"

郁晏："废话，生气都写在脸上了。"

言易冰下意识碰了碰自己的脸，有些茫然。原来他刚才在生气吗？还是情绪特别明显地生气？为什么？不光郁晏问他，他自己都想问自己。他到底有什么可生气的。因为寒陌回了他一个"嗯"吗？不是。因为辛辰刻意少给他买了薏米水吗？他犯不上。

是因为寒陌回了他一个"嗯"，然后去跟少给他买薏米水的辛辰吃饭了。但这跟他有什么关系啊？他干吗要生气？言易冰想着想着，更烦躁了。

丁洛垂下眼睛，一边用热水烫杯壁一边小声道："我知道冰神为什么生气。"

郁晏和言易冰齐齐看向她。丁洛："大概就是我以前想跟你逛公园，你'鸽'了我去练游戏的感觉吧。"

郁晏心虚："宝贝儿，我现在不那样了。"

丁洛："我又没想翻旧账。"

言易冰轻笑道："那是什么感觉？我才没呢，我就是今天练得有点累。"再说，丁洛和郁晏是情侣，那能是一回事儿吗。

丁洛点点头，也不继续说下去了。火锅很快端来，菜品也摆了满桌。郁晏因为丁洛的一句话，一晚上没敢怎么吃，一直在给丁洛涮肉涮海鲜。

言易冰也没什么食欲，但是泄愤地煮了好几个生蚝。这种贝隆生蚝价格昂贵，一般用来配着柠檬汁生吃，但他现在似乎就想暴殄天物。他把生蚝煮得一股汤底味儿，又沾了浓浓的酱汁，根本尝不出一点鲜美，稀里糊涂地就吞了下去。

只有路江河吃得最踏实，风卷残云一般，把肚子撑得再也塞不下去。白葡萄酒他们一人喝了一点，没喝完，剩下的可以打包带走。由于是言易冰请客，白葡萄酒自然也就给他了。

吃完饭，相互道别回家。言易冰一身酒气和火锅味儿，手里还拎着一瓶白葡萄酒。他不想去俱乐部丢脸，于是打车回家。回了家，连他妈妈都嫌弃他："烟熏火燎的，赶紧上去洗个澡。"

言易冰把白葡萄酒随手放在鞋柜上，懒散地爬楼梯。言母："昨天你看电视没有？"

言易冰脚步一停："我多少年不开电视了。"

言母："昨天体育频道有雅云的比赛回放啊。"

言易冰皱着眉："谁是雅云？"

言母沉下脸："你一天都在想些什么？我给你介绍的花滑小姑娘毛雅云！"

言易冰还是迟愣半晌，才恍然："她叫这名字啊。"

言母："你都没查查她的百科？"

言易冰莫名其妙："我没事查她干吗？"

言母："你不是对她挺感兴趣的吗，你这么不上心，还想人家女孩子主动啊！"

言易冰确实给忘了，他怎么可能对一个从来没见过的人感兴趣。只不过那天正好心血来潮，他想到自己以后生病时的样子。

言易冰："我本来也不是主动的性格，不然也不至于不早恋。"他嘟囔完，飞快地跑上楼了。

言母："你！"

言易冰已经把房门给关死了。他把带着味道的衣服甩在椅子上，去冲了个澡。热水冲下来，他的目光被局限在狭小的卫生间里，浴缸、洗手台、地板瓷砖、挂着浴巾的架子。

言易冰心里有点乱。他隐隐意识到，自己根本没有办法割舍和寒陌的这段师徒关系。

CHAPTER **5**

　　冲过澡后，言易冰随便擦了擦身上的水，套上新短袖，靠在椅子上呆滞了片刻，还是闷得慌。没多久，寒陌给他发了条微信。

　　寒陌："在家还是在俱乐部？"

　　言易冰瞥了一眼，这条短信上面是"晚上一起吃饭"，再上面——"嗯"。

　　哪条都让人不痛快，言易冰干脆没理。但是很快，寒陌把语音电话打过来了，言易冰皱眉犹豫片刻，还是接了："有事？"

　　寒陌的声音和着外面的风声，被吹得有些失真："在俱乐部吗？"

　　言易冰："不在。"

　　寒陌肯定道："那就是在家。"

　　言易冰："你到底有什么事？"

　　寒陌："等我，我去找你。"

　　言易冰："你别！"

　　寒陌："给阿姨和叔叔带了点蛋黄酥。"

　　言易冰：……

　　好家伙，这一顿饭够尽兴的，又吃又带。蛋黄酥的确是好景轩的特色，而且给他爸妈带东西，他就没立场拦了。

　　寒陌说到做到。挂断语音电话半小时后，寒陌敲响了他家的门。言易冰在楼上，是言母开的门。很快，言母扯着脖子喊道："儿子，寒陌来了，你快下来！"

言易冰叹了口气。他从床上翻下来，提好短裤，勾上拖鞋，从楼上下去。言母正在跟寒陌客套："哎哟你来就来还带什么东西啊。"

寒陌笑："阿姨不是喜欢吃吗，这家口味不错，正好今天去那儿吃饭，就随便带了点。"

言母："谢谢谢谢，这家挺贵的，你以后千万别破费了。"

言易冰扯了扯嘴唇，皮笑肉不笑，腰往楼梯栏杆上一靠，头发半干不干，还有点乱。他洗完澡，没吃东西也没喝水，嘴唇是淡红色的，轻轻抿着，皮肤也白得发亮。

寒陌扫了一眼："我也给师父带了甜品，那家的蜜煎樱桃，是新品，销量特别好，但是要趁热吃。"

言易冰晚上吃了十个生蚝，别的基本没碰，不饿也不算饱。但他说："我不饿。"

寒陌挑了下眉，薄薄的眼睑一颤："不多，一份就四个樱桃。"

言母催促他："特意给你带的你就尝尝，你不是爱吃甜的吗？"

他妈都发话了，言易冰也不好拒绝。寒陌："去我家吧，顺便讨论下下午训练的问题，别打扰叔叔阿姨休息。"

言易冰："……就门口吧，外面也不冷。"

小区里有配备木椅，供遛弯的老人家歇脚用。言易冰家前面就是个小喷泉，小喷泉周围有两条木椅，因为离他们家太近，所以很少有人坐。

寒陌："行。"

言易冰穿着拖鞋就出去了。夜晚有风，但风不是大得让人难以忍受，只是能把碎发撩起。沉沉的夏夜有股浓郁的馨香，不知道是哪种不知名的花散发出来的。月亮很淡，星辰几乎看不见，城市的光晕像一个巨大的网膜罩住整个魔都的人类。

寒陌小心地把包装盒打开，将叉子递给言易冰："尝尝，还是热的。"

言易冰移开目光，淡声道："不吃。"

寒陌顿了顿，笑道："师父生我气，我可不可以理解为，师父比以前在意我了？"

言易冰没好气："谁生你气了。"

寒陌："今天本来想跟你一起吃晚饭，但丁哥叫我去——"

言易冰欠欠地补充："叫你去陪明日之星。"

寒陌闭了下唇，缓缓道："叫我去见律师，辛辰正好在，所以就扯上了他。"

言易冰蹙眉："见律师干吗？"

寒陌："没什么大事，一点纠纷，你吃了我再告诉你。"

言易冰：……

让他郁闷的是，他的确想知道纠纷是什么。

言易冰接过寒陌手里的塑料盒，拿着叉子，叉了一颗樱桃。樱桃亮晶晶红澄澄的，被托在用黏米做的小托盘里，细碎的花瓣混在细腻的糖丝中，盒子里飘着一股清新甘甜的香气。

他吃了一颗，牙齿刺破樱桃的表皮，充盈的汁水淌下，和着桂花味的糖浆，与糯糯软软的黏米一起，有种奇特的说不出的口感，仿佛把整个春天的芬芳浓缩，一并咽入口中。

的确好吃。言易冰舔了舔唇上沾的糖浆，食欲被勾了起来，又一连吃了两颗，才稍稍满足。在叉子叉向最后一颗樱桃时，言易冰下意识一抬眼，发现寒陌正盯着他看。言易冰把餐盒一递："你要吃？"

寒陌勾唇，和着风低语："师父吃就好。"

言易冰见不得寒陌这副伏低做小的模样，他把餐盒塞给寒陌："让你吃你就吃，我回去拿瓶花露水。"

寒陌也不坚持，很快接过了餐盒。言易冰拍拍偶尔萦绕在身边的蚊子，快速回家，把放在客厅窗台的花露水拿了出来。他一边走一边往自己身上喷，空气里立刻弥漫出一股浓郁的香味。言易冰在鼻翼扇了扇，把味道扇走。走到寒陌身边，他简短道："快吃。"

寒陌捏着叉子，一口把剩下的那颗樱桃给吃了。他本就不爱甜食，所以这道甜品做得再好也不合他的口味。不过想到言易冰美滋滋地吃了另外三颗，他突然觉得甜食也没那么难以接受了。

言易冰睫毛颤了一下，然后举起花露水，对着寒陌一阵喷。雾气四起，寒陌眯着眼睛，扬着脖子，也没躲，任由他操作。喷完之后，言易冰又坐下，但这次离寒陌有二十厘米的距离："说吧，见律师干吗？"

寒陌点头，表情严肃了点。他抽出一根烟，拨开打火机点燃，抿在唇间轻吸了一口。这一口的味道实在不怎么样，涩涩的烟草味儿混合着浓郁的花露水味儿，简直是折磨。所以他又弓下腰，在地砖上把烟按熄了。

"其实也没什么，就是寒堂蹭我的热度宣传他的新系列，我们客户很不满意，所以今天丁哥找了律师，看有没有好的解决办法。"寒陌说得很平静，眼底没有一丝愤怒的情绪。

言易冰怔了怔。他作为 Zero 的队长，知道大客户有多重要，尤其寒陌这个合作项目是签了一年的，客户后续要投入更多来推广、宣传、推流。一年不短，现在市场大多浮躁，只有充分信任才愿意签这么长时间的合同。

"寒诗"不算是轻奢潮牌的竞品，但到底也是运动服，功能性一样，客户不满意是正常的，尤其对方还是寒陌的父亲。要是客户早知道会陷入这种纷争，这个一年的项目 Prince 根本签不下来。怪不得他们焦头烂额。

"虽然他是你父亲，但如果用了你的照片宣传'寒诗'运动服，肯定会侵权的吧，Prince 能告赢。"言易冰虽然不是法律专业的，但他爸天天在家看法律书念叨各种项目，他耳濡目染也懂一些。

寒陌摇头："他没有用我的照片，律师说告不了，最多道德上谴责一下，而且还可能杀敌一千自损八百。"

言易冰皱眉："那他怎么蹭的热度？"

寒陌："微博上有，昨天上热搜了。"

言易冰赶紧把手机掏出来，登录微博。搜索栏的热搜早就已经换了一批了，但他搜寒陌，就能发现最上面的词条是"Prince 队长寒陌的父亲"。不过昨天他搜寒陌名字的时候，还没有这个词条，不然他不会发现不了。

点进去，营销号连文案都是一样的，而排在营销号之上的，就是寒堂的微博。

"@ 寒诗首席 CEO 寒堂：听说东亚对抗赛要开始了，作为父亲，希望儿子@Prince 寒陌能拿到好成绩。为你祈祷，让我们父子一起努力，在各自的领域发光！"

微博下面附着"寒诗"电竞系列运动服的购买链接。这的确不算是侵犯了肖像权，寒堂没有用寒陌的头像，也没有用寒陌的照片，他只是说了一个事实，寒陌是他的儿子。

言易冰被这种操作秀到了，也被寒堂的无耻恶心到了。的确，花二百万买一个选手的代言实在是太不值得了，这样就能达到同样的效果。怪不得寒堂不愿意加价，原来是有后手。

这条微博上热搜后，已经有了十万条转发和三万条留言，讨论度也超过了百万。言易冰昨天没有关注热搜，不知道这个话题最终冲到了第几，但看看寒堂微博底下的评论，他觉得寒堂的目的完全达到了。

"@小菊花课堂：爸爸！原来爸爸在这里！"

"@我菜我不上了：天！寒神居然是富二代！我惊了！"

"@机械巨兽：我记得谁造谣说寒神家里穷来着，无语。"

"@Prince唯粉：呜呜寒神的家族企业必须支持啊，下单了！"

"@豆丁：这个好便宜，比代言那个便宜多了，我终于可以了，爸爸求翻牌！"

"@神之右手：爸爸加油，一起发光发热！"

寒堂发博的时间正好是寒陌给他回微信的时间。随后，言易冰登录微博，但那时候热度还没发酵，寒堂也没上热搜，他看到寒陌跟辛辰互动，就烦躁地下线了。

所以寒陌不是为了和辛辰互动上微博，而是因为寒堂的"艾特"。言易冰觉得自己昨天的憋闷简直滑稽。

他都不用去看那条购买链接的销售额。才199一件，对Prince的电竞粉来说实在不算什么，为了支持寒陌他们也会去买。也不怪寒陌的客户会生气，因为这些评论一边讨好寒堂一边嫌弃代言产品贵。如果买贵的和买便宜的都算是支持寒陌，谁还会花更多的钱呢？寒陌昨天只回了他一个"嗯"，大概是和俱乐部的高层研究方案去了。

"这都一天了，你们怎么还不发声明？"言易冰问。热度炒得这么大，积极的粉丝都下单了。如果声明及时，粉丝们还来得及撤单。

寒陌苦笑，眼底凉了几分："声明该怎么说呢，说我和我父亲关系不好，大家千万不要买他的衣服？说实话，现在还只是圈内的热度，虽然在热搜上，但不关心电竞圈的人不会点进去看，不过电竞选手与富商父子决裂这种话题，可就是社会新闻了，最后寒堂只会获得更大的关注，再上几次热搜。"

他微仰着头，灯光洒在他眼睛里，颤动闪烁，不知道是不是有眼泪。言易冰胸口闷闷的，有种胃里被塞了棉花的感觉，无力又恶心。

的确。两方撕扯下来，寒陌根本占不到便宜。寒堂随便卖卖惨，网友就只会认为寒陌不孝顺。以大众对电竞选手的刻板印象来看，肯定以为曾经寒堂不支持寒陌打电竞，所以父子闹翻，现在父亲想要修补关系，但寒陌冷酷无情，不愿妥协。

中国网友，在两性关系上普遍劝分，但在亲情关系上大多劝和。毕竟有那么一句话"子欲养而亲不待"。

而且寒陌马上就要比赛了，没时间和精力跟寒堂扯皮纠缠。就连律师也说，寒堂不犯法，只能在道德上谴责。可儿子谴责父亲，又有损寒陌的形象。这是个无解的问题，寒陌似乎只能吃亏了。这个从小带给他阴影和绝望的父亲，到现在也没有忘记压榨他的剩余价值。

言易冰自己有个温馨和睦的家庭，所以更为寒陌感到不公。童年的阴影已经永远不能被抹去了，最无力的是长大之后，成名之后，寒陌还是无法为自己出一口气。

"就没有别的办法了吗？律师呢，也没有给别的建议？"言易冰问。

寒陌勾勾唇角，眼睑垂了一下，眸子里反射的光不见了："律师建议我求求寒堂，让他不要在东亚对抗赛开始前的最佳宣传期做这种事。"

言易冰动了动唇，一句脏话被他勉强咽了下去。只有在这一刻，他才突然觉得寒陌真的只有十九岁。寒陌还小，虽然成年了，但绝大部分这个年龄段的人还只是单纯的大学生，每天过着三点一线的普通生活，对社会、对人心险恶一无所知，对道德缺失的家人更无力反抗。

"寒陌……"言易冰轻声喊寒陌的名字。除此之外，他也不知道该怎么办。他比寒陌大六岁，面对这样的困境尚且无能为力，更何况是寒陌呢？他有点心疼寒陌。

寒陌低着头，额前碎发垂着，眼睛半阖地望着地面，睫毛和发丝的阴影融为一体，连同眼底深沉的黑。

寒陌低声道："你能抱抱我吗？"声音很小，也很脆弱，仿佛风一吹就散了，仿佛他也不确信自己能得到什么答案。

言易冰承认自己有点同情心泛滥了，但作为前辈安慰一下自己的后辈也很正常吧，更何况他曾经还是寒陌的师父。他倾了倾身，试探性地伸出双臂，搂住寒陌的肩膀。这是言易冰第一次主动拥抱寒陌，他小心地用掌心拍了拍寒陌的背，以示安慰。

寒陌垂着头，轻声道："师父，谢谢。"

"好点没？"言易冰的语气都温柔了许多。

寒陌点到为止，慢慢地松开言易冰。他弯了弯眼睛："冰神不生我气就好。"

言易冰："嗯。"唉，寒陌突然变得委委屈屈的，他就不知道该怎么办了。还是曾经那个总是冷着脸，不懂得服软的寒陌好对付。

寒陌将餐盒拿好："快回去休息吧，明天还得训练。"

言易冰："哦。"他也有点挫败。本以为听了寒陌的事能提供点帮助的，结果他什么都帮不了，最后还是得寒陌自己吞咽。

寒陌眼睛亮晶晶的，眼皮折起，像月亮浅浅的弧度："我明天还给你带薏米水行吗？"

言易冰顿了顿，低喃道："三分糖就可以了。"

寒陌低笑："好。"

言易冰又沉默了。他拎过花露水，站起身："我先回去了。"

寒陌："嗯。"

言易冰皱眉："能不能不说一个字的'嗯'了，不礼貌。"

寒陌无辜："刚刚师父不是也说了？"

言易冰想了一下，不知道自己什么时候说了，不过……

"我爱说不爱听。"

寒陌："嗯嗯，记住了。"

言易冰："……走了。"他单手插着兜，不紧不慢地往回走。他能感觉到寒陌没动，始终望着他的背影，但他没好意思回头确认。

开门进了屋，他爸还在陪他妈看电视。言易冰走了两步，停住脚步，双手撑住沙发背："爸，有个问题咨询一下你。"

言父飞快地把目光从无聊的爱情剧上移开，认真道："嗯，你说。"

言易冰："如果一个人没犯法，但是品行恶劣，道德缺失，我们可以用法律手段惩罚他吗？"

言父皱眉："你遇上什么事了？"

言易冰琢磨了一下。要是诚心向他爸请教，肯定得把事情说明白：

"不是我，是寒陌。"

于是他原原本本地把寒陌和寒堂的隔阂说了。还不等言父说话，言母气得一摔遥控器："这爹是什么混账！所以当初寒陌他妈能治，是他爸不给出钱？他爸还出轨，倒贴富婆，现在又来消费寒陌？怎么有这种人渣！这种人渣还能做生意成功？早晚遭报应！"

言易冰扯了扯唇角。他和他爸还算沉得住气，他妈妈这种感性的人就不一样了，直接气炸了。言父推了推眼镜，沉稳道："的确可气，但法律也不是万能的，公司诉讼部门也遇过很多这种看似辛酸却无法胜诉的案子，如果所有人渣都能靠法律惩治，我已经能给你妈买一栋城堡了。"

言易冰："……这你也要表一下忠心？"

言父一本正经道："快七夕了，长点心吧。"

言易冰愣了一下，原来快七夕了啊。不对，七夕跟他也没关系啊。

言母叹气："寒陌那孩子真是可怜，好不容易享点福了亲爹又来添堵。"

言易冰跟着应和了一句："是啊。"

言母："正好你们在一起训练，你没事多安慰安慰他，这次他就算吃点亏吧。"

言易冰："也只能这样了。"

言母："不过毕竟是他家里的事，我们都是外人，你别当着他的面骂他爸，不好。"

言易冰："哦。"就算骂了，寒陌也不会为了寒堂跟他生气。

言母："七夕节我和你爸可能出去过，到时候你就不要找我们了。"

言易冰："……不带我吗？"

言父："你怎么想的，幼稚。"

言易冰故意道："我跟着去玩也不行？不打扰你们。"

言父："你跟着就很打扰。"

言易冰："我不想再要个弟弟了好吗？"

言母嗔道："胡说八道什么！"

言易冰好奇道："妈，你为什么会跟我爸在一起啊，是什么冲动让你做出在一起的决定的？"

言母："怎么，追女孩儿的时候用？"

言易冰含糊道："就问问。"

言母调小电视音量："没什么，我那时候刚失恋，你爸乘虚而入。"

言父："说话要实事求是啊……那时候你妈妈失恋，从情人坡一路往校外走，边走边哭，走到法学院门口走不动了，坐在台阶上休息，我正好下课出来。"

言易冰："爸你年轻的时候这么热心？"

言父："我一看，这么漂亮的学妹哭得太让人心疼了，我就请你妈妈喝了杯咖啡，吃了块蓝莓蛋糕，亲自送你妈妈回宿舍，并且留了联系方式。"

言易冰："就因为我妈漂亮？"

言父脸色如常，认真点头："因为你妈妈哭得涕泗横流都很漂亮。"

言易冰略嫌弃："爸我一直以为你挺正直的……"

言父淡淡道："年轻的时候就是这样的，只看一眼，就能在心里认定一个人。"

言易冰恍惚片刻问道："爸，您不觉得只看外表很肤浅吗，我以为您是那种看重灵魂的。"

言父凝眉疑惑："为什么肤浅？当时你妈穿着白 T 恤和连体牛仔裤，衣服很整洁白净，说明你妈妈非常爱干净；她的指甲里有油画的颜料，但脖子上挂的是文学系的学生卡，说明她在业余时间选修了其他院的课充实自己，很勤奋；她随身带着纸巾，擦过眼泪和鼻涕的纸巾也没有随地乱扔，说明她有良好的习惯；她躲在最偏僻的角落歇脚，说明她在极度伤心的时候也不愿意影响别人，很有教养；再看你妈妈的模样，美丽大方，又有小姑娘的娇弱无辜，对只是普通学生的我来说，简直是女神。"

言易冰微怔。原来所谓的"一见钟情"，竟然能看出这么多东西。这就是她妈妈学生时代的样子？听他爸的形容，还真的挺女神的。再看他妈，已经羞涩地扭过了头，笑着削苹果。

言母一边削着苹果皮一边道："当然，我同意和你爸去喝咖啡吃蛋糕也有原因。首先你爸很有同情心，看见我哭会安慰我。他那时候表现得很慌张，甚至有点笨拙，我就知道他没有恋爱经验，干净得像一张白纸。他手里拿的是《计量经济学导论》，但他是法学院的学生，我知道他修了经济学双学位，最后，我以前就在国家奖学金公示网页看过你爸的照片，我们都叫他法学院学生会会长、绩点全满、全额奖学金保送哈佛的……男神学长。"

言易冰木着脸："谢谢，被秀到了。"

言母："那就赶紧去给我谈恋爱！"

言易冰："我们不是在说寒陌的事吗！"

言母："寒陌一看就比你会谈恋爱，你也就外表机灵，实则有个榆木脑袋。"

言易冰："……你说得对。"

深夜，凉风瑟瑟，薄雾弥漫。寒陌抱着笔记本电脑，盘着腿，微弓着后背坐在床上。屏幕白亮的光落在他脸上，像笼罩了一层朦胧的纱。

他的表情很平静，手指在鼠标上动动，打开 CE 软件，快速剪辑了一小段音频。剪辑过后，他直起身子，深吸了一口气，打开音频确认。

寒堂："你知道，我只有你一个儿子，我现在有的将来都是你的。"

寒堂："如果是你……看在我们父子的面子上……"

寒堂："寒陌！你听懂我的意思了吗，我的迟早都是你的！"

当时他一进会客室就开始录音了，没想着能用到，只是自从被雷明出卖后，他一向有戒备的习惯。

寒陌神情很淡，确认过录音没问题，他把音频文件拽进邮箱，发送给了"寒诗"CEO 的夫人，左韵诗。一个没有后代且不参与公司运作的大小姐，在丈夫已经慢慢掌握了公司所有主动权的情况下，就没有一丝忌惮吗？

寒陌不信。甚至他知道，寒堂要是死了，宁可把钱留给他也不会留给左韵诗。只是因为他姓寒，身体里有寒堂的基因。寒堂这个人有多自私自利，他了解，左韵诗恐怕更了解。

寒陌轻嗤，随手关掉网页。不用法律解决问题的方法，他倒是很熟悉。

第二天中午了，Prince 及寒陌本人还是没有发任何声明，看来是打算吃这个哑巴亏了。

言易冰叹息着刷微博，也不知道自己操心个什么劲儿。热搜的效应褪去，寒堂微博的评论不再涨了。除了评论前排那些狂热的、低龄的粉丝外，还是有人质疑一下的。只不过质疑的声音被压到了很下面，如果不耐心翻，根本看不到。毕竟两个人都姓寒，年龄也符合父子的身份，且寒陌并没有出来辟谣。

其实言易冰有点好奇。寒堂要是放出一张寒陌小时候的照片，肯定更有说服力吧。如果还是父子同框的，热搜会更炸。因为还没有人见过寒陌小时候的样子，连他都没有。

除非寒堂手里没留一张寒陌的照片，所以在这种关键时刻也拿不出来。想想也正常，在寒陌七八岁的时候寒堂就抛妻弃子了，连自己儿子亲自去求他他都不肯拿钱，指望他对着照片睹物思人，实在太不现实。这么一想，言易冰觉得寒陌真的有点可怜。

下了微博，他又去电竞论坛看评论。果然，关于寒陌的身世问题已经有七八个飘红的帖子了。

"寒神的爸爸真的是寒堂啊？我还买过他家的衣服呢，不过质量有点差。"

"便宜啊，能穿就行，还要什么自行车，'寒诗'的衣服就是大卖场货。"

"这么一说他家真有钱啊，怪不得不用上学来打电竞。"

"我查了百科，他妈妈好像还是江北的望族，书香门第，啧啧。"

"那不是，寒神他妈妈去世了，那个好像是后妈。"

"那寒神出身可以啊，我还以为是励志典型，原来又是富二代历险记。"

"哈哈哈哈寒神牛啊！"

翻了翻，言易冰又看到了 Zero 的粉丝在冷嘲热讽。

"噢哟，可真行啊，签了运动服的代言，然后转头帮亲爹宣传，不愧是你，寒神。"

"哈哈哈哈你寒神会被退货吧。"

"那些当初嘲我们冰神富二代娇气的寒粉呢。"

言易冰叹气。因为 Zero 和 Prince 多年的对立关系，寒陌稍微有点事就会被他的粉丝骂，但他又管不了。不过还别说，粉丝因为寒陌抵制"寒诗"也算歪打正着，黑粉反倒成了寒陌的盟军。言易冰觉得寒陌更惨了。

下午照常训练。辛辰又跟来了，坐在角落里，靠着寒陌那边，捧着电脑，有一搭没一搭地玩手机。但今天言易冰对辛辰没那么反感了，因为他知道寒陌跟辛辰也不熟。

他刚拉椅子坐下，寒陌就自然地把薏米水推过来："三分糖的。"

辛辰抬了下眼，目光在寒陌和言易冰之间打量，有点不解。言易冰顿了顿，伸手把薏米水接了过来。

"谢了，你……"他的声音比以往温柔一点。

他想问问寒陌怎么样了，但又觉得当着这么多人过问寒陌的隐私不太好。而且也没什么可问的，寒陌肯定难过死了，说不定昨天偷偷在被窝里哭了一晚上。一想到这儿，言易冰的心更软了："你昨天被咬的包还痒吗？"

他去取花露水之前，寒陌好像就被咬了，后面也挠过几次。言易冰想找个机会关心安慰寒陌，憋了半天，也只想到这一句话。

寒陌睡觉前在包上涂了一圈牙膏，今天早晨起来已经没什么感觉了。但既然言易冰问了，寒陌抿了下唇，轻声道："有点，家里没止痒药了。"

言易冰在心中轻叹。果然啊，人在极度伤心的情况下就是会丢三落四，没想到有朝一日，寒陌也需要他照顾。

骄傲自豪的灵魂在肆意而动，言易冰压抑住自我夸奖的冲动，他绷着唇角，从兜里摸出来一盒清凉膏，抬手潇洒地朝寒陌的方向一扔，云淡风轻道："擦一下吧，别影响训练。"

他挥一挥衣袖，不带走一片云彩。寒陌微不可察地弯了下眼睛，随即惊喜道："谢谢冰神。"这盒清凉膏还是他当初送言易冰的那个。所以言易冰没扔，还一直带在身边。

寒陌拧开盖子，食指抹了一下，然后低着头，随便往胳膊上一擦。因为根本不痒，他完全不记得包在哪里。坐在一边的辛辰眼睁睁地看着寒陌把清凉膏擦在白皙的，没有一个蚊子包的皮肤上。

辛辰：……有必要？

训练结束，太阳已经落山。今天丁洛没来，郁晏要跟丁洛逛宜家，所以晚上没人约饭。辛辰动了动唇："队长，咱们一起回俱乐部吗？"

他听说寒陌以前基本都是在俱乐部住的，但自从他来了之后，寒陌好像总往家跑。其实他一直期待着寒陌调回以前的习惯，这样他就可以约寒陌一起双排。

寒陌："我跟冰神回小区，这几天事情有点多，想一个人安静安静。"

辛辰失落："哦。"你们连小区都住同一个，这还算关系不好吗？

言易冰本来没想回家的，他在家就是爸妈的电灯泡，所以一般没事他都在俱乐部睡，不过寒陌一说事情有点多，他就不忍心拒绝了。还能有什么事，肯定是客户又发牢骚了。就陪寒陌回去一趟吧，毕竟寒陌也没什么人可以倾诉。

下班高峰期不好打车，他们只能沿着马路往前走，走过办公楼，到商业小区门口，才有被接单的可能。

在路上走着，正巧路过一家肯德基，炸鸡的香味儿从里面飘出来，让人垂涎欲滴。言易冰有点饿了，于是进去买了两个蛋挞。付款之前，他问了寒陌要不要吃的，寒陌摇头，垂着眼，一副无精打采的样子，言易冰的心又是一颤。

拿了两个蛋挞出来，言易冰一边走一边吃，还不忘斟酌言辞安慰寒陌："你也别想太多了，反正事情都那样了，还是比赛重要。"说罢，他在蛋挞上咬出一个豁口，牙印留在上面，蛋芯颤抖着，有点可爱。

寒陌点了点头，勉强一笑："我没事。"

言易冰用余光打量他，看他挤出的强笑又是一阵难受。唉，都这样了还要逞强，大概从来没有人宠过他吧。言易冰又默默地咬了一口蛋挞。

红绿灯变化，把他们拦在路口。寒陌冷不丁问道："蛋挞这么好吃吗？"

"也就还行……"言易冰顿了顿，"你没吃过蛋挞？"

寒陌迟疑地摇了摇头："小时候嫌贵，一直自己做饭，长大了就在战队吃食堂了，阿姨做的菜还不错，不管是 Zero 的还是 Prince 的。"

言易冰顿住，小声道："啊……怪不得你厨艺那么好。"

这年头还有从来没吃过快餐的年轻人，而且小时候最馋最想吃的时候都没吃过。寒陌眨眼，目光落在烤得黄澄澄的蛋挞上："师父能给我尝一口吗？"

言易冰微怔，蛋挞只剩一个了，他有一点点舍不得。但现在最重要的，是让寒陌开心点，一个蛋挞而已，言易冰总不能这都不顺着他。

正巧红绿灯变了，行人可以通行，言易冰在人流涌动的瞬间，将剩下的蛋挞塞到寒陌手上。等寒陌一接住，他赶紧撤回手，清了清嗓子："变灯了，赶紧走吧。"

寒陌轻笑，慢慢地把蛋挞送进嘴里。舌尖一碰到，齁得他一挑眉，不过很快，他就满足地吞了下去。言易冰在前面走，一边拍掉手上的碎屑，一边在心中为自己的大度忍让而骄傲，他觉得自己舍己为人，做了好人好事。

晚上回了家，他躺在床上，半梦半醒间，放在枕边的手机响了一下，把言易冰振醒了。他皱眉，眯着酸涩的眼睛，拿起手机一看。

寒陌："师父陪我，我就好受很多。"

言易冰的心一瞬间软成一汪水。他反复看着寒陌这句话，看了半晌，他点进寒陌的名片，把备注上冷冰冰的"寒陌"两个字删掉，改成了"小可怜"。不仅微信，就连通信录和微博都改了。夜晚让人失去理智。有那么一瞬间，言易冰对寒陌产生了保护欲。

又过了几天，言易冰明显感觉寒陌变得开朗一些了，话也多了，言易冰觉得这完全得益于他奉献的爱心。

八月底，言易冰难得在 Zero 露面。今天是孙天娇生日，他们一起在俱乐部给孙天娇庆祝。孙天娇没有女朋友，人生前二十七年，一直为了金钱打拼，并乐此不疲，绝不回头。众星捧月中，孙天娇举着高脚杯，仰望天花板，感叹道："我这一生，可谓跌宕起伏，险境逢生。"

言易冰：……

孙天娇："从巧妙设计诱拐言易冰那天起，我就知道，我的人生绝不会平凡，属于我的时代已经到来，Zero 就是实现我毕生理想的地方！"

孙天娇："想想我的同学们，出国的出国，进外企的进外企，他们有的快要博士毕业，有的绞尽脑汁留在国外赚学费，有的已经当了证券公司的中层，拿着五万的月薪。只有我，一脚踏入了电竞圈，成为同学里第一个在魔都买房的平平无奇小天才。"

言易冰：……

宋棠：……

许瑞：……

傅海峰：……

孙天娇摇着头，抿了一口酒，脸蛋红扑扑的，精细的小胳膊摇晃着酒杯："有时候想想，我是真羡慕他们。稳定，踏实，学一行干一行，一点也没浪费这十多年的求学生涯。可我已经把知识全还给老师了，手里拿着钱，连股票大盘都看不懂，想投资都没办法，只能依赖银行理财经理。喏，这生日蛋糕就是理财经理送的。"

宋棠小声对言易冰说："要不是我工资还行，我现在就想像电影里一样，把红酒倒经理脑袋上了。"

言易冰失笑，也小声道："你让他吹吧。"

孙天娇似乎想起了什么，放下酒杯，凑近言易冰："冰神，我这儿有一八卦，忘了跟你说了。"

言易冰漫不经心地捏了颗葡萄，和芝士合在一起放在嘴里嚼了："什么八卦？"

孙天娇的八卦太多，大多是各个战队里钩心斗角的小事儿，言易冰还真没兴趣。不过今天是孙天娇生日，言易冰愿意捧场。

孙天娇："我不是有同学在投行嘛，有个项目是'寒诗'的。"

言易冰的手指一顿。他眼皮一掀，忍不住问："然后呢？"

孙天娇："他们一个项目组，谁干了什么，都要发邮件抄送全体成员，这样将来哪里出现问题了也好追溯。然后本来'寒诗'那边，需要抄送的就寒堂、项目经理，还有业务主管三人。但前几天，上面突然说要他们的抄送名单里添加上左韵诗，而且要把以前的文件全部发给左韵诗一份。"

言易冰挑了挑眉："这说明什么？"

孙天娇咂嘴："说明有猫腻啊！寒堂和左韵诗不是两口子吗，邮件都发给寒堂了还有必要发给左韵诗吗？以前都没要过，左韵诗根本不参与公司的事儿，但是这次，左韵诗不知道受什么刺激了，要了公司所有的项目资料。我同学说有些项目不是他们负责的，讲得挺明白，但左韵诗根本听不懂，反正就有点急赤白脸的意思。但这事儿跟我同学没关系啊，他就委婉地问了一下寒堂，结果寒堂说不用管他老婆。"

言易冰被勾起了兴致："夫妻吵起来了？"

孙天娇眉飞色舞："你听我说啊，我同学特爱八卦，就去打听了一下，听说左韵诗跟寒堂闹起来了，去公司闹的，把寒堂办公室都给砸了，说寒堂对左家有二心。"

言易冰："怎么突然这样了？"

孙天娇："左韵诗家不是书香门第嘛，她家那些亲戚只会搞花鸟鱼虫，根本不会赚钱，以前都是寒堂给安排工作，但寒堂早就不愿意了，有些左韵诗妈妈那边的亲戚，他就没管。左韵诗一直有怨气，然后正巧，寒堂突然要开发电竞系列的运动服，突然要找寒陌代言，又突然在微博宣布寒陌是他儿子，现在网友们都管寒陌叫富二代、小少爷，左韵诗心里过不去了。"

言易冰轻呵："活该。"

孙天娇："小丁那可够绝的，之前寒堂去 Prince 俱乐部，好像说了些跟寒陌套近乎的话，让寒陌给录音了。然后寒陌就找到了左韵诗的邮箱，把录音剪了剪给左韵诗发过去了。左韵诗又没儿子，再联想到寒堂一系列的操作就发飙了，逼着寒堂下架所有电竞系列产品。现在就是寒堂觉得她有病，她觉得寒堂骗婚，闹得可热闹了。"

言易冰的笑容渐渐收拢了。他眯着眼，重新确认道："有录音？几天前就发过去了？"

孙天娇："嗯，现在要么寒堂下架电竞运动服，要么左韵诗跟他分家撤资。小丁这口恶气出得可爽了，寒陌没跟你说？"

言易冰深吸一口气，猛地灌了一口酒，幽幽道："可能怕我揍他吧。"

孙天娇笑："哟哟，您又有身为师父的雄威了？"

当晚，气得要命的言易冰掏出手机，将寒陌的所有备注都改回了"不是人"。寒陌可怜才怪！

言易冰当天是在俱乐部睡的。大家喝得都挺多，一边听着孙天娇自述人生，一边努力腾空记忆。孙天娇人逢喜事也不忘敛财，他把自己过生日的消息在微博、论坛、朋友圈、说说各发了一份，然后一个个地给合作品牌方代表们发微信。

"大美女孙姐，我天娇啊，今天过生日喝得有点多，想到这一年和启胜合作得真是非常愉快，就给你发条消息，抱歉有点感性了。"

"陈哥，我娇娇啊，今天生日，被灌得有点多了，孩子们提起华驰来都是赞不绝口，让我来给你道个谢，有点感性了哈哈，别介意。"

"宋老板，我是娇娇啊……"

照顾到每个合作方后，孙天娇把手机放在桌面上，人靠在沙发里，双手交叠在脑后，慢悠悠地等着。

"叮！叮叮！"微信里不断弹出消息，以及难以忽视的红包和转账。孙天娇瞥了一眼，眉飞色舞："哎，合作方们都是如此爱我。"

言易冰：……

他刚才还在咬牙切齿地生寒陌的气，但现在反倒让孙天娇逗乐了。

他一直知道孙天娇是个神奇的经营者，孙天娇能做到让合作方都喜欢他，愿意跟他当朋友，还心疼地把他当成笨拙且劳苦的"社畜"，觉得他非常不容易。

孙天娇喝多了爱炫耀，他把手机往言易冰面前推了推，拨给言易冰看。

"谢谢孙姐的红包，太破费了。"一共五个二百元红包。

"哇，陈哥，你这我就不太好意思了。"这位直接转账了两千元。

"宋老板，您祝我一句生日快乐我就很开心了，明年继续合作啊。"这位也是一千元。

翻着翻着，孙天娇眼睛直了，言易冰也是一愣。孙天娇对着转账信息反复数了几遍零。

"冰神，你帮我看看，我数错没有？"

这位直接转账了五万元。那可是五万元啊！俱乐部老板都没舍得给他四个零的红包。

他眼睛弯成一条缝："边哥，这我就不好意思了，我不是为了要红包，就是跟您合作太开心了，有感而发。"

边恕："收下吧，生日快乐。"

孙天娇乐颠颠地点了收款："那我就不跟您客气了，咱都不是磨蹭的人，以后我让队员们多多给 KIWI 营业啊！"

言易冰在他肩膀上拍了一巴掌，严肃道："哎哎哎，拿人手短，五万元有点过了吧？"

孙天娇想了想，满不在乎："没事儿，今年 KIWI 赚翻了，股价飞了不少，估计给员工年终奖都得快十万，人家边老板一直出手阔绰。"

言易冰哼笑："行，你乐意就好。"

孙天娇摊开手，望眼欲穿："冰神，我的礼物呢？"

言易冰抿了口酒："没忘，放你门口了。"

孙天娇："按咱俩这关系，你不能比人家边老板寒酸吧？"

言易冰疑惑："咱俩什么关系？你把年少无知的我骗来打电竞的关系？"

孙天娇一眨眼，撞了一下言易冰的肩膀："别那么无情嘛，都是好兄弟。"

言易冰推开他："少来，你个男人少往我怀里凑。"

孙天娇撇嘴："啧，倒是得有女人愿意凑啊！"

言易冰眼神一颤，有些不爽。

CHAPTER **6**

在俱乐部睡了一夜，第二天中午言易冰才醒，洗洗刷刷吃个午饭，已经下午了。他叫俱乐部的司机送他去联盟大厦。

到了训练室，薏米水已经在他桌面上摆着了，其他人也都见怪不怪。但言易冰一看到薏米水就想起寒陌骗他的事，于是抬眸瞪了寒陌一眼。

寒陌：？

训练一整天，言易冰都没怎么搭理寒陌。但这点闷气他只是憋在心里，游戏里该怎么合作就怎么合作。

训练完，寒陌想跟他一起走，言易冰早早预定了专车，下楼就上车回了。寒陌没来得及跟上，只看到了车的背影，没有洋洋洒洒的尾气，汽车在拥挤的道路上艰难穿梭，一点也不潇洒。

寒陌微微歪头，轻笑了一声。郁晏随手搭了下他的肩，同情道："你又怎么得罪我们大少爷了？"

寒陌轻飘飘道："谁知道呢？"

其实他隐隐有些猜测。Zero 的孙天娇是个八卦中转站，各地的八卦都会被收集到他那里，再呈辐射状分发给方圆几米的"生物"。言易冰肯定是从孙天娇那儿听说了什么。

其实寒陌也没指望能瞒多久，只是有些贪婪地希望被揭穿的这一天迟一点，再迟一点。他对寒堂的厌恶和愤怒是真的，但现在的他已经不是当年任由别人摆弄的小孩儿了。寒堂不来招惹他他也没空找麻烦，但寒堂把心思打到了他身上，他就不可能吃哑巴亏。

其实寒陌比孙天娇知道得更多一点。寒堂一定多喜欢左韵诗吗？未见得。寒堂喜欢的是左家的名望，喜欢的是左韵诗爸爸的人脉，和左家能给予他在创业前期的帮助。

寒堂本质是个把感情看得很淡，把自己看得很重的人。寒堂不光对贝静竹残忍，对他自己的母亲也不怎么样，当年寒陌奶奶卧床，一直是贝静竹在医院陪床照顾，寒堂基本没怎么去过。最后贝静竹心力交瘁，反倒在寒陌奶奶去世之前，把自己累病了。

不过也因此，寒陌奶奶对贝静竹心存愧疚，对寒陌也是格外怜惜。老太太死前，逼着寒堂立一份遗嘱，把全部的资产留给寒陌。寒堂立了，当然也可以改，反正老太太大字不识，什么都不懂。老太太甚至不知道，"寒诗"作为寒堂和左韵诗的夫妻共同财产，根本不可能全部给寒陌。

但她格外认真地要了那份遗嘱，用胶布封得严严实实，在弥留之际亲手塞给了寒陌。寒陌知道寒堂随便再写一份遗嘱，自己这个就成了废纸，所以他把这份没用的废纸也给左韵诗拍照发了过去。

左韵诗倒不至于担心自己的财产流失，但她一定非常在乎寒堂的态度。光是这一份遗嘱，就能撕裂她对寒堂的全部信任。

寒陌不需要知道左韵诗具体怎么闹腾的，但他只要看到寒堂给他发过来的恶毒咒骂的短信，他就明白他的目的达到了。

寒堂那条微博还没有删，但购买链接似乎已经失效。从此以后，只要左韵诗在，寒堂就别想跟他、跟电竞扯上关系。他们就像这世界上所有毫不相关的人，永远不必再见面。

言易冰闷着一口气回到家，却发现父母正在打包行李。言易冰愣了愣："你们又要出差？"

言母直起腰，喘了喘气，擦擦额头的汗："傻儿子，明天七夕，我和你爸今天就出去过节了，明天晚上也不回来。"

言易冰早就忘了这件事，酸溜溜道："那我呢？"

言母有些不忍："要不妈给你订个外卖？"

言易冰："……算了。"

言母："嗯……今天商场和步行街都挺热闹的，你没事出去逛逛也行。"

言易冰不爱凑热闹，尤其不爱看情侣一个个成双成对："我不去，我一个人出去喂蚊子？"

言母蹙眉，为难地叹了口气："那你看看电影，或者早点睡觉，太遗憾了儿子，要不是七夕我们就能带你去了。"

言易冰拿了个橘子，一边剥皮一边问："你们到底去哪儿玩啊？"

言母茫然地摇摇头，回头看了看言父。言父接过箱子，神神秘秘地捂住言母的唇："嘘，惊喜，你到了就知道了。"言母弯着眼睛开始甜笑。

言易冰：……

他目送着父母相拥出门，突然觉得嘴里的橘子都不甜了。唉，偌大的别墅里，就剩他一个人。

言易冰点了炸鸡外卖，一边窝在客厅看爆米花电影，一边吃炸鸡。他看得不专心，因为好看的爆米花电影都被他看过了，这部是不怎么好看的。

磨蹭了两个多小时，天已经彻底黑了。言易冰在沙发上拱了拱，望着天花板发呆。好无聊。家里静悄悄的，连个人声都没有。

他坐起来，目光望向厨房。他家厨房和客厅是用玻璃推拉门隔开的，在客厅可以看到厨房里面，再透过厨房的窗户，他看到寒陌家居然开着灯。

言易冰顿了顿。既然这么无聊，那就找人出气吧，寒陌骗他的事还没完呢。言易冰左看右看，最后从茶几底下捞出一个痒痒挠。他握在手里掂量了一下，跳下沙发，推开门，直奔楼后。

夜色很好，室外一点风都没有。似乎连老天都知道，明天是个重要的日子，今天晚上，情侣们会有很多室外活动。

到了寒陌家门口，言易冰不客气地敲了三下门。他冷着脸，一边用痒痒挠捶着后背一边等。大约等了几分钟门才开。寒陌仓皇套了件衣服，头发还是湿的，衣服上也都是被淋的水滴，晕出深颜色的球藻状。他看见言易冰，眼睛蓦然一亮，低声笑道："我还以为听错了。"

言易冰的目光在他身上打量片刻，抬起痒痒挠，抵住寒陌的胸口："骗我好玩儿？我还以为你被寒堂欺负得可惨了，结果你早就有手段。"

寒陌低头，看了看戳在自己胸口的浅黄色木制小爪子："所以师父是来教训我的？"

言易冰抬眼，声音凉飕飕的："不然呢，我这么好骗？亏我还同情心泛滥，安慰了你几天，你是不是觉得特爽啊？"

寒陌抬手，握住小爪子，未干的头发还在滴滴答答地流水，砸在光洁的地板上："我错了，那师父打我几下？"

言易冰：……

寒陌认错太快，反倒让他变得很尴尬。寒陌要是扯皮，他还能借题发挥吵几句，现在难道真的要打寒陌吗？脸不能打，双臂和手不能碰，而且这痒痒挠似乎有点重，打人会不会有问题啊？这世界果然是厚脸皮的天下。

他一迟疑，寒陌突然一扯小爪子，将毫无防备的言易冰拽进了屋。寒陌揶揄："师父想怎么出气都行，我不还手，正好我刚洗完澡，身上还没擦干，估计能更疼一点。"

言易冰眼皮颤了颤，猛地一抽痒痒挠，扭开脸烦躁道："你至于瞒我吗？有手段报复寒堂也不告诉我，让我以为你多可怜？"

寒陌眨眼，眸色很沉，声音却又透出一丝无辜："嗯，我想让师父以为我可怜，这样师父就能对我好一点，不生我的气了。"

言易冰一口气闷在胸口，怎么都发不出来。寒陌只不过想要他的关注和原谅，虽然行为很过分，但是出发点倒是挺让人心疼。

言易冰情绪稳了稳，眼睛一抬，才突然发现寒陌家客厅有了点不同。沙发和茶几换了，换成了更漂亮更高档的品牌，地上铺了浅灰色的毛茸茸的地毯，地毯面积还不小，这一块就得几万了。

沙发对面，摆了投影仪，墙壁上，挂了幕布。窗帘也装了上去，又厚又重，可以遮住窗外全部的光源。还有天花板，单调的灯泡也变成了吊灯，是那种装饰价值大于实用价值的，又豪华又漂亮的款式。

寒陌家里突然不像个毛坯房了，它变得生机勃勃了。在这么短的时间里，言易冰都不知道它是什么时候开始变的，但这似乎意味着，寒陌对生活有期待了。

"你家……怎么这样了？"

寒陌点头道："好看一点，舒服一点，不然没人愿意来。"

言易冰杏核眼一挑："你想让谁来？"

寒陌盯着他："你说呢？"

言易冰指指自己，半开玩笑半认真道："难不成是我啊？"

寒陌勾唇："师父只喜欢待在舒服的地方，我还想师父过来指导我打游戏呢。"

言易冰哼道："找打？"

寒陌默默从言易冰手里把痒痒挠抽走，放在鞋柜上，低声道："我去擦个头发，师父陪我看电影吧，新买的投影仪，还没试过。"

言易冰嘀咕："不看。"他在家看过了，现在没兴趣。

寒陌："PSP 我也买了，要玩吗？"

言易冰："都训练一天了，谁想玩游戏。"

寒陌："嗯……我没吃饭，陪我吃点。"

言易冰皱着眉，淡淡道："你骗我的事就算了，我回家了。"

寒陌眼睑一垂："别走，我闲着无聊，要不看球赛吧，我这里有啤酒。"

言易冰："你为什么非得让我陪你？"

寒陌："一个人看没意思，今天寒堂打电话骂我了，我把他给拉黑了，但是他换了好几个号骚扰我，实在不行，我可能要换手机号。"

言易冰愤愤道："那个人渣。"

寒陌一提起寒堂，他突然就不忍心拒绝了。虽然寒陌有办法对付寒堂，但有这么个爹是事实，寒陌一直被伤害也是事实。不能因为寒陌懂得还击了，他就觉得寒陌不需要安慰了。

言易冰悻悻道："那就看场球赛，'雪花'我不喝。"

寒陌："嗯，黑啤，等我去擦个头发。"

言易冰脱了鞋，脚踩在柔软的地毯上，弓腰摸了摸皮质优良的沙发。品味还不错，符合年轻人的审美。

很快，寒陌顶着条毛巾出来，手里拎了四瓶啤酒。他把啤酒放在茶几上，单手扣住毛巾，胡乱擦着。头发被他蹂躏得很乱，张扬地翘起来，水珠顺着脸侧往下流，但却并不让人觉得潦倒。

寒陌把毛巾搭在脖子上，打开投影仪，连接电脑，搜索直播的球赛。言易冰则撬开四瓶啤酒，拿起一瓶喝了一口。其实他们平时看足球比赛都不多，也不算有太大兴趣，但一边喝酒一边看的感觉还不错。

茶几有点低，看着看着，言易冰就从沙发滑到了地毯上。他屈着一个膝盖，背靠沙发，有一搭没一搭地抿酒，时而跟寒陌碰碰杯。

寒陌的头发早就干了，这么凌乱支棱着干了。言易冰淡声道："看我干吗？看球。"

"师父从来没有陪我看过球赛。"寒陌低声道。

言易冰手指一顿，嗓子紧了紧，故作轻松道："今天这不是看了，球赛完了我就回家。"

然而球赛结束后，他也没能回家。寒陌又拿了两瓶啤酒出来，要跟他拼酒。言易冰无奈，磨磨蹭蹭又喝掉一瓶，他觉得大脑已经飘了。气氛柔和，他像靠在棉花上，甚至有点想睡觉。

十二点，挂在墙上的时钟沉闷敲响。言易冰惊醒，借着广告的亮光，向墙上看去："都十二点了……"

言易冰迷迷糊糊地准备起身："明天训练别迟到了，早点睡吧。"

寒陌抬起头看向言易冰："师父以后还会这样陪我一起看球赛吗？"

言易冰身体紧绷，沉默。

寒陌低声道："以后还一起看球赛行吗？"

他如果说的是肯定句，言易冰会自然而然地推开他的脑袋，公式化地嘱咐几句"别起晚了""少喝点酒""以后别看球了容易气死"，然后潇洒地推门离开。

但他问"行吗"，言易冰就知道自己输了。他低下头，伸出手指在寒陌脑袋上轻轻敲了两下："知道了，咱俩都是专业的电竞选手对吧，比赛之后说。"

大赛在即，他们的训练紧张，任何影响队员情绪的事情都不该发生。他们背负的不只是个人的荣誉，还有国家的荣誉，这是个严肃的事，必须优先于个人情绪。寒陌被"专业"两个字打动了。他一直知道，言易冰对待电竞非常认真且有原则。能回应了就是进步，比赛之后聊也没关系。

寒陌松开他："别走了。"

言易冰："十二点都被你等到了，还想等什么？"

寒陌："阿姨朋友圈说和叔叔去过七夕了，反正你家也没人，回去也没意思。"

言易冰："我回去睡觉要什么意思？"

寒陌："明天跟我出去玩吧。"

言易冰冷静道："训练。"

他话音刚落，两个人的手机同时振动。言易冰吸吸鼻子，掏出手机看，寒陌也暂时停住，低头翻手机。消息是对抗赛小群里发的。郁晏："兄弟们商量个事，明天七夕，咱们训练能不能调整一下，后天上午加练四个小时行不行？谢谢谢谢对不起对不起。"

郁晏和丁洛是男女朋友。虽然两人在同一行业，能理解彼此的工作，但错过七夕还是有点遗憾的。郁晏曾经总让丁洛等，等久了，差点永远分开了。他现在重新审视工作和爱情的关系，决定不给自己那么大压力。言易冰和陈驰都知道郁晏和丁洛之前分手的原因，也理解他想要假期的想法。

陈驰："我无所谓，调整一下时间表而已。"

寒陌："好的！好好玩！别有负担！"

言易冰打的字还没发出去，就看到了寒陌的留言。他快气笑了。从寒陌的字数和语气里就能看出来，寒陌有多想要这个假期，明明一个字就能表达的意思，愣是被他说成了一句话。

言易冰："应该的，想到你曾经做的那些破事我也很心痛。"

郁晏难得没跟言易冰拌嘴。郁晏："谢了哥几个！"

寒陌放下手机："可以了。"

言易冰捏着手机屏幕，抓抓头发："你要去哪儿？"

寒陌："魔都附近的，别太远，最好能一天之内回来的。"

言易冰："酒吧，歌厅，游泳场，室内滑雪场，还有什么玩的？"

寒陌也没头绪，所以登录旅行软件，选择同城，选择日期，搜索。搜索界面突然弹出来推广广告："梦幻迪士尼，欢乐一起游！当天购票立享九折！两人同游且在园区内消费满五百，赠送米奇帽子纪念品！"

寒陌抬眸："去迪士尼吗？"

言易冰：……

迪士尼？他的童心已经丢失十年了，而且对迪士尼仅存的印象只剩下腿走断。他记得好像之前也有谁提过去迪士尼来着？是他妈妈，说让他陪那个谁。谁来着？又没记住。

寒陌有点紧张："我没去过，不知道好不好玩，你去过吗？"

言易冰想想寒陌惨兮兮的童年，在心里默默叹了口气。他违心地说："我也没去过。"

唉，谁说他对寒陌没有偏爱的，这种地图大得要死的地方，换个人他绝不愿意去。

寒陌："那去吗？不然别的也行，城隍庙？"

言易冰："去呗，那么火，肯定还挺好玩的吧。"

寒陌又翻了翻里面的照片："好像都是小孩儿爱去，是不是太幼稚了？"其实那些卡通元素他通通没看过原版动漫，说情怀，其实没有。但他觉得过节日应该去个热闹点的地方。

言易冰："大人去的多得是，漫威也是迪士尼的。"

寒陌："嗯，那我订票了。"

言易冰："好。"

寒陌："这上面说明天七点——"

言易冰突然捂住寒陌的嘴，做了个噤声的眼色。寒陌听话地闭紧了唇。言易冰手指一滑，接起电话，懒懒散散道："喂妈，这么晚还没睡？"

言母："还是不放心你，吃饭了吗？"

言易冰："我又不傻，当然吃了。"

言母："一个人在家待着无不无聊啊？"

言易冰："没事啊，看了个球赛。"

言母："我们吃了摇啊摇，现在在宾馆准备睡觉了。"

言易冰："行啊，你们早点休息，明天好好玩。"

言父在一边插话："哎呀好久不用这些 App 买票，用起来真费劲，还要绑卡。"

言母："让你平时总依赖秘书，过几年都被时代淘汰了。"

言易冰："你们买票用 Itrip 这个软件吧，我有会员，能打折，或者告诉我买什么，我给你们买。"

言母："不用你了，你爸还不至于这点东西都学不会。"

言父："那我买票了。"声音很轻，距离不近。言母把手机挪到一边，伸着脖子嘱咐道："要快速通道的，我站不了。"

言易冰皱眉："妈你说什么？"

言母笑笑："没事，晚安吧儿子，以后再带你一起玩，明天我和你爸去的地方带你不合适。"

言易冰弯着杏核眼，嘴唇翘起："行，你俩好好过二人世界吧，我才懒得去呢。"

七夕当天，言易冰直接睡到了早上十点，等他模模糊糊睁开眼，窗外阳光已经明亮滚烫。

他懒懒地从床上爬起来，眯着眼睛伸了个懒腰。看着天气，他不由得深深叹了一口气。这么热的天，跑去迪士尼排队，真是找罪受。不过虽然这么想，他还是飞快跳下了床，快速在浴室冲了个凉，然后一边擦着头发一边给寒陌发微信。

言易冰："我快收拾完了，你呢？"

寒陌："在穿内裤。"

言易冰："……有必要这么具体？"

言易冰无语。他甩了甩头发，打开衣柜门，随手抽出来短裤和短袖，甩在床上。可目光移过去定了几秒，言易冰又把这两件给塞了回去。

他蹲下身，在柜子底下的新衣服里翻了翻，重新选出一条八分裤。这衣服不是品牌方送的，是他表姐给他买的。他表姐是做服装设计的，接触了很多高定大牌，送他的衣服都是限量款，样式还很漂亮。但这些衣服都压在下面，他每次都懒得抽出来。

扯开袋子撕掉标签，言易冰把裤子套了起来。新裤子并没有之前那条短裤那么舒服，但胜在好看。他对着镜子转了一圈，比较满意。全部收拾好后，他拎起手机，斜挎背包，下了楼。刚到楼下，敲门声响起。

言易冰开了门，看了一眼寒陌，然后把背包放在地上，弓着腰，开始穿鞋。寒陌斜靠着门框，目光下移，盯着他。言易冰这条裤子是深色的，上面宽松，下面收拢，是很少见他穿的款式。

言易冰一起身，就见寒陌的目光往自己身下扫，有些得意地拍了拍裤腿："我表姐送的，限量款。"

寒陌笑了笑："确实好看，不愧是大少爷。"

言易冰捞起背包，借着惯性，猛地甩了寒陌一下。寒陌抬起手，抓住他的包："别带那么多东西了，放我这儿吧。"

言易冰想象了一下那种场面，自己两手空空，寒陌背着两个人的东西。要是让他妈妈知道，又该说他欺负寒陌了。

"不用。"说罢，他关了门，扣上鸭舌帽，大跨步往外走。

外面没有风，阳光淋漓地洒在绿叶上，叶片又将斑驳的阴影投向地面。临近中午，影子变得矮矮扁扁，门口的小喷泉水花四溅，叮咚作响。

其实他们去得不算早了。大门八点半就开了，做了攻略的游客早就已经冲向各个主题游戏。他们这时候去，园区已经人满为患了。但言易冰对什么小火车、碰碰车、旋转木马、过山车也不感兴趣。他更乐意在阴凉舒适的 4D 影院待一天。

一路换乘地铁，到了迪士尼大门口，已经快中午十二点了。刚走出地下，一股热浪就涌了上来，凉气被带走，身上瞬间起了一层薄汗。言易冰眼睛敏感，在强光下容易流泪。他抬起湿漉漉的杏核眼，看向门口巨大的"DISNEY WORLD"标识。

言易冰身边站了个小朋友，摆着传遍大江南北的俗套姿势，正等着父母拍照。言易冰没注意，挡了一半镜头。小朋友抬眼看了看他，叫道："妈妈，大哥哥哭了！"

父母充满童趣地解释道："因为哥哥和宝宝一样喜欢米老鼠，太感动了。"

言易冰：……

他羞耻地低下头，挡住脸，匆匆往里走。

寒陌刚拿了地图过来，正巧听到了小朋友的话。他快跑过来，从包里抽出墨镜，按着言易冰的肩，将墨镜挂在他温热的耳骨上："大哥哥怎么不戴墨镜？"

墨镜遮住了绝大部分刺眼的光源，言易冰终于能舒适地睁开眼睛。他的墨镜放在俱乐部，家里没有，便问："给我了你戴什么？"

寒陌："我不用戴，没那么难受。"正午的阳光灼热，谁都会觉得不舒服，但他的确没有言易冰那么不适，毕竟言易冰在役已经七年了，他才两年多。

言易冰也没拒绝，把墨镜扶正，嘟囔道："年轻真好。"

他们进园区的第一个目的地，不是任何游玩项目，而是餐厅。言易冰沿着餐厅目录看了一圈，选了离他们最近的一家蛋包饭。

他们去蛋包饭店的路上，遇到街边小摊子卖烤火鸡腿，寒陌没吃过，多扫了几眼。言易冰用余光注意到，停下脚步，默默走过去，掏钱买了一只。

寒陌跟在他身后，眨眼看着。穿着卡通服的老板麻利地给言易冰包了一只，捏着油纸递给他。言易冰让开身："给他。"

于是老板又递给寒陌。寒陌愣了愣，迟疑地接过来："给我的？"

言易冰揣好手机："虽然是智商税，还稍微有点柴，不如环球影城的好吃，但是来都来了，想吃就吃。"

寒陌弯着眼睛笑，低声："哦，谢谢冰神请我吃鸡腿。"

他拿在鼻翼嗅了嗅，烤得还是很香的，火鸡腿上滋滋冒着油，隔着油纸还能感觉到热烫的温度。他没先咬，而是递给言易冰："冰神先吃一口。"

言易冰稍微躲开一些，推寒陌的手："我不吃。"

寒陌："我吃不了，帮帮我。"言易冰迟疑了一下，才从火鸡腿上小小地撕了一块肉下来。

寒陌勉强把一整只鸡腿吃完，已经完全不饿了。到了餐厅，他只要了一杯饮品，一份奶冻，看着言易冰低头吃饭。

寒陌用手肘撑着桌面，轻声道："迪士尼挺好的，怪不得这么多人喜欢。"

言易冰垂着眼，又挤了不少番茄酱，哼笑："你才刚进大门吃个鸡腿，要求也太低了。"

寒陌眨着眼，认真道："因为这里师父愿意来啊。"

言易冰嘴里咀嚼的动作一停，腮帮子撑得圆鼓鼓的，他抬眸扫了寒陌一眼，瓮声瓮气道："蠢。"谁是因为迪士尼才来的啊。

"我蠢吗，别人都夸我聪明，只有师父总说我蠢。"寒陌随手扯了张纸，体贴地递到言易冰手边，让他擦嘴角的酱汁。

言易冰嘟囔："那是以前对你要求高，不然谁愿意管你。"

寒陌："那现在呢？"

言易冰微笑："打得越烂越好，把冠军都让给 Zero 吧。"

寒陌勾唇失笑："那可能要让师父失望了。"

言易冰撇撇嘴，三两下把剩下的饭吃干净。吃饱喝足，又灌了几口柠檬水，言易冰靠在椅背上，揉了揉肚子。

一点多了，天气还是很热，地面晒得滚烫，对面的小火车仍然排了满满登登的人。要不是买了贵一倍的VIP票，言易冰真懒得离开餐厅。

出了门，言易冰又压紧了自己的鸭舌帽，还提醒寒陌注意一点。电竞选手虽然不同于影视明星，但因为直播行业的发达，他们在镜头前露脸的机会越来越多了。按照每次直播的热度推算，整个迪士尼里，必然有电竞粉能认出他们。如果运气不好，说不定刚刚餐厅里就有认识他们的人。

寒陌脸色平静："他们不敢认，反正粉丝都知道，我们水火不容，别说在一起吃饭了，比赛前握个手他们都觉得咱俩会互插对方几刀。"言易冰都被这话气笑了。

按照地图上的指示，他们去坐了附近的气垫船。因为拿着VIP票，可以单次不用排队直接玩。走过宽松的通道时，言易冰看到了另一边长长队伍里孩子们羡慕的眼神。他有些心虚，于是用地图遮着脸，跟寒陌坐到了气垫船的最后一排。

这船一点也不刺激，走在通道里，沿途都是各种会动的卡通人物和漂亮的灯光。言易冰靠在座位上，听着哗哗的水声和此起彼伏的拍照声，全程面无表情。寒陌对这些卡通人物都没有童年滤镜，所以也没太大感觉。

出来后，言易冰故意说他："人家小朋友都尖叫，你怎么不尖叫？"

寒陌从善如流："可能因为我年纪大吧。"

言易冰：……

玩完气垫船、小火车、大摆锤，他们又去了过山车。言易冰叹了口气："我没想到过山车也这么平淡。"

寒陌淡声道："嗯，连个翻转都没有。"

言易冰随口说："下次去环球影城吧，刺激一点。"他都没有察觉到，虽然这里又乱又热，走起来还累，但他已经不排斥跟寒陌再来一遍了。

寒陌顿了顿，才郑重道："好。"

从过山车下来，言易冰坐在旋转木马旁边的木椅上，把地图当扇子扇风。汗水已经把他的上衣打湿了，中午吃的东西也消化得差不多。他萎靡地靠着，墨镜搭在鼻梁上，理直气壮地指使寒陌："寒陌，去给我买点冰淇淋，太热了。"

寒陌把裤腿卷起来,站起身:"等我,我去找找。"路边偶尔会出现卖零食的小推车,但是每家卖的都不太一样。他也辨不清方向,只能靠运气。

言易冰有气无力道:"嗯,快去快去。"

寒陌扯了张湿巾擦擦汗,半眯着眼睛,往绿化多的地方走。遇到的第一个小推车是卖爆米花的,一盒五十,香味弥漫,糖霜是焦黄色,看起来还不错。寒陌想着言易冰爱吃甜的,于是给他带了一大盒。拎着爆米花,他又换了一条路,顺便买了两杯冰镇绿茶。

再换一个方向,远远看到有人排小队。冰淇淋机嗡鸣着,被遮盖在巨大的伞棚下。寒陌松了一口气,排在了队后。他单手拿着手机,给言易冰发微信。寒陌:"找到了,很快回去。"

"寒陌?"一个熟悉的惊讶的声音在身后响起,寒陌顿了顿,转身,随后,表情一僵。

他下意识将手机扣在小腹,紧张地抿了抿唇:"言叔叔,言阿姨。"衣服下面,他全身的肌肉都绷了起来。

言母一笑,意外道:"我刚才还没敢认呢,你怎么也到这儿来了,不会是有女朋友了吧?"

寒陌喉结一紧,立刻反驳:"没有,和同事。"

言母没多想,反倒拘谨地挽住言父的胳膊:"哎哟,我都不好意思了,我和你叔叔这么大岁数还来这儿凑热闹,你可千万别告诉言易冰啊。"

寒陌眼睑一颤:"……好。"

言父的衬衫被汗水打湿,有些狼狈。他擦擦额头的汗,叹气:"天气真热,我们也是想买冰淇淋的,我已经很久没吃过了。"

寒陌拿出还残留着些许凉意的绿茶:"喝水吗叔叔?"

言父摆摆手:"你留着吧,我们买两个冰淇淋。"

言母一指:"小寒,到你了。"

"哦……啊。"寒陌这才有些僵硬地转回身。

言易冰坐在椅子上,手指有一搭没一搭地敲着铁把手。太阳西斜,原本在阴影下的木椅也暴露在阳光中,言易冰等得有些无聊。

"好磨蹭。"他烦躁地抓了抓头发,决定催催寒陌。他刚把手机拿起来,还来不及低头,就突然直面惨淡人生。郁晏领着丁洛,两个人一人一顶米老鼠耳朵发箍，正准备来排旋转木马。

抵达旋转木马的道路有无数条，他们偏巧选了正对言易冰的这条。被人无视的概率明明是百分百，言易冰偏巧抱怨了一声。两相对视，言易冰缓缓坐直了身子，挂在鼻梁上的墨镜差点滑脱下来掉在地上。

郁晏：？

丁洛：！

言易冰：。

郁晏："我眼花了？"

丁洛："冰神，你也是来坐旋转木马的？"

言易冰冷漠道："我有事，先走了，你们忙。"

他刚准备起身溜，郁晏及时扯住他的衣服，饶有兴致地笑："不是，怎么回事啊，情人节你也来迪士尼？你跟踪我们来的？"

丁洛眯眼，片刻后，不露声色地试探："冰神也是跟朋友来玩的？我们认识的朋友吗？"

言易冰吞咽了好几下口水，故作淡定，推好墨镜，单手插兜："呵，我跟我爸妈来的。"

他随口胡扯，不过扯的这个理由还算有说服力。

"哦。"丁洛有点失望。郁晏四下张望："叔叔阿姨呢？"

言易冰："去买东西了，唉，老夫老妻过节，我就是个看包的。"

郁晏四下看了看，疑惑道："包呢？"

言易冰眨眨眼："……他们不舍得让我看。"

郁晏：……

言易冰抿了抿唇，挥挥手："你们俩赶紧去排队吧，别搭理我，我一会儿去找他们了。"

说罢，他低头，快速给寒陌发微信。言易冰："危！"

言易冰："别回来！"

言易冰："千万别回来！"

言易冰："！！！"

与旋转木马两条街之隔的冰淇淋摊上。寒陌接过巨大的意大利手工冰淇淋，手机急促地、接连不断地振动着。

他双手都占满了，没空看消息，本能的，他以为言易冰着急了。算算他离开的时间，也有二十分钟了。他艰难地用右手小指勾住装着爆米花和绿茶的塑料袋，抬起手机，小心地避开言父言母的目光。

"叔叔阿姨，我同事可能等着急了，所以——"这时他看到了言易冰发的微信内容。

寒陌：……

言母不想耽误他，催促道："你快去你快去。"

寒陌冷静道："所以让他等一会儿吧，我再陪你们聊聊。"

言母：？

寒陌收起手机，补充道："我的意思是，你们买了VIP票吗，我和同事可能不玩了，好多项目都没玩。"

言母温柔道："谢谢小寒，我们也买了，你去找同事吧，不用管我们，冰淇淋都快化了。"

咖啡色和米白色的冰淇淋球混在一起，像失去支撑的金字塔，缓缓融合塌陷。

另一边。郁晏拦住言易冰："别着急走，反正你也是看包的，帮我和洛洛拿下包，顺便给我们俩照个相。"

郁晏把手机塞给他。言易冰："你跟我可真不客气？"

郁晏理所当然道："应该的。"

言易冰下意识看了眼手机，寒陌还没有回复，也不知道收没收到。他心急如焚，催促道："你快点，我着急呢。"

郁晏和丁洛也有快速通道票，其实郁晏本身对游乐场丝毫兴趣都没有，但是丁洛喜欢，他就陪着。两人上了幼稚的旋转木马，言易冰在旁边举着手机拍照录像。一边拍，他一边下意识地用余光扫向四周。他怕寒陌突然回来，也怕解释不清。

好不容易郁晏和丁洛转了一圈下来，言易冰匆匆把手机塞给郁晏："我爸妈叫我了，我先走了。"

郁晏接过来，边看着照片边道："这么快，我要不要去跟叔叔阿姨问个好？"

言易冰："不必！"他也不等郁晏回话，火急火燎地跑走了，低着头给寒陌发消息："你在哪儿？我去找你。"

寒陌手里的冰淇淋已经化得不成形，见手机又振，他扫了一眼。寒陌看向正等着找钱的言父言母，艰难地用一个指头打字："别！"

言易冰："？"

寒陌："危！"

言易冰："？？？"言易冰看看身后。郁晏和丁洛正埋头欣赏照片呢，寒陌那边还能危什么啊！

寒陌打字不方便，冰淇淋已经沿着他的手指滑了下来，滴滴答答落在地上。他局促地转回头："叔叔阿姨你们准备去哪儿？"

言母："我们随便逛逛，可能去看那个游街表演吧。"

寒陌："我同事在旋转木马那边，我去找他们了。"

言母："好的好的。"

寒陌选了个和言父言母相反的方向，边走边发消息："别去看游街表演，其他哪儿都行。"

与此同时，言易冰也发来消息："别回旋转木马，其余哪儿都可。"

寒陌："能接电话吗？"

言易冰："能。"

寒陌拨了语音电话过去。寒陌："我现在在玩具总动员雕塑下面。"

言易冰："躲起来，我过去找你。"

寒陌："你也看到了？"

言易冰："你不会也遇见了？"

寒陌："……先过来吧，冰淇淋快化没了。"

言易冰："还管什么冰淇淋啊，我都快吓化了。"

寒陌不得不压低帽子，蹲在雕像狭长的阴影里，尽量降低自己的存在感。言易冰也跟做贼似的，一路贴着树和人群，小心翼翼地找到了玩具总动员雕塑。

言易冰远远看到寒陌，松了一口气。他小跑过去，拍了一下寒陌的肩。圆球形的冰淇淋已经变成了蘑菇盖状，寒陌修长的手指上全是冰淇淋汁。

言易冰蹲在他对面，小声问："你也看见郁晏和丁洛了？"

寒陌："？没有。"

言易冰皱眉："那你危什么，吓我一跳。"

寒陌的目光落在言易冰稍显干涩的唇上："我遇到你爸妈了。"

言易冰：……

言易冰："我跟郁晏说我和爸妈来的。"

寒陌轻笑："我和你爸妈说跟同事来的。"

言易冰余惊未消，一屁股坐在地上，双臂搭在膝盖上："我再也不来迪士尼了，太可怕了。"

"嗯。"寒陌举着冰淇淋，"我又说错了，迪士尼比我想象得刺激。"

两个人在原地坐了一会儿。寒陌看向言易冰热得泛红的脸："冰淇淋化了，还吃吗？"

言易冰从惊魂未定中恢复过来，他舔舔唇："吃，不能浪费了。"

说罢，他把冰淇淋从寒陌手里接过来。寒陌低声道："都化了。"

言易冰低下头，在冰淇淋上咬了一口。冰淇淋是卡布奇诺配朗姆味儿，味道醇厚，甜度十足。虽然已经化得不成形了，但还是好吃的。

寒陌见言易冰吃得起劲，好笑地问："这么好吃吗？"

言易冰点点头："特别甜。"

香甜的冰淇淋汁沿着手指滑到指尖，再顺着他的指尖滴到地上。寒陌看看化得不成样子的冰淇淋："再买一个？"

"不要了，天都不热了。"言易冰往后缩了缩，靠在雕塑的基座上。

日光西斜，又起了点风，闷热的感觉缓缓消失。言易冰的背贴着发凉的石头，刚舒适一下，手机就响了起来。他一看来电显示，吓得心脏差点跳出来："我妈！"

寒陌眨眼："接吗？"

言易冰怒道："接什么，你听这响彻全园的广播，一接就暴露了！"

寒陌："你妈肯定跟你说遇见我的事。"

言易冰："应该吧，等我到家再给她回，就说睡过去了。"

言易冰一直等到言母挂断，才松了一口气。但紧接着，他发现郁晏开始在群里发图。

郁晏："迪士尼的人真的巨多，来看冰神的摄影佳作。"

陈驰："你在情人节和言易冰去迪士尼？"

路江河："细思极恐！"

郁晏："滚！我跟我老婆去的，在迪士尼遇到冰神和他爸妈了。"

言易冰看了郁晏的发言，一阵窒息。他……爸妈？他立刻和寒陌对视一眼，终于开始慌了。郁晏和丁洛不会也去看游街了吧！这不得崩了？

郁晏："冰神人呢？现在你爸妈就在我们左前方，我还没上去打招呼，你不引荐一下？"

言易冰悬着的心落下一半，但郁晏千万不能跟他爸妈碰面。他赶紧打字。言易冰："我爸妈二人世界，别瞎凑合，我在卫生间。"

郁晏："啧，遗憾。今天迪士尼赠送情侣米老鼠耳朵，你孤家寡人一个，连便宜都占不到。"

路江河："冰神什么时候这么闲了？平时上二楼都不走楼梯的人。"

郁晏："寒队长不会又趁着大家放假开始用功了吧？"

陈驰："有可能。"

路江河："寒队长要是不努力太阳就打西边出来了。"

寒陌："没有。"

郁晏："啧，不信，除非你拍照自证。"

陈驰："来。"

路江河："+1。"

郁晏："冰神呢？你个闲散人员还不出来一起讨伐？"

言易冰："……不信。"他没办法。这帮人都是人精，他要是表现得和平时不一样，肯定会被郁晏看出猫腻。

寒陌轻笑，扫了他一眼，慵懒问："不信？"

寒陌示意言易冰不能忘恩负义。他划开屏幕，单手打字。寒陌："照片拍不了，但是手的确不在键盘上。"

言易冰："……我信了。"的确不在键盘上。

郁晏："这你就信了？你什么时候背叛的组织？"

路江河："无图无真相，职场压力就是这么来的！"

陈驰："呵，你以为你们去过节了，寒陌就会跟着你们过节？他只会把 Zero、CNG、AXE 的比赛视频复盘一遍。"

郁晏："窒息了。"

路江河："窒息了。"

言易冰："……"

郁晏："队形呢冰神？你今天十分不在状态。"

言易冰："窒息了。"

郁晏："看得出来，你窒息得十分敷衍。"

言易冰："你看什么看，赶紧陪丁洛吧！"

过了一会儿，郁晏果然不说话了，言易冰半悬的心才彻底放下。他估计游街表演开始了，郁晏被丁洛扯过去拍照了。警报解除，寒陌问："我们还玩吗？"

言易冰斜他一眼："你还敢玩？"

这园区里可有两处移动炸弹，说不定在哪儿遇到就炸了。寒陌歪着头，胳膊搭在膝盖上："我倒是敢，就怕师父不敢。"

言易冰眼睑微颤，目光移到了一边。现在两人的情况是有口说不清，寒陌倒是不在乎，可他还要脸呢。寒陌用干净的手拍拍言易冰："先陪我洗个手，然后想办法出去。"

"哦。"也只好这样了。两个人跟做贼似的，走到空旷地段就要东张西望，确定没有熟人再往前走。两人进了卫生间，冲干净手指上的冰淇淋汁，扯了张纸巾擦手。

言易冰催促："快点。"

寒陌把纸巾扔进垃圾桶，言易冰又领着他往园区外溜。他们隐藏在人流中，买个纪念品都来不及，从园区逃出来，就一鼓作气上了地铁。晃晃悠悠一个多小时，总算回到了小区附近。夕阳最后一丝余韵消散，天空渐渐阴沉下去。彻底逃脱了迪士尼的危险范围，言易冰倍感轻松。

"有点饿了。"他嘟囔道。他在等着寒陌推荐个地方，然后两个人去大餐一顿。但寒陌低头看了看手机，一皱眉，转头对他说："我一会儿得上游戏，三排。"

言易冰怔了怔，像小翅膀一样甩起来的胳膊渐渐垂了下去："你不是吧，真打算训练？"

寒陌摇头："不是训练，丁哥说让我和肖诺看看辛辰的水平，约的今晚去美服三排。"

言易冰沉默半晌，悻悻道："那你去呗，正事。"

的确是正事。辛辰是 Prince 的明日之星，是丁俊看中的宝贝。寒陌身为队长，自然要熟悉辛辰的打法和水平。只叫了寒陌和肖诺，可见在丁俊心中，辛辰的重要性已经超越了漠贝和陈泽峰。

他也是做队长的，这事儿换到孙天娇身上，肯定也得询问他的意见。寒陌是为了完成工作。可即便如此，言易冰心里还是极度不悦。

他本来没想过七夕的，这个节日根本与他无关，但寒陌和他一起为这个节日赋予了特别的含义。

虽然过程有点刺激，但还算尽如人意，最后应该吃顿大餐了结，结果寒陌临时要去工作，还是为了测试辛辰的资质，就好像这只是普普通通的、工作日加班的一天。

但言易冰肯定不会把自己不爽的心路历程说出来。他眼角微垂，眸色冷淡，手插着兜，柔软的头发被风掀起，又落在太阳穴。他的大脑里已经在筛选，秃黄油和焗龙虾哪个能让他更愉悦。

寒陌盯着他几秒，攥住言易冰的胳膊："师父陪我去网咖，点烧烤吃吧？"

言易冰掀起眼皮，目光冷飕飕的："我闲得？"

寒陌耷拉着眼睛道："寒堂今天又给我打电话了，我没有接。"

最后，言易冰成功被寒陌拽去了网咖。没有秃黄油，也没有焗龙虾。小包房里，摆着热腾腾的烤串和啤酒，两台电脑开了一台，正在登录PUBG。言易冰晃着椅子，跷着二郎腿，闷头吃羊肉串。他并不打算给寒陌留，如果他能吃完。

寒陌一秒进入工作状态。丁俊给他们拉了房间，肖诺在俱乐部，和辛辰一起。

看到寒陌的账号，肖诺愣了下，开麦道："队长，你怎么没上大号？"

寒陌登的是momotwo这个小号。这个号基本只在营业时候使用，比如直播，比如和其他主播连麦，比如之前做的那个刷榜四排活动。寒陌看了一眼吃得并不开心的言易冰，转过脸淡淡道："都一样。"

辛辰倒是有点紧张，对着话筒有点喷麦："队长，我们玩哪个图？"他早就期待着和寒陌一起打配合了，不过他更希望是双排，但今天还有肖诺。

寒陌少言寡语，说话音也低："你们定，我主要旁观。"

丁俊在背景音插话："海岛吧，经典。"

辛辰："……好。"

肖诺："队长旁观的话，我也主要打酱油，辛辰你加油，吃鸡就靠你了。"

辛辰苦笑："别啊，我压力好大，要是表现不好怎么办？"

丁俊笑："他们都很好说话的，再说了，你都去联盟大厦围观那么多天了，总该学到点什么了，别紧张，拿出平时的水平就行。"

辛辰："我我我……我努力！"

见他们大有待在房间聊天的架势，寒陌打断："开吧，我还没吃饭。"

丁俊："开开开，别耽误你们队长吃饭。"

言易冰轻哼一声，又拿起一根羊肉串。烧烤的香味在小包厢里弥漫，红柳木串着大块的羊肉，在灯光下泛着诱人的蜜色光泽。但寒陌却目不转睛地注视着面前的电脑屏幕。

飞机起飞，辛辰在学校方向跳了伞，肖诺和寒陌跟着飘了下去。

寒陌单手扶了下耳机，鼠标微动，故意高飘，看辛辰的操作。跳伞是最基础的，辛辰的下落速度很快，但寒陌想看他的落点。大概因为压力真的很大，辛辰选择了保守的学校宿舍。

这里虽然没有学校物资丰富，但是却有不少架枪的好点位，可以轻松狙掉学校里的人。寒陌挑了下眉，也顺势进了个小红房，随手摸枪，配了基础装备。

肖诺："蛮保守的，不过可以，辛辰没怎么在美服玩过。"

寒陌没说话。宿舍很快进来了人。不巧，那人进的是寒陌的小红房。寒陌抬了抬枪，但转念一想，又把枪放下了："我换房，辛辰掩护一下。"

辛辰慌张应道："哦哦，队长你屋里有人？"

他自己搜房搜得特别痛快，一栋四层的宿舍他都快要摸到房顶了。他从来没觉得寒陌和肖诺还需要他策应，他只想着，这局尽量多拿人头，得个MVP就成了。他快速匍匐在屋顶，开着二倍镜，向寒陌的方向搜索。

寒陌见辛辰的点不动，翻窗跳楼，脚步重重响在楼外。屋内的人立刻反应过来。那人在窗口探头，朝寒陌开枪。

可还不等枪口瞄准寒陌，辛辰一顿AKM连射，打断了他的念头。那人血线猛掉，吓得一缩头，给了寒陌离开的机会。寒陌顺势换个房间。

寒陌："可以。"这已经算是他的认可了。作为队长，他并不比当初的言易冰温和多少，甚至还要更严厉。有他这两个字，辛辰忍不住笑了一下。

言易冰扭过脸，瞥了一眼电脑屏幕，见寒陌看得专注，突然觉得嘴里的羊肉都不香了。明天有整整八个小时的高强度训练，他今晚一点也不想碰游戏。在网咖不碰游戏吃烧烤真是纯属有病。言易冰越想越不痛快，所以也想给寒陌找点不痛快。

他懒洋洋地伸直手，将手中的羊肉串直直怼到寒陌面前。果然，寒陌操作着鼠标的手顿了一下。言易冰心里爽快一点，随手把烧烤签子一扔，重重的红柳木砸到了锡纸上，发出"嚓嚓"的响。

肖诺："队长你在外面？"

寒陌深吸一口气，稳住心神，淡淡道："嗯，网吧。"

"哦哦。"肖诺没多说什么。

寒陌换了把枪，准备上宿舍楼后面的山坡。

宿舍楼的确有不少优越的狙点，可以精准打击学校里的人，但它后面的山坡却是个巨大的隐患。在树林的遮盖下，宿舍楼顶的人不容易发现山坡上藏着的敌人，但山坡上的人打宿舍楼里的人却非常丝滑。寒陌打算去扫荡一圈。

但言易冰不老实，又探过来，踢了踢他的小腿。寒陌喉结一滚，从窗户上掉了下来："肖诺，去后坡。"

肖诺："好，队长你呢？"

寒陌一本正经道："我划一会儿水。"

肖诺："啊？"

辛辰："队长今天是不是很忙啊？"对面没有回答。

寒陌说罢，直接关了麦克风。他的手指从键盘上拿开，突然攥住了言易冰的椅背，将言易冰的电竞椅扯了过来。

言易冰身子陡然下滑，吓了一跳，他赶紧扶住椅子把手，惊道："你干吗！"

他挑起眉："我倒想问问师父想干吗？"

言易冰有些心虚，转开了脸："你还有没有点职业选手的素养？不好好测试战队新人，敢在游戏中途扔鼠标？"

寒陌："师父给了我好好测试战队新人的机会吗？"

言易冰是绝对不会承认自己刚刚是故意捣乱的。他可是寒陌的师父，这种丢脸的事绝对不能出现在他身上："你可是职业选手，这点抗干扰的能力都没有？"

寒陌被言易冰的强词夺理逗笑了："师父教训得是，为了感谢师父用心的教导和栽培，这个就当作是我的谢礼吧。"说着，寒陌把一个小小的东西塞进言易冰手中。

看到的瞬间，言易冰怔了怔。那是一个米奇米妮的手办，很小巧，镀了一层明亮的金色，两只开心的小老鼠跷着脚靠在一起，圆圆的耳朵也兴奋地向后翘着。

言易冰捏在手里把玩片刻，睫毛颤抖一下，抬起杏核眼："你什么时候买的？"

寒陌笑了笑，仿佛等着主人表扬的小狗："买完冰淇淋去找你的时候，正好遇到了，看着挺好看的。"

"哦。"言易冰喉结轻滚，手指摩擦着光滑的金色米老鼠，"我没给你买礼物哈。"

寒陌笑："嗯，先欠着，我不着急。"

言易冰心里又是一软。他从来不会注意到这些生活中的小细节，因为被人宠惯了，就失去了关注他人的意识。

刚才他还因为寒陌晚上有工作而不悦，结果这小玩意儿攥在手里，他真是一点生气的资格都没了。

"这次只跟联盟那边请假了，忘记俱乐部这边了，下次我会记得。"寒陌凑过来，讨好地跟言易冰说，"师父等我一会儿，马上就结束了。"

言易冰被安抚得一点脾气都没有。寒陌赶在缩圈的前一秒，摸到鼠标，迅速进入工作状态。言易冰把玩着米老鼠，悠闲地叼着烧烤签子，突然觉得狭窄的小包间也变得心旷神怡起来。

寒陌进了圈，就势躲在树后打药。但他之前并没积累多少药，所以连打了三个绷带，用去不少时间："我去找你们。"

肖诺："队长忙什么去了？"

寒陌："本来在过节，所以需要解释一下。"

肖诺："什么？"

辛辰："过节？今天是什么节？"

寒陌："还工作吗？"

辛辰差点脱口而出的问题也默默咽了下去。辛辰抬枪对掉一个穿着吉利服的敌人，绷唇低声道："对了队长，你签名的运动服经理给我了。"

寒陌："嗯。"他出声，表示自己知道了。

当时丁俊让他宠宠粉丝，他被缠得烦了，在新代言的运动服上签了个名字交给丁俊，丁俊欢天喜地地给辛辰送去了。至于丁俊怎么跟辛辰说的，他不关心。

辛辰："运动服挺好看，但我收起来了，不舍得穿。"

寒陌："谢谢。"他蹲在盒边换了套装备，然后开车直奔肖诺和辛辰的方向。

丁俊教导辛辰："虽说是偶像，但更是队长，你不能光崇拜他收集他的签名，你得跟他学，站在巅峰，让你的后辈把你当偶像。"

辛辰备受鼓舞，激动道："我肯定会努力的！"

寒陌："别扯我，我当初不是为了当别人偶像而努力的。"

丁俊继续指点辛辰："谦虚，看到没有。俗话说响水不满满水不响，等你站到寒神这个位置，你就知道高处不胜寒了。"

辛辰懵懵懂懂，连连道："好的好的。"

寒陌叹气，淡淡道："我是为了有资格给别人架枪。"

辛辰怔松："架……架枪？"谁这么暴殄天物？让队长这种天才去给人架枪？

他很快想到了言易冰。言易冰可真是霸道啊，打压队长这样的天才，恨不得自己一辈子待在核心位，不给新人一点出头的机会，怪不得队长早早离开了Zero。

不止队长，他还听说沦落到普新的雷明也是被言易冰逼走的。因为雷明在二队效力整整两年，都没有被提拔的苗头，结果还被言易冰塞去自由狙击给寒陌血虐，最后毫无脸面地离开了Zero。

肖诺："哦哟，这事儿我都不知道，谁这么大面子啊？"他刚问完，最后一波冲圈开始了。再厉害的选手也没法在这种情况下游刃有余三心二意。耳机里传来枪声、脚步声、手榴弹炸开的声音。

喧嚣止息后，寒陌勾唇："我偶像。"

辛辰疑惑不解。明明言易冰那么差劲，为什么队长提起他来总有种意犹未尽的感觉。

三排赛一共玩了三把，打了一个多小时。第三把结束之后，辛辰刚要开第四把，寒陌拒绝："不试了，我还没吃饭。"

辛辰把鼠标缩回来，遗憾道："哦……好的。"

寒陌："水平不错的，没什么问题，先跟着二队打配合。"

肖诺也说："对，现在还不能参加比赛，你还有一年，不着急，多练练战术。"

丁俊："行行行，那今天就到这儿。看你那么急，赶紧去陪人吧。"

寒陌也不推辞："嗯，下了。"说罢，他毫不犹豫地关掉了游戏，退出账号，顺手把电脑也给关了。

包房租了两个小时，现在还剩十五分钟。寒陌顺势从烧烤里拿出一串来，咬了一口，烤串已经凉了，不太好吃，还有点腥。他把剩下的又放回去，低声问："吃饱了吗？"

言易冰当然没吃饱。他三心二意，一会儿看看手机，一会儿看看寒陌的屏幕。倒不是心里还别扭，只是平静下来，他也想看看辛辰的操作怎么样。毕竟是个被丁俊和孙天娇都认可过的人。

可惜他大多看的还是寒陌视角，寒陌的操作已经非常成熟了，他几乎挑不出什么毛病来。

言易冰："半饱吧，这家烧烤也不好吃，太咸了。"

寒陌："到我家给你煎三文鱼？"

言易冰挑眉，不敢置信："你家连三文鱼都有？"这还是当初的毛坯房，还是只装冰水和啤酒的冰箱？

寒陌意味深长道："嗯，为了吸引人过去。"

言易冰和他对视一眼，揉揉肚子："那行吧。"

他把金色小老鼠揣好，拿了包，跟寒陌出去结账。路过自己家，他扫了一眼，家里黑漆漆的，父母还没回来。

不过他再没觉得无聊，而是迅速收回目光，快走几步，绕过小喷泉，直奔寒陌家。开门进了屋，言易冰踩着地毯，径直走到沙发上一歪。寒陌洗手，给他倒水，然后去冰箱里拿冰冻的三文鱼。

冻三文鱼需要用微波炉解冻，寒陌躬身，将三文鱼塞进微波炉里面转着，然后随手捞过菜板，切柠檬片。很快，三文鱼化好，寒陌把它们泡在调好的酱汁里，沾了沾。

平底锅淋上橄榄油，等油微微冒着热气，他将三文鱼夹上去，开始煎烤。吱吱啦啦的冒油声透过玻璃门传到客厅，言易冰忍不住咽了咽口水。

"你先弄，我去趟卫生间。"他冲寒陌喊。寒陌回头，发梢有些潮湿："好，楼下没有淋浴，想冲澡去我房间。"

言易冰只想上个厕所，但寒陌一提，他也觉得身上黏糊糊的。在寒陌家洗澡肯定不合适，但冲冲胳膊洗把脸还是可以的。于是他直接上了楼。

寒陌家结构跟他家稍微有些不一样。他家的卫生间都是在房间内的，但寒陌这里是在外面。这种房外的卫生间面积很大，连洗衣机和烘干机都可以装在里面。

言易冰打开灯，推门进去。一打眼看到的就是烘干机，烘干机开着门，里面是件看着很眼熟的衣服。

他皱了皱眉，忍不住好奇心，一伸手将这件衣服抽了出来。这是一件Zero的队服，上面还绣着言易冰的游戏ID，只不过是前几年的款式了。

言易冰恍惚间想起，之前寒陌还在Zero青训的时候，有天晚上训练到深夜，他正好下楼看见，小孩穿着件T恤孤零零地坐在那儿，就顺手把自己的外套给了寒陌，后来也忘了要回来。

言易冰一时间心情复杂。他把衣服放在一边，上了厕所，又洗了脸和胳膊，拿着那件衣服下楼了。他把衣服藏在身后，背着手踏进了厨房。寒陌背对着他，正在三文鱼上撒黑胡椒，道："别进来，有味道。"

言易冰把那件衣服抖了出来，问道："这件衣服你还留着呢？"

寒陌把围裙扯下来，手伸到水龙头下冲了冲，然后珍而重之地捏住了衣服边。他自顾自叨念："好像我的偶像还没给我签过名字呢。"

言易冰蹙眉，嫌弃道："我才不在衣服上签名，多自恋。"

寒陌弯着眼睛，低笑，手指攥得紧了紧。言易冰的眼睑颤了颤，决定跳过这个话题，清清嗓子："我饿了，快点把三文鱼盛出来吧。"

寒陌却不想放过他："师父欠着的礼物，可以现在给吗。"

言易冰心中警铃大作："哪有自己要礼物的，我想给的时候再给。"

寒陌喉咙里传来低笑，道："嗯，那我提前说下我的愿望吧。"

寒陌垂着眼眸，声音放得又低又缓："我想让师父也给我一件签了名的队服，亲手送到我的手上。"

DUIYOU

队友

CHAPTER 7

次日，四个人高强度练习了八个多小时，最后连辛辰都陪不起了，在练了五个多小时的时候找了个理由溜了。打完八个小时，两个教练都双眼无神地望向窗外，手里举着一杯香茗，吹一口喝一口，只觉得漫漫人生都快走完了。

言易冰萎靡地瘫在椅子上，脖子歪着，脸热得红扑扑的，手背的青筋在不自觉地跳动。但他连揉一把的心思都没有，只是懒洋洋地一掀眼皮，看到电脑屏幕，下一秒紧闭着眼睛扭开头。

郁晏趴在桌面上，脑袋枕着一只胳膊，另一只软绵绵地垂下去。他有气无力道："实不相瞒，我现在看到你们仨都想吐。"陈驰戴着眼罩缓解眼球的酸痛，闻言哼道："我也是。"

言易冰赶紧抬手捂住耳朵："别说话，我现在不能听你们几个的声音！简直像一群马蜂在我耳边转悠。"

寒陌抬眸扫视了他们一眼，把有价值的录屏保存，放入公共邮箱，才关掉电脑："你们不准备去吃饭了？"

没人说话。只有言易冰的呼吸沉了些，仿佛想哼一哼。

寒陌："教练说的地方我拉邮箱去了，明天你们有时间复习一下吧，还有韩国 NNTC 战队的赛事复盘，挺有参考价值的，他们的教练以前当选手的时候抢过咱们两个冠军，对你们仨的打法都挺熟悉的。"

NNTC 这个战队是这次对抗赛夺冠的热门。这次东亚对抗赛比较特殊，虽然是国家层面的比赛，但因为韩国是主办方，所以他们有两个参赛队。这两个参赛队也是从最强劲的选手中筛出来的，其中一个队，有 NNTC 的三个人和教练，他们几乎不用怎么练配合。

除此之外，日本重组队 ANK 也不容小觑。看得出来，这支队伍的选手选择是经过精心研究的，几乎全部互补。

寒陌之所以说 NNTC 的教练对言易冰、郁晏、陈驰比较熟悉，是因为他们都在世界赛上和那位教练面对面对撞过，并且基本是一对一换掉对方，没占到什么便宜。但等寒陌开始打电竞的时候，那位就已经退役去当教练了，所以唯独寒陌没有跟他交过手。

郁晏痛苦道："我尽量不一个耳朵进一个耳朵出。"

陈驰："年轻真好，我们这种老人家已经不记得 NNTC 是什么了。"

言易冰艰难地坐直起来，打了个哈欠："说谁老呢？"

教练放下手中的香茗，淡淡道："而且告诉你们一个不好的消息，我们最近刚刚打听到，NNTC 练习的跳点和咱们高度重合……嗯如果前期不想避战的话，那就是你死我活。"

郁晏："怎么这么倒霉？"他刚刚还说恶心，一听说跳点重合，立刻没心思放空了。

前期强对强完全是费力不讨好。因为东亚对抗赛的比赛队伍不够，所以主办方会随机从世界级选手名单中挑选五十名职业选手参与到比赛中，做类似 NPC 的工作。这些人彼此伤害无效，但对参赛者却是无差别打击。所以相比平时的比赛，参赛者不仅要逃开毒圈的威胁，还要避免被 NPC 围剿。

这才是真正的大逃杀，保持不减员才有最大可能活到最后吃鸡。如果前期撞上 NNTC，他们不可能不减员。陈驰幽幽道："马上要比赛了，难道我们要换跳点吗？"

寒陌："凭什么。"

言易冰："凭什么。"

郁晏："凭什么。"

陈驰："……回家吃饭！"

倒计时第十五天，言易冰收到孙天娇的微信。

社畜小可怜："祖宗啊！队徽给你绣运动服上了，就在国旗下面，特别好看，你什么时候来试一下。"

言易冰："？？？你谁啊？"

社畜小可怜："我伤心了。"

言易冰："这是什么名字，我差点把你删了。"

社畜小可怜："这是生财之道，你不懂。"

言易冰："你很缺钱？"

社畜小可怜："缺啊，我特别缺，还有人嫌钱多吗？"

言易冰："你不怕顶着这个 ID 出去给 Zero 丢脸？人家以为 Zero 要黄了。"

社畜小可怜："嘿！你别说，边总真以为 Zero 要黄了，我前几天跟他打 PUBG，他坑我一把给我五百红包！"

言易冰："你的水平还有余地被坑？"

社畜小可怜："你无法想象边总的'菜'，这要是你们打出来的，我能当场心梗，但是吧，我从没想到，有一天垃圾队友也可以让我如此快乐。"

言易冰："你不觉得有点怪吗，他这么菜你也这么菜，他干吗还要跟你玩？找个职业选手带不是更好？"

社畜小可怜："我带有什么不好！我能凸显出他不那么菜，菜得情有可原，菜得合情合理，你根本不懂我们普通玩家的心理！你就是嫉妒边总人美心善还愿意给我钱！"

言易冰："……拜拜。"

倒计时第十三天，言易冰通过郁晏联系了曾经推给梁和风的主播公司老板。

谢风："哈哈哈冰神，没想到能接到你的电话，对抗赛加油啊！"

言易冰笑："谢谢，听说这次东亚对抗赛的国内解说是你们负责？"

谢风："不是我们负责，毕竟是国家性质的比赛，解说也是竞争上岗的，我们和其他几大主播公司的热门人选 PK，最后有幸通过了。"

言易冰："恭喜。"

谢风："谢谢谢谢！"

言易冰："梁和风还在你们公司吧？"

谢风："在的，他水平不错的，多亏冰神推荐啊。"

言易冰："太客气了，是我要谢谢你。"

谢风："但是这次东亚对抗赛肯定不能给他解说的，怕他没经验，这次我亲自上。"

言易冰："应该的。"

谢风："嗯嗯，之前的城市赛交给他解说了，还不错。这行其实也是拼资历，做选手的经验有用但可能不是那么有用，还是要会说，考过普通话等级考试，有播音主持基础就更好。"

言易冰："是。"

谢风："再锻炼一两年，他把证考齐了，基本就能挑大梁了。"

谢风的言外之意是看在言易冰的面子上，他能给梁和风解说城市赛的机会，但大型比赛绝对不行。

梁和风是南方人，有点 LN 不分，一激动还容易说方言，这放到网络直播没问题，但登上专业的解说台就差得多了。可言易冰知道，对梁和风来说考试比打比赛得冠军还困难。梁和风要是会考试，也不至于孤注一掷地来打电竞了。

但谢风的要求没问题，他也不可能什么都帮梁和风做好，未来怎么走，是梁和风自己的事。

自从上次之后，他已经很久没收到梁和风的微信了。梁和风开始还跟他抱怨几句谢风不好，不仗义，见他不愿意回，也就不说了。言易冰看着沉寂下去的聊天框，也不知道该说什么，最后干脆什么都没发。

倒计时第十天。除了训练，他们还得做造型，拍定妆照，录垃圾话和赛前宣言，以及接受《电竞之家》等杂志的采访。

拍定妆照时，为了显得有气场，所有人必须冷着脸，像镜头欠了自己几百万一样。寒陌无师自通，拍得特别顺畅。郁晏这个人的嘲讽脸也是像模像样，自带优势。陈驰是个老好人，言易冰长得就比较温柔，他们俩拍得就非常费劲。

摄影师一直在挑剔："冰神，麻烦眼角耷拉一点，眼神轻蔑一点。"

"不是让你深情凝视，要缥缈一点，蔑视众生的感觉。

"不自然了啊，自然一点，想象着你的对手们就在你面前，你下一秒就要打趴他们。"

言易冰：……

他缥缈得都快斗鸡眼了，但摄影师还是不满意。

摄影师也愁："可能你长得就比较温和，而且眼睛圆溜溜的，感觉不太嘲讽和冷漠。"

言易冰："差不多得了。"

摄影师："不行啊，你们运动服不统一，表情再不统一，我这照片放出去会被骂死的。"

言易冰叹了口气，有点没耐心了。寒陌站在摄影师旁边，手插着兜仔细看了一会儿。言易冰的照片虽然都不冷漠嘲讽，但都很好看。不过，现在还是不能僵在这儿。

他抬起头，看向言易冰。言易冰被他直白的目光注视，下意识也看了过去。寒陌嘴唇微动，无声地冲言易冰道："师父真好看。"

言易冰蹙眉，眯眼，狠狠地瞪了回去。摄影师在这一秒连拍三张，惊喜道："这个表情好！又气愤又高冷，终于和整体风格合了！"

言易冰：……

寒陌勾唇一笑，默默退到墙边，懒散地靠着。郁晏用余光扫了寒陌一眼，古怪道："你跟他对什么口型了？"

寒陌抿了下唇，轻描淡写道："一句真心话。"

郁晏一挑眉，深受启发。下一个轮到陈驰，摄影师又开始挑剔："太憨厚了，不行啊。"

"不要笑，嘴角下拉，嘴唇轻抿，眼神斜一点，下巴微微扬起来。"还是不太行，再试试。"

郁晏："陈驰，你太蠢了。"

陈驰：？

郁晏："你从法国带回来的精品黑巧克力，被言易冰喂猴吃了，猴舔一口就呕了，比黄连都苦。"

陈驰怒看言易冰，咬牙道："你过分了啊！"

言易冰瞪着郁晏："谁让你出卖我！"

摄影师比了个 OK 的手势："这个表情勉强可以了！"

郁晏咂咂嘴，抬手拍了拍寒陌的肩："行啊，你的办法真不错。"

寒陌面无表情："……嗯。"

拍完宣传照，接下来是《电竞之家》的采访。郁晏和陈驰走在前面，寒陌和言易冰走在后面。言易冰想起刚刚寒陌跟他比的口型，忍不住扫了寒陌一眼。他轻声嘟囔道："虽然知道你是为了帮摄影师，但能不能别这么吓人？"

寒陌眼波转动，垂眸轻笑："谁说我是为了帮摄影师，我说的是真心话。"

言易冰耳朵有点烫，他甩开寒陌，跟上郁晏和陈驰，勾住他们的肩膀，感叹道："郁晏，近日来我觉得你们都人模人样了。"

郁晏："呵。"寒陌在后面听着，忍不住笑出了声。

采访也很简单，由于是书面采访，所以选手们根本不用出镜。问的问题都是他们以前回答过无数次的，非常模式化。

不过每个人的答案也都有个人风格。寒陌就是话少，能用一个字绝不用两个字，主持人不催，他就不给任何有效信息。言易冰稍微圆滑一点，笑眯眯的谁也不得罪，是四个人里最滴水不漏的。陈驰憨厚踏实，给的有效信息最多。郁晏则张狂，时不时嘲讽，有时候就连主持人都恨不得堵他嘴。

采访后，主持人看了看速写文档。好家伙！寒陌说的所有话还不如别人一句说得多。主持人不甘心，最后又问寒陌："听说寒神一直有在健身？我最近也在练呢，挺累的。"

寒陌："没有。"

主持人："哈哈哈哈，我怎么看网上的消息，说你腹肌一直保持得不错，电竞选手还能保持健康身材不容易啊。"

寒陌："大家都健康。"

主持人强笑："是哈，寒神要不再多说两句吧，平时除了训练都吃什么做什么保持身材？"

寒陌："不保持，年轻。"

主持人："啧啧啧，你这么说，冰神和驰神可要生气了。"

言易冰轻呵："习惯了。"

主持人："我这边能为粉丝争取个福利吗？比如我们杂志售出一万册，寒神拍个腹肌照发微博？"

寒陌："不了。"

主持人硬扯话题："是害羞吗，不过 Prince 的女粉的确挺多的。"不扯不行，这一份采访出来，寒陌全是嗯嗯啊啊的回答，买杂志的寒陌粉丝会骂死杂志社。

寒陌："我不喜欢营业。"

言易冰坐直身子反驳："你之前不是挺乐意的吗？想露就露呗！"

寒陌眯眼，轻飘飘道："我不。"

郁晏敲了一下言易冰的大腿："哪儿都有你，我不是告诉你要管好自己。"

言易冰："……滚。"

倒计时第五天。杂志印出来，Zero 和 Prince 的粉丝不出意外地吵起来了。

"哦哟哟，言易冰撺掇寒神露肉是什么心态啊，电子竞技不是拼实力的地方？"

"冰神不是给你们粉丝谋福利，你家队长的腹肌你不想看？"

"我们大老爷们看什么腹肌，我们看操作！"

"笑死，不知道你家女粉有多少？你能代表女粉了？"

论坛里吵得乌烟瘴气，言易冰却懒散地坐在寒陌身边，神情有些严肃地跟他讨论比赛战略："说真的，NNTC 的确有点棘手，他们教练对我们仨都太了解了。"

寒陌轻声道："嗯，不过所有对手都是难对付的，世界赛都打过了，郁晏不是还得过冠军吗？"

言易冰若有所思地点头："郁晏得冠的那次，NNTC 倒霉，提前撞上欧美强队 Break，后来 Break 队内选手闹分手，吵到赛场上，怎么说心里都有点虚。"

寒陌看得很淡："比赛就是运气加实力。"

言易冰："这倒是，不过跳点重叠啊……"他们虽然在训练室里叫"凭什么"叫得欢，但真到了赛场上，也怕鹬蚌相争渔翁得利的局面。

言易冰转过脸来望着寒陌，沉默片刻，突然道："NNTC 唯独不了解你。"

寒陌打比赛的时候，那位教练已经退役一年多了。而且因为寒陌又刚又莽，Prince 队内战术不成熟，所以寒陌成绩忽高忽低了一整年。直到这次 PCL 春季赛，他们才算彻底调整好了。

所以那位教练，必定不会把寒陌放在心上。作为那人五年的对手，言易冰才是对方防控的主要对象。

寒陌弯了弯眼睛："嗯，毕竟在国际赛场上，我没有师父出名。"

言易冰懒洋洋地往沙发上一靠："希望 NNTC 轻敌一点吧。"

他没在寒陌家待太久，晚上十点前回了自己家。言母有些奇怪："你最近回家的次数越来越多了。"

言易冰倦怠地往楼上走："因为最近都在联盟练习，晚上跟寒陌一起回家。"

言母欣慰："你和寒陌倒是关系越来越融洽了。"

言易冰点头："也就还行吧，凑合。"

又紧张地训练了一段时间，很快到了去釜山那天。言易冰坐在飞机上，把自己那盒哈根达斯递给寒陌："这个抹茶味儿的给你吃吧。"

寒陌目光下移，拿起小盒子来转了转，问："抹茶味儿不是你喜欢的吗？"

言易冰点头，理直气壮："对，我喜欢才给你啊。"

寒陌道："我不爱吃甜食，师父要是真想对我好，不如给点我喜欢的。"

飞机上，大家都陷入自闭模式，各忙各的，且头等舱的座椅大，不刻意扭头看不见别人在做什么。

言易冰问："你喜欢什么？"

寒陌用余光扫了一眼过道对面的郁晏和丁洛，那两人正专心致志地看电影，眼睛直直地注视着面前的屏幕。寒陌拿起飞机上自带的耳机，借着给言易冰戴耳机的姿势，轻声对言易冰说："能和师父一起打游戏，就是我喜欢的。"

说完，寒陌将耳机扣在了言易冰耳朵上。耳机里面，放的是那首著名的民谣改编歌曲《斯卡布罗集市》。

"Are you going to Scarborough Fair.

Parsley, sage, rosemary and thyme.

Remember me to one who lives there……"

空气中仿佛混入迷迭香，香气被金丝照射，散发着宁静柔和的气息，连同甘洌的清酒一并汇入喉咙。

两个小时的行程，他们落地釜山，刚一出机场，就嗅到了一股浓郁的潮湿的味道。釜山临海，海鲜又肥又美，大巴车一路行驶，路过了不少门口摆着水箱的餐厅。巨大的八爪鱼，挥动粗重钳子的帝王蟹，还有个头优越、匍匐在缸底的鹰爪虾。

傍晚，他们入住主办方预订好的五星级酒店，其他国家的选手和他们同住在一个酒店的不同楼层。晚间，酒店还会提供免费的铁板烧自助。为了保证食品绝对安全，大部分选手会选择留在酒店吃。中国队也同样。

孙天娇始终跟着言易冰，一边走一边叮嘱："现在不是享福的时候，少吃海鲜，别把肚子吃坏了，等比完赛你想吃什么吃什么。"

说着，孙天娇拍拍服务生的肩，亲切地用韩语道："给我烤四个雪蟹腿谢谢。"

言易冰：……

孙天娇理直气壮："我又不比赛，我当然可以吃。"

言易冰他们刚坐下，韩国 NNTC 队也浩浩荡荡地从楼上下来了。NNTC 教练朴伊礼扬着下巴，目光在中国队身上打量，随即一笑，抬了抬手："言，好久不见。"

言易冰会点简单的韩语，闻言，扯了扯唇："你好。"

朴伊礼的目光又移向郁晏和陈驰，随即夸张地拍了拍大腿："真没想到是你们三个，简直太有缘分了，世界赛上的对决我现在还记得。"

孙天娇咧嘴咬牙，皮笑肉不笑："装什么啊，不是早就知道咱们参赛选手是谁了吗。"

丁洛以前追韩剧，也懂韩语，于是在郁晏耳边低语了几句。郁晏轻嗤："他以前就狂得要命，因为截和过咱们两个冠军，快被韩国那边吹上天了。"

朴伊礼走过来，热情地勾着言易冰的肩膀，脸对着郁晏和陈驰："希望你们的打法有所变动，不然可能都被我们研究透了哦。"

言易冰侧目，拍开朴伊礼的手："After so many years, can you speak English？（这么多年了，你能说英语吗？）"

朴伊礼脸一僵，表情有些不自然。他英语不好，哪怕参加了这么多次国际赛事，还是要带着翻译。说起韩语，他能侃侃而谈扬扬得意，但言易冰一换语言他就听不懂了。他甚至不知道刚才言易冰是不是在骂他。

他直起腰，脸上的肌肉抽动一下："总之，比赛场上见了，希望你们仁能打出让人眼前一亮的操作。"

他果然全程忽略了寒陌。因为在他眼中，这个年轻人只不过是给言易冰郁晏他们凑数的。

朴伊礼有华丽优越的比赛成绩，在韩国电竞圈有着首屈一指的地位，这导致他很长一段时间，眼睛里已经放不下什么新人了。

电竞选手更替的速度太快，很多有了名声的选手潜意识里就会排斥这些后来者。他们也年轻，也不服输，也不甘心被莽撞的后辈超越。他们越是走得高，就越不愿意承认，拥有丰富经验的自己，如此优秀强大的自己，会被人替代。

韩国格外严谨的前后辈礼仪，让朴伊礼比言易冰多了一丝高高在上且不容置疑的优越感。

言易杏核眼温柔地弯着，用英语问候："也希望贵队止步四强。"说完后，他不动声色地换了韩语："友谊长存。"

朴伊礼听不懂前一句，但又不想显得自己比言易冰差。看着言易冰真挚的表情，他也大度伸出手，跟言易冰重重地握了握："友谊长存。"

听得懂的孙天娇、丁洛憋笑憋得难受，对面 NNTC 的队员脸上一阵青一阵白，只有朴伊礼毫无察觉地眯着豆豆眼，开怀假笑。

等朴伊礼走了，言易冰饶有兴致地看向寒陌："那胖子没把咱们 PCL 总冠军当回事儿啊。"

寒陌瞥他一眼，表情淡然："无所谓。"他一点也不在意朴伊礼的态度。他和朴伊礼不是一个时代，就像朴伊礼无视他一样，对他来说，朴伊礼也已经是过去式了。

郁晏哼笑："挺好，要的就是他轻敌，他把咱们仁研究得透透的，唯独不怎么关心寒陌，到了赛场上肯定要吃亏。"

陈驰老实道："也别这么绝对，说不定没遇到咱们他们就被 NPC
给灭了呢。"

言易冰："那祝他们有这种好运气。"

郁晏："祝福。"

陈驰："祝福。"

寒陌："嗯。"

吃完了饭，孙天娇催他们赶紧回房休息，不要串房间不要熬夜，拿
出最佳的状态对待明天的比赛。这边酒店给他们订的两人一间。以防彼
此影响，郁晏和丁洛分开，孙天娇和言易冰分开，丁俊和寒陌分开。他
们认为不熟的人住在一起起码不至于聊嗨。

所以当晚，丁洛和 AXE 的女经理住，郁晏和丁俊，陈驰和余乐，
路江河在孙天娇和言易冰之间选了选，最后选了孙天娇。路江河："我
这人话多，本来想选寒队长的，但必须得把 Zero 的人分开，那就只能
选孙经理以毒攻毒了。"

言易冰看看寒陌，不自在地摸摸鼻尖："这么分……不合适吧？"

不是说要彼此不打扰，专心休息吗？他和寒陌互不打扰？开什么玩
笑！他肯定忍不住使唤寒陌，打得不好说不定还会冲着寒陌发脾气，毕
竟寒陌总是让着他。

寒陌靠着墙，闻言抬眸，微不可见地勾唇。

郁晏好奇："不是吧，你俩凑一起还能打起来？"

言易冰冷漠脸："……没有。"

郁晏劝他："你脾气别那么差，少说话多睡觉，就几天有什么撑
不下来的？"

言易冰嘴角抽动："呵呵。"

寒陌终于放下手机，开口道："嗯，是不合适，还是我跟孙经理、
路江河和冰神吧。几天的话，我怕我撑不下来。"

言易冰轻咳了一声，不自觉地低下头，抬起眼睛，专注地抓了抓额
前的头发。

路江河："啧，你都这么说了，那行吧。"

早餐，言易冰吃了两个巧克力牛角包，喝了一碗甜牛奶，虽然不是

燕麦味儿的。吃完之后，他就戴上耳机，呆呆地坐在椅子上，双眼放空。重要比赛之前，言易冰会切换成少言寡语模式，微博微信都会暂时删除，谁的消息也不理。

顶级选手各有各的脾气，郁晏和丁洛在酒店大堂里走圈，路江河在补觉，陈驰在听相声，寒陌在一遍遍地看复盘视频。

如果言易冰能置身事外，他会觉得面前这种场景有点好笑。因为他很少见到这帮人如此紧张的模样，紧张得连小怪癖都盖不住了。

虽然世界赛也打过那么多次了，不过那是以战队为单位进行的比赛，他们也只背负着战队的未来和个人的名誉。

这是他们第一次整合最强战力，以国家的名义参加比赛。类似的比赛同时在各大洲进行着，有人说，这或许是电竞比赛加入奥运会的征兆。

他们谁都背不起拉胯的后果，尤其是言易冰和陈驰，他们都是离退役没多久的人了，弄个晚节不保实在是得不偿失。

孙天娇憋不住嘴，一直在喋喋不休："左边那个戴眼镜梳蛋卷头的，是韩国这边的解说，死忠朴吹，朴伊礼有个知名犯蠢镜头，手榴弹砸窗框反弹回来炸死自己那次，他都能硬掰成朴伊礼为了给队员压力和表现机会，你就等着他在比赛上一通吹牛吧。"

"那个日本的小妹妹，女团成员退圈做解说，粉丝特别多，她那边的流量肯定大，实不相瞒，我也挺喜欢这个类型的。

"不过咱们这儿的也不差，谢风也是解说老将了，基本不出错，还能掌控大局，朵檬也不比那个日本小妹妹差，我说长相。国内可能还有一些网络转播。"

言易冰耳机里放的是《心经》，但因为孙天娇一直在叨叨，他一点也没觉得平静。言易冰一摘耳机："我去趟卫生间。"

孙天娇一顿，催他："快去快去，你们谁要去都去，等会儿比赛开始就限制两人同行了。"

言易冰揣好手机，把最后一口牛奶喝干净，随后轻呼一口气，慢悠悠地往外走。刚走到拐角，就看到朵檬和寒陌站在乳白色的大理石墙边。大理石上印着凌乱纤细的纹路，那些纹路好像烟丝，游走在整块石板上。但整体看去，每个石板的纹路又是如此相似，看起来也是格外和谐。

朵檬个子有点矮，戴着个浅灰色的发箍，她仰着头看寒陌，睫毛卷得很过分。寒陌则插着兜，冷淡着一张脸，目光垂在地面，安静得连呼吸声都听不到，如果不是睫毛时不时颤一下，会让人误以为那是个立在卫生间门口"禁止进入"的提示蜡像。不过一高一低，一冷一热，也挺和谐。

言易冰扯扯唇，没打扰，默默地从他们身边擦身而过。他是真的着急上厕所，也是真的不在意这种小事。路过的时候他听到朵檬在鼓励寒陌。

"寒神，加油哦！我相信你一定可以的！"朵檬眼睛发亮，身上浓郁的香氛味飘出很远。

寒陌余光微颤，抿了下唇，短促地说了声"谢谢"。

朵檬不是第一天知道他冷淡的性格，所以也没在意，还准备邀请寒陌有时间去她直播间排位："等比赛结束一起吃个饭吧？或者打个排位也行，我听说你有喜欢的人了？谁啊，我认识吗？"

寒陌的心思已经不在这儿了，他扭着头，随口道："我去趟卫生间。"朵檬一愣，喃喃道："你不是刚出来？"

"手机落里面了。"寒陌说罢，简单跟朵檬做了个拜拜的手势，就匆匆转身回卫生间。

言易冰刚解决完个人需求，正微扬着脖子在洗手台边洗手，寒陌直接推门走了进来。言易冰看了寒陌一眼："你不是刚上完，怎么又回来了？紧张得尿频尿急？"

寒陌走到言易冰身边："尿频尿急没有，不过紧张是真的。"

言易冰刚想嘲笑一句，但抬眼向镜子里一看，却发现寒陌眼睛黑亮，神情坦诚，没有一点开玩笑的意思。

大概自从这个人成为 Prince 的队长，始终沉重冷静，像一汪不起波澜的深潭，所以就连言易冰都忘了，寒陌也会有紧张这种情绪。

像踏入高考考场的高中生，像站在校领导面前演讲的学生代表，像初入职场面试的新人小白，鲜活而又生动。

这种感觉很特别。言易冰难得有机会体会到，自己是个比寒陌大了整整六岁的大人。经历的大场面更多，遇事更淡定，抗风险的能力也更高。

他挑了挑眉，随即忍俊不禁，用洗干净的、湿漉漉的手指拍了拍寒陌的肩膀："不是吧，寒神？"

寒陌感到自己袒露的心理活动被言易冰取笑了，有些不满地看着言易冰。言易冰抬了抬杏核眼，看向寒陌肩膀上被他擦到的水痕，软声道："小哥哥，紧张的应该是我吧，压力怎么也落不到你身上。"

四个人中，言易冰是绝对的前辈，脑袋上顶着"PUBG 永恒之光"的称号。他获得过最多的褒奖，有过上升期，有过巅峰期，他还没有跌落神坛过。但二十三岁以后的每一场比赛，对他来说都是一次豪赌，赌"永恒"这两个字还能不能继续悬在他脑袋上。这是荣誉，也是铡刀。

寒陌喉结滚动，轻声吐息，低喃："我怕别人骂你。"

言易冰怔了怔。所以，寒陌紧张的不是比赛，是他？寒陌怕他发挥不好，怕他状态下滑，怕他背锅成为众矢之的，怕他被国内电竞粉骂。因为在意，所以寒陌同样担心那把铡刀落下来。这人……

言易冰心里酸酸的，又暖洋洋的。他弯着眼睛一笑，轻佻地摸了摸寒陌的头，像讨好一只郁闷的小狼狗："那你好好打，配合我，帮我。"

十点。橘红色的灯光亮彻整个会场，巨大的舞台中央，是泛着红色光泽的"PUBG"四个字母。那光似乎做了处理，竟然在明亮的会场上射出纤维状的光柱，远远望去，仿佛悬浮在空中。

选手参赛席已经开放，七个坐席一一相对，隔阶而望。中国队这边还没理好装备，韩国解说已经占着主场优势，开始吹起 NNTC 来了："不得不说 NNTC 这次的状态真的很好，队员们最近好像都胖了几斤，看来是一点没有接收到紧张的气氛啊。不过以 NNTC 的实力，似乎紧张也不该轮到他们哈哈哈……"

谢风刚挂好耳机，就迫不及待地嘲讽："听着蛋卷头的声音我真是一如既往地尴尬出表情包啊。"

朵檬笑："刚才那位是韩国的解说，朴伊礼的死忠粉，我们大家听听就好，没必要当真哈。"

谢风："好了，趁着比赛还没开始，我们也跟随着导播的镜头，看下选手们的状态。陈驰好像不在，应该是去卫生间了。郁晏的键盘依旧摆得那么斜，我曾经一度纳闷，这种刁钻的角度他是怎么打得那么牛的。然后是寒陌，寒陌在给冰神……按摩手？"

谢风看到导播画面，惊得声音都尖锐了。朵檬也是一愣，赶紧找补："呃……这说明大家关系都特别好，哪怕是新组的队伍，只要有这种互帮互助的精神，拿冠军肯定没问题的。"

弹幕——

"是作秀吧是作秀吧？"

"我害怕，我觉得寒陌要暗杀冰神！保护我方冰神！"

"非粉弱弱地问一句，就不能是他俩真的关系好吗？"

"笑死，新人潜水三个月再发言。"

"都闭嘴！中国队加油！拿到冠军！"

"AXE、CNG、Zero、Prince加油！中国队加油！"

幸好，吵架的弹幕也只是少数，很快引战言论就被"中国队加油"刷得无影无踪。至少在这一刻，AXE、CNG、Zero、Prince的粉丝是一条心的。

半个小时后，比赛正式开始。耀眼的橘红色灯光猛烈颤动，东亚对抗赛的标志旗帜缓缓从阶梯上落下，音乐声随着颤抖碎裂的灯光一同寂静了下去。

四面环绕的大屏映出熟悉的海岛风光，刚一刷入游戏，所有选手落在一片游乐园区。丛林，落日，粼粼波光，还有细腻的白沙。此刻的安宁仿佛是暴风雨前的平静，飞行航线很快刷新出来——西部航线。

言易冰朝陈驰看了一眼。陈驰凝着眉，低声道："不要跟NNTC抢点了，我们去渔村。"

言易冰轻轻点头，没有质疑。这次既然规定了陈驰是指挥，他就绝不会逾矩。每个人的风格不同，前期选任何点都不算错。

和NNTC抢点得不偿失，艾格格地图大，他们并不缺装备。至于那五十个NPC角色，因为不怕死，所以肯定会跳刚枪大点。陈驰选较为偏僻的渔村没有问题。四个人刚一落地，果然没有遇到那五十个NPC，言易冰一边捡装备一边报信息："矿山有人，不知道是不是NNTC，P港暂时没人，一会儿或许可以去一波。"

寒陌紧接着道："机场方向大致有两个队。"

郁晏搜罗一圈，看着手头的装备皱了皱眉："去哪儿？"

陈驰："P港。"

装备不足，当然得继续摸索。按照这个航线和刚才跳伞时获得的信息，他们决定去P港。郁晏和陈驰在野区收尾，尝试瞄向矿山，作为突击手的言易冰和寒陌率先奔向 P 港。

P 港一如既往地宁静，四面环水，水波激滟。没有脚步声，没有枪声，地上还有零散的装备落下。言易冰顺手揣了两瓶饮料，松了一口气。寒陌跟在他的不远处策应，他则大胆地向 P 港深处探索。

"应该没人过来。"言易冰简短地报了一声，但下一秒，心却不安地悸动了一下，有点奇怪。其实他说不出哪里奇怪，因为 P 港太过祥和，地面也不乏好装备，但他从不忽视自己的直觉。

不应该。P 港虽然说不上是什么完美的点，也不是各家战队平时的老家，但这个航线，除了他们真的没人往 P 港跑吗？ NNTC 在矿山吃得满足吗？没有遇到他们，接下来准备去哪个位置？

郁晏淡淡道："这个方向好像没看到 NNTC 从矿山出来。"

言易冰下意识道："寒陌别过来！"寒陌顿住脚步，没有深入 P 港。言易冰飞快冲向一处掩体，朝餐厅扔了个诱导手雷。手雷炸开的一瞬间，他敏锐地感觉到了些微的脚步声。

言易冰从围墙内稍一探头，血线突然下滑百分之二十五。对方有消音狙！他眉头紧蹙，快速封烟，切换点位，但对方似乎也知道他察觉了什么，密集的枪线乘胜追击。

言易冰借着围墙和栅栏艰难地退向后区，但对手已经毫不掩饰地追了过来。寒陌听到枪响就要过来，但他还没冲几步，言易冰冷静地出声制止："别过来，去和郁晏他们卡位打劫。"

他已经走不了了。P 港埋伏的有整整一队人，对方还有消音狙，他和寒陌都交代在这儿的可能性比团灭人家一整个队大多了。要不是他谨慎，他和寒陌都走不了。

言易冰甩出最后一个烟幕弹，额头微微出了些细汗。他至今没找出拿消音狙的那个人在哪儿，等烟雾散了，他也就成盒了。但他不甘心就这么被收人头，所以只能赌一把。赌大家都知道的卡点位会有人，赌对方是他熟悉的外国选手。

在浓郁的白雾逐渐稀薄时，言易冰朝餐厅方向甩出汽油桶，汽油桶还没落地时，他抬枪猛地连射。汽油桶翻滚着砸向餐厅窗户，玻璃发出清脆的破碎声，紧接着，食堂里爆出夺目的火光。

"Zero-ICE 使用汽油桶淘汰了 NNTC-nue。"

"Zero-ICE 被手榴弹碎片淘汰了。"

两条淘汰信息刷出来，大家都知道守在 P 港的队伍是谁了。和中国队一样，NNTC 也没有跳矿山，他们预判中国队会跳那里，所以偷偷摸摸来 P 港收"快递"。虽然言易冰他们跳的是渔村，不过阴差阳错，还是来了 P 港。

弹幕——

"以身试险吗，突击手常规操作，唉。"

"寒陌干什么吃的？"

"这是陷阱吧，寒陌本来就不该过去，言易冰救不了了。"

"言易冰还是厉害啊，这都能带走一个。"

"而且最后还用手榴弹自爆，意识非常清醒了。"

"呜呜呜不愧是冰神！"

谢风："啊！冰神！太可惜了，我心痛！"

朵檬："NNTC 真的好阴险啊，他们故意没动三号位四号位的任何装备，就为了引人进来，之前收到的消息说他们老家定在矿山，但他们也没回矿山。"

谢风："幸好冰神的反应和意识都是顶级的，手法和应急处理方式也非常高明，不但没让对方拿到人头分，反而还带走了一个。"

朵檬："其实我在想，如果寒陌过来帮忙，会不会……"

谢风笃定道："不行，对方有消音狙，要不是咱们是上帝视角，我也找不到 NNTC 的李希含，这波没搭上两个人就是好的，不过现在 NNTC 的队内肯定懊恼炸了。"

导播适时切换了镜头，对准 NNTC 的四名队员。被言易冰用汽油桶炸掉的 nue 正攥着拳，一张脸扭曲着，脸色阴沉地看向屏幕。

队长李希含的脸色也不好。他很耐得住寂寞，野心也很大，甚至寒陌来了他都不一定动手，他要等中国队全员过来，他的目的是将中国队全歼在 P 港。他们有完整的针对这支队伍的作战计划，全都是根据朴教练总结出来的中国队伍的惯性思维而谨慎制定的。

比如言易冰，言易冰很谨慎，喜欢统筹大局，喜欢站在后方运筹帷幄。所以李希含完全没料到，对方的第一突击手，率先冲入 P 港腹地的会是言易冰。他们猝不及防。

言易冰的确谨慎狠辣，还没走进包围圈就发现了古怪，那一颗诱导手雷惊得 nue 犯了蠢，让他得以把信息传递出去。

不过此刻，李希含还是心里有底的。就像朴教练说的，言易冰那么重要的人物，怎么会被轻易放弃呢？李希含故意没有瞄准言易冰的头，他给了对方救援的时机，他在等待下一个鱼儿上钩。

他更期待，上钩的鱼儿是郁晏或者陈驰。可惜没有。他的一念之差，反而给了言易冰喘息的空间，让言易冰垂死挣扎，用一个汽油桶淘汰了冒进的 nue。也怪 nue 运气不好，偏偏躲在大家都能猜到的位置。

选手身后辅助作战的朴伊礼面子上也挂不住。他信誓旦旦地给队员们分析这些中国选手的弱点，尤其是言易冰，他几乎了如指掌，讲起来也是滔滔不绝，有理有据。可他不明白为什么言易冰的风格变了，他更不明白这支队伍为什么甘心放弃言易冰。那可是中国的 NO.1 啊！

蛋卷头解说操着流利且激动的韩语叽里呱啦："nue 真是大意了啊！他前面表现得明明很好，只不过没想到对方能打爆汽油桶，李队长一定要带领队伍逆袭回来，守住冠军！"

比赛台上，言易冰座位前面的橘黄色光亮悄然灭了下去。他整个人都笼在了黑暗里，那一瞬间的晦明变化十分明显，明显得言易冰都怔怔了一下。

他其实很熟悉赛场上这些操作，为了让观众看得更直观，被淘汰选手的灯都会熄灭。但在这个赛场上，在此时此刻，在寒陌身边，他依旧会觉得有点失落。言易冰放下鼠标，揉了揉手腕。刚才那段紧张的操作，给他的手造成了不小的负担，现在按起来手腕仍然有些酸麻。

虽然还没冲进第一个圈就被淘汰有点可惜，不过他是第一突击手，蹚雷本来就是他的使命。在这种情况下，寒陌必须放弃他，为了长足的利益。

屏幕上，他已经看不见 P 港的情形。他选择了观战寒陌的视角，寒陌在跑动，一边跑一边把枪控在预瞄点上，镜头晃动很快，寒陌时刻戒备着可能来自身后的冷枪。所幸逃得及时，NNTC 的人还来不及赶上。

言易冰庆幸自己及时叫住了寒陌，见寒陌脱险，他松弛地靠在电竞椅上，想表达一下对寒陌侥幸逃生的祝贺。他扭过头，脸上还挂着浅浅的笑意，但一看寒陌，他却愣住了。

寒陌凝着眉，神情专注，牙齿死死咬着唇，下唇被他咬出一道深深的、发白的痕迹，那道痕迹周围，唇线干裂，血色消散。

言易冰能感觉到他的紧绷，好像浑身的肌肉都在用力，手指在键盘上敲击着，重重的，哪怕隔着耳机，言易冰也能感觉到他用了多大的力气。

寒陌的情绪不对。就连陈驰下的命令，他也需要深吸一口气才能遵从。他从 P 港离开的步伐并不轻松，他没法一下子接受这个事实，言易冰就在他的不远处被淘汰了，但他不能看，不能救，还要把言易冰用生命换来的信息转变成逃跑的机会。

这是他第一次在正式比赛上作为言易冰的队友，这是他肖想了两年的梦想。寒陌愿意当言易冰的辅助，帮助他，保护他，让他无所忌惮地在赛场上驰骋，重回那个刚入行时耀眼夺目的、锋芒毕露的冰神。

言易冰的确是无所忌惮了。言易冰无所忌惮地踏入泥沼，最后却保住了他的生命。这不是他想要的。比赛才刚刚开始，赛前那个小小的卫生间里，言易冰还笑着跟他说："你好好打，配合我，帮我。"

寒陌从未如此痛恨自己不够强。如果他更厉害一点，厉害到可以拖住 NNTC 剩下的三个人，那他一定能救出言易冰。但他做不到。

顶级选手，实力已经到了相差无几的地步，这个时候，拼的是战术、配合、技巧。NNTC 用战术坑了他们，他们也只能予以战术回击。

寒陌是个专业的电竞选手。他很理智地知道这一点，所以他放弃言易冰走了。但那毕竟是言易冰。他觉得，冲动几乎快要把理智给割裂了，割成一个个不规则的散乱的碎片，只能被薄如蚕丝的细线勉强缝合。

他没有遇到阻碍，顺利和郁晏陈驰会和。郁晏和陈驰已经扫完了矿山，拿了充足的装备，他们架好了枪，就等着 NNTC 从 P 港出来。

这把圈缩得也很巧妙，正在机场。现在他们有两个选择，早早冲桥，增大过桥的概率，或者留在这里，在坡上架枪堵 NNTC。

言易冰收回看向寒陌的目光。他盯着屏幕，面色严肃地喊了一声："陈驰？"

两秒之后，陈驰做出反应："打劫。"这个选择和言易冰被淘汰前做的一样。因为他们知道现在至少有两个队伍守在机场，NPC 的数量更是未知。能不能过桥，过桥之后的损伤都无法估量，这并不是一个友好的圈，为了获得总积分上的胜利，他们要抢下能抢的人头。

寒陌默默地从郁晏那里接过四倍镜和扩容弹夹，装在了 M4 上。陈驰发出命令后，他就已经飞快地选好了点位。

片刻后，一辆吉普呼啸着从 P 港方向驶出，车速极快，车头有意识地走位，避免被人扫爆轮胎。寒陌、陈驰、郁晏没客气，抬枪扫射，陈驰和寒陌专注扫车，郁晏则打起了移动靶。几秒之后，眼看车头要冲出他们的控制范围，郁晏一枪将驾驶位的 hour 打了下来。拿到了这点空隙，李希含仓皇从车上跳下逃窜，下一刻，吉普就已经被寒陌扫爆。火光冲起一朵蘑菇云，在蘑菇云翻滚的同时，浓郁的白色烟雾也飘了出来。

及时跳车的李希含打了烟幕弹，烟幕弹一个接一个，模糊着他的点位。他躲在白雾里，开始疯狂给自己补血。跳车那一下，直接要了他半条命。

寒陌看到连成一片的烟雾，冷静地收了枪，快速朝坡下冲去。郁晏十分有眼色地帮他架着枪，寒陌冲了一段，目测好距离，便将包里的三个手榴弹依次用了出去。他不知道李希含的具体方位，但他不会给李希含任何喘息的机会。

三个手榴弹炸开，没有任何击杀信息。寒陌绷紧唇，冷静地拽开了最后一个燃烧瓶。一条蹿起的火龙瞬间包裹了逐渐消散的烟雾，寒陌又对着火龙的盲区连开几枪，终于，他看到了击杀信息——"Prince-momo 使用 M416 突击步枪淘汰了 NNTC-han。"

寒陌紧绷的唇总算得以放松一秒。但也仅仅是一秒。毒圈已经开始缩了，他们还没能进机场。最后终于在冲桥的时候，他们被三层伏击堵得严严实实，全灭在了桥上。

他们只拿了 NNTC 的四个人头，成绩并不理想。不过幸好，最强对手 NNTC 目前还没有拿到一分。

第一天的比赛告一段落，中国队排名第三。看着勉强还行，但绝对不是理想成绩。不过大家也不至于焦躁，毕竟比赛还有两天，他们今天更多是亏在了运气上。就连教练也安慰他们："别往心里去，明天好好发挥，NNTC 成绩比我们还低呢，我刚看朴伊礼气得快乳腺增生了。"

言易冰他们毕竟是在各种大赛摸爬滚打过的，倒也不用安慰，只不过大家明显发现，寒陌比之前更沉默了。言易冰偷偷留意，却没说什么，依旧跟大家乐呵呵地去吃晚饭。

晚上他吃了一整条烤鱿鱼，还有大半碗韩式拌饭。寒陌只喝了几口大酱汤，吃了两块豆腐，丁俊担心，追问了一句，他也只是说吃不惯。

到了回房休息的时间，言易冰把孙天娇的卡抢过来："给我用一下，你去无边泳池玩会儿？"

孙天娇不太乐意："你有什么事是能跟寒陌说不能跟我说的？"

言易冰心道，多了去了，比如他即将说出口的那些安慰人的话。不过他只是轻描淡写地应付："别闹，明天告诉你。"

寒陌跟丁俊谈完话回房，一推门，就看到大大咧咧坐在他床上的言易冰。寒陌顿了一下，反手关掉了门锁。他走过来，坐在言易冰身边，幽深的眸子望向言易冰，低低叫了一声："师父。"

言易冰轻飘飘念叨："怎么回事啊小哥哥，嘴唇都咬裂了。"

寒陌下意识抿住裂出细小口子的下唇，认真地反思："今天我没打好。"

言易冰轻笑："谁说你没打好，我就觉得你打得挺好。"

寒陌的喉结滚了滚，眼皮轻折，目光落在言易冰细长白皙的手指上。这只手曾经创造出过让所有人都惊叹的成绩，可惜今天却没什么发挥的余地。第一突击手太伤了。

"明天我做第一突击手吧。"寒陌突然道。所有的危险他先碰，可能的陷阱他先踩，他也会做好预判，让言易冰免于危难。

"这么幼稚啊，你还是小朋友吗，你把训练当什么了？"言易冰轻嗤，仿佛听不懂寒陌的意思，有些玩笑地奚落他。

寒陌抬起眼，眼神颤动，嗓音沉沉："如果是小朋友，师父就不会那么放心地把活着的机会留给我了吧。"

言易冰弯着杏核眼，戏谑道："小朋友都喜欢奖励，你好好打，要是拿了MVP，我送你个你想要的礼物。"

寒陌挑眉，好奇心达到顶峰："什么礼物？"

言易冰动动手指，含糊道："比赛结束说。"

房间毕竟还有一半是孙天娇的，言易冰也不好一直把孙天娇留在无边泳池。看看时间差不多，他就准备走。他刚从寒陌床上跪坐起来，准备下床，就被寒陌喊住了。寒陌揉了揉肚子，低声道："晚上没吃饱，师父陪我去吃点东西吧。"

言易冰把手落在寒陌的肩膀上，拍了拍："吃呗。"

寒陌顺势在他的手腕上揉了揉，然后才放开。言易冰喃道："早就不难受了，给你叫点夜宵？"

寒陌想了想："别麻烦了，出去随便吃点东西。"釜山是座不夜城，大大小小的夜市要喧闹到凌晨四点才能逐渐安静下来。现在是晚上九点，还早。

言易冰强调："一般他们不鼓励出去吃东西。"

寒陌："没那么容易拉肚子，找个正规的店，主要不想在酒店的环境里待着。"

这里住满了参赛选手和比赛工作人员，在大厅随便转转，都能遇到要打招呼的人。整日在比赛情绪里也挺压抑的，已经有不少选手偷溜出去过了。

言易冰犹豫了一秒："行吧，你先收拾一下，我去跟孙天娇说一声。"

他把微信和微博都删了，又不想花长途话费找孙天娇，只好上顶楼一次。结果他刚走到电梯口，正遇到孙天娇下来。孙天娇一愣："你事儿说完了？"

言易冰点头："嗯，本来想上去找你的。"

孙天娇嘴一撇，忍不住吐槽："我实在在那儿待不了了，泳池我刚上去，正好碰到 NNTC 和 PYP 他们一起，估计他们也没认出我，就在我旁边的沙滩床上聊天，你说老天为什么要让我的语言学习能力这么强呢？为什么要让我随随便便选修一学期就搞定了韩语呢？"

言易冰：……

孙天娇："那帮人素质真差。PYP 不是暂时第一吗，李希含跟 PYP 队长金泰然开玩笑，说他们今天闭眼打的游戏，明天睁开眼就能把咱们、把日本的 ANK 拽下去。"

言易冰轻嗤："随便他们说呗，也就耍耍嘴皮子。"虽然今天开局他们跟 NNTC 互相消耗严重，但和第一的 PYP 分差拉得并不大，不是完全不可能超越的。

孙天娇："呵，你以为这就结束了？我听见 PYP 跟 NNTC 勾连了，说要根据航线分跳点，避免内耗，还说要互相帮助包揽前二，他们还说了两个跳点，但也可能是障眼法，毕竟是在泳池那种公共场合，而且我怀疑他们之前就私下分过跳点了，你看今天这三局，PYP 和 NNTC 离得巨远，一次都没对到。"

言易冰轻描淡写道："正常，他们也不是第一次干这种事儿了。"

孙天娇："我就是听着生气。"

言易冰叹了口气，低声道："别气了，有我呢。"

孙天娇被这一句戳到了。他瞬间有点感动，突然张开手臂给了言易冰一个拥抱："是啊，有你真好，我心都踏实了。"

这么多年一直是这样。只要言易冰在，他心里就有底，他面对赞助商就不虚。言易冰从来不让他失望，Zero 和 ICE 已经是永远不能分割的整体了。有这么一秒，孙天娇感性地觉得，言易冰跟他提什么要求他都能答应，再涨 5% 的直播收益都能，代言分成增加 2 个点都能。

言易冰被他抱得一哆嗦，勉强推开他："行了行了，别硌硬我。"

孙天娇不满："刚刚还安慰人家，现在就不耐烦了。"

言易冰眯了下眼："你这话找你的品牌方们说去，跟我说没用。"

孙天娇："你还别说，边总安慰人就可有一套了。"

言易冰："真是不容易，还有能受得了你嘴的人。"

孙天娇得意："这就叫萝卜青菜各有所爱，边总童年惨淡，没什么朋友，父母也常年不在家，他是那什么孤独性人格，就喜欢我这种愿意叭叭叭的，靠我这张嘴，明年的续约妥了！"

言易冰："你没发现你最近提边总的频率有点高？"

孙天娇："有吗？"

"算了。"言易冰把房卡塞给孙天娇，掏出手机给寒陌打电话，没响两秒，寒陌接了，言易冰催促："好没好，我在电梯口等你。"

孙天娇："你给谁打电话呢？你不是没买电话卡？"

言易冰一愣，这才想起来长途话费。他倒不是心疼这点钱，只是明明可以用流量，没必要多花话费。但刚刚不小心忘了。

很快，寒陌披了件长袖外套从房里出来："我带了十六万韩元，够了吧？"言易冰粗略地估计了一下，小一千了："够了，走吧。"

孙天娇迷惑："等会儿，你们俩要干什么去？"

言易冰没说陪寒陌吃饭："出去转转，放松心情。"

孙天娇凝着眉："你没发现你最近跟寒陌走得有点近？"

言易冰耸肩，无辜道："有吗？"

孙天娇："等等，你不会是晓之以理动之以情，准备从小丁那里挖墙脚吧！"

孙天娇贪婪地咽了咽口水："也不是不行。"

言易冰蹙眉望着孙天娇。寒陌直白道："想多了孙经理。"

孙天娇悻悻道："哎，也是，我也怕小丁来跟我拼刺刀。"

踏出酒店大门，嗅着夜晚和着海风的空气，言易冰觉得心情好了不少。他主动开口："孙天娇跟我说，NNTC 和 PYP 私联。"

寒陌很冷静："嗯，他们不私联才奇怪。"

言易冰笑："这话你别在别处说，影响团结。"

寒陌眼眸一凛，顶着晚风沉声道："明天我会好好配合你，不会再发生今天这种事了。"

言易冰懒洋洋道："你是得好好打，如果还想要礼物的话。"他快走几步，奔着霓虹灯更集中的方向。寒陌喉结一滚，也赶紧跟上他。

酒店离海云台不远，海云台附近有个海云台市场，里面有不少吃的，他们选了一家看起来最干净的猪肉汤饭店。寒陌点了份汤饭，言易冰要了杯奶茶。晚上人不少，但好在已经过了饭点，不用排队。

寒陌熟练地倒上热水，烫烫小碗和勺子。言易冰抿了口奶茶："这么讲究。"

等猪肉汤饭上来，他才发现，烫好的小碗和勺子是给他的。寒陌从砂锅里盛出来一些汤饭，放到小碗里。寒陌："听说很好吃，尝尝。"

很快，老板娘端上来四碟韩国特制的小菜。小菜装盘很精致，但量不多，据说可以免费添加，不过一般没有人去要第二遍。

老板娘个头不高，头发卷着，看起来憨厚热情。放下小菜，她双手交叠在身前，笑眯眯地用韩语问："两位是第一次来我家吃饭吗？"

寒陌抬起眼，茫然地看了看言易冰。言易冰淡笑着回："我们刚从中国来。"

老板娘惊讶地点了点头，不由得兴致更高了些："欢迎来到韩国。"

言易冰颔了颔首："谢谢。"

老板娘："你们两位是好朋友吧？"

言易冰顿了顿，没有立刻回答。寒陌听不懂韩语，也不插话，只是抬着眼，认真地望着言易冰。他不确信是不是这句话问得太难，超出了言易冰的词汇范围。

汤饭店和大海明明还隔着一段距离，却能听到清晰的海浪拍击沙滩的声音。那种缓慢冲刷的音波无休止地传递过来，沉稳，执着，伴着清明夜空，和着皎皎月光。言易冰缓缓摇头，柔声道："不，我们是师徒。"说罢，他低头抿了一口汤饭。米粒软糯，汤汁醇香，猪肉碎混合在汤里，意外地好吃。

老板娘笑了笑，挽起卷发，又是点头："祝你们在韩国玩得愉快。"

老板娘离开，寒陌凑过来，问道："她刚刚说了什么？"

言易冰垂着眼，慢条斯理地舀了舀汤饭，混着辣白菜一起咽进口中。他轻飘飘道："问你猪肉汤饭好不好吃。"

寒陌沉默一会儿，低声道："没有潮汕砂锅粥好吃。"

言易冰忍不住笑出声，故意顺着他道："嗯，我也是这么回她的。"

寒陌眯眼，嘟囔："骗我。"

言易冰正直地看向寒陌的眼睛，认真道："真没骗你。"

寒陌不信："我回去就学韩语。"

言易冰倒是很松弛，一点都不担心："学吧，反正你也不记得我们说了什么。"

寒陌拿出手机，按开录音，淡定道："我先录上，等学会了再听。"

言易冰讶异："刚刚我们说的你都能复述下来？"

寒陌轻声："差不多。"他记忆力不错，一直不错。这也算是寒堂继承给他的唯一一个有点用的东西。

说罢，他凭着记忆，开始慢吞吞地对着手机吐出那些生涩的罗马音。断句可能是错的，发音可能也不太准，但大致确实是那个意思。言易冰惊了。

邻桌两个韩国女生听着寒陌的话，好奇地转过头来。在寒陌快要背到两人关系那句时，言易冰及时制止了他："行了，别背了。"

BINGJIAN

并肩

CHAPTER 8

第二日比赛前选手入场，言易冰先去了趟卫生间，结果正和PYP的金泰然遇上。

金泰然看见他，嬉皮笑脸地晃着脖子，还得意地吹着口哨。言易冰没搭理他，拧开水龙头洗手，还挤了点一旁的泡沫洗手液，仔细揉搓了一遍。在冲泡沫时，他听见金泰然嘟囔了一句话。因为声音小，再加上韩语并不是他的母语，言易冰没听明白是什么意思。

不过肯定不是句好话，因为金泰然说罢，得意扬扬地瞥了他一眼，像只成功下了蛋的母鸡，扬着下巴趾高气扬。

出国比赛经常会遇见这种事，有些选手不敢在摄像机下闹出格，就会在卫生间里，仗着彼此语言不通，说些不入流的垃圾话。

PYP昨天拿了第一，金泰然显然已经狂妄得不知道自己是谁了。言易冰转过脸，轻笑，用韩语道："机场见。"

金泰然一怔，似乎没料到他直接说了个点位，这多少有点挑衅的意思。但言易冰没给他留更多的表情，抽了张纸擦擦手，快速出门了。金泰然凝着眉，晦气地"哼"了一声。

言易冰回到座位上，低头戴耳机，寒陌突然伸过手来。言易冰怔了怔，以为他要在赛前碰拳打气。他一时没动，因为这个动作太中二了，不符合他的年龄。

但寒陌很快扯了扯他的衣服，暗搓搓地将手里的东西塞给他。言易冰低头一看，是一块小奶片，那种经常在动车高铁上销售的内蒙古特产。绿莹莹的包装，裹着乳白色的、圆圆的小奶块。

言易冰忍俊不禁，问道："哪儿来的？"难不成还是从国内带的？

寒陌绷着脸，耳机挂在脖子上，叹气："韩国买的，中国制造。"

言易冰笑出了声。他能想象到，寒陌特意起了个大早，找到这边的便利店，然后费力地用翻译软件翻译出自己要的东西，花高于国内两倍的价格买到了它。

趁着比赛没开始，言易冰扯开包装纸，将奶片塞进嘴里。奶片并不是特别甜，一入口，被濡湿后快速溶解，醇香的奶味在口中蔓延。他很喜欢奶制品，牛奶、奶酪、奶片都会让他心情变好。言易冰含着，嗓音有些含糊，被周遭的嘈杂声盖得有点小："好吃，还有吗？"

寒陌顿了顿，干脆将椅子调转了个方向，一摸兜，将揣来的十多块奶片尽数塞进言易冰手里："你喜欢的话今天打完再买。"

言易冰一点也没客气，把寒陌给的奶片都揣进自己兜里，然后又扯开一个吃了。比赛之前他多少有点情绪高涨，吃东西转移下注意力也挺好。

郁晏看过来，迷惑道："外设检查完了？DPI调过了？你俩干什么呢？"

陈驰："大敌当前不许给我搞小群体啊，我看见寒陌给言易冰塞东西了，我劝你赶紧给我和郁晏也一人来一份，不然后续采访我不会留情的。"

寒陌不搭理他俩。言易冰无辜耸肩，扣好隔音耳机。解说台上，谢风凝着眉："冰神和寒神又在搞小动作，这是新研究出来的战术吗？"

朵檬："好像是吃的，冰神吃了两个了，看起来合作很愉快啊。"

谢风："希望他们今天都能有好的发挥。"

弹幕——

"我蒙了，如果我没看错，寒神掏出了一把糖给言易冰了。"

"这俩是小学生吗？到底在搞什么？"

"我怀疑是下毒，寒神要暗杀冰神！"

"再这样我真要相信他俩关系好了啊……东亚对抗赛是什么神奇的

比赛，还有让人重归于好的功效？"

"楼上别乱说好吗，这充其量算是化敌为友。"

"中国队加油呀！"

"快开赛快开赛，推特上的韩人太猖狂了。"

二十分钟后，第四局比赛开始。谢风："这局是中部航线了，很有可能还是个机场圈，不过这种情况下 NPC 们肯定也会选择跳机场，不知道会有几个队伍跟了。"

朵檬："是的，除了要尽可能多地拿人头，还要避开 NPC 的追捕，昨天那一局就有队伍吃了亏。"

谢风："等等，咱们这是……分跳了？"

地图上，能清楚看到中国队的四个人跳了不同的方向。言易冰去矿山，寒陌去 P 城，郁晏奔了 R 城，陈驰跳 N 港。

谢风："这也太大胆了吧，虽然这样能吃最多的信息，但也有被团灭的风险啊。"

朵檬："我们一般最多看到的是 2+2 的阵容，1+1+1+1 还是很少出现的。"

队伍里，言易冰他们同样也很紧张。这是最后一局艾伦格地图了，他们完全摸清了各家的跳点习惯和 NPC 的抱团区域。这是累积了三场比赛的信息点，他们不想浪费。

商量了一晚上，最后教练和他们讨论出了一个大胆的做法。他们目前的成绩是第三，和第一第二的差距不算远，但和后面也拉不开。他们想要快速追上积分，必须吃鸡，且不能被排名第一的 PYP、第二的 ANK 拿到更多的人头分。

陈驰最先跳伞，言易冰报数："二十个人跳了，不知道是不是全去机场，可能渔村 P 港也有人，QW 大概率机场，昨天他们也跳过。"

快速说罢，他也跳了伞，快速飞往一千五百米以外的矿山，寒陌开麦："少了十五个人。"

"嗯。"言易冰心里有数。紧接着寒陌跳，郁晏道："啧啧，P 城人多啊，三十个下去了。"

寒陌："他们分散开了，估计前期也想避战。"

郁晏："那就是参赛队，NPC 才懒得避战。"

寒陌："嗯。"

最后郁晏跳了 R 城，这个地方的人最少，因为大家都预判圈会刷在机场，所以不愿意走那么远的距离。

言易冰落在矿山后，发现有四五个人也落了下来。但这几个人下来没多久就立刻传来了枪声，片刻后，枪声消失，没有击杀信息。他判断，这几个人大概率是 NPC，NNTC 一如既往没有跳矿山。

言易冰有点失望，这相当于他把自己放入了险境。保险起见，他只是摸了个基础的装备，就快速离开矿山，向 P 港凑近。

陈驰："ANK 在机场，我看到他们和 NPC 对上了，机场除了 ANK 和我，没有别队了。"

郁晏："R 城这边物资好多，等我给你们运装备回去，气死了，打死两个都是 NPC，好像没队伍过来。"

寒陌："P 城人多，大概两个队。"他说完一顿，M4 连响了几声："呃……这边是 NTA。"他收了个人头，快速换位置。言易冰："控到载具了吗？"

寒陌："等等。"

言易冰耐心地等了一会儿，又是一阵剧烈的枪击声，寒陌深吸一口气，轻描淡写道："拿到了摩托，P 城另一个队是 OSVA。"

言易冰能猜到，寒陌逃出重围花费了多大的力气。言易冰："NNTC 不会又去 P 港吧？我去看看，寒陌你离得近先过来，矿山有四五个 NPC，要是 P 港有人，你从矿山上开车走，把他们引入 P 港。"

他说罢，故意绕了个大圈，从打靶山过，斜着切向 P 港。路过渔村的时候他愣了一下。渔村里人影一晃，似乎有人，但这里一直没有传出枪声，大概率是一个队伍。不过他装备一般，不敢贸然过去，只是顿了一下，就又朝 P 港奔去。

他有点奇怪。渔村物资匮乏，这是他们昨天就证实了的，明明 P 港近在眼前，这帮人为什么还在渔村晃？别说现在不确定 P 港有人，哪怕有人，两个队伍，当然是谁硬谁抢点，而且自从昨天他们被坑了一把后，现在估计各个队伍心里都有准备了。

言易冰脑中灵光一现。如果这两个队伍彼此认识，不想内耗呢？那就只能是……PYP 和 NNTC。他们没必要跳机场，机场毕竟容易被

NPC按死，而且一旦圈刷在机场，他们有八个人，再严的堵桥都堵不住。

言易冰没有再往P港凑，他直接对寒陌说："从矿山过，直接冲渔村，把那帮无头苍蝇的NPC带下来，我帮你架枪，信我，你不会死。"

他不确定在渔村的队伍是PYP还是NNTC，但一定是装备较弱的，打渔村的队伍比打P港的靠谱很多。

"我当然信你。"寒陌抿着唇，驾驶着摩托车，堂而皇之地从矿山上穿行而过。巨大的引擎声响彻山林，自然引起了几个NPC的注意。NPC们不需积分，不惧成盒，看见人了当然乘胜追击。

寒陌被四五个人追着，又开着没有遮挡的摩托车，稍不注意就会被打死在路上。子弹"噼噼啪啪"落在寒陌脚边，但他很冷静，走位飘逸，愣是没被打死。在头盔被打爆的那一刻，寒陌冲进了渔村，直挺挺地把摩托开进了港口仓库。

在渔村的正是PYP，金泰然从来没见过这么嚣张抢点的人，马上发飙了。他刚带人朝寒陌冲过去，后面的NPC就追到了。

金泰然只知道有人跟来，但并不知道他们不是寒陌的队友。他还以为是一个整编队来抢点，于是干净利落地分散了人手，让两个人去和NPC对枪，自己带人去仓库杀寒陌。

寒陌的防具已经被彻底打碎了，他躲在一处集装箱后，快速打了一个医疗包。金泰然和monkey已经冲进了仓库，寒陌咬着牙，准备出去跟他们拼了。

就在金泰然想要前后夹击逼死寒陌时，在外的两个队友惊呼："队长快过来，他们是四个人！"

金泰然蒙了。仓库一个，外面怎么还有四个？队友："不是四个！五个！我们顶不住！"

金泰然下意识认为，也有其他队伍私下联合了，想要一起灭了总积分第一的他们。金泰然咬着牙："撑一会儿，我干掉屋里的！"

下一秒，一条击倒信息刷了出来。队友："队长！是NPC，都是NPC，阿恒倒了！"

金泰然本来要开的枪又顿住了。现在耽误时间，外面的人冲进来他们就走不了了。但开摩托冲进来的这个是不是NPC？金泰然有些挣扎。monkey顾不了那么多，拎着枪就冲了过去："NPC也有一分，管他呢！"

寒陌舔了舔发干的唇，已经做好了被两个人对死的准备。砰！砰砰砰！

"Zero-ICE 使用汤姆逊冲锋枪击倒了 PYP-monkey。"

monkey 应声倒地，慌乱中，他只得边往掩体后爬去，边惊呼："队长扶我！"

金泰然也慌了。因为在他目光所及之处，根本没发现言易冰。那只是把汤姆逊冲锋枪，是职业比赛中最不起眼、最没人会用的破枪。言易冰用这把装不了倍镜的破枪，在他看不见的距离，把他的队友击倒了。这还是人吗？！

遥远的路对岸，言易冰倒是松了一口气。他眨了眨盯得发酸的眼睛，狠狠抖了两下手腕。他真觉得自己年纪大了，这个距离，盯一会儿眼睛就要花了。其实后来完全是凭感觉打的，以防打不中，他几乎快把一管子弹打没了。

寒陌并没有给金泰然喘息的机会。一对一，他不认为自己会输。他轻咬腮肉，甩了颗烟幕弹就冲了出去，借着烟雾的遮掩，他抬枪腰射，枪线交织了数秒，寒陌轻呼一口气。

金泰然和 monkey 倒地，但因为他们的队友在外面和 NPC 纠缠，没死，所以他们还有被扶的机会。寒陌当然不会放弃这个人头分，他顶着残血，踏着逐渐弥散的烟雾，给金泰然和 monkey 各补了一枪。

"Prince-momo 使用 M416 突击步枪淘汰了 PYP-monkey。"

"Prince-momo 使用 M416 突击步枪淘汰了 PYP-tai。"

中国队一下收割了两个人头分，还是当前排名第一的队伍的人头分，如果本场中国队能够吃鸡，那总积分榜会有个翻天覆地的变化。

谢风一拍桌子惊呼："这一手真是胆大妄为，胆大包天，但又特别漂亮！如果不是绝对信任，绝对自信，谁能把这手借刀杀人玩得这么溜！"

朵檬："冰神他根本没有倍镜！这是什么眼睛啊，我都看不清仓库里的人，他居然能打中 monkey 救下寒陌！"

谢风："永恒之光真是名不虚传，以冰神这种状态，我真觉得他能打到三十！"

朵檬："我听到旁边已经发疯了……解说台玻璃都快被他喊裂了。"

谢风："哈哈哈哈哈毕竟 PYP 这个亏吃得太狠了，这一局估计他们就从第一掉下来了，NNTC 今天还不知道能不能争气。"

仓库外，两个 PYP 的选手自然打不过五个 NPC。他们拼尽全力打掉两个 NPC，也死在了渔村。金泰然目眦尽裂，愤怒地朝言易冰的方向瞥了一眼。这种极具敌意的眼神本该收到一波警告，但身后的记录员就像什么都没看到一样。主场作战，这点心照不宣的偏向还是避免不了的。

言易冰揶揄道："烟幕弹用了？那你可能跑不出来了。"

寒陌淡声："没事，值了，不给他们拿人头就行。"

言易冰低笑："如果我不在外面的话你的确是跑不出来，等我。"

寒陌勾了下唇，不由得吐槽："师父，你枪太差了。"

又有一个声音插了进来，郁晏轻飘飘道："啧，这不是有我呢吗？"

他千里迢迢从 R 城赶过来，带了大批装备，刚一找到言易冰，就扔了把 AKM 给他，配四倍镜。言易冰快速装了弹，和郁晏一起架枪，点射掉了剩下的 NPC。

寒陌问："不用借他们的手去灭 P 港了？"

言易冰慵懒道："陈驰也出机场了，我们四个都到齐了，还用别人灭 NNTC？"

郁晏笑笑："又是 P 港，真巧，有仇报仇有怨报怨了。"

寒陌把四个包都搜了，重新换上一套装备，装满子弹，开着那辆残破的摩托，冲出渔村。圈刷在了机场外，幸好陈驰一直在 N 港，他快速游出机场，和他们会合，寒陌和郁晏帮他把装备分了分。寒陌开着摩托，载着言易冰去绕后拉枪线，郁晏和陈驰正面冲击。

NNTC 当然在 P 港，他们排名低，不甘于现状，刚准备出 P 港拿人头，两个队伍正好对上。十秒后，寒陌和言易冰从背后偷袭，击倒了李希含。十五秒的时候，郁晏和陈驰对枪对掉 NNTC 两个人，陈驰倒地。二十秒的时候，言易冰补死李希含，郁晏打掉最后一个人，扶起陈驰。

借刀杀人灭掉 PYP 后，他们又顺利收割了 NNTC。这一局，中国队天命圈，毋庸置疑地吃鸡，总积分跃到第二。

第二局，米拉玛沙漠图，又是不需要抢点的大地图，中国队在圣马丁跟 ANK 撞上，三对四换掉 ANK 全员，言易冰一个人活到决赛圈，止步第二。

第三局，中国队依旧利用借刀杀人的方式，将四个 NPC 引入狮城，和 NNTC 混战。言易冰和郁晏倒下，NNTC 全灭，寒陌和陈驰走到决赛圈吃鸡。

到此，中国队总积分升至第一，寒陌单人 KD（杀敌与死亡的比例）排名第一，比赛还剩最后一天。

观众席，孙天娇激动得站起来跳了个恰恰。他冲着朴伊礼的方向吐舌头，眉飞色舞地跟丁洛说："啧啧啧，三十六计他们不懂，连借刀杀人都不会，让咱们套路了两局，老祖宗的智慧真是博大精深。"

丁洛笑："以前朝鲜王朝还是有两千多年历史的，而且毕竟做过附属国，所以我觉得他们也知道孙子兵法。"

孙天娇摆了摆手指。

丁洛觉得，孙天娇这张嘴的确是挺损的，损得还挺动听。

比赛结束，选手离场，言易冰又撞上了金泰然。金泰然和李希含站在一起，全然没有了早晨得意扬扬的模样。他沉着脸，扫了言易冰一眼，一边的李希含拍了拍他的肩。

言易冰懒散一笑："说好机场见，你怎么没来啊，还得劳烦我们去找你。"

金泰然脸上的肌肉抖了抖，咬牙道："等明天的。"

言易冰装作没听懂，亲切道："谢谢 PYP 和 NNTC 的祝福，一起努力。"

李希含气急："谁祝福你了！"

言易冰弯着杏核眼："谢谢谢谢，也祝你身体健康。"

李希含：……

晚饭时间，教练千叮咛万嘱咐，让他们戒骄戒躁，稳住成绩，打好最后一天比赛。昨天是寒陌郁闷得没吃饱饭，今天焦虑的人变成了两个教练。队伍在第二天登顶，就好像被刀卡住了脖子。努努力就可以攥住奖杯和荣耀，稍不注意便会跌落神坛。

孙天娇安抚道："他们又不是第一次参加比赛了，还能骄傲？没事儿的，我们 Zero 的优良传统，一直是稳扎稳打，绝不放松，你看冰神今天的表现，你就看，你仔细看！"

言易冰塞了个蟹腿进孙天娇嘴里："少说话多吃饭。"孙天娇撇撇嘴，用小虎牙吭哧吭哧把蟹腿嚼了。

吃完饭，言易冰又从孙天娇怀里抽走了房卡："借用，一会儿还你。"

孙天娇呆呆地望着他："我怀疑你跟寒陌真的有猫腻！是不是被挖墙脚的不是小丁，而是我？"

言易冰拍拍他的胸口："请把你的口才用在孤独症边总身上。"

说罢，言易冰捏着房卡在手中转了转，转身去了寒陌房间。他有个点要跟寒陌复盘一下，晚上吃饭人多还没来得及说。

他进门，寒陌正在浴室洗澡。言易冰也没打扰他，只是拉把椅子一坐，翻出寒陌的电脑开机等着。他听到水声停了，然后是擦身子的声音，再然后是窸窸窣窣穿衣服的声音。

寒陌推门出来，一股腾腾的热气也跟着飘了出来。寒陌发丝滴着水，衣服上被打湿了几处，脸上的水珠也未擦干。浴室里都是水雾，想要擦干的确有点困难。

言易冰看了几眼，问道："你身上没擦干穿什么衣服？"

寒陌："我以为是孙经理。"

言易冰抿了下唇，回归正题："那什么，我找你来是为了……"

寒陌立刻道："今天打得好有奖励吗？"

言易冰蹙眉："说好了是明天。"

寒陌身上飘着柠檬淡香，睫毛水汽氤氲，连眸子都被熏得潮湿明亮。他低喃："今天就想要一点点。"

言易冰盯着他几秒，默默从兜里掏出一块奶片，撕开包装纸，递给寒陌："现在就只有这个。"

寒陌垂眸，扫了眼乳白色的奶片："师父好敷衍。"

言易冰正色道："我来找你是有正事的，有个地方要跟你复盘下。"

寒陌只好乖乖坐到言易冰身边，跟他一起看起比赛视频来。

比赛最后一天。

这三局全部都是萨诺地图。这个地图小，玩家密度高，适合落地刚枪。但上场前，教练却嘱咐道："一定要稳，只要再吃两把鸡，咱们就自动赢了，根本不用抢什么人头分冒险。"

言易冰他们也无异议，那些物资密集的大点确实没必要去，只要他们分跳保人进决赛圈吃鸡，就赢了。

现在最焦急想要拿人头分的，应该是目前排名第二的 PYP 和排名第三的 ANK。而比赛前最被看好的夺冠热门 NNTC，却一路带衰，连前三都没进去。他们已经没有可能冲击冠军了。坐在比赛台上，言易冰轻描淡写地说了一句："小心 NNTC 真成了 PYP 的二队啊。"

郁晏嗤笑反问："这不是必然的？"

陈驰："这个小图想躲开他们真不容易，但四打八我心里可没底。"

言易冰："还有 NPC 呢，他们想找到我们也不容易。"

寒陌："东部航线。"

陈驰："还是 2+2 吧，我和郁晏去坎邦，你们俩去祭坛，能确保拿的人头就拿，拿不了就逛地图玩。"

寒陌："嗯。"

飞机起飞，两组向不同的方向跳了下去。郁晏他们跳的坎邦比祭坛的物资还要丰富一点，不过遇到风险的概率也很高。

言易冰很放松。他知道 NNTC 的老家是派南，在朴伊礼的带领下，NNTC 对派南情有独钟，再加上萨诺图小，以前比赛的时候，不管什么航线，NNTC 都要跳派南。如果 NNTC 和 PYP 真的拉帮结派了，那两个队伍估计就在派南附近了。

解说台上，谢风笑笑："我们看到 NNTC 是跳了派南，PYP 好像也去了派南方向，两个队伍各占河的一边，按理说很快就要打起来了。"

朵檬："这个按理说就非常灵性了。"

谢风："嗯哼，我可没嘲讽，我在实事求是。"

朵檬："今天 PYP 和 NNTC 换的皮肤也够显眼的啊，这是……这是怕 NPC 认不出来他们吗？哈哈哈。"

果然，跳了河两边的 NNTC 和 PYP 始终没有擦枪走火，反倒是同样落在派南的 NPC 被他们消灭了不少。这帮人枪口就像长了眼睛似的，专不打本国人。

你要说他们有猫腻，那肯定有，但证据呢？无。记录员和裁判也像傻子一样，木讷地盯着选手屏幕，眼球都不转转。隔壁蛋卷头依旧叽里呱啦的十分狂躁。

言易冰和寒陌在祭坛搜完了装备，淘汰掉四个 NPC，始终没有遇到其他队伍。

言易冰问："你们那边怎么样？"

郁晏："看到 ANK 了，我避开了，ANK 往采石场去了。"

陈驰："ANK 去采石场，大概率知道那边有队急着拿人头呢。"

言易冰："这种火气大的队我们不要撞，让他们打打杀杀互相消耗一波。"

谢风："啊 ANK 在采石场和 OSVA 撞上了！ANK 队长拿下 OSVA 的两人！哎呀 OSVA 居然没守住啊！"

朵檬："NNTC 和 PYP 两个队伍也向采石场方向去了，我猜他们应该知道了这边有 ANK，其实 ANK 和 PYP 的分数相差不大的，PYP 的位置并不稳。"

谢风："是的，所以 ANK 也是他们的阻碍。"

谢风："ANK 二换四！漂亮，这波拿了四个人头分，如果 ANK 这把吃鸡成功的话，那和 PYP 就没差几分了。"

然而他这话刚说完不久，NNTC 和 PYP 就追杀了过去。ANK 来不及躲，被两个队伍蚕食干净。谢风大呼："可惜可惜！"

值得推敲的是，ANK 的两个人头分都算在了 PYP 的队伍上，NNTC 把人击倒后就不打了，只吃了个辅助。现在明眼人都能看出来，NNTC 自知夺冠无望，在帮着 PYP 登顶。

圈缩在了军事基地。言易冰看到刷新出来的击杀消息，也明白了怎么回事了。他轻笑，低喃了一句："恶心到家了。"

郁晏叹气："兄弟们别养老了，大逃杀 plus 了。"

决赛圈，郁晏和陈驰迎面撞到 NNTC 和 PYP，他们打掉了三个，最后寡不敌众。言易冰和寒陌在跑毒时被 NPC 缠上，进圈后又被 NNTC 和 PYP 夹击，也无奈被淘汰。

场上还剩下 NNTC，PYP，QW。QW 剩下的两个人淘汰了 PYP 的队长，此刻 PYP 只剩一人，NNTC 还剩两人。

言易冰扯掉耳机，眯着眼，紧紧盯着屏幕。决赛圈中，NNTC 两个人表演"描边大师"，被 PYP 收割了人头。本局 PYP 十杀吃鸡，积分上蹿一大截，直逼中国队，PYP 的 monkeyKD 升至第一。

"好伟大的献祭啊！"言易冰扯了扯唇，但眼底全是毫不掩饰的厌恶。只不过他除了郁闷，也没别的办法了，当初这个主场作战可以两个队参加的规定就已经在欺负人了，但是没办法，顶着压力也得打。

郁晏轻嗤："我提议给 NNTC 颁个'十大感动电竞圈人物奖'，这种舍己为人的精神一定是他们的传承。"

陈驰："记住教训，别跟这两个队硬刚，还得像以前一样，把他们往陷阱里带。"

只有寒陌没说话。他盯着 KD 的排名，眸色沉了沉。NNTC 的献祭直接导致 monkey 的 KD 超过了他，而 KD 预示着最后 MVP 的归属。

还剩两局比赛……寒陌放下鼠标，仔细活动了下手腕。骨节扭动，传来细微的响声。他性情冷淡，寡言少语，打比赛时大多一声不吭，一动不动，还从来没人见过他在比赛中途活动手腕、胳膊，揉捏手指，就好像闲散随性的钓鱼执法人员突然转型要大开杀戒了。

谢风："我看寒神脸色不好，是不是被 NNTC 和 PYP 气到了？"

朵檬："我还以为他们职业选手都习惯这人了呢。"

谢风："习惯是习惯了，但不代表不气。"

第二局开始，寒陌突然开口："抱歉，我要去派南，就我自己，你们按原计划。"他说得简短，镇定，但也不容置疑。

言易冰侧目，定定地看了他两秒。寒陌绷着唇，下颚勾出一道流畅英挺的弧线，漆黑的眸中映着屏幕幽蓝的光。

他本该指责寒陌的擅自行动，但见了寒陌的神情，这话突然就说不出口。寒陌已经不是他手下的青训队员了，寒陌是拥有极强的作战意识、判断力和反应力的职业战队队长。能说出这种话，说明寒陌心里有底。

言易冰轻声道："扛不住了知道怎么办吗？"

寒陌顿了顿："自爆。"

言易冰轻笑："去吧。"既然言易冰都同意了，郁晏和陈驰自然没有意见。

这次是中央航线，派南更是成了热门跳点。言易冰眼看着寒陌向派南的方向去了，和寒陌同样跳点的有密密麻麻不少人。

他本该按计划飞祭坛，但控制不住滑动鼠标，看向落点在派南的人数。太多了，寒陌才一个人，倒了也不会有人扶。眼看已经过了河，言易冰突然一咬牙，调转了方向。

派南落地即刚枪，寒陌最强的就是刚枪。不出意外，整个派南有八个是他的对手，他全身而退的可能性是零。但他根本没想过全身而退，他要的是 KD，是人头。这个 MVP，他绝不能让给别人。

寒陌摸了把 M762，没枪托没倍镜，他轻舔了下唇，抬枪打掉一个刚落地没多久的 NPC。枪声一响，他自己也暴露了。但他不在乎，他需要吸引 NNTC 和 PYP 的人来。果然，脚步声向他的方向逼近，枪声也逐渐密集起来。

寒陌借着废弃汽车作为掩体，跑进了中心房二层的阳台。这是个不错的狙点。他看见河对岸小巷人影晃动，抬枪连射。

"Prince-momo 使用 M762 突击步枪淘汰了 PYP-saes。"

PYP 队内惊慌。他们没想到，中国队在明知道他们和 NNTC 联合后还敢往派南跑。金泰然一咬牙："来得正好，把他们灭在这儿咱们就第一了！"

寒陌冷静地换了位置。两处脚步声向他所在的房子绕了过来，他回到楼梯边，随手换了把 S686，装好弹。对方自然知道他在楼上，正欲往上摸，寒陌还不等他卡好位置，直接冲了下去，一枪将人击倒在地。

"Prince-momo 使用 S686 霰弹枪击倒了 PYP-monkey。"

他没急着补枪，飞快地上了楼，果然，下一秒，他所在的地方瞬间被子弹覆盖。但他离开的时候，顺手扔了颗手榴弹，拉环的声音被枪声掩盖，等对方反应过来，已经来不及了。爆炸声响起，浓烟滚滚，火焰直冲二楼。

"NNTC-han 被手榴弹碎片淘汰了。"

"NNTC-Kenji 被手榴弹碎片淘汰了。"

谢风："我的天，寒神这是受了多大的刺激啊，火气这么大？"

朵檬："真是杀疯了，杀得隔壁又开始捶墙了。"

谢风："但是看着好爽！寒神继续冲啊！"

不止蛋卷头解说在捶墙，朴伊礼也在捶墙。朴伊礼看着 NNTC 两个人被一颗手榴弹带走，气得七窍生烟。

"看不见？看不见？那么大的手榴弹看不见？还追什么啊！"

李希含脸色很差，悔恨得无法自拔。寒陌是整个中国队里年纪最小，最没有名气，最不被他们重视的。他觉得自己和 Kenji 去拿寒陌的人头绰绰有余。

他大意了，也急躁了。他根本没料到，寒陌面对两个人的时候也能那么冷静，逃开的瞬间还不忘甩个手榴弹下来。而且手榴弹出手的时机必须掐得特别准，要刚好被枪声掩盖，刚好落入他的盲区，还得不被他的子弹打死。

李希含不敢相信，这是可以精心计算的操作，他更愿意相信这是巧合。

PYP 看到击杀信息只有寒陌一个，就知道中国队这次又是分跳。但让寒陌一个人带走了韩国队四个，简直是奇耻大辱。他直接拉着 PYP 的人全过来了。

寒陌已经快速换了掩体，但手榴弹和燃烧瓶还是无差别地在他身边爆开。他只要一回枪，就会被对方锁定位置。这就是人数的绝对优势。

寒陌咬牙，将一枚手榴弹捏在手里。实在不行，只能自杀式袭击，带走一个算一个了。他正想着，耳边恍惚传来些许响动，是那种闷闷的、浅浅的、熟悉的消音狙的声音。

"Zero-ICE 使用 AWM 淘汰了 PYP-tai。"

言易冰长出一口气，慢条斯理道："去捡了个空投，耽误点时间。"

这次空投开了大奖：AWM，20 发马格南子弹，吉利服，肾上腺素。也不枉他九死一生从 NPC 手中把这个空投夺过来。

寒陌低笑，凛冽的神情散了："师父帮我架枪。"

言易冰轻哼："我帮你架枪？我这把无敌了好吗？"

寒陌："嗯，但把人头让给我吧，我需要 KD。"

言易冰：……

意识到寒陌的意思，他不由得感到有些好笑。

在言易冰拿到空投之后，局势瞬间扭转。PYP 和 NNTC 的人根本找不到他在哪儿，他们只好一边躲着言易冰的子弹，一边抵抗寒陌如狼似虎的猛扑。

这局，寒陌和言易冰压根儿没打算进圈。他们把 PYP 和 NNTC 生生耗死在了派南，最后郁晏和陈驰吃了鸡，中国队的积分又上拉一大截。PYP 赢的机会已经很小了。

最后一局，寒陌仿佛热血上头的小野狼，拎枪就上，在派南疯狂得分。击杀消息恐怖地刷新着。

"Prince-momo 使用 AKM 突击步枪淘汰了 NNTC-han。"

"Prince-momo 使用 AKM 突击步枪淘汰了 NNTC-xiaoji。"

"Prince-momo 使用 AKM 突击步枪淘汰了 PYP-tai。"

……

躲在山腰瞭望塔帮寒陌架枪的言易冰有些郁闷。他这么护着寒陌，那意思，不就像是上赶着要送礼物吗？帮还是不帮呢？想着想着，言易冰瞬间打爆一个头盔。就这样吧，又不是送不起。

这局，中国队再次吃鸡，PYP 在 NNTC 的保护下屈居第二。比赛结束，积分定格，寒陌总 KD 升至第一，中国队更是毫不动摇的第一。整合九场比赛的击杀数、助攻数，寒陌是本次东亚对抗赛当之无愧的 MVP。

电脑屏幕上留下金灿灿的"Winner winner，chicken dinner"字样，晃得人眼底湿热。舞台中央巨大的四面环状屏，滚动播放着中国队四个人的名字，而寒陌的名字背后，印着硕大的"MVP"三个字母。

台下粉丝尖叫跳跃，明明是别人的主场，明明粉丝只有一小撮，但却硬生生喊出了千军万马的架势。

"牛！中国队厉害！"

"赢了！言易冰我爱你！"

"寒陌！寒陌最牛！"

"啊啊啊啊我爱你们，永远在一起打电竞吧！"

"热爱永不落幕，热血为你沸腾！"

他们四个被请上领奖台，系着红绸带的金杯被送到他们手中，四个人举着奖杯，在晃得人睁不开眼睛的灯光下，看着属于中国的标志升起。

他们赢了。两个多月的艰难磨合，累得快要吐血的训练强度，总算有了回报。像做梦，但又很踏实。电竞之所以值得他们为之奋斗一生，就因为此刻，这座奖杯，这些山呼海啸的呼喊中承载的无上荣耀。

寒陌从礼仪小姐手中接过属于 MVP 的奖牌，奖牌很小巧，只能占他一半的掌心。他垂眸扫了一眼，便转过脸，看着言易冰："MVP。"

他们像对暗号一样，在全体欢呼沸腾的场合中，在鲜花彩带漫天飞舞的舞台上。言易冰低低回道："知道了。"

LI WU

礼物

CHAPTER 9

　　结束当天，孙天娇就预订了当地最火的烤肉海鲜锅餐厅。他们要了个大包厢，光服务费就快一千元，十多个人洋洋洒洒赶了过去。包厢里摆着三个巨大的海鲜锅，还有两个烤肉炉。

　　几个人围坐一圈，又点了十多瓶清酒。其实言易冰喝不惯这酒，觉得度数稍微有点高，但入乡随俗，到这边来就得尝尝人家的酒。

　　寒陌坐在他左边，孙天娇坐在他右边，这两人性情的极度不一致导致他的右耳嗡嗡作响。

　　寒陌一如既往地沉默，连夺冠也没有什么表情变化，孙天娇则眉飞色舞地念叨，恨不得把嘴皮都磨薄一层。

　　餐是孙天娇和丁洛用韩语点的，基本都是大家爱吃的各种肉类。这边的海鲜锅倒是很有特色，辣酱放在锅底，然后将一堆从水箱里捞出来的鱿鱼、扇贝、鲍鱼倒在锅里。

　　一整锅刚出水的海鲜，绝对没有一点掺假。鱿鱼带着吸盘的触手还在缓缓蠕动，试探性地探出锅外，大家觉得新鲜，兴奋地拿起手机拍照。言易冰还伸出指尖，小小地跟鱿鱼击了个掌。

　　过了没一会儿，服务员冷漠地拎着剪子走了过来，没和谁打招呼，就咔嚓咔嚓把大块的海鲜剪成了小块，随后又将残破的、还在蠕动的触手推入锅中，一壶开水倒了进来。

拿着手机拍照的人各个龇牙咧嘴，不适应地将手机收回去了。虽然是食物，但在面前被剪断，冲击力还是有点大。

孙天娇拍了拍言易冰："你喜欢海鲜还是烤肉？"

言易冰想了一下："都行，海鲜吧。"

孙天娇："那你跟我换个位置，我喜欢烤肉，我坐里面。"

言易冰顿了顿："也行。"反正是一起吃饭，也不是非得跟谁挨着。

寒陌的耳朵微微动了一下，抬起眼，淡淡道："我这边更近，孙经理坐我这儿吧。"

言易冰：……

寒陌镇定自若地起身，把自己更靠中间的位置给孙天娇让出来，主动坐在了最边上。边上的确离海鲜锅最近，但离烤肉炉就有点远了。

他这么一谦让，丁俊也有点蒙。按理说都是同一俱乐部的会坐在一起，就郁晏和丁洛这对小情侣除外，但现在寒陌一走，就是他挨着孙天娇了。

孙天娇惊讶地一挑眉："天呐寒陌，这让我怎么说……没想到离开Zero两年了，你对我还是这么情深义重，当初我果然没白疼你！"

孙天娇嘴里夸着寒陌，脚下生风，乐颠颠地坐到了寒陌的位置。他看了一眼身边的丁俊，无辜一笑。丁俊：……

言易冰的喉结微微滚动了一下，杏核眼垂了垂，嘴角勾起一丝若有若无的笑。他知道寒陌为什么要跟孙天娇换位置，小朋友就是麻烦，这点事也要斤斤计较。

海鲜煮得很快，一掀锅盖，韩式辣酱特有的味道扑面而来。他们彼此都很熟了，也不相互客气，直接起身夹过来就吃。

言易冰不太饿，只捞了两个扇贝。他看了寒陌一眼，寒陌低着头，捏着手机动动手指，然后拄着桌子等。言易冰还纳闷寒陌在等什么，直到寒陌说："你微信还没下回来？"

他这才想到，自己比完赛了，跟国内依旧是失联状态。所以刚刚寒陌是在跟他发消息？

言易冰放下筷子，拿出手机放在桌面上，低声嘟囔："忘了。"

他连上餐厅的无线网，搜索应用商城，把微信和微博装了回来。微信重装登录除了输密码外，还需要三个好友辅助安全验证，他直接点进通信录一划，一抬眼，就看到了"不是人"这个备注。

言易冰：……

他咽了咽口水，准备不动声色地划开，手指刚触碰到屏幕，身边寒陌轻飘飘道："师父认为我没看见吗？"

言易冰尴尬得恨不得钻进锅里跟鱿鱼肩并肩。他当着寒陌的面改过一次备注了，然后又背着寒陌偷偷改回来，这种行为真是非常幼稚，特别不符合他的身份。

寒陌却低笑了一声，饶有兴致道："看来师父是真的很喜欢这个昵称。"

他匆匆点了在场的三个人，越过了寒陌，然后把手机一扣，清清嗓子，抬起脖子喊："郁晏、娇娇、小路帮我验证一下微信是本人。"

郁晏正在给丁洛剥虾，闻言蹙了蹙眉："吃饭的时候看什么微信？"

言易冰："少来，别以为我不知道你早就发朋友圈了。"

郁晏纳闷："寒陌就坐你旁边，你怎么不找他给你验证？"

言易冰佯装淡定地抿了一口清酒："随便点的。"

孙天娇、路江河、郁晏都拿起手机帮言易冰验证了。言易冰很快登录了微信，无数个红点点瞬间占满了他的手机界面。

比赛这几天是全网直播，看了比赛给他发消息的人多得是。他平时懒，也不愿意清理微信，很久以前的同学都在通信录里待着，一有这种大型赛事，他们都会发个消息祝贺一下。言易冰看见了就回，忙忘了也无所谓。

他在纷乱的消息当中找到了"不是人"的账号。真麻烦，言易冰点了点，随手给寒陌设置了个置顶。他知道寒陌看着，并希望这种偏袒能让寒陌忘了"不是人"这个外号。

点开一看，寒陌说："少吃点，晚上我们俩出去。"言易冰扫了寒陌一眼，缓缓收回目光，手指在屏幕上敲了敲："嗯。"

寒陌的手机一振。其实他也不用看，因为这个距离，他已经清晰地看到言易冰发什么了。

很快，烤肉炉也滋滋冒起了烟。肥大的腌制好的肉片被大刀阔斧地剪开，堆在边缘，中间的炉子又摆上了新的牛肉。

孙天娇吃得满嘴油光，喜不自胜。他属于能吃不胖的体质，也可能平时操心的事太多，大脑始终飞速运转，把多余的热量都消耗掉了。

言易冰还因为"不是人"的昵称心存愧疚，他看了看只夹了两根豆芽菜吃的寒陌，心思一动，不由自主地就从孙天娇筷子底下抢了一片肥牛。

肥牛越过他自己的碟子，落到寒陌的碟子里。言易冰随口问："吃得着吗？"

寒陌目光垂了垂，看向那片肥牛，唇线微抿："吃不着，拜托师父多给我夹两块吧。"

骗子！明明刚才还说要少吃一点。言易冰故意夹起一颗鸡心，筷子一动，在寒陌面前晃了晃，然后塞进了自己嘴里。

寒陌小时候亲眼看过杀鸡，留下了些许阴影，所以不吃动物内脏，但那只是小时候。

他瞥向言易冰的侧脸，不动声色道："如果师父夹给我，我什么都可以吃的。"

寒陌的声音虽然很低，但大家毕竟都在同一个桌上，难免会被注意到。丁洛伸直脖子，眼睛亮晶晶的："冰神和寒神在说什么悄悄话？"

她一说话，其他几个人也下意识朝寒陌和言易冰的方向看了过去。言易冰突然有种小时候上课看漫画被老师点名的羞耻感。

他清了清嗓子，刚要开口，寒陌就淡定道："让冰神帮我夹点肉。"

陈驰老实："寒陌那边够不着是吧，来来来给他拿个盘夹点放过去，言易冰你伸手帮个忙。"

言易冰无奈，只好当着众人的面夹起肉片，然后再在众目睽睽之下放到寒陌面前："喏。"

寒陌不动声色地夹起一块，放到言易冰碗里："你也吃。"

席间，丁俊和孙天娇敬了几杯酒，两个教练也敬了几杯，他们每人基本都喝下去一瓶清酒。言易冰呼吸有点发热，不由得扯了扯衣领，往脖子上扇了扇风。

寒陌这人平时冷静，喝酒也不上脸，不管喝多少，依旧神色清明，皮肤冷白。他将空酒瓶移到一边，手指捏着筷子漫无目的地转。

桌面上一片狼藉，大家吃饱喝足，都懒散地靠着，不愿意说话，也不愿意动弹。服务员过来瞄了几眼，犹豫了一下，见他们没人说话就又走了。

直到晚上十一点。店老板过来跟孙天娇说："您好，我们这里十二点就关门了，请问您还需要点什么吗？"

孙天娇喝了不少，眯缝着眼看了看："不要了不要了。"

老板："好的，那我们就收拾了。"

孙天娇深吸一口气，站起身来，按了按眩晕的脑袋："我说，咱们走吧，人家都要收摊了，明后天给你们时间在釜山玩一玩，带点特产回去给亲戚朋友，然后咱就回了，就这样。"

丁俊扶了他一把："行了行了，一起走，谁也别掉队，晚上丢了没处找去。"

其实大家都没喝醉，只是有点兴奋上头，有人一提要撤，他们也不拖延，纷纷收拾自己的东西。

孙天娇按着言易冰的肩："祖宗，回去好好休息，路江河打呼噜你就告诉我，我出血给你另开一间，我和寒陌先回去了。"

说罢，他歪着脖子去够寒陌，寒陌直接拎着他的袖子把他甩给丁俊："丁哥，你先带孙经理回去，我和冰神有点事出去一趟。"

丁俊皱眉："你们俩什么事儿？"

寒陌："重要的事。"

言易冰呼出几口热气，喃喃道："其实在酒店也行。"

寒陌帮他拿好手机："酒店人多。"

言易冰："那好吧。"

他们还是去了海云台。刚一出门，言易冰被微凉的夜风一吹，酒气消散不少。言易冰抬起眼，发现海边能看到很多星星。不被人类灯光遮盖住的、明亮的、漫天的星星。明明都是城市，但这里跟魔都很不一样，他伸出手，试探性地抓了一下。星星看起来那么低，几乎要接近地平线了，但却一颗都抓不到。

他仰着头，没看路，被路上地砖的边缘一磕，难免跟跄了一下。寒陌一把扯住他："真喝多了？"

言易冰轻笑，摸了摸温热的脸，嘟囔："怎么可能，这点酒。"

孙天娇选的餐厅离海边特别近，他们只需要越过一条街道，就可以走到沙滩上。夜幕下，海水是辽阔沉寂的黑色，陆地有星星点点的灯光，橘红的光亮仿佛油彩一样晕染到沙滩上，在触及海水的那一刻，被黑暗吞没。

这两种颜色有一道明显的分界线，就是临近海水的那片洁白细腻、泛着凉意的沙。踩在沙滩上，海浪冲刺翻滚，带来腥咸的风，言易冰单薄清凉的短袖被风鼓起，布料紧紧贴在身上。他又清醒了几分。

寒陌低声催道："我拿到 MVP 了。"

言易冰弯着杏核眼笑了笑："急什么。"

他懒洋洋地蹲在沙滩上，伸手抓起一把被海水濡湿的沙，然后看着沙土借着海水，一点点从他指缝中流出。言易冰敛起笑容，小臂搭在膝盖上，抬眼望着浓黑的海面。

"你十八岁生日那天，其实我准备了礼物，是一个领针，托人从美国订制的，在当年还挺时髦漂亮，不过漂亮不重要，主要是……那个设计我给了意见，如果设计师先生没有违反合同，这世界上应该只此一个。"

独一无二的领针，寒陌微微一僵，酸涩的记忆如潮水般涌入脑海，他默默跪坐在言易冰身边，低声道歉："抱歉……"

言易冰拍了拍他的脑袋，笑骂道："傻吗，都道过歉了。我当时不好意思直接给你，但宋棠跟你还有私交，于是就给了宋棠，不过后来出了那件事，宋棠一气，就也没送出去。其实我也不知道，明明跟你闹掰了，把你拉黑了，为什么还要费这么大劲给你准备成年礼物。大概因为你是我见过的最特别的电竞选手，特别厉害，也特别……在意。"

寒陌眼睑一颤，牙齿狠狠咬住腮肉，片刻便尝到了血腥味。他敛眸，嗓音沙哑："领针我还能要回来吗？"

言易冰转过头来看着他，他们挨得特别近，言易冰动了动唇，睫毛跟着抖动了一下："当时跟你说拿了 MVP 有奖励，就是想把领针再送给你，虽然是延误了两年的礼物，但也总算遵守了等你成年的诺言。"

寒陌喉结滚了滚，垂着眸，睫毛上恍惚有水光。这一切都阴差阳错，如果那次表演赛，他早点收到了言易冰的生日礼物，就不会发生后来过激的事，他们两人也不会坚持两年不破冰。

言易冰轻笑，呼吸间有清酒混合着海风的味道："领针在我家放着，你上次翻储藏柜的时候如果再仔细一点，就能在情书箱下面找到它了。虽说是奖励，不过是不能在今晚给你了，所以——"

　　言易冰轻叹，语气却是一如寻常的轻快，仿佛清泉流过狭窄石缝，发出悦耳又耐听的声音："礼物就换成这个吧。"

　　说罢，他拿起手机，点进微信界面。幽亮的屏幕光在静谧的海滩上显得格外醒目。言易冰的眼睛被光刺激着，流出生理性的眼泪。但他仍然坚持着，点进寒陌的名片，在备注那一栏删除了"不是人"三个字。他顿了顿，郑重地写下了"徒弟"。

　　"师父……"寒陌低喃一声。

　　言易冰想要抬手拍拍他的肩，却不小心重心一歪，一屁股坐在了地上，手掌踉跄撑在细沙上。夜晚被水濡湿的沙滩还是有点凉，他被冰得一哆嗦。好在沙子也并不坚硬，手掌一按，就陷了进去，直接埋到了他手腕。

　　寒陌顿时紧张地凑上前："师父，没事吧？"

　　言易冰摇摇头："没事。快回去吧，我裤子都湿了。"

　　沙子毕竟是湿的，他坐在地上，沾了海水，裤子黏糊糊的，估计还沾了不少沙土。

　　这样回屋，肯定会被路江河问。大家肯定以为他俩是出来买烟或者是韩国特色零食的，说不定还等着他们回去分享。他跟寒陌大晚上去海滩弄湿裤子听起来就很离谱，还很丢脸。

　　言易冰从沙滩上站起来，拍了拍手上的土，无奈地抖了抖裤子："晚上还得去洗衣服。"

　　寒陌："我给师父洗。"

　　"少来。"言易冰瞥了寒陌一眼，"酒店有干洗服务。"

　　寒陌也笑了，他飞快把外套脱下来，将外套系在了言易冰腰上。言易冰像个大爷似的，等寒陌给他挡好裤子湿的地方，心里又柔软又无奈。

　　在异国他乡，仿佛所有的压力都遥远了，什么都不用顾忌。他们也好像默契地遗忘了，两人马上又要成为对手的事实。

　　"师父真的原谅我了？"往回走的路上，寒陌忍不住又问了一句。

　　言易冰蹙眉，嘀咕："别老是问了，别扭。"

　　寒陌低笑："师父终于又承认我了，我控制不住。我第一次看你比赛的视频时才十五岁。那时候我进不去网吧，身份证年龄不够他们死活不让，我就在外面，贴着网吧的玻璃往里看。"

"大晚上很冷，玻璃窗上的栏杆更冷，离我最近的那台电脑，播的就是你当时参加的邀请赛。国内的转播正好给到你的镜头，你是队长，走在队伍的最前方，你看见镜头，转过脸来笑了一下，我就看呆了。"

言易冰停下脚步，怀疑地看着他，一脸不敢置信："你十五岁的时候就看我的比赛了……那时我才二十，二十一岁？"

言易冰回想自己年少轻狂的时候，还是觉得不忍直视。那时候他傲气，中二，还自命不凡。他几乎没受过打击和挫折，什么嚣张的话都敢说，也幸好那时候电竞市场没有现在这么规范，不然他早就被黑粉举报到自闭了。

寒陌笑笑："那时候还不懂得什么叫崇拜。我一直以为打游戏的都是网吧里这些蓬头垢面、佝偻后背的颓废青年，第一次看见你这么骄傲的。眼睛漂亮有神，和别人都不一样，你看起来特别自信，他们都管你叫冰神，他们说你是中国 FPS 类游戏的希望。当时看直播的那哥们儿，激动得直接开了瓶啤酒。"

言易冰依稀记得，那时候是有很多人把他当偶像，包括现在跟他互损的郁晏，也是看了他的比赛后决定成为 PUBG 职业选手的。

寒陌继续道："我那个时候也特别兴奋，我站在外面看你打完了整场比赛，最后你赢了，抱着奖杯鞠了个躬，整个网吧都疯了，我才知道原来那么多人上网吧看你的比赛，老板送了每人一瓶北冰洋庆祝。我听见解说介绍你，说你一开始当队长没有人看好，还说 Zero 要走下坡路了，但你很快就证明了，这是属于你的时代。"

"好肉麻。"言易冰有点听不了这些夸大其词表扬他的话。他就是个普通的、玩游戏有点天赋的人，担不起"时代"这两个字，也担不起"希望"。他甚至连榜样都不愿意做。

寒陌的语气是掩饰不住的崇拜："当时我手脚都冻僵了，眉毛结了薄薄的霜，但心里却特别激动。我觉得那个游戏我也能玩好，我肯定能走到你身边。"

"后来去了 Zero，第一次见你，你靠在电竞椅上，一边耳朵戴着耳机，事不关己地笑，看着教练给我们讲课，目光在我们二十多个青训生身上打量。那时候我就想让你的目光只落在我身上。"

言易冰笑了："那你做到了。"虽然他当时精力充沛爱往青训营跑，但教导青训生毕竟不是他的本职工作，他没有职业负担。他只是去找好苗子，觉得有前途的，就多点拨几句，像他的队长当初对他那样。

寒陌就是他认为最好的苗子。所以他每次去青训营的动力，就是看看寒陌有没有进步，犯没犯错误。至于雷明说他偏心，他得承认他的确是偏心的，他又不是教练，不是负责青训营的工作人员，他当然可以偏心。他偏心得理直气壮。

言易冰深吸一口气，走得离寒陌更近了一些，问："你还饿吗？"

十二点多了。正规的餐厅都已经打烊，那些门脸很小的炸串店倒是在卖，只是不知道干不干净。除此之外，就只剩711和全家这种便利店了。日本711的三明治和饭团还算不错，但别的国家的，言易冰就没吃过好吃的。

寒陌看了看手机："你裤子不是湿了吗？先回去吧，酒店应该提供夜宵。"

"嗯。"言易冰也这么想，湿漉漉的裤子的确不方便。

走到酒店大堂，两个人都已经很疲惫了。本来就打了一天的比赛，后来又在餐厅精神兴奋地吃了一晚上，好不容易散了，又去海边谈心。

进了大堂，寒陌直奔服务台。言易冰凝眉，跟过去："你房间缺什么东西？"

寒陌直接掏出信用卡："帮我再开一间。"

言易冰：？

韩国本地的选手和工作人员在比赛结束后就离开了，酒店空出不少房间。寒陌小声道："我怕你裤子湿了被路江河缠着问，而且这么晚了回去吵醒他们也不好。"

房间很快开好了，恰好在他们原来房间的楼上。寒陌捏了卡，连价格也没看，就带着言易冰上电梯。

走廊里空荡荡的，连廊灯都调暗了，没什么人。自助洗衣房在顶楼，洗衣机和烘干机都有，但要自己操作，一套流程下来，至少一个半小时。不过也可以留在和脏衣篓里让酒店工作人员洗，但那就慢了，至少明天中午才能送回来。

寒陌刷卡，开了灯。言易冰一进门就急匆匆地跑浴室冲澡去了。脏了的裤子被他扔出门外，寒陌干脆将自己的衣服也脱了，换上睡袍，然后拿好房卡，抱着两人的脏衣服去了顶层洗衣房。

这个时间了，洗衣房几乎没人，偶尔有一台机器正在运行着，主人也不知道跑哪儿去了。

寒陌将脏衣服放到洗衣机里，在自助售卖机买了洗衣粉，然后凭感觉按了键，听着洗衣机快速运行起来。

洗衣房临着一个小天台，推开门，可以上去喝酒喝咖啡。寒陌闲着无聊，推门上了天台。

外面风不小，毕竟离海近，连风中都带着潮湿腥咸的味道。天台上没人，只亮着几盏小灯泡。寒陌靠着围墙，摸出一根烟，背着风点着了。

浴室里，言易冰任由温热的流水从自己头顶冲下，带走身上的疲惫、酸疼，海风黏糊糊的感觉，还有烤肉的味道。

他洗完了澡，吹干头发，寒陌还没有回来。言易冰暂时没有换洗的衣服，只好先把睡袍披在身上，等寒陌回来。等人的时间挺无聊，他打开电视翻了一圈，大部分都是综艺节目和偶像团体的表演舞台。他对这些没兴趣，也不认识，打了个哈欠把电视关了。

过了一会儿，他又撩起被子，钻了进去，往后拱了拱，靠在枕头上，开始翻手机。比赛结束，还拿了奖，论坛上肯定很热闹，电竞大 V 们也得发微博把他们夸一通，这时候还是需要稍微认领一下的。

但他一登录微博，看到数不胜数的红圈圈，眼前一花，立刻又退出去了。明天再看也来得及，还是先跟他妈报个平安。

他又点进微信。第一眼看到的是他设置了置顶的寒陌，备注已经变成了"徒弟"。言易冰弯着杏核眼笑了笑，手指往下划。他们的家庭小群里，他爸妈倒是发了消息。

言母："在外注意身体，千万不要感冒了，跟陌陌也说一声，要早睡早起。"

言父："加油，为国争光。"

言母："我看了你第一天的比赛，很棒，不要着急，还有的是机会。"

言父："加油。"

言母："第二天不错，第一了！保持住，戒骄戒躁！"

言父："你妈说得对。"

言母："恭喜儿子！拿第一了！很累吧，一定好好休息，出去聚餐别喝太多酒，对身体不好。"

言父："早归。"

言易冰心里一暖，笑着给他爸妈回消息。虽然现在这两位作息规律的老年人肯定已经睡了，但明天早晨起来能看到就行。

言易冰："我回酒店了，准备休息，妈需要代购什么告诉我，我们有两天购物的时间。"

等了一会儿果然没人回。他退出家庭群，又翻了翻，有他表姐、表姐夫的消息，Zero 内部群的，联盟大群的，高中同学的，甚至还有花店、蛋糕店客服的。

满屏的红点点一点点变少，好多他都只是看了看，但没有回复。祝福太多回复不过来，他也已经困得眼皮打架，最后干脆麻木地点击着这些消息通知。直到他看到了久违的梁和风的微信。

梁和风的消息还是几天之前的，所以排在很下面。言易冰快要合上的眼皮终于有动力再睁开一点点。如果不是无意间看到，他真的快要忘了梁和风了。

比赛胜利后，梁和风并没有祝贺他，倒是不缺这一声"恭喜"，只是觉得心里不是滋味儿。

他点进梁和风的微信，梁和风说："冰，谢风不让我去现场直播，只能在直播平台解说，你要是有采访的话记得推荐一下我的直播间啊，谢了。"

言易冰来这边就删掉了微信，当然没看见梁和风的消息。现在比赛都过了，再推荐也晚了。

他记得谢风来解说，的确带了一个小团队，朵檬也是。他们在官方平台解说，小团队里的高级主播可以在现场直播，因为毕竟是现场，也能吸引不少关注。但是小团队里没有梁和风，说明梁和风还没打入谢风团队中心。

言易冰叹了口气，觉得自己和梁和风的关系也就这样了。梁和风用不着他的时候，也不会想着来找他。但这件事他必须解释清楚，不是他小心眼儿，是他确实没看到。

他打了一段话——"比赛期间删掉了微信微博，今天刚装回来，没看到。"其余的，他就没再说什么了。

他翻完了微信，看到联系人那里有几个新的好友申请。看起来都不认识，这些人也不知道从哪儿弄来的他的微信号，言易冰没管，放下手机合上了眼。

寒陌把烘干的衣服抱回来，一进屋，就看到言易冰弓着背，歪着脑袋，靠在床头睡了过去。姿势还挺扭曲的，明天早上起来肯定会脖子疼。寒陌把干净衣服叠好，绕到言易冰身边，低声道："困了？"

言易冰呼吸均匀，干燥柔软的头发凌乱地搭在额前。寒陌无奈，将他从坐靠的姿势变为平躺。言易冰哼唧一声，眼睑颤了颤，含糊不清地嘟囔道："你回来了？"

"辛苦了师父。"寒陌给他搭好被子，自己也去卫生间洗澡了。等他洗干净出来，言易冰已经睡得很熟了。寒陌也累得不行，掀开被子上了另一张床，很快睡了过去。

直到第二天上午，言易冰才睁开眼睛。窗帘拉着，牢牢遮挡着阳光，他看不到时间，于是摸过手机扫了一眼。居然已经十点半了。

他突然清醒。昨天他没回自己房间，而是跟寒陌一起。言易冰赶紧转过头，往旁边的床上扫了一眼。

寒陌还没醒，呼吸绵长深沉，睡姿也很乖，规规矩矩的，像个大抱枕。言易冰扫过寒陌的侧颜，轻笑了一声。

他又看了一眼微信，发现东亚小分队的那些人都没有动静，包括他房间的路江河和寒陌房间的孙天娇。这帮人也的确累坏了，估计不睡到下午不会醒。

于是他又松弛几分，思索片刻，要是被人问到为什么没回去，就说……就说房卡丢了吧，然后和寒陌又开了一个。想通之后，他一身轻松，于是放下手机缓了缓，也没换姿势，又睡了过去。

再次醒来已经到了中午。言易冰着急去卫生间，也没喊寒陌。等他刷牙洗脸整理好一切出来，寒陌已经换好了衣服，甚至连被子都铺整齐了。

言易冰蹙了蹙眉："酒店的被子你也铺？"他就没有铺被子的习惯，每天睡醒后随便往床上一堆，反正有阿姨帮忙收拾。他以为所有男生都这样。

但是寒陌的生活习惯比他好得多，而且手法还干净利索，床上整整

　　齐齐，跟酒店服务员整理后的样子也差不多了。寒陌轻声："嗯，习惯了。"他以前生活的环境很艰难，必须足够有礼貌守规矩，才能获得别人的认可。

　　寒陌也去卫生间洗漱了，比言易冰还快一点，出来的时候，脸上挂着滴滴答答的水珠。

　　言易冰笑道："怎么不擦干净就出来了。"

　　寒陌："怕你饿坏了。"

　　言易冰揉了揉肚子："中午就在酒店吃？我妈给我列了一堆清单，让我去药妆店买。"

　　言易冰又低头扫了眼手机："手机没电了，不知道他们找没找咱们呢。"

　　寒陌："没事，他们昨天也睡晚了，还有好多人没起呢。"

　　他们下楼，各回各的房间，言易冰找到充电线给手机充电，路江河昨天干脆就没回来，不知道在谁的房间睡了。

　　充电的工夫，他才发现他是真的饿了，昨天的夜宵没吃，今天的早餐也没吃。他把手机放在房间，去寒陌的房间找寒陌。孙天娇也在，他才醒不久，眼睛都是肿的。

　　他正在审问寒陌："你昨天拉我们家冰神说什么正事儿了？告诉你，要是帮着小丁来我这儿撬人，我现在就去跟小丁拼命！"

　　寒陌正一边充电一边看手机："私事。"

　　孙天娇咂咂嘴："你俩还有私事？"

　　言易冰及时推门进来，靠着墙，环抱双臂，懒散道："我俩怎么不能有私事？"

　　孙天娇抬起眼，笑眯眯道："祖宗，品牌方的微博记得都转了，说几句甜甜的话，《电竞之家》的采访也要转，还有咱们俱乐部的官博，最后别忘了给粉丝录段韩国行 vlog 作为福利啊。"

　　言易冰："……你不是刚睡醒吗？"

　　孙天娇："我在梦里都能工作。"

　　言易冰："你牛。"

　　孙天娇："谢谢。"

　　言易冰看向寒陌，低声问道："去吃饭？"

　　孙天娇："我还没洗漱呢。"

言易冰没问孙天娇，而是盯着寒陌。寒陌放下手机："好。"

孙天娇跌跌撞撞地下床："你们等我一会儿！"

言易冰："我们先去，你收拾完下去找我们。"

孙天娇气鼓鼓："你不爱我了！"言易冰装作没听到。

这几天釜山天气不错，秋高气爽，不冷不热。有两天的游玩时间，大家也没集体行动，而是各干各的。

郁晏和丁洛准备直接去济州岛，不跟大家一起回了，机票都退了。陈驰单身汉一个，也不爱旅游，提前回了国。寒陌陪言易冰在药妆店购物两天，买了一堆他们半点不认识的东西，还有不少婴儿用品。最后零零碎碎的东西整整堆了两个箱子，简直比职业代购都拼。

第三天中午，他们飞回了魔都。箱子里的小物件是言易冰妈妈和表姐要的，寒陌干脆陪言易冰去了他家。

言母迎出来，温柔端庄的脸上挂着微笑："恭喜你们夺冠，妈妈真为你们骄傲。"

言母不经意地说了"你们"，别人都没在意，只有言易冰眼神微微一颤。你们，他和寒陌。如果他妈妈也能把寒陌当作家人的话，对寒陌而言应该会很温暖吧。

言易冰懒洋洋地靠在沙发上，往脖子里扇风："累死了妈，你怎么需要这么多东西。"

言母："唉，你去比赛这个事儿我同事们都知道，好多人让我帮忙我也不好拒绝，这次多亏寒陌了，还帮你拎回来。"言易冰"哼"了一声。

寒陌勾唇："没事阿姨，您别客气。"

言母摸了摸寒陌的肩膀："知道你懂事，但也别太让着言易冰了，他比你还大呢。晚上就在家吃吧，我订火锅。"

寒陌："好，谢谢阿姨。"

言易冰杏核眼一垂，含着笑意抿了抿唇。他妈挺喜欢寒陌的，毕竟寒陌这么成熟稳重，懂事知分寸。反正他有的缺点寒陌都没有。

寒陌坐在言易冰身边，目光落在他的手腕上，自然地问道："手酸了吗？"魔都机场太大，他们拎着那么重的箱子一直走，他都觉得是负担，言易冰肯定更累。

言易冰晃了晃手腕："还行，明天就能好。"

寒陌："我给你揉揉。"

言易冰大大咧咧地将手搭在了寒陌的掌心。寒陌按摩一直不错，不比俱乐部的理疗师差。

言母扫了一眼，皱了下眉。有时候她也不知道自己儿子懂不懂事，寒陌也累，也刚回来，还没喝口水，他就那么自然地让寒陌帮他按摩。就是再好的朋友，也受不了一直单向付出。

明明以前和那个梁和风相处还挺客气的，也知道一来一往，有借有还，偏偏到了寒陌这儿开始不拘小节了。这性格，将来结婚了女方肯定要嫌弃。

言母猛地想起来："对了，你是不是还没加雅云呢？"

言易冰抬起眼，不解道："谁？"

言母无奈："雅云，毛雅云！你说你脑袋里都装了点什么？我跟你说过两三遍了，比赛之后加上雅云聊聊，你这都比赛完好几天了，还是人家雅云那边先加的你，结果她妈妈说你没通过。"

言易冰皱着眉，开始在记忆里翻找。毛雅云？他想起来了，那个他爸外地客户的女儿，练花滑的。

言母："我还帮你解释，说你们比赛完应酬太多了，又是在国外不方便，我看人家都不是很乐意了，你得主动点啊！对了，雅云在锦标赛上拿了名次的，虽然不是冠军，但也很厉害的，你记得祝贺一句。

"她最近在休假没什么事，我打算邀请她这两天来魔都玩一圈，你带她去迪士尼，我给你探好路了，迪士尼不错，挺有气氛的……"

言易冰僵住了。这件事早就被他忘没影了，每天训练那么忙，后来又研究战术，研究对手，他满脑子都是比赛，根本没空想这件事。而且他一向对他妈说的话听一半漏一半，完全没上心过。

寒陌低声道："我先回家一趟，休息一会儿。"寒陌站起身，箱子也没拿，抓起自己的背包，朝言母轻轻点了下头。

"哎，没事，你不用走。"言易冰叫住寒陌。

这段时间他想清楚了，总不能因为希望有人在生病时照顾自己，就随随便便地开始一段感情，这样对对方和自己都不负责。他现在工作繁忙，训练任务重，根本还没有做好谈恋爱和结婚的准备，只会耽误人家。

言易冰严肃地对他妈妈说："我不喜欢什么雅云，你别给我相亲了，我还没准备好，不想耽误别人。"

言母第一次见言易冰这么一本正经地跟她说这件事，一时没反应过来，懵懂道："什么？"

言易冰也不跟言母多说，赶紧带着寒陌逃回了自己的房间。

回到房间，言易冰终于松了一口气。寒陌轻笑，喊他："师父，现在聊这些也不避开我了？"

"没什么好避的。"言易冰摆了摆手，"我现在就想赶快休息一下。"

的确，他们早起退房，坐车赶到釜山机场，再推着大箱子和背包一路走，飞机上也来不及休息，各种播报断断续续响了一路。坐了两个多小时飞机，就又推箱子，又等专车，一路回来到现在，连安静一会儿的时间都没有。

很快，言易冰躺在床上睡了过去，寒陌靠在小沙发上，睡得也很踏实。不过在睡之前，他订了振动闹铃。

下午四点半，闹铃在他耳边振起，寒陌眼睑动了动，逐渐醒过来，赶紧将闹铃按掉。言易冰睡得还很香，听到声音后只是皱着眉头"哼唧"了一声，便又将头歪了过去。

寒陌按按眉心，小心翼翼地从沙发上下来，给言易冰掖了掖被子，然后蹑手蹑脚地走进卫生间，洗了把脸，理了理头发。见脸上没什么睡意了，他轻手轻脚地开了门下楼。

火锅的外卖已经送过来了，言母正准备摆在桌上。寒陌赶紧过去："阿姨，我帮您。"

言母推辞："不用不用，很方便的，言易冰呢？"

寒陌自然地把所有菜品接过去，回道："师父太累了，还在睡，等准备好了叫他。"

言母埋怨道："他真是太懒了，也怪我们以前没教他干活，这以后自己成家了不请保姆都活不下去了。"

寒陌看到了牛肉和毛肚，手指一顿："叔叔还没回来，师父也没起来，这些肉还是放冰箱吧？"

言母："行，你给我，我去放，陌陌你帮忙把锅和电磁炉拿下来，在厨房上面第一个柜子里。"

寒陌点头："好。"厨房的柜子还挺高，寒陌伸直胳膊，把鸳鸯锅和电磁炉都举了下来。

言母在一边盯着，还有点担心："你小心一点，别伤到手。"

她知道电竞选手的手有多重要，这也是她一直唠叨言易冰不干活但也不逼他的原因。寒陌的职业生涯还有很长，手也需要格外注意。

寒陌："不会，没那么容易受伤。"他把锅取下来，放在餐桌上。

言母打量了一下："我觉得这个餐桌有点大，他爸也是，家里明明就三个人还讲究这个，我平时和他爸吃饭经常是在客厅，完全没用到这个桌子，也就是摆着好看。"

寒陌顿了顿，问："那要搬到茶几上去吗？"

言母琢磨了一下："也行，还能看电视。"

他们收拾了一会儿，已经到五点了。网购的饮料和红酒送了过来，杯子、碗、碟也都摆好，言母看了看楼上："去把他叫起来，都睡两个小时了，不然一会儿吃不下去了。"

寒陌擦干净手，上楼。他推门进屋的时候，床上一片狼藉，言易冰将薄被压在身下，自己也扭了个身，后背暴露在空气中。

屋内有点暗，寒陌踩着地毯过去："师父，起床准备吃饭了。"

言易冰抬了下眼皮，没动。寒陌在他肩头拍了拍："快点。"

他眼睑一颤，懒洋洋说："再睡会儿。"

寒陌顿了顿："我也想让你休息，但是你妈妈叫你下去了。"

言易冰叹气，努力在枕头上蹭了蹭，慢吞吞地爬了起来。他顶着乱蓬蓬的头发，仰着头，眼睛半阖着，坐在床上静默。

寒陌等了一会儿，言易冰终于下定决心从床上离开。寒陌把上衣递给他，他迷迷糊糊地套在了身上，磨磨蹭蹭地晃去卫生间，关上门，开始洗脸、漱口、梳理头发。

他们下了楼，言母一边给言父打电话一边絮叨："你看你现在才起，寒陌都帮我收拾好了。"

言易冰懒洋洋地往沙发一坐，也扯着寒陌坐下，手臂搭在寒陌肩头："我困啊，真的困。"

言父那边接通了，言母暂时没空搭理言易冰："喂，怎么还没到家啊？"

言父："堵车，马上了，需要我带什么回去吗？"

言母："都订好了，不用。"

又过了二十分钟，言父急匆匆地进了家门。一进来，电脑包刚一放，电话又响起来。

言父一边脱鞋一边道："我没在办公室，回家里吃饭，你让两个高级律师把招股书改一遍发给我，我再改一遍。实习生我最近没空面试了，让陆 par 去吧，对对对。你这样，先跟投行那边联系一下，问他们什么时候完事，还有投行他们的律师……"

说完工作，言父擦了下汗："老婆，我最近太忙了，抱歉。"

他自然地走过去抱住言母，亲了亲言母的额头。当着言易冰和寒陌的面，言母有些尴尬，躲了躲，害羞地推他："行了，你快去洗手吧。"

言易冰已经见怪不怪，自顾自地给自己倒了杯可乐喝。寒陌倒是很新奇，低喃道："叔叔阿姨感情真好。"

如果不是亲眼见过，他实在没法相信，原来有家庭是这样相处的，原来父亲可以那么尊重且深爱母亲。

言母掩了掩唇："你叔叔他以前在国外待久了，比较西方化，热情开放了点。"

言父洗完手回来，无奈强调道："哪里热情开放了，我明明很有礼有节。"

言易冰嘟囔道："啧，这跟西方化有什么关系。"

寒陌垂了垂眸，给言易冰又倒了一杯可乐："师父渴了，再喝点吧。"

言易冰瞥了寒陌一眼，接过杯子又喝了几大口："我饿死了，快吃饭吧。"

今天这顿饭的主要目的就是庆祝这次东亚对抗赛夺冠。言母笑着说："这段时间你们辛苦了，不过很棒，我看网上都在表扬你们，我在学校上课，班里的好多学生也都在讨论。"

言父深以为然，他轻轻抿了一口红酒，无奈摇头："没想到我们律所的高级律师也有追你们比赛的，差点耽误最后期限，不过看在我儿子的面子上，我就睁一只眼闭一只眼，没有追究了。"

言易冰很禁夸，全程没有半点的不好意思。他吃得非常认真，嘴唇被辣得红彤彤的，时不时吐吐舌头吸一口凉丝丝的空气。

寒陌不太能吃辣，所以一直吃的番茄锅，好在言父也很喜欢番茄锅，这让他又少了点拘束。言易冰嫌他吃得不过瘾，特意涮了一片毛肚，扔在他碗里："这个还是在辣锅里好吃，你尝尝。"

寒陌目光微顿，盯着沾满红油的毛肚，犹豫着抿了下唇。他从小就没尝过太辣的菜，吃多了胃会烧，不过他还是听话地夹起毛肚，蘸了点香油，蹙着眉，小心翼翼地喂进了嘴里。

言母轻拍了言易冰一下："陌陌不能吃辣的，你给他夹什么，不是所有人都得跟你口味一样。"

寒陌把滴着油的毛肚喂进嘴里，顿时被辣得轻咳了一下，他不敢让这东西在舌头上多停留，囫囵嚼了两下，飞快吞了下去。

他忍耐着口中的热辣勉强道："没关系。"

言易冰正埋头大吃，闻言眼睑轻颤，得意地舔了舔下唇，轻飘飘道："看吧，他喜欢吃。"

言母嗔怪地瞪了他一眼。言父微微摇头："还是你妈太惯着你，这么大了也任性。"

言母一个眼神扫过去："是我一个人生的？什么叫我惯着？"

言父稍顿，推了推眼镜，一本正经地更改措辞："是我缺乏教育经验，拖了夫人的后腿。"

言易冰听不下去，抱怨道："行了你们俩，跟谁秀呢？"

言母凑过来："谁不让你秀了，你也可以秀啊，是你自己不配合。"她又看向言父："我还没跟你说，你儿子又不想跟雅云接触了，人家反倒对他挺满意的，你说这让我怎么说，这不是得罪人吗？"

寒陌的筷子停了一下，几秒之后，又自然地夹了一根青菜。言易冰叹了口气："您别操心我的事就不得罪人了，从来没见过的女生怎么可能喜欢啊，你和我爸不也是自由恋爱吗。"

言母深吸一口气，有些憋闷："明明是你自己说喜欢搞竞技的，我才给你深入联系的，现在你又不认账了。"

言易冰低声道："我说喜欢搞竞技的，又没说喜欢练花滑的。"

言母疑惑："那你喜欢搞什么竞技的？"

言易冰被噎了一下，不自在道："它就是个概念，代表着可能有更多共同语言。"

言母气道："那你干脆在你们电竞圈找得了。"

言易冰顺势接话："那我就在电竞圈找吧。"

言母：……

言父见言母被堵得没话说，出来解围："这样啊，你也别太任性了，其实雅云这姑娘不错的，我和你妈都很喜欢，人家不光事业好，家庭好，长得也好。"

言母："对啊，雅云的大眼睛多漂亮。"

言易冰又夹了一片辣肥牛，迟疑了几秒，塞到了寒陌碗里："我不喜欢大双眼皮。"寒陌垂眸，默默地又把这个辣的肥牛吃了下去。

言母竖起大拇指："行，你真行，要求真多。"

言易冰不说话了，寒陌看他一眼，低声道："辣，帮我倒点可乐吧。"

言母深深叹了一口气："我也懒得管你了，反正大城市结婚都晚，你就单身到三十岁再说吧。"

吐槽完，她又不甘心，说："我就是觉得，你放弃上大学，连接触同龄女孩子的机会都没有，这么大了，一次恋爱也没享受过，把所有心思都花在你们那个战队上，你就不觉得亏吗？你看人家郁晏，十六岁就把女朋友定好了。"

言易冰敷衍："行行行，我知道了。"

东亚对抗赛后，又是一段时间的休赛期。言易冰每天除了三小时训练，还顺便帮孙天娇面试新人。十一月就要到转会期了，二队的穆翔打算去一个小一点的战队当核心，提前两个月跟孙天娇沟通过了。孙天娇也挺祝福的。

穆翔今年二十二岁了，在 Zero 恐怕没有进一队的机会，二队的核心也被程斌占着，他想争取一个挑大梁的位置还是很难。

越知名的俱乐部赚得越多，福利待遇越好，经历越值钱。但也因为竞争激烈，导致很多选手从头至尾都没有姓名。有的人更在意 Zero 这个名字，有的人更渴望在电竞史上留下一席之地，这都没错。

不过穆翔要走，孙天娇要么招人要么从别的战队买队员回来。今年已经办过一次青训营了，俱乐部也没时间再来一次。这次孙天娇决定公开招聘，那些还没入职业圈，但是水平不错的大神主播都可以来试试。

不过这次就有门槛了，要求也高，不像青训营，可以慢慢培养，更侧重选有潜力的队员，前期技术菜一点也没关系。

官网上公告发出去，才短短一周，就收到了三百多份简历。孙天娇让言易冰帮忙参谋。

这三百多份简历中，有些人已经颇有名气了，是直播网站的头号明星，开播赚的钱甚至比好多职业选手都多。不过这也不代表他们的水平就高。主播积累人气可以有很多种方式，实力只是其中一项。

孙天娇还跟言易冰开玩笑："你有没有其他战队的朋友打算转会了，有来 Zero 的打算吗？"

言易冰正窝在沙发里看书，闻言抬眸看了他一眼，沉默片刻，缓缓道："你确定要我推荐？我的眼光一向不好。"

孙天娇笑嘻嘻道："倒也是，你这方面的技能点确实太低了。"

言易冰移回目光，继续看手里的书。孙天娇过来，趴在他身边的沙发背上，悠闲道："哎，你知道雷明现在怎么样吗？"

言易冰翻了一页书，轻哼："不关心不在意。"

孙天娇嗤了一声："得了吧你，我听人说雷明在普新过得可不太好。因为他的水平是普新最好的，而且从 Zero 出走，人气也高一点，普新的队长刘隋看不惯他，联合其他两个队员给他穿小鞋。雷明处境挺难的，但是从 Zero 往差队跳容易，想从差队跳到好队就难了，他现在也没别的选择。"

言易冰的目光停在一行字上，喃喃道："普新还有这种事？"

孙天娇："你以为呢，小战队不专心打配合练技术，心思只能放到别的地方去了。"

言易冰若有所思，怪不得梁和风去了普新，水平倒是越来越差了。

"那也是雷明自己的选择，他赚的钱也不少了。"

孙天娇感叹道："也是，好好理财的话，基本也财务自由了，不过他不像会理财的样子，好多选手都不会，所以我都劝他们把钱给父母，别在自己手里攥着，一天天大手大脚的。"

言易冰淡淡道："你不是金融系毕业的吗，不给大家开个班培训一下？"

孙天娇："想得美，我巴不得他们没钱了给我拼命练习好好比赛，钱一多就飘了。"

言易冰："呵。"

孙天娇拍拍言易冰的肩膀，得意扬扬道："我最近去了趟同学会，多年不见，我的同学们真是遍布各个领域，还有专职开网店卖电竞周边的，让我多帮忙呢。"

言易冰侧过脸："你又去人家面前炫耀了？"

孙天娇也不否认："我跟边总借了辆阿斯顿·马丁，据说全球只有二百辆，你别说，边总是真大方，直接把车钥匙给我了，说我什么时候还他都行。"

言易冰道："边总对你比对女朋友都够意思了。"

孙天娇谦虚摆手，喜形于色："你不能这么说，边总还没女朋友呢，谁知道他对女朋友什么样。"

言易冰："三十岁了，还没谈过女朋友，你都暗恋过你们大学同学吧。"

孙天娇想了一下，喃喃念叨："那我就不知道了，我又懒得探听品牌方隐私。"

不过他很快回过神来，扯回话题："说边总干吗，我要说我那个开网店的同学呢，他那里周边特别全，还有各家选手的手办，但是咱们俱乐部还没授权过手办，我觉得你形象这么好，咱们也搞一个呗。"

言易冰思索片刻："行啊，你想搞就搞呗。"

孙天娇："我喜欢你之前表演赛编发的造型，咱们就先做个样板出来，如果合适再推出。"

言易冰皱眉，想了想那位自信且妖娆的化妆师："那个造型不会太精致了吗？"电竞选手简单一点，飒一点比较好吧。

孙天娇："你长了这么好看的脸，怕什么精致。我野心可大呢，咱们的受众群又不一定是电竞粉，追星的小女生就喜欢精致的。"

言易冰："得了吧，追星的都追明星去了，谁关注电竞。"

孙天娇："以前可能不关注，但你们拿了东亚对抗赛的冠军就不一定了。这叫为国争光，主流媒体都大力宣传，热搜都上过五六个了，现在你们的知名度大大提高了，正好在这时候推出手办。"

言易冰还是很相信孙天娇的商业敏感度的，于是赞同："那你做完了先拿回来给我看看。"

孙天娇："好好好，肯定要你同意啊。"

这件事说过言易冰就给忘了。结果十二月初，孙天娇还真把手办给拿过来了。

手办做得很用心，大概二十厘米高，一身 PUBG 里经典的战斗皮肤，肩膀扛着 AWM，手上戴着战斗半指手套，腿上系着龙卷风战术枪套，黑色的上衣左肩用反光材料写着"ICE"三个字母。硬核的战斗装和精致的编发竟然形成了微妙的平衡，看起来毫不违和，英姿飒爽。

言易冰挺喜欢，所以特意把这玩意儿带回了家给寒陌看。他这段时间跟父母说要在俱乐部训练到很晚，实则常常偷溜到寒陌家玩。

他盘腿坐在地毯上，从包里抽出手办，在寒陌面前摆弄了一下："孙天娇做的手办，怎么样，我们想跨年的时候推出。"

寒陌的目光落在手办上，细细打量："这个造型是……"

言易冰："那次表演赛，其实我不太喜欢，太娱乐圈了，不过孙天娇他们喜欢，做出来也还行。"

寒陌接过手办，指腹在上面摩擦了两下。他当然记得这个造型。当时和 Zero 迎面撞上，他差点看愣了，一时间都不知道该说什么。要不是雷明突然跳出来挑衅他，他几乎要在言易冰面前露怯。

针锋相对的日子感觉近在眼前，但现在他已经能和言易冰坐在一起，毫无芥蒂地讨论生活中平淡琐碎的小事了。

寒陌恍惚又庆幸。

十一月转会期，孙天娇还是签来了个新人，很巧，正是当初极光战队的安星火。言易冰对他的印象还停留在他说要在狙击场拿自己五个人头。

经过了将近一年的捶打，安星火成熟多了，见到言易冰先是脸一红，随后深深地低下了头。他跟着极光参加了表演赛、城市赛、PCL还有全国邀请赛。这么多场比赛下来，总算知道了豪门战队的顶级大神有多厉害，他之前的自命不凡有多愚蠢。

言易冰不是斤斤计较的人，嗓中轻笑，打趣道："我还等着去你直播间抢十万块红包呢。"

安星火的头低得更深了，他红着脸，抓了抓头发，小声道："冰神，以前……对不起。"

言易冰拍了拍他的肩，安慰道："别想太多，来了就是队友。"

安星火被他温和的语气感动得稀里哗啦，情绪一激动，就开始立目标："冰神，我入圈前真的看了你很多比赛，所以也是真的想超过你，但是以前觉得自己特别强，后来才知道跟你的差距有多大，我这次来Zero，就是想跟你们好好学习，把技术练上去。冰神放心，我一定努力，在狙击水平上早日碾压寒神！"

言易冰手指一顿："嗯？"

安星火攥着拳，踌躇满志："我不会让表演赛上的惨败再次发生，我一定要在正式比赛里，淘汰寒神！"

他大概被寒陌伤得太深了，始终走不出狙击场被寒陌单方面虐的阴影，再加上 Zero 和 Prince 是对手，他刚来，想表决心自然要拿 Prince 开刀。

言易冰表情稍僵之后，还是善意地笑笑："你有上进心就好。"

有点尴尬，从个人立场，他当然希望寒陌越来越好，但从队长的立场，他肯定喜欢安星火能给 Zero 拿成绩。

孙天娇倒是很开心，咧着嘴笑："哎呀年轻人就是应该有雄心壮志，说实在的，当初你跟冰神叫板，我反倒记住你了，觉得你与众不同，将来能成大器。果不其然，现在我们也有了合作机会，你就在 Zero 好好努力，实在有不懂的，也可以去问冰神，他肯定乐意告诉你。"

安星火抬眸，星星眼望向言易冰："以后请冰神多多指教。"

言易冰：……

安星火的假想敌由他变成了寒陌，他好像一点也没有开心的意思。不过现在和寒陌误会解开，他倒是知道当初寒陌追着安星火打的原因了。言易冰有点想笑，好幼稚的小朋友，因为安星火嘲讽了他，所以差点把安星火打到自闭。

简单的见面仪式之后，孙天娇将言易冰拉到一边，小声道："你觉得安星火怎么样？"

言易冰认真道："水平不错的，有上升空间，以前有点骄傲，现在好多了。"

孙天娇还是最关注言易冰的情绪："之前的事，你心里没有不痛快吧？"

言易冰失笑："我是那么小气的人吗？"

孙天娇放下心，点头："你没有觉得不开心就好，我筛了一圈，还是安星火最符合要求，上手快，潜力也不错，但是对标 Prince 的辛辰好像还是有点难，不过谁知道呢，说不定在咱们这儿调教一段时间就顿悟了。"

言易冰："辛辰天赋是不错，但正处于安星火当初的中二期，咱们打得稳一点，战术成熟一点，辛辰也不是威胁。"

孙天娇叹气："哎，先不说辛辰了，反正还没到年龄，关键他们还有寒陌呢，最要命的是寒陌至少还能打几年。"

言易冰认真点头："嗯。"以寒陌现在的状态，不出意外，至少还有三年的巅峰期。他应该等不到三年再退役，没人能在职业比赛中撑过二十五岁。

以前他有点惶恐，不过现在倒是逐渐镇定了。早晚有一天，他会选一个合适的时间，离开电竞的舞台，把机会留给层出不穷的新人。这一天，应该也不晚了。

孙天娇似乎察觉到了什么，突然扑上来，一把抱住言易冰，有点感性道："冰神，你可不能抛下我。"

言易冰勾了下唇，然后很快收敛情绪，面无表情地推开他："滚。"他最初气孙天娇坑了他，把他骗进这个圈子打比赛。现在他们居然也成了并肩作战的朋友，他在 Zero 更是待了七年之久。

这些年过得挺快的，他在战术上成长了不少，但在生活上，好像一直随心所欲，没有长进。身边的家人和朋友一直把他保护得很好。

言易冰晚上晃荡到了寒陌家，给他带了份家里保姆做的红烧鱼。寒陌在俱乐部集训到九点才有机会离开，连饭都没吃。正常情况下，他基本就会留在俱乐部了。但因为有言易冰，他开始了上下班的打卡生活。

寒陌把红烧鱼塞到微波炉里热了一下，然后简单地煮了碗面条，端到茶几上。他直接坐在地毯上，把外套往沙发上一甩，把筷子递给言易冰，示意他先吃。言易冰摇了摇头："特意给你带的，我吃饱了。"

和寒陌和好后，他一直努力关心照顾寒陌。每次家里保姆做了味道可口的菜，他都会嘱咐："阿姨，下次多做一点，我带给寒陌尝尝。"

寒陌也不客气，低下头开始吃鱼。红烧鱼很香，汤汁淋在鱼身上，浓稠细腻，碎碎的葱花和薄荷碎装点着鱼身，去掉了仅有的一点腥气。筷子拨开鱼皮，里面的鱼肉又白又嫩，几乎没有什么刺。他合着面条吞下去，竖了竖大拇指。

"Prince 最近很努力啊。"言易冰轻飘飘道。

寒陌筷子一顿，看过来，低笑："嗯，我们不是一直以努力出名的吗？"他也不否认 Prince 最近在加练。

言易冰若有所思地点头："看来我得给宋棠他们点压力了，有时间约个练习赛？把二队的人也都带上吧。"

寒陌盯着言易冰看了几秒，意味深长地眯了下眼，勾唇："师父是想看看我们二队新人的训练水平？"

言易冰被他戳破心思，微微有些尴尬，于是先发制人："怎么，你还想藏着？"

寒陌放下筷子："不想，正好也想看看 Zero 新签的人水平怎么样，能不能给 Prince 造成威胁。"

言易冰挑眉一笑："丁俊的消息挺快啊，我们这边还没官宣呢。"

寒陌："圈子就这么大，哪个战队走了人还能不知道？"

言易冰"啧"了一声："安星火小朋友来的时候可说了，要碾压你，在比赛里淘汰你，一雪前耻。"

寒陌满不在乎，轻声道："让他试试。"

言易冰："寒神这是什么态度，瞧不起 Zero 的新人？"

寒陌酸溜溜道："那你为什么要叫他小朋友？"

言易冰一愣："他比我小，我不叫小朋友叫什么？"

寒陌："换个称呼，随便什么。"

言易冰轻哼："啧，寒神可真小心眼，我还没嫌弃你们明日之星辛辰呢。"

寒陌无辜道："明日之星是你叫的，我可没叫过。"

言易冰躲得离他远了点，坐在了沙发的边缘，悻悻道："你快点吃饭，别没事找事。"

寒陌正色道："不过明年的世界邀请赛，辛辰就够比赛年龄了，会成为一队的替补。"

言易冰恍惚了一下："哦，居然是替补吗？"

寒陌："嗯，漠贝也续约了，丁哥到底没忍心，不过说是替补，但辛辰肯定会上场的。"

言易冰用拇指指腹按了按骨节，轻飘飘道："我又不怕他。"

沉默了一会儿，言易冰又笑，笑得意味深长："世界邀请赛，就是对手了。"

寒陌抬眸，眼中闪着兴奋的光："是，我们会再次改变战术的。"

言易冰就知道，寒陌会兴奋。不管是队友还是对手，只要能在同一赛场上竞技，对他们来说，就是最珍贵的机会。因为他们势均力敌。

被寒陌感染，言易冰也觉得血液沸腾起来，胳膊上起了小小的疙瘩，肾上腺素飙升。只一个对视，他们就明白彼此的心思——想要打败对方。

正闲聊着，言易冰感觉后背压到了手机，而手机正在振动。他拿过来一看，是寒陌的手机，寒陌定的闹铃响了："你的闹铃。"

寒陌点了下头："师父帮我按掉吧。"

"哦。"言易冰答应了一声，手指一滑，把闹铃关掉，手机屏幕还亮着。寒陌的开机背景是手机自带的星空图。他这个人什么都简单，手机也一样，不会设置太花里胡哨的东西。

言易冰拿着看了片刻，指尖一碰，手机弹出输入密码的界面。他快速回过神来，有点尴尬。但还没来得及放下，寒陌突然开口："0712。"

言易冰抬起杏核眼："嗯？"

寒陌重复了一遍："师父记得 0712 是什么日子吗？"

言易冰没想到自己关个闹铃还关出考题了。他皱着眉，绞尽脑汁地想："什么节日？小暑？"

寒陌定神看了他几秒，低头，吃了一大口面条，淡淡道："我去Zero 青训的第一天。"

言易冰怔了怔："你……"

那个第一天，只是他人生中很普通的一天，他正好有时间，有闲心去青训营溜达，然后正好遇上寒陌这批人，但他一开始并没有注意到寒陌，也没想耽误教练的训话。他只是拉了把椅子，懒洋洋地在旁边一坐，笑着看这些新人。

他知道有很多目光不约而同地朝自己看过来，其中，就有寒陌的。没想到在寒陌心里，这一天是如此特别，如此值得纪念。

吃过饭，寒陌拿过碗，朝厨房走去。他走到水池边，拧开水龙头，挤了点洗涤剂在手巾上，熟练地刷碗。

自从言易冰经常到他这里来，他家里的生活用品就越来越丰富。原本他买这个房子完全是因为言易冰很久之前提过的住在一起的建议，如果只有他自己，三四十平就够住了。他不是从小富裕到大的，没有奢侈消费的习惯。

不过，现在看着越来越充盈的房子，他才觉得，生活的话，还是大一点的房子好。他以前，完全没有生活。

言易冰趁着他洗碗，在他身后念叨："练习赛别忘了，要不就十二月一号吧，后面节日不少，我怕大家心散了。"

寒陌将洗干净的碗放进抽屉，听到这个日期，眉头皱了一下，转过身来："有件事早几年就想问了，一直没敢。"

言易冰挑了下眉："什么？"

寒陌："十二月一号不是你身份证上的生日吗？是登记错了吗？怎么从来没见你过过生日。"

如果登错的话，一年内也该有其他过生日的日子，寒陌一度怀疑自己错过了。

言易冰迟疑了一下，眨眨眼："没登错，十二月一日是我生日，但我的确不过。"

寒陌："为什么？"

言易冰淡然道："我其实还有一个姐姐，不过两三岁的时候就因为先天性心脏病去世了，她去世那天正巧是我生日，我妈妈因为她差点崩溃抑郁，后来有了我，我又偏偏是那天出生，她宁愿迷信一点，觉得我姐姐换了个方式回来了，情绪才逐渐好起来了。不过我还是不过生日的，怕刺激到我妈妈。其实也没什么，我爸妈很宠我，小时候什么都不缺，也无所谓生日礼物，反正我要什么都有。"

寒陌怅然："原来还有这回事。"

言易冰点头："嗯，其实如果我姐姐没陪他们两年，可能伤痛还没有那么大，但是有了感情后再失去，就挺难接受的。我小时候看她的照片，觉得那是我姐姐，现在再看，她那么小，那么虚弱，走路都要撑着门，反倒跟妹妹一样，其实我还挺想见到她长大的样子的。"

寒陌："她长大后一定很漂亮。"

言易冰弯着眼睛："是吗？"

寒陌："因为你们基因相同。"

言易冰感叹一声："总是有点遗憾吧，所以我跟表姐的关系就很好，我侄子也是我看着长大的。"

寒陌："我之前一直担心错过你的生日，直接问你又怕你觉得我不用心。"

言易冰蹙眉："哪有那么矫情，而且年纪大了，尤其是在电竞圈，谁愿意过生日啊，过一次就离退役快一步。"

寒陌敏感道："不要退役，我不要你退役。"

言易冰知道寒陌在意这事，立刻安抚他："我现在状态还行，不至于退役。"

练习赛约在言易冰生日当天，言易冰主动在群里说话。

Zero- 言易冰："来吧各位，能来的都来吧！"

CNG- 郁晏："啧，最近电竞圈真是欣欣向荣，Prince 和 Zero 一起练习赛都是常态了。"

Zero- 言易冰："是啊，你这个高价倒卖录屏视频的中间商终于赚不到钱了。"

TZS- 明朗："来吧，好久没练习赛了。"

YH-shina："赛事还早呢，你们真行，这都练得下去。"

TZS- 明朗："他们要去打全球邀请赛了吧。"

YH-shina："那也应该去跟欧美队约练习赛啊。"

Zero- 言易冰："没那么多讲究，主要是看看大家最近退步没有。"

CNG- 郁晏："少来，你是为了测试各家新人的水平吧。"

AXE- 陈驰："少来，你是为了测试各家新人的水平吧。"

TZS- 明朗："少来，你是为了测试各家新人的水平吧。"

Prince 队长唯一发言人肖诺："哈哈包括我家吗，不过我家队长最近没有废寝忘食地练习，每天都要回家，我有点慌张。"

CNG- 郁晏："有情况？"

AXE- 陈驰："妹子长什么样叫出来看看？"

Zero- 言易冰："……"

Prince- 寒陌："没有。"

这次练习赛 Prince 一、二队都到了。辛辰现在暂时是二队的核心，二队几个元老反倒成了他的辅助。丁俊也考虑过会不会引起队内不平衡，但这个行业就是残酷的，辛辰也用实力证明了，他的确配得上这个位置。

安星火看见极光战队的老朋友，稍微有点不好意思，一直没说话。言易冰在开场前特意捞过手机，在微信里给安星火私发了两个字——

"加油。"

安星火蓦然抬头，诚惶诚恐地朝言易冰的方向看了一眼，感动得稀里哗啦。他到了新的战队，还是这么顶级的战队，肯定有点战战兢兢，尤其是他曾经还挑衅过言易冰。这时候能得到来自队长的照顾，他心里说不出的暖。他终于明白，为什么言易冰在电竞圈内人缘那么好，而且能红这么长时间了。

安星火深吸了一口气，下定决心，一定要在练习赛里表现出彩，给队长一个重新认识他的机会。

第一场，萨诺图。言易冰带一队跳遗迹，很倒霉，直接撞上了CNG和AXE。遗迹虽然物资丰富，但也架不住三个强队对撞。有些小队一看遗迹的人多，干脆改变路线，飘去更远的野区了。

Zero、CNG、AXE这种队伍，从来都是别人避他们，哪有他们避别人的时候。所以刚一落地，就是一团混战。有直接对拳互相淘汰的，有先落地打鸟的，有运气差捡的枪不好被带走的。短短一分钟，三个强队死伤惨重。

言易冰偷袭到了陈驰，还没来得及换点，就被郁晏狙倒了。激烈的对枪下来，AXE被全员淘汰，Zero还剩宋棠逃走，CNG也只剩下郁晏。

他们看到屏幕上刷出的彼此的名字，都有点无奈。正常大赛里，他们会避开彼此的选点，不过练习赛就无所谓，对撞反而更刺激。但这三个队都损失惨重，倒是给了其他小队发育的机会。

言易冰松开键盘，靠在电竞椅上，观战宋棠视角。看了一会儿，屏幕突然刷出——"Prince-since使用AKM突击步枪击倒了Zero-bin。"

程斌被辛辰给击倒了。言易冰知道他们的二队跟Prince的二队撞上了，他也没心思观战宋棠的视角，直接摘掉耳机起身，走到安星火身边。

他弓下腰，单手撑住桌面，仔细盯着安星火的屏幕。安星火感受到言易冰的靠近，嗅到了他身上雪顶咖啡的香味，不由得挺直了后背，眼睛瞪得更大了。

他知道，言易冰经常指点新人，但也只有被看中的新人才能得到长时间指点。如果新人几次表现得不尽人意，言易冰就懒得再关注了。所以安星火提起了十二分的精神，就要打烟过去扶程斌。

言易冰突然开口："等等。"

安星火的动作一顿，训练室里戴的不是隔音耳机，他能听见言易冰的话。程斌正努力往掩体后面爬，不放弃一丝机会。但他的血条下滑得也非常快，如果安星火和队友再没动作，程斌就要被淘汰了。

对方没有开枪打死程斌，当然是为了钓鱼执法。不过安星火有点一腔孤勇的意思，决定冒一次险。

言易冰皱了下眉。安星火现在占据的位置其实不错，这条河道线是大家公认的极佳打靶位，河岸、山上、BC 全都可以瞄到，但想在这里发挥出最大价值的基础是实力足够强，枪法足够准，队友减员少，可以互相帮衬。

但二队显然没有这么强的水平。根据现在缩圈的范围，想要通过河道往里冲的人会越来越多，他们根本自顾不暇，所以自己反倒成了靶子。

言易冰："如果是我，有一半的可能把程斌救下来，前提是打掉 BC 的辛辰。"

安星火屏息，舔了舔干涩的唇。他知道辛辰可能在 BC，但 BC 里的掩体太多，想要极短时间内淘汰掉辛辰根本不可能。但他又特别需要队伍不减员，所以只能冒险去救程斌。

言易冰直接道："程斌管不了了，你位置还没暴露，换枪，瞬狙打他。"

有了言易冰的指示，安星火瞬间冷静下来。的确，与其冒着被一波带走的风险去救程斌，还不如咬咬牙换掉辛辰。

既然对方留着程斌不打死，显然是没发现他们三个人的踪迹，不然早就打过来了。他并不被动，反而占着优势。

辛辰在 BC 里面。安星火将预瞄点对准 BC，开始找辛辰的位置。镜头晃动一圈，在滑到某一点的时候，言易冰搭在桌上的手指微微一缩。安星火感觉到了，于是一眯眼，在铁丝网的后面发现了人影。

Prince 二队的服装有点黑，铁丝网起到了很好的掩饰作用，稍不注意，真的容易错过。安星火举起枪，抿了抿唇，抬枪打去。第一枪没中，打在了墙壁上。第二枪也没中，打在了铁丝架上。辛辰已经反应过来了，不可能再被动挨打。他快速确定安星火的位置，靠着掩体对枪。

安星火刚想往石头后面躲，言易冰一按他的座椅靠背："往前拉！他枪不如你，躲什么躲！"

安星火精神一振，血液上涌，直接冲了出去。这时候是没时间预瞄的，考验的就是选手的瞬狙水平，凭借屏幕中心感，在开镜的瞬间快速左键射击，带走对方。安星火连射四下，终于打倒了辛辰。

Prince的队友也不是吃素的，开枪跟安星火对线。安星火一路波点跳，在波点跳的同时继续追着辛辰打，终于在丝血时将辛辰带走。他自己飞快地躲在一棵树后，开始打药。枪声此起彼伏地响在他身后，打得树干直冒烟。

言易冰："先别吃药，打烟，去反斜坡，他们死角打不到。"安星火依言，扔了两个烟幕弹出来，在烟雾最浓时一路跑回河道线，趴在反斜坡给自己打药。

这一劫算是过去了，安星火松了一口气。他发现，有言易冰在背后指导，他的KD无形中高了很多。言易冰总能做出当前状况下最好的选择。

言易冰："这次比较幸运，我们和CNG、AXE在遗迹打得两败俱伤，所以河道对岸现在也没什么人过来，不然你躲在反斜也不行。具体情况具体分析，下次比赛我这种方法不一定管用。"

安星火轻轻"嗯"了一声。言易冰直起身，环抱着双臂站在他身后看着，有点满意。安星火起码挺聪明，理解能力很强，他一说就明白，而且还能操作好，那点尖锐的棱角被磨平了，现在也愿意听他的话。

没了辛辰的Prince二队并不难对付。他们按捺不住，直接从BC里冲了出来，想跟Zero硬碰硬，最后三换二被Zero淘汰。目前Zero的二队，也只剩下安星火一个人了。

此时，场内存活人数还有十一人。言易冰心里大致有数，没有他们的制衡，Prince一队现在肯定活得很开心。

第三个圈时，Prince的陈泽峰和肖诺被郁晏淘汰，而郁晏丝血被漠贝打倒。寒陌带着漠贝跑毒，圈缩了了BC内，安星火也要往里面冲。好在他离得近，冲得早，顺利地进了房内。

安星火快速上房找掩体。刚到二楼，轻微的脚步声响在楼下，他微微一顿。刚要下去跟人对枪，言易冰突然道："别别别，寒陌在山上，你出枪就暴露了。"

安星火一愣："我没看到。"

言易冰："前两局获得的信息，寒陌现在最大概率在山上，山上最好瞄 BC 房顶，回屋。"

安星火听话地退回房内，下到一楼。还没等他多走几步，他听到枪声，紧接着，之前在他附近的那个人被淘汰了。

安星火轻呼一口气。如果不是言易冰提醒，等他跟那人打得两败俱伤时，山上的人就可以坐收渔翁之利了。

言易冰："你在圈内，不用急，寒陌早晚要进圈，进圈路线也就那几个，你占优势，守着他就行。"

过了几秒，言易冰又补充道："多捡雷，寒陌刚枪厉害，别轻易和他近战，偷袭他。"

安星火点头，搜了两个 BC 内的包，他把子弹扔了一半，医疗包也丢了两个，存了整整八个手榴弹。果然，随着圈慢慢收缩，寒陌也不得不进圈了。他和漠贝一前一后，借着掩体朝 BC 的方向摸过来。还不等踏出草坪，一个雷就在身边炸开。

寒陌意识极强，躲得很快，但漠贝就没那么好运了，直接被炸倒。而且圈缩得太快，伤害太高，寒陌也来不及救人了。几秒钟后，漠贝被毒圈淘汰。

寒陌知道自己的位置可能暴露了，他绷了下唇，拎着 M4，做好了对枪的准备。可对方根本不露头，也没有跟他对枪的意思。紧接着，手榴弹一个个悠闲地在他身边炸开。饶是寒陌再能躲，也难免被碎片打伤。他勉强找到掩体，暂时躲避几秒。

随后，他甩出一个烟幕弹，跟了一个手榴弹，给自己创造了一个进圈的路。他其实没有确定安星火的位置，只是凭感觉，但他的作战意识要比安星火高出不少，手榴弹刚好炸在安星火的方向。

安星火一惊，赶紧一躲，暴露了身形。只要他稍微闪动，寒陌就不会放过他。十秒之后，寒陌对枪淘汰安星火。

安星火沮丧地一跺脚，咬了咬牙。言易冰眼睑一颤，会心一笑，随即拍了拍安星火的肩："没事，表现不错，慢慢来。"

刚才这种情况，如果是他打，寒陌根本进不了圈。不过安星火已经进步很多了，能把寒陌逼到这种程度。而且寒陌带的手榴弹并不多，一发就能炸出安星火的位置，也是运气过硬。

这局最后吃鸡的是 Prince。很快又开了一局，吃鸡的是 AXE。他们一晚上打了八局，已经快晚上十点了。明朗眼睛酸，准备退了，言易冰手腕也有点酸，于是顺势提出结束练习赛。

结束之后，他们免不了在群里聊天，评价各队新人的表现。

CNG- 郁晏："安星火是吧，表现不错啊。"

Prince 队长唯一发言人肖诺："嗯，比当初强，进步好快啊。"

Zero- 安星火："没有没有，是冰神一直在指导我，谢谢冰神。"他现在倒是谦虚多了。

Prince- 寒陌："冰神指导你在 BC 堵我？"

寒陌难得在群里说句话，竟然还是对安星火说的。安星火也愣了，有些不自在地回——

Zero- 安星火："嗯，冰神说你近战强，肯定从山上进圈，让我多捡手榴弹，别跟你对枪。"

Prince- 寒陌："呵，冰神说得对。"

Zero- 言易冰："……"

CNG- 路江河："有人出来吃夜宵吗？一家羊肉馆，味道贼好。"

Zero- 宋棠："也行啊，去呗，队长去吗？"

Prince- 寒陌："不去。"

宋棠仔细看了看，一眯眼。Zero- 宋棠："谁认错队员了？"

Zero- 言易冰："我也不去了，回家一趟。"

Zero- 宋棠："哦好。"

言易冰在俱乐部收拾点东西，从冰箱里拿了几条威化饼干，然后打车回了别墅小区。Prince 俱乐部离小区近一点，所以等他到寒陌家的时候，寒陌已经在等着了。

言易冰一边脱鞋一边笑问："怎么没开大灯？"寒陌只开着应急的小黄灯，比蜡烛亮不了多少，莹莹的光晕绕在宽阔的空间里，在墙壁上投下圆润的光影。

言易冰伸手要去摸大灯，寒陌低声道："等等。"于是言易冰没动。寒陌站在地毯上，招招手："师父过来。"

言易冰扔下背包，朝寒陌走过去，笑着揶揄："不是吧，我指导安星火你不乐意了？那可是工作，我以后还得把你们的缺点都教给他呢。"

寒陌望着言易冰隐约被照亮的脸，别扭道："是有点，不过忍下去了。"

言易冰："啧，小气鬼。"

他刚想摸摸拍拍寒陌的肩膀安抚，就见寒陌突然躬身，托起个小碟子来。很快，言易冰嗅到了一股香甜的，奶油混合着红豆沙的味道。

寒陌把蛋糕递到言易冰面前："不夸张庆祝，就我们私下来，生日快乐，师父。"

言易冰怔怔地接过蛋糕，舀了一小块吃了进去。奶油绵软，蛋糕香甜，红豆沙的夹层也很细腻可口。他嚼了嚼，很快咽了下去。

"你……什么时候准备的这个？"言易冰失笑，舔了舔唇角沾到的奶油。

寒陌："今天，时间紧迫，没来得及尝，够甜吗？"

言易冰回味了一下蛋糕的口感："嗯，不过今天一直在打练习赛，你什么时候做的？"

寒陌瞥他一眼，低声道："被淘汰后，你们在群里闲聊的时候，反正抽空做的。"

言易冰惊讶："所以你在打练习赛的时候脑袋里还一直想着蛋糕的事？"

寒陌冷哼一声："不然你以为就安星火那几颗手榴弹能炸到我？"

言易冰轻轻叹息，喃道："谢谢，我很惊喜。"

吃过蛋糕，言易冰揉了揉脸，坐直起来："不早了，我回家了。"

他打完练习赛，给父母发了消息。其实是没话找话，因为今天是特别微妙的一天，他想打探一下他妈妈的情绪。好在他妈妈情绪还算可以，和他对话的感觉也正常。不过他想，他妈妈肯定默默流过眼泪了。

寒陌低下了头，沉默片刻。但过了一会儿，他突然朝言易冰走过来，蹲在沙发边，抬起头看向言易冰："师父就在这里睡吧，你生日，我陪着你。"

言易冰一下子又心软了，他知道寒陌是担心他回到家见到妈妈情绪不好会伤心，想让他过个简单的没有困扰的生日。

其实也不是不行。都这个点了，回到家他爸妈肯定也睡觉了，没人知道他回没回去。

于是言易冰留宿在了寒陌家。

XIN NIAN

新年

CHAPTER *11*

　　十二月底，魔都气温降到冰点。受拉尼娜现象影响，今年冬天格外地冷，雪花飘落地上，居然也没有立刻融化。

　　所幸年底没有大型比赛，孙天娇干脆给大家放了早假，让他们直接休到初七回来。今年过年也早，在一月下旬，所以这个假期也还算合理。

　　不过，虽然没有了比赛任务，但商业任务还是不缺的，言易冰未完成的直播时长已经拖到了这个月的最后一天。

　　他不像寒陌那么刻苦用功，总是在第一时间完成计划，他过得比较随意散漫，能拖则拖，什么时候想起来什么时候再做。幸好上天有好生之德，让他这种人也能吃得起饭。

　　跨年夜前一天，言易冰坐在沙发上剥橘子，他一边往嘴里塞橘子瓣，一边轻描淡写道："妈，明天寒陌也来我们家吃饭吧？"

　　言母的目光从狗血感人的偶像剧上移过来，眉间起了一道浅浅的折痕："可以倒是可以，但你得问一下你表姐他们。"

　　他家每年跨年夜都和表姐一家一起吃饭，就在他爸最喜欢的那张欧式大桌子上，从各个饭店点十几道名菜，小资又有格调地庆祝一番。

　　十来年了，还从来没加过外人。至少对他家人来说，寒陌的确还算外人。但言易冰不忍心寒陌一个人在俱乐部，或是孤零零地在家里待着。寒陌有时候懂事得让人心疼。对于需要团聚的节日，比如中秋、跨年，他从不提什么庆祝方式，也不提要跟言易冰一起。

因为他知道言易冰有个美满的家庭，在这种节日需要陪伴家人，他不想让言易冰为难。

昨天，言易冰无意中看到寒陌的手机，发现他在跟欧美战队约练习赛。虽然下一个全球赛迫在眉睫，但是外国选手对待工作的态度跟他们可不一样，没人能拒绝跨年庆祝的盛大狂欢，所以他们齐齐婉拒了寒陌的邀请，还惊讶地问寒陌，为什么不去跨年。

言易冰给表姐打电话。他表姐比他大五岁，从小跟他玩得就比较好，算是无话不谈的朋友。当初言易冰去打电竞，第一个支持他的就是表姐，后来表姐要嫁给曾是自己老师的外国人，最先送祝福的也是言易冰。

这么多年过去了，表姐的外国老公也被家里接受了，他小侄子都三岁多了。和曾经的老师谈恋爱并没发生什么狗血的剧情，表姐一家生活得很幸福，表姐夫也很宠表姐，那个一头小金毛的侄子，带着一口地道的吴侬软语，受到了全家的喜爱。

"姐，明天你们几点到我家？"言易冰没先说是什么事。电话里传来他小侄子兴奋的尖叫声，声音嘹亮，中气十足。表姐一边应付着儿子一边道："五六点吧，等你姐夫下班。"

言易冰顿了顿，轻声道："明天可能多个人来我们家，我的朋友，没问题吧？"

"啊？"表姐愣了一下。言易冰有很多朋友，但说要带回家跨年的，这还是头一个。表姐有些敏感，心思一动，笑着问道："女朋友？"

言易冰："不是女朋友，是我在电竞圈的好朋友。"

言易冰知道要带朋友回家跨年很突兀，于是便也没瞒表姐，把自己和寒陌的渊源都说了："他是我的徒弟，以前在我手下当过青训生，比我小六岁……"

表姐听完后果然没多说什么，只让言易冰把寒陌喊上就行。言易冰回到客厅，乐颠颠地跟他妈说。"我表姐同意了，我去跟寒陌说一声。"

言母惊讶："这事你还没告诉寒陌？"

言易冰："当然，我肯定得等这边确定了才能告诉他，不然让他白高兴吗？他本来就没人陪，都准备去玩游戏了。"

言母心里一酸，叹气："你说话委婉点，别让陌陌觉得我们可怜他。"

言易冰敷衍点头："知道了。"

他披了件短款的羽绒服，扣上帽子，连拉链都没拉，直接开门跑了出去。瑟瑟的寒风刮在脸上，毛孔一下紧绷了起来，身上的热度顷刻间被带走。

言易冰缩了缩脖子，半眯着眼，朝寒陌家跑去。草坪上堆满了雪，鹅卵石小路也斑驳错落，石子格外滑，所以很多人宁愿在石子旁边的雪地走。

言易冰小跑到寒陌家门口，跺了跺鞋上的雪。他将拇指按在门把手上，片刻后，门微微响动，弹开了。之前寒陌让他把指纹录入了指纹锁里，这样他随时可以到这里来。

言易冰进去，发现屋内和屋外一样冷。寒陌正穿着羽绒服用吸尘器吸地毯，看见言易冰进来，他一愣，转身拿空调遥控器，开到热风最大。

言易冰关好门，嗔道："你怎么连空调都不开，想冻死自己吗？"

寒陌关掉吸尘器，朝言易冰走来："开空调太干了，我也没觉得特别冷，师父怎么过来了？"

言易冰故意问："我前两天看你在跟欧美队约练习赛，约到了吗？"

寒陌摇头："没有，年底没人爱玩，Prince 的队员也都想回家，我就放他们走了。"

言易冰有种深藏功与名的骄傲，拍拍寒陌，轻描淡写道："跨年夜来我家过。"

寒陌怔了怔，半晌没说话。言易冰蹙眉："你这是什么表情？跨年夜有安排，不愿意跟我一起过？"

寒陌摇头："这样会不会不太好……"

言易冰淡淡道："放心吧，我已经跟我爸妈都说过了。对了，明天我表姐一家也来，我们给小侄子买个礼物带过去。"

寒陌眼睑颤了颤，低笑："好，师父是怕我一个人跨年伤心吗？"

言易冰被戳破心思，脸有点红，又有点气急败坏："谁怕你伤心啊，反正你也没事，省得开火了。"

寒陌低喃道："嗯，谢谢师父。"

言易冰完成了任务，准备离开："你继续打扫卫生吧，我回去了。"

寒陌："对了师父，你别忘了，明天就是十二月最后一天了，你还差三个小时的直播。"

言易冰：……

寒陌："知道你不记得，怕你被罚钱，我帮你记着了。"

言易冰真诚地问："那你能帮我播吗？"

寒陌笑："那就是我们俩一起被罚钱了。"

跨年夜，天上竟然又下起蒙蒙细雪，雪沫在柠檬黄的灯光下显出温柔模糊的碎影。路灯在地上投下一个个圆润的光斑，光洁的、平整的、静谧的，不知道是灯光更亮一点，还是雪光更亮一点。这样的天气很有新年的味道，只不过菜品配送费也因此上涨了。

寒陌早早来言易冰家帮忙整理，弄得言易冰非常不好意思，毕竟对他们来说，寒陌才是客人。在言母时不时的目光威胁下，言易冰不得不接过寒陌手里的活。

表姐一家在五点的时候准时到了。大概是因为今年天气冷，在外跨年的人少，所以小区里车位停满了，他们找车位花了不少时间。

外国姐夫身材高大，彬彬有礼，比表姐大七岁，手里拎着不少给言父言母的礼物。表姐还是一如既往的漂亮，只不过头发被风吹得有点乱。她怀里抱着小侄子，金毛小侄子被裹成了一个圆润的球，睁着大大的眼睛，朝屋里望。

言易冰抱着他和寒陌一起买的巨大遥控赛车过来，朝小侄子扬了扬下巴："小猪，我们给你买的赛车。"

"金毛小猪"圆溜溜的大眼睛一瞪，气鼓鼓道："舅舅才是小猪！"

他在妈妈怀里挣扎，要下地跟言易冰决一死战。表姐把儿子放下，转身朝向寒陌，温柔地笑了一下。寒陌稍微垂眸，努力让表情柔和一点，低声道："表姐好。"

言易冰介绍道："这就是寒陌，Prince战队的队长。"

表姐点点头，笑眯眯道："好的好的。"

姐夫也跟了一句："Prince我也听说过，好像和ICE的战队一样出名。"

"金毛小猪"已经扑到言易冰身上闹开了。言易冰一用力，熟练地将他抱了起来，揉了揉他蓬松柔软的头发，然后再看他皱着一张脸，扑扇着浓密的长睫毛，喃喃地用小奶音控诉。

言易冰躲着他的小手，歪着头，杏核眼弯着，在灯光下，显得脖颈非常细长白皙。“金毛小猪”打不赢他，于是开始哼唧哼唧地撒娇：“舅舅！”

他噘着嘴，自然地扑到言易冰的肩膀上，扭着屁股，埋怨言易冰总是欺负他。表姐啧啧感叹。言易冰小时候打架打不赢她，所以现在才以欺负她儿子为乐。

等坐到一个饭桌上，“金毛小猪”被言母抱走玩遥控赛车了。表姐偷偷给言易冰发微信：“你徒弟挺帅啊！”

言易冰：“也就还行吧，比我差点。他性子内敛，你热情点。”

表姐用公筷夹了一个烤生蚝，放到寒陌碗里：“陌陌啊，别拘束，就当这是自己家。”

寒陌垂着眸，看了一眼生蚝：“好，谢谢。”

表姐软声软语道：“平时工作也很累吧？”

寒陌：“还好，跟师父差不多。”

表姐笑眯眯凑过来，亲切道：“哎呀，真厉害，小小年纪就有现在的成绩，长得还这么帅，怪不得招人喜欢，你一个人在魔都，以后有什么事别客气，都跟姐姐说啊，不是外人。”

寒陌嘴唇绷成一条直线，有些拘束，半晌才低声道：“好，谢谢。”

寒暄了几句，言易冰突然想起什么，站起身来：“我工作还没做完呢，不然要扣钱，寒陌跟我上去直播吧。”

寒陌立刻放下筷子：“好。”

表姐嗔怪道：“你要工作自己去，人家陌陌还没吃饱呢，你真是。”

寒陌一本正经道：“没事，现在还是工作要紧。”

言易冰拉着寒陌逃离了表姐的视野，进了房间，门一关，隔绝了楼下的全部声音。言易冰：“我先直播，你自己玩会儿手机？”

寒陌：“嗯。”

言易冰拉过椅子，把电脑打开，顺利地登录直播平台。寒陌就坐在他旁边，摄像头死角的位置，非常有分寸。打开镜头前，言易冰扫了一眼安静低头看手机的寒陌，心思一动。

大众都觉得他和寒陌关系不好，他们两家的粉丝也总是吵架，每次线下赛，都有粉丝赛后对线闹出事来。或许，这是个不错的破冰机会。

职业选手之间有私交太正常了，表面关系不好，但实际非常铁也太正常了。他不想寒陌一直被他的粉丝骂，准备趁着这个机会，营业一下友情。

言易冰："你不用离那么远，被粉丝看到也没事，职业选手线下见面多正常啊，正好让他们别总吵架。"

寒陌顿了顿，笑着反问："职业选手跨年夜在家里见面也正常？"

言易冰沉默几秒："你不说的时候还挺正常的。"

没一会儿，言母上来，送了一盘水果："边吃边玩，别太累了，你也真是，工作推到最后一天，你侄子还想多跟你玩玩呢。"

言易冰接过水果："那小猪有了遥控赛车谁都不理了，还跟我玩呢。"

言母嗔怪道："那你就让陌陌在这儿看着你玩电脑？"

寒陌笑："没事。"言母知道寒陌一向向着言易冰，于是摇摇头，转身走了。

言易冰理了理头发，打开了摄像头。很多粉丝也知道，他这个月的直播任务没完成，所以一直在房间等，言易冰一上线，就发现在线粉丝已经不少了。

"冰神新年快乐！"

"啧啧，果然冰神跟我们一样是单身狗，跨年夜还要直播哈哈哈！"

"嘤嘤嘤，冰神刚吃完饭吗，吃的什么？我还在点外卖，外面饭店根本排不上号了。"

"玩小号吧冰神！想看你炸鱼！"

就算粉丝不说，言易冰也不打算玩大号。大号刷分太不易，精神太紧绷，他玩小号更随意些。

寒陌靠着椅背，目光从手机上抬起来，朝屏幕看了一眼。他这个角度有些偏，只能看到登录游戏的界面，弹幕留言就很难看清了。言易冰清了清嗓子，温和道："玩小号，没人知道的号，你们少去论坛宣扬。"

Zero俱乐部里有很多空闲账号，给选手们练手用的，他从备用账号里随便挑了一个等级一般的，跟粉丝们解释："这些小号是战队公用的，以后遇到了也不一定是我在用，俱乐部青训生都有可能。"

解释完，他看了一眼弹幕，熟练地开始感谢送礼名单："感谢长河1号送的满天星河。"

"感谢小蜜蜂送的满天星河。"

"感谢老……婆送的满天星河。"

言易冰被这个粉丝的网名噎了一下，寒陌原本在安静地玩手机，闻言一眯眼，眼眸里也有了兴味。弹幕还在没心没肺地嘻嘻哈哈。

"哈哈哈哈牛！"

"太逗了学到了！"

"我以前的礼物都白送了，怎么没赶上这么有爱的口播！"

"大师我悟了！我火速改名！"

言易冰微微脸红，但只是无奈纵容地一笑，低喃道："别胡闹了，开了。"

他选了国服，随机四排。在等待匹配的时间里，他用余光随便一瞥，看到了正在用手机注册猫爪 tv 的寒陌。寒陌在言易冰的直播平台注册了账号，随手在里面充值了十万。

很快，言易冰的弹幕助手提示礼物刷屏——"叮！粉丝'徒弟'送给你一个满天星河，快来感谢他吧！"

言易冰扫了一眼这个 ID，又看了看寒陌手机上显示的账号，收回目光，选择无视。寒陌见他一时半会儿没反应，于是伸手，拍了拍言易冰的电竞椅。寒陌抬着眼，不能说话，只是满怀期待地看着他。一万块钱的礼物，总不能白刷了。

言易冰无奈，目光微斜，冲着弹幕念道："谢谢'徒弟'送的满天星河，钱多可以直接打给我，平台还要分成。"

寒陌勾唇一笑。很快，又是九条送礼弹幕刷屏。他继续拍言易冰的电竞椅。言易冰咬了咬牙，抬眼看向弹幕助手，不情不愿地念道："谢谢'徒弟（不许叫别人）'送的九个满天星河，以后谁都别起这种 ID 了，略过不念。"

"我惊了！九个！一口气！"

"大佬，您哪怕砸九次听九个响呢！"

"大佬还挺小心眼，我们冰神也有土豪粉了吗？"

"大佬行为艺术。"

游戏开始，言易冰不看弹幕了。很不凑巧，他匹配的另外三个队友是互相认识的，刚一落入素质广场，他们就聊开了。

qiqimao："磊哥带我上分啊！"一个娇滴滴的女音，听起来似乎年龄不太大。不过游戏玩久了，大多数人对梦幻声音免疫了，声音背后是人是鬼都不知道，连言易冰自己都用过变声器。

leiwang："你跟我，别乱跑。"说话的男生倒是底气十足，丝毫不谦虚。言易冰随便查了一下这位队友的分段，不到一千五，嗯……也可能是小号。

剩下那个还赶忙恭维。wangzhe："磊哥又要秀操作了吗！"

言易冰最不爱跟三次元认识的人组队，这让他非常没有参与感，也懒得说话。不过他还是友好地问了一句："你们跳哪儿？"

leiwang："哎，这有个顺带的，你运气好，这把就带你躺赢了。"

言易冰冷着脸"嗤"了一声。玩国服就这点不好，随机匹配总能匹配到极品队友。他有点后悔，应该去职业选手群里号一声，拽几个人来陪他玩。

弹幕——

"好家伙！我脚趾抠出的迪士尼城堡连地球都装不下了！"

"偶遇顶级吹牛大师！"

"哈哈哈哈哈冰神我带你吃鸡啊！"

"其实也不怪人家，冰神这个账号之前不知道谁用的，败率有点高。"

leiwang："兄弟听起来不服啊。"

言易冰淡淡道："没有，你们玩你们的吧。"

wangzhe："我们磊哥号称'小寒陌'，一会儿你就知道有多牛了。"

言易冰勾了勾唇，懒洋洋道："小学生吗？寒陌本人才十九岁，现在都有'小寒陌'了？"

坐在一边戴着耳机听着的寒陌本人：……侮辱性极强。

言易冰本来真的想把这局玩成单排的，但因为这声"小寒陌"，他倒想看看这人到底厉害成什么样。

艾伦格，中部航线。leiwang 带着队友跳了机场，言易冰顿了顿，也跟着跳了机场。这个圈，大概率不是机场圈，这人跳这里，完全是为了在妹子面前炫耀。

leiwang："妹子你先去野区躲躲，那里人少，等我清空机场。"

言易冰降速快，落地后摸枪打鸟，拿了本场第一个击杀。他在拿到枪的时候比量了一下，如果开全自动，不考虑 leiwang 是队友，他也可以一波把 leiwang 带走。光这一下，他基本知道这人的水平怎么样了。最多算个中端局路人王？

寒陌有一搭没一搭地瞥着弹幕，默默剥了个橙子，放到言易冰手边。看直播的粉丝满脸疑惑："？？？这是谁的手？"

"手指好长好白，真好看，有点像男人的手哎！"

"看着有点眼熟，但一时之间又想不起是谁。"

"得了吧，手还能眼熟？"

"是冰神家人吗？还是职业圈的朋友？"

"嗯……我真觉得眼熟，尤其还是黑色袖子，也可能我瞎了。"

言易冰这时候没空看弹幕了，也不知道弹幕在讨论什么。但是寒陌看得到。他见人提到黑色袖子，于是不动声色地挽了挽袖口，把袖子扯上去，露出一截白皙结实的小臂。

他继续给言易冰剥橙子，但不想给言易冰找麻烦。他不在乎他们的粉丝吵不吵架，毕竟这些人的看法在他眼里毫无分量。

"这只手一看就知道操作极强！"

"小哥哥也在蹲直播间？听人说袖子就把袖子扯上去了，是不是有点掩耳盗铃啊？"

"嗯……实不相瞒，看着手腕我觉得更眼熟了。"

"别阴阳怪气的行不行，明显是冰神哥们儿或者亲戚啊。"

"对哈，我一定是疯了才觉得像某个知名手臂流选手。"

"冰神的哥们儿我知道一个！梁和风！剥橙子的是不是他啊？"

"那关系肯定非常好了，我只给亲弟弟剥过水果。"

寒陌看着弹幕的讨论，一皱眉，心里有些不悦，网友这是什么眼神？

他剥完一整个橙子后，言易冰正好清空机场。言易冰看了一眼自己的战绩，十杀。一般般，跳机场的人好像不太多。想着，言易冰摸起一瓣橙子塞入口中。

leiwang 看了看自己的三杀，又看了看言易冰的十杀，沉默了。

wangzhe："四号很厉害啊，这水平，是职业主播吗？"

言易冰："不是。"

leiwang："枪法挺准的，就是有点莽，没试着做做主播什么的？我这边有门路，你要是想，我可以帮你推荐推荐。"

言易冰："谢了，不用。"

wangzhe："没看出来，四号可以啊，我愿封你为'小言易冰'。"

言易冰："哈，你真逗。"

身边的寒陌听到对方的话，也忍不住低笑了一声。声音虽然不大，但是多多少少，被收进了言易冰的耳麦。弹幕里的粉丝又激动起来：

"对不起，我替人尴尬的毛病又犯了！"

"刚才剥橙子的小哥哥是不是笑了？我听到他笑了！"

"好像低音炮哎，能不能露个脸，到底是谁？"

"反正不是 Zero 一队的人，他们几个的声音没有这么低。"

"啊啊啊啊啊越来越像，我疯了！"

leiwang："……兄弟，你刚才一直在吃东西吗？"

言易冰漫不经心："嗯，剥了个橙子吃，有点影响操作。"

leiwang："兄弟有点意思啊，真没用挂吗？"

言易冰："我打得比挂好为什么用挂？"

leiwang：……

他发现，比自己更能吹牛的人出现了。

整场比赛下来，言易冰还吃了半个香水梨，一小把石榴。言易冰把寒陌剥好的石榴一口闷进嘴里，等决赛圈吃鸡后，他才一歪头，将石榴籽都吐出去。

这局言易冰二十四杀吃鸡，KD 奇高，正常人都看得出来，他跟小组其他三个人完全不是一个段位的。原本的萌妹子 qiqimao 突然声音粗犷地骂骂咧咧："我装了半天伪娘，感情一水友都比你强，还'小寒陌'！"

qiqimao 关了变声器，在退出游戏的前一秒把磊哥骂得狗血淋头。leiwang 快气晕了。leiwang："我是操作风格像寒陌！"

言易冰挑眉，看了看身边继续剥石榴的人，随意道："小哥哥，你怎么看？"

寒陌原本不想出声暴露，但既然弹幕有人把他当成梁和风，他打算官方批改一下错误答案。寒陌漫不经心："菜。"

言易冰眼底含笑，轻飘飘冲 leiwang 道："你的操作风格没有被认可啊。"

leiwang：……

弹幕——

"？？？"

"啊那个声音有点像……"

"谁？刚才说话的是谁？"

"新的一年新的惊吓，我整个人都不好了。"

"对不起各位，我幻听了，明天去看耳鼻喉科。"

"本人耳科医生，下班后想看个直播轻松一下，不说了，我去给自己做检查了。"

言易冰：……

寒陌绷着唇，齿尖咬碎石榴籽。他修改的答案，粉丝似乎不太满意。不过不满意也没用。

YUAN MAN

圆满

CHAPTER *12*

除夕，阳光热烈，薄雪融化，地面带着湿漉漉的潮气。魔都城空了一大半，路都不再堵了，环城快速路也终于配得上它的名字了。

言易冰不得不跟父母一起去奶奶家过年。去年他们留在魔都，跟外祖母家一起过，今年按约定，就该去看望奶奶了。这次就没办法带寒陌了，找任何理由都没办法，这好像是近一年来，他第一次跟寒陌远距离分开。

他们没开车，而是选择坐飞机。临走之前，言易冰一直很云淡风轻，寒陌提出要送机，言易冰也欣然答应了。

当天，言父开车，一行四个人直奔机场。在车里坐着的时候言易冰还很淡定，懒洋洋往椅背上一靠，手指轻敲膝盖，悠闲地望着窗外，倒是寒陌一直在说话。

寒陌："师父，过年有时间一起双排。"

言易冰："行啊，你训练的时候告诉我，别自己偷偷摸摸练。"

寒陌笑："好，如果师父愿意，我刻苦的时候都带着你。"

言易冰：……

寒陌这是笃定他跟不上 Prince 的训练强度了。他好气，因为他真的跟不上，毕竟他是一脚踏出职业赛场的老人了，怎么跟十九岁的小朋友比。

寒陌："别忘了给我带点特产回来，我还没去过那儿。"

言易冰："那边超级多好吃的，尤其是早茶，都特别精致，还有烧鹅叉烧也好吃，肠粉我也喜欢，小时候经常吃，每家味道都不太一样，你下次去我带你去吃。"

寒陌："好，我肯定喜欢。"

寒陌其实是北方人，对南方的特色小吃了解不多。在他六七岁的时候，寒堂开始琢磨做生意，屡战屡败。到他八九岁的时候，寒堂终于琢磨出了门道，带着全家搬到魔都，开始新的创业生涯。

到了魔都没多久，寒堂发现攀高枝可以少奋斗二十年，于是欣然出轨，把他和他妈甩在这座城市。那时候寒陌已经在这边读书了，贝静竹觉得大城市的教育资源更好，所以也就没回老家，一个人咬牙养活寒陌。

寒陌："那边一点都不冷吧，比魔都舒服多了。"虽然魔都大部分时候温度也还好，但总有那么一两个月，不开空调和电暖器就活不下去。

言易冰："那肯定是舒服多了，一年也就冷一周，需要穿小棉袄，冬天大部分时间一件长袖就行。"

寒陌："嗯，注意温差，别折腾感冒了，年后要为全球赛准备了。"

寒陌："过年少喝点酒，你醉了之后太能折腾。"

言易冰："胡说，造谣，诽谤，我酒品特别好。"

寒陌："我有录音。"

言易冰：……

他想起了自己说要当寒陌粉丝的录音。

想想也有点好笑。他曾经以为，寒陌录这段录音是为了羞辱他，存他的黑料，后来才知道，寒陌当初录音不是心机深，纯粹是对偶像的盲目崇拜，以至于他说过的每句话都想留下。

好笑又有点心疼。在他不知道的时候，寒陌吃过很多苦。

车很快开到了机场。言父属于做事非常有规划的人，他不会将大部分时间花在机场，也不会早去一个小时，以防突发事件这种事。所谓突发状况，自然是发生概率极低的。

他会根据当天的天气、路况，合理规划时间，以求不疾不徐，不浪费每个可以工作的十分钟。长年累月下来，获取的收益远大于损失。他的时间比几张飞机票值钱得多，更何况，他一向是买全额机票，可以随时改退。

所以，当车停在机场停车场，他们沿着电梯顺利到达登机口的时候，离飞机起飞只有四十分钟。新年礼物早就通过快递运走了，他们只带了两个小箱子，装着这几天换洗的衣物，不用托运，直接走 vip 通道就可以值机。

言易冰和寒陌并没有太多告别的时间。寒陌把言易冰送到安检口，目送他过安检。言易冰将机票递给工作人员，一边脱棉衣，一边回头看了一眼。寒陌静静地站在那里，冲他摆了摆手。

就是这一摆手，让言易冰突然有些不舍得了。但后面还有人在排队，言易冰不得不往前走，直到再也看不到寒陌。

他穿好衣服，拿起行李，默默跟着父母去候机大厅。这里机场最不人性化的地方就是场地太大，有时候为了乘机，要走很远一段路程，自动扶梯还时不时罢工。

言易冰和父母拖着行李到了 D13 口，已经开始检票了。他很快上了飞机，坐在椅子上，有些自闭地撕掉包装袋，戴上飞机提供的耳机，打开小电视听音乐。

言母和言父坐在前面，正岁月静好地聊天。一开始，言母没找到安全带，于是言父自然地倾身过去，帮她把安全带系好，然后叫来空姐，帮言母要了一杯橙汁。言母一边抿着橙汁，一边声音软软地叫着"老公"。

言易冰虽然戴着耳机，但飞机上的耳机质量一般，四处漏音，他还是被父母"虐"到了。

待全体旅客登机，空乘提醒大家将手机和电子设备调至飞行模式。言易冰耳边的音乐骤然停了，飞机上开始播放安全须知。他一扯耳机，趁空姐检查手机的最后时限，快速给寒陌发了条微信。

言易冰："过年好好照顾自己。"

发完消息，他又等了一两分钟，最后不得已将手机调至飞行模式。很快，飞机起飞，他也收不到寒陌的回复了。

言易冰闭上眼，这一路都没睡着，心里始终放心不下一个人孤零零留在魔都跨年的寒陌。

飞机刚降落机场，他就火速打开手机，不断刷新微信。他第一次这么嫌弃手机从飞行模式恢复到正常的速度。终于网通了，他看到了寒陌的回复。只有一个字——"好"。

　　言父有两个兄弟，他们一个在国外高校做学术，一个是高级公务员。言父是三个兄弟中年纪最大的，所以言易冰的年纪自然也是最大的，他的堂弟和堂妹都才十多岁。这三个兄弟一般不同时回来过年，但偶尔也有赶在一起的时候，今年就是个例外，他们都来了。

　　奶奶家的二层别墅房间不够住，像言易冰这种年纪偏大的，被分到睡沙发床。十多岁的堂弟堂妹不得已要跟父母挤一张床，更别扭。虽然附近不远处也有酒店，但是过年期间住酒店总不是那么回事。

　　这一天过得都非常嘈杂且混乱，让言易冰这种资深游戏宅感到了深深的焦躁和不耐。他觉得，始终有一串二踢脚在自己耳边噼啪炸开，这个没炸完，下个又炸了，好不容易消停一会儿，不知道什么时候，又会开启噼啪模式。

　　长辈们最喜欢催着他带两个弟弟妹妹玩，也喜欢催他当榜样，让他会说话、会敬酒、会办事、会待客。言易冰被迫拖着两个十来岁的中二少年少女，迎来送往，脸上带笑，接见各种不熟的亲戚邻居。

　　他还勉强能装一装，两个小朋友却越来越颓了，"不耐烦"和"别吵我"已经毫不遮掩地挂在了脸上，恨不得下一秒就和手机一起被钉在棺材里，永生永世不分离。

　　少女经常出国，比较国际化，直接一扯帽子盖住脸，跟言易冰建议："堂哥，听说你很有钱，就不能带我们去附近的丽思卡尔顿安静一会儿吗？"

　　少年比较务实，也稍微年长一点，懂得一些人情世故："我们出去开房也太不像话了，堂哥会被骂的，我觉得星巴克就可以。"

　　言易冰深吸一口气，摸了摸脖子上挂的隔音耳机，耷拉着杏核眼，幽幽问："卫生间还有人吗？"

　　少年："你已经进去躲三次了，会有人怀疑你便秘的。"

　　言易冰：……

　　言易冰失神地望着天花板。现在才下午五点，今晚八点吃饭，十点半睡觉，他还得忍耐五个多小时。

　　明天初一，过来拜年的人会更多。他奶奶年轻时是某重点高中的知名教师，人缘特别好，那些平时不知道在干什么的学生，都会在这天过来送点礼，看望一下。感天动地师生情，言易冰从来没想过，班主任还可以这么受欢迎。

当不知道从哪里来的舅姑再次出现后，言易冰实在受不了了，起身打报告："我得去工作了，你们先忙。"

言母扯了张纸巾擦擦手，疑惑道："除夕夜你有什么工作？"

言易冰瞎扯："和欧美战队约的练习赛，他们那边不过节。"

言母无奈："你们怎么也不换个时间？"

言易冰："十多个战队呢，国内国外的，时间不好协调啊。"

言母："你不会年夜饭都不想吃了吧？"

言易冰真的不想。一个大桌子，围坐十多个人，每人起身敬酒，想想那种场面他就头疼。

不过他也不敢太过分了，于是道："不能，我八点之前结束。"

家里人都知道言易冰的工作，但也都不了解言易冰的工作。对他们来说，打游戏约等于没日没夜，废寝忘食，所以竟然也没人提出异议。

少年哀怨地看着他，低声道："堂哥，你太坏了。"

少女也愤愤地绷着脸："刚才还在一起控诉，现在你就这么把我们抛弃了。"

言易冰真诚建议："你可以打开电视，准时收看联欢晚会，里面有各种类型的节目供你欣赏。"

少女："谁看春晚啊，一点都不潮。"

言易冰点头："也行，那你就好好和大家聊天吧。"

少女：……

少年："打电竞有趣吗，我能试试吗？"

言易冰："你这个年龄还没接触的话，晚了，别人在你这个时候已经拿不少比赛冠军了。"

少年："我只玩手游，王者荣耀，你会吗？能带我吗？"

言易冰："你要知道隔行如隔山，术业有专攻，三人行必有我师。"

少年："那我带你？"

言易冰："好的，我最强王者，你呢？"少年的表情崩了。

言易冰终于不打算逗小孩了，他毫无负担地溜进分配给父母睡的小房间，锁上门，连电脑都没开，躺在床上补觉。他的叔叔们都是非常有素质的人，知道打比赛的人不能打扰，于是谁都没上来过问一句。

言易冰直接睡到了八点，算是补了个好觉。他洗了把脸下楼，大部分人已经上桌了。少年少女坐在椅子上，一副生无可恋的表情，只有言易冰精神焕发，双眼明亮。

电视开着，联欢晚会已经开始了，但也就是图个热闹，没有人真的去看。饭桌中央，摆着硕大的盆菜，是在附近的饭店订的，油光闪闪，香味扑鼻。

整个年夜饭的气氛非常喜庆，这样的场面其实十分难得，爷爷奶奶的年纪越来越大了，下一次团聚不知在多少年之后。

破天荒地，这顿饭就吃到了十点多。几个男人推杯换盏，醉意盎然。成年的言易冰本来也被要求喝酒的，但他只喝了一点，之后就推说喝酒对手有影响，没再碰了。倒是十七岁的少年漫不经心地喝了两瓶啤酒，面色不改。这个年纪，都比较爱逞能。

晚上，沙发摊开成床，上面铺了一层绒垫子。言易冰躺在上面，其实并不舒服，连翻身都费劲。

第二天早晨，他后背就有点酸疼，而且起得特别早，一直哈欠连天。但新的一天，新的迎宾，言易冰只好在中午继续推说要打练习赛，躲在父母房间睡了个午觉。

睡醒后，言易冰迷迷糊糊地摸起手机，看到寒陌发来的消息，惊得立刻清醒了。消息是一个定位，就在他家几百米外的酒店。

言易冰赶紧给寒陌拨了一个电话："你怎么来了？"

寒陌轻笑："正好放假没事干，想着师父说的这里有很多好吃的，就过来了。"

想到寒陌一个人在空荡的别墅里度过除夕，没有亲人没有朋友，甚至连剩余的假期时间都不知道怎么打发，只能一个人来逛逛，言易冰的心中非常不是滋味。

"我来找你。"说着，言易冰就准备换衣服出门，寒陌赶紧制止了他："师父别，你家人都还在呢。我自己逛逛就行。"

言易冰想了想，现在突然消失确实不好，便道："那你在酒店等等我，晚上他们都自己玩自己的，我也没事，再来带你吃好吃的。"

寒陌本想拒绝，在言易冰的坚持下还是应下了。

吃过晚饭，众人在客厅聊天。言易冰频频看表，但大概是今年回来的人特别全，老人家也很兴奋，居然没有要休息的意思。

饭桌上餐食已经撤下，换成了麻将。大人们有的打、有的看，有的还在剥扇贝肉。少年少女窝在沙发里，一边一个，专心致志看手机。

言易冰见他们热热闹闹地玩起来了，准备偷偷溜走。他揣起手机，连外衣都没敢穿，蹑手蹑脚地晃悠到了门口。

他轻轻拧开门，将门开了一个小缝，溜了出去。或许有人看见了，但都没在意，因为奶奶家的院子也不小，还养着两只鸟，他们会时不时开门到院子里看鸟。

言易冰被室外的空气冻得一抖。晚上还是很冷的，不穿外衣有点扛不住。不过他也管不了那么多，搓了搓手臂，就向酒店的方向跑去。

风声在耳畔猎猎刮过，低矮的草丛被吹得扑啦啦响，仿佛草丛里同样有只狂奔的生物，极速掠过茂密长叶。

言易冰多年不锻炼的身体跑个几百米就稍微有点喘。他停在酒店门口，抿了抿干涩的唇，急促地呼吸几口，走入大堂。

新年人少，前台礼貌地朝他点了点头，亲切地问了他房间号。言易冰一边感受着酒店大堂的温暖，一边说了寒陌的房间。

他乘电梯上去，一路到了寒陌的门口。他告诉寒陌的是，他会在十点后过来，但现在才八点多。他想给寒陌一个惊喜。

言易冰润了润嗓子，抬手按铃。片刻后，他听到下床的声音，然后是脚步声，最后他听到那个熟悉的声音问："谁？"

门没开。言易冰故意压着嗓子改变自己的声线："您好，客房服务。"

门内沉默了片刻，言易冰听到了一声轻笑。寒陌倚着墙，饶有兴致地问："什么客房服务？"

言易冰蹙眉，继续捏着嗓子："是酒店送您的新年礼物，感谢您的支持。"

紧接着，门锁"咔吧"一声，被拧开了。言易冰在门开的瞬间，突然蹦了一下，高声道："新年快乐！"

寒陌没有被吓一跳，反而笑着回他："新年快乐，师父。"

言易冰只穿着件薄薄的卫衣，身上还带着外面的寒气，脸颊、耳朵、手指尖全都是冰凉的。见没有吓到寒陌，他轻轻喘息，眯着眼："你听出来是我了还不开门？"

"师父想给我惊喜，我也想给师父惊喜。"寒陌笑了笑，把言易冰带进了房间里，顺手关上了门。

言易冰一见到寒陌就忍不住抱怨："我昨天晚上睡的沙发，没睡好，背都疼。"

寒陌信以为真，神色严肃了一点："真的？我给你按摩一下。"

言易冰也不客气，躺在床上，吹着温暖的空调，享受着寒陌力道完美的按摩服务。按了一会儿，寒陌问："还疼吗？"

言易冰半眯着眼，惬意得甚至有点困倦："好多了。"

见言易冰眼睛都要闭上了，寒陌低嗫道："我饿了，下飞机还没吃饭呢。"

言易冰这才想起正事，从床上爬了起来："我从家里溜出来的，他们都不知道，我没穿外衣。"

寒陌："没事，我带了。"寒陌从箱子里取出一件黑色的棉服："干洗过的。"

寒陌的衣服稍微有点大，袖口垂到言易冰手指尖，但穿起来很暖和，很轻便。言易冰换好衣服便道："得快点了，饭店基本上十点就关门了，现在过年，那些特色小店可能初三之后才能开，现在只有商场里的餐厅，不过也有好吃的。"

寒陌："我都行。"他在飞机上只吃了个小面包，是真的有点饿了。

他原本打算等言易冰十点多过来，随便在酒店要份夜宵的，但既然现在才不到九点，应该还来得及去外面吃点好的。

离酒店不远就有一家还开着的潮汕牛肉火锅店。店里有人，透明玻璃里还能看见服务员娴熟地切牛肉。言易冰："吃潮汕锅吗？这边味道地道一点，牛肉也特别新鲜。"

寒陌虽然很早就来南方了，但到底是北方人，他更习惯吃麻酱配火锅，对香油碟和沙茶酱都观感一般。但今天天气冷，他也的确饿了，管他什么蘸料呢。寒陌："行。"

进了店，正好有位置。言易冰晚上吃饭了，现在还不太饿，所以两人基本只点了单人份的量。蘸料是言易冰给寒陌调的，因为他发现寒陌根本不会调。牛肉锅没有辣油汤底，口味全凭牛肉的品质和蘸料。

寒陌就着他调的料吃了一口，微微一怔。不知道是什么原因，他觉得这里的牛肉火锅比魔都的好吃多了。寒陌夹了一块牛舌给言易冰："师父，叔叔阿姨不知道你出来，一会儿找你怎么办？"

言易冰："实话实说呗，反正家里人多事杂，他们没空管我。"

寒陌："这样会不会不太好？我不想叔叔阿姨觉得我不懂事，打扰你们过年。"

言易冰知道寒陌很在乎他父母的态度，也能理解他的担忧，毕竟他父母是寒陌很少拥有的、真正关心他的长辈了，他也不想破坏自己父母对寒陌的好印象。

他想了想："嗯……那就找找借口吧。"

晚上十点半，言父言母还是发现言易冰不见了，而且他还没穿外衣。言母火急火燎地将他叫了回去。

言易冰一时没找到强有力的理由，又怕奶奶以为他不想跟家人在一起而伤心，只好乖乖回家。寒陌将他送到大门口，然后躲在远离路灯的暗处，抱着言易冰穿过的衣服，默默看他进了院子。

院子里传来一惊一乍的鸟叫声，紧接着，是一声沉闷的关门声。寒陌不由得抓紧了言易冰穿过的衣服，略带羡慕地看向那栋透出暖黄色光晕的小小别墅。

今天中午，在他收拾行李准备去机场时，他某张已经弃用将近两年的银行卡里收到了一千块钱的转账。

他因为言易冰一直没换手机号，这个手机号，还是他当初在 Zero 当青训生的时候，工作人员统一给办的。当时的工资卡也绑定了这个手机号，那时候他也就只有这一张银行卡。

后来去了 Prince，工资卡就换了一张，年薪也成百倍地往上翻。他原来的卡就没有再动过，因为里面也没多少钱，只有在青训营时微薄的工资。

短信提示卡里突然收到了钱，他还以为是 Zero 那边出了故障。他注册网银，查询账单，才发现这一千块是某个保险公司打给他的。

战队给他们买的都是高额的商业险、重疾险，他自己从来没买过这种还能返钱的、保障范围有瑕疵的保险。于是他打电话过去问了问。

保险公司那边说，保险是贝静竹在三年前买的。保险费一共四万块钱，从他二十岁开始，每年同一时间返还一千，可以返到当事人七十岁，也就是一共能返五万。除此之外，如果被保人在六十岁之前因大病住院，可以一次性将四万块本金中剩余的钱款提出。

贝静竹将每年的返款日定在了大年初一，从今年起，寒陌将持续不断地收到来自两年前的问候。

寒陌从没想到，今天还能再听到妈妈的消息。一千块钱并不多，根本满足不了他目前的生活，而他能创造的价值，也已经远远超过了这个数。但他心里却有种微妙的异样的感觉，仿佛那个逐渐远去的身影，还在笑着跟他打招呼说："嗨儿子，新年快乐。"

寒陌知道他们当年有多缺钱，他不懂贝静竹从哪儿节省出四万块钱，买了这个根本什么都保障不了的保险。他深吸一口气，嗓音沙哑，问："你们当初怎么签的合同，她都说什么了？"

客服人员顿了顿："抱歉先生，这我就不知道了，当年办理的同事已经离职了。"

寒陌又问："为什么是从二十岁开始返钱？"

客服人员："您等我看一下……这个好像是顾客要求的，或许您可以去问问贝女士。"

寒陌："她去世了。"

客服人员愣住，有些局促地说了声："抱歉。"

寒陌："没关系，我之前不知道有这个保险，她没告诉过我。"

客服人员："先生，是这样的，这款保险是我们当年推出的一款福利性保险，现在已经不可能有这样的保险了，但当年卖得特别好。因为这款保险是到七十岁才能获得全部收益的，所以我想，贝女士可能是希望您能平平安安到七十岁。"

寒陌轻笑："嗯，我也是这样想，谢谢你。"

挂断电话，他反复看着那条打款信息，他不知道贝静竹买下这支保险时是什么心情。当初的四万块钱，或许还能撑着打一次药，做一次全身检查。

他做梦都希望有钱凭空出现在他的卡上，可是贝静竹却把钱拿去买了一个无足轻重的保险。从寒陌二十岁开始。

或许她当年决定放弃治疗时，仍然希望着，能陪他到二十岁。待到实在力不能及的时候，再让这个类似于定时装置的东西，继续陪着他。

她什么都想到了，什么都计划好了。哪怕抚着他的眉眼，说自己怯懦，说不愿意再痛苦的时候，还是做好了痛苦到他二十岁那一天的准备。

三年过去了，寒陌已经彻底接受了母亲离开的现实。他只是非常震撼于母爱的力量。为什么一个人到死都在替他着想，一个人却能那么痛痛快快地抛弃他。

他并没有太过情绪激动，只是有点怅然。但这仍然是个值得开心的事情。他会在每个新年第一天，收到来自母亲的讯息，而这份讯息，会一直延续到他七十岁。

见到言易冰，他本来想说这件事。但他知道言易冰是个情绪敏感的人，听到了这样的事，肯定会替他伤心，替他厌恶寒堂。美好的新年，师父不该有这样的情绪，所以寒陌默默咽下去了，没提一个字。

和言易冰的见面，冲淡了他得知这件事后的怅然。这个新年，他有师父的陪伴，并且收到了母亲的新年祝福。

寒陌静静地在言易冰奶奶家门前站了一会儿，直到他收到了言易冰的短信："回去就睡觉，明天早起去吃早茶，不然排不上队。"

寒陌决定听话。他回去洗了个澡，躺在床上，关掉所有灯光，什么都不想，沉沉地睡了过去。

第二天七点，言易冰裹着乳白色的棉服，敲响了他的门。寒陌打开门，诧异道："这么早，叔叔阿姨让你出来？"

言易冰："跟他们说来见朋友，电竞圈的，他们也不知道是谁。我说对方退役了，几年没见了，机会难得，他们就放我出来了。"

他们晃荡去了大街，有不少店铺还关着门，不过街上已经陆陆续续有逛街的人了。附近一家口碑不错的早茶店开着门，哪怕是新年第二天，吃的人也非常多。

其实类似点心寒陌在魔都吃过，但却没有一口气吃过这么多款。言易冰一下子点了七八份，寒陌直觉他们吃不完。

言易冰道："我小时候奶奶偶尔带我来吃这家店，那时候特别便宜，这些年涨价不少，不过口味还是没怎么变。他们店里那时候还可以用考满分的卷子换一份早茶，我小学的时候为了这个也要考满分，不过可惜很多次考完试都没有来这里的机会。说起来，我读小学的时候，你还不会走路呢。"

寒陌笑了笑:"我说话走路都很早,说不定都可以追着你跑了。"

言易冰停下吃了一半的动作,掀起眼皮轻嗤:"吹牛,我虽然现在不爱锻炼,但是小时候运动会经常跑第一的。"

寒陌剥了一个糯米鸡放在他碟子里,声音缓缓道:"师父小时候一定也像现在这么厉害。"

他很喜欢听言易冰分享那些他不存在的时间段的生活,他可以凭借这些勾勒出师父小时候是什么样子。

言易冰轻轻踢了踢寒陌的凳子:"那你呢,你小时候呢?"

寒陌认真想了想,其实也并不算特别遥远,他有很多年都觉得时间过得太快,快到来不及体会,就仓皇长大了,所以对小时候的印象还很深刻。

"不怎么听话,打架很厉害,有一群所谓的小弟,整个小区都听过我的名字,其他同学也都不敢惹我,很多学生家长都以为……都以为寒堂不是做生意的,是混社会的,才能教出我这种孩子。不过我学习还不错,不用怎么看书就能记得住,老师就只是教训我,但不找家长。"

言易冰凝眉:"你的记忆力真这么强?"

寒陌慢条斯理地咬了一口马蹄糕:"也没特别夸张,现在不还是要靠努力。"

今天天气不太冷,吃完了饭,他们就出去压马路。不知不觉,他们就溜达到一个购物商城门口。不到九点,购物商城还没开门,不过楼外挂着的大屏已经开始营业。让人吃惊的是,这大屏上居然播放着他们参加东亚对抗赛时的宣传视频。

这场赛事已经过去几个月了,早就失去时效性了,而且显然,不会有任何一个战队愿意带着对家宣传,所以这个大屏绝不是他们自己买的。

言易冰看着屏幕上的自己,还有点恍惚。金色的条带伴随着灯光扑簌簌落下,落在整个舞台上,而他们正抱着奖杯鞠躬。现场升起中国的国旗,他们在那一抹抖动的红色的映照下,举着话筒发言。

言易冰站定,发现周围也有不少年轻人站着看屏幕上的宣传视频。言易冰忍不住问出声:"比赛都结束好久了,怎么还放这个?"

还不等寒陌说话,站在他身边不远处的一个少年忍不住道:"这你都不知道,NNTC 接受全球赛赛前采访的时候贬低了咱们的大神,外网上中韩粉丝都吵了好久了，正好今年他们队员来这里旅游，这是集资买的，除了几个标志性大屏，地铁宣传框也有。"

言易冰："……哇好厉害。"

少年："一般吧，能硌硬到 NNTC 就行。"

言易冰真诚道："谢谢你们。"

少年古怪地看了他一眼。当街被人莫名感谢，还是挺尴尬的。他没认出言易冰和寒陌来，他们帽子遮得很严实，又穿得很厚很普通，任谁都不会想到能在这里遇到大神本人。

等少年绷着冷淡中二的脸插兜走了，言易冰跟寒陌念叨："随便逛街看到自己的脸挂在大屏上还是有点吓人，不知道明星们都怎么适应的。"

寒陌仍然仰着头，闻言笑了笑，轻声道："冰神，世界赛加油。"

言易冰眼睑一颤，也重新仰头，看夺冠那一幕重新被播放了一次。他悠然应道："嗯，寒神也加油。"

"冰神，周五好像是寒陌生日，咱们以战队名义送个礼物吗？"孙天娇一边打哈欠一边问言易冰。

言易冰正在理疗室按摩，顺便闭目养神，闻言一顿，睁开眼睛问："你怎么知道寒陌生日？"

孙天娇一个哈欠还没打完，手指搭在嘴上，睨他一眼："你没看小丁朋友圈？"

言易冰轻嗤："少来，我没事儿加别的战队经理干什么？别总找机会试探我。"

孙天娇随即换了一副笑脸："冰神你这是说什么呢，我怎么会怀疑你背叛我，我对你可是真爱。"

言易冰："呵。"

这种剧情偶尔会在闲暇时光上演，孙天娇有时候会像个担心老公出轨的小媳妇，时不时查每个选手的岗。其实对言易冰他是放心的，不过对他来说，时刻了解选手的心理活动也是工作的一种。

孙天娇满口胡说："秉着友谊第一比赛第二的精神，我们给寒陌送个玩物丧志的东西吧，如果吸引了他的注意力，世界赛上 Prince 就更好对付了。"

言易冰肩膀很酸，被理疗师按得直咬牙，他满不在意地对孙天娇说："行，你送吧。"

孙天娇凝眉思索："送个美女怎么样？让寒陌陷入爱情的旋涡。"

言易冰笑了笑，懒得搭理孙天娇的异想天开："你今天怎么这么困？"

孙天娇也不在意："昨天晚上跟边总玩了一夜游戏，太快乐了，没睡觉。"

言易冰顺嘴接道："什么游戏？"

孙天娇拍着膝盖大笑："我跟他出去吃饭商量合同的事，随口说到了体育运动，我说我平衡性特别好，小时候练过艺术体操，高考时候差点加分。他非不信，然后我们就打赌，我在原地转十圈，如果能直线走到他那里，他就给我一千块钱。这便宜我不占？你别说，他家客厅真大，从门廊到他坐的沙发足足有四十米，要不是我平衡性真的不错，这两万块钱我都赚不到！"

言易冰："你走了二十次？"

孙天娇："其实我还能走，但觉得就是个小打赌，赚客户太多怕客户生气，我就说有点晕。没想到他还激我，说我肯定不行了，笑死我了，现在的大佬真是人傻钱多，不是我吹，我努努力能把他大别墅赚回来。"

言易冰面无表情地扯了扯唇角。孙天娇炫耀完自己的生财有道，敛起笑意："行了，不开玩笑了，我们送套纪念币吧，最近黄金市价不错。"

言易冰："你说什么就是什么。"

孙天娇诧异："你们最近不是关系很好吗，跨年夜还一起直播呢，把我都给吓到了，你怎么这么不上心？"

言易冰心道，我不是不上心，我是早就准备好了。他周四晚上订了某个奢侈的云端餐厅，准备给寒陌庆祝生日。他还买了个价格昂贵的手表，不过寒陌其实不缺这个钱，而且电竞选手们平时训练，手上是不戴任何东西的，怕影响操作，所以这个表有点鸡肋。

思来想去，除此之外，他抽空陪寒陌一起过生日反而是最能表现心意的。

当天晚上，他们结束日常训练之后，寒陌推掉了俱乐部要给他办的庆祝活动，和言易冰在餐厅楼上集合。

云端餐厅在某座大厦的顶层天台，整个建筑都是用玻璃搭建的，里面装点着各色草木鲜花，透过玻璃，可以看到魔都市内的车水马龙，灯红酒绿。这里的菜价至少有一半是支付给环境的。

他们刚在预订的位置坐好，就有服务生过来，给他们上了一盏飘在水中的小烛灯，又倒了两杯树莓汁。言易冰抿了一口饮料，伸手去触小烛灯的火苗，暖洋洋的，在玻璃上映出颤抖的身影。

寒陌："芝士焗生蚝行吗？"

言易冰点头。除了生蚝，他又点了两小杯冰镇甜虾，一份烤牛排，一份煎剑鱼，还有两份俄式罗宋汤。

先上来的是前菜，甜虾和鲜嫩的蔬菜用甜醋汁浇过，口味细腻软糯。言易冰只吃了虾，把剩下的青菜都给了寒陌。

牛排上来，寒陌先端过去切好，再送到言易冰面前。言易冰哑然失笑："今天你生日，怎么还给我服务？"

寒陌自然道："你是我师父，这都是应当的。"

"没有什么应不应当。"言易冰严肃而郑重地看着寒陌，"之前我们两人都有错，但那些都已经过去了。"

"寒陌，所有不好的事情都已经过去了，我相信，二十岁的你一定会越来越好的。"

小烛火的火焰是橙黄色的，抖动的火苗快要燃尽时，恍惚间变成了橙色。细腻的橙色光点落在言易冰微卷的睫毛尖，衬得他每一次颤动睫毛，都仿佛在托着烛光跳跃。

寒陌再次觉得，言易冰真是世界上最好的人。

他曾经一直懊悔没能在十七岁那年留在言易冰身边，没能成为言易冰的队员，成为 Zero 新的力量。但现在想想，并肩为王、各自为战的状态也同样很好。

他突然释然了，包括十八岁生日那天，他站在冰冷的河边，那个绝望又安静的夜晚。曾经他一直在失去，失去母亲，失去师父，混乱不堪。但他走过来了，然后才发现，他其实什么都没失去。

世界一如既往的浩瀚平静，不会过分亏待谁，也不会过分讨好谁，它只是沉默地窥视人间。

所以神不爱世人，所以神让人和人相遇。

WEI JI

急机

CHAPTER *13*

前一晚聊得太晚，第二天下午他们才醒。连午饭都没时间吃，言易冰匆匆赶回俱乐部训练。刚准备去拿点小面包吃，孙天娇就风风火火地找过来了。

孙天娇急道："冰神，你怎么才来！"

言易冰蹙眉："我起晚了，今天多练一会儿就好了。"

孙天娇："欧美战队那边临时约了练习赛，赶紧吧，就现在！"

言易冰手一抖，快到嘴边的小面包都掉了："开什么玩笑，他们那边凌晨一点了！"

孙天娇："他们宁愿熬夜也不愿早起，正催人呢，你要是不来就让安星火替你上了。"

虽然言易冰浑身疲累，但他还是勉强抖擞精神："CNG、AXE、Prince 都到了？"

孙天娇："对，就等咱们了。"

言易冰拿起手机，发现群里果然也在聊这事。

CNG- 郁晏："这个点约练习赛，我午饭还没吃完。"

AXE- 陈驰："都下午两点了还没吃午饭？"

CNG- 路江河："我们战队今天吃火锅，没三个小时绝对吃不完，结果现在好了，羊肉还没下完呢，就不得不赶来干活了。"

Prince 队长唯一发言人肖诺："哈哈哈哈谁说不是呢，我们队长也刚到。"

CNG- 郁晏："不是吧，我们的三好学生也拖延症了？过生日过得太爽了？"

Prince- 寒陌："……"

CNG- 郁晏："冰神怎么不出来说话？"

Prince- 寒陌："可能还没到俱乐部。"

CNG- 郁晏："你怎么知道？"

Prince- 寒陌："猜。"

Zero- 言易冰："……我又不是三好学生，我迟到得理直气壮。"

言易冰回完消息，咬了一口小面包，又喝了一大口牛奶："行，走吧。"寒陌到岗到得还挺快。

孙天娇打量言易冰几秒，犹豫道："我看你有点累，是昨晚没休息好？"

言易冰云淡风轻地拍了拍手上的碎屑："我休息好了还有他们的活路？"

他到了训练室，宋棠他们已经在检查外设了。许瑞抬头看到言易冰，伸手打招呼："队长好。"

宋棠扭过头："队长，房间开好了，我拉你。"

言易冰点头，一边开机一边嘟囔："这帮外国人，没事搞什么突然袭击。"

宋棠："听说是 Break 战队新进来一个强人，叫 Kyle，现在大家都很急，想看他们配合怎么样。"

言易冰一愣："Break 进新人了？谁退了？他们本来就那么强了还换人？"

宋棠："代替 Susan 啊，你忘了？"

"哦对。"言易冰想起来了。欧美老牌强队 Break，前年爆了个大丑闻，队长 Gavy 劈腿，导致前女友 Susan 丧失理智，赛场争吵，闹得沸沸扬扬。

Gavy 在媒体面前公开道歉了，也安抚了 Susan，就在大家都以为两人会破镜重圆、互相搀扶继续驰骋电竞赛场时，Gavy 又被发现在比赛期间外出约会。

Susan 和他彻底断了，但最后 Break 战队保了 Gavy，将情绪不稳定的 Susan 劝退。Kyle 就是来代替 Susan 的。

那个 Gavy 也不是个东西，自从 Kyle 来，就天天在推特上夸奖 Kyle，说他比 Susan 强百倍，说 Break 的成绩以前就是被 Susan 耽误的。在 PUBG 电竞圈，Gavy 的确是个大神，但在人类圈，那就是个渣滓。

言易冰冷笑一声："行啊，我也想看看这个新欢比 Susan 强多少。"

宋棠："我看了他直播的集锦，远距离不用开镜也超级准，真的神了，还是要小心。"

言易冰："嗯，我心里有数。"

练习赛一如既往的自由散漫。欧美几个队甚至有人开着公共麦跟大家问好，丝毫不担心暴露自己的皮肤。被问好的队自然不甘示弱，也开公共麦回应。八十人的素质广场一派祥和。

所有队伍里，Break 拿过的世界赛冠军最多，队长 Gavy 也最傲气。虽然他身上背着个大丑闻，但他似乎毫不在意，就仿佛赶走了 Susan 那件事就不存在一样。

言易冰他们都没怎么搭理 Gavy，不靠近，也不搭话。倒是 NNTC 的李希含，像只夹着尾巴的大公鸡，一个劲地绕着 Gavy，操着口音古怪的英语哥长哥短，亲切得仿佛是 Gavy 的亲戚。

言易冰迷惑，小声问宋棠："不是吧，NNTC 也是强队了，这么谄媚，是打算用物理攻击恶心我们？"

宋棠轻蔑地哼了一声："为了展示他们跟欧美那边关系好呗，咱们都是顺带的，只有他们是亲兄弟，每次练习赛都受邀。"

言易冰开公共麦，用羡慕的语气道："Break 和 NNTC 真是兄弟情深，好羡慕哦！"

他说的是中文，那些老外大部分听不懂。偶尔有懂中文的，听到也只是窃窃发笑，谁也不解释。李希含也不懂中文，但他听到了自己战队的名字，而且那么多人在笑，他不知道别人笑什么。他总有种自己闹了笑话的感觉，于是纳闷地闭上了嘴。

寒陌知道昨晚言易冰没有休息好，主动走到他身边，嗓音沉沉，低声道："师父，你还好吗？"他知道言易冰打游戏的时候手机静音，所以只能用这个方式跟他对话。

宋棠："寒队长好有意思，是觉得我们队长一会儿发挥不如你？不是吧不是吧，练习赛前也开始喷垃圾话了？小明爷爷九十九岁，爷爷说，管好你自己。"

寒陌：……

言易冰：……

宋棠的话刚说完，倒计时结束，该跳机了。宋棠还意犹未尽："队长你就是脾气太好，寒陌都欺负到脑门上了，你还能忍。"

言易冰心道，兄弟，你并没有给我说话的机会。

言易冰的状态不太好。他们的跳点也够偏僻，竟然一时半会儿都没见人。没有人就没有威胁，安逸得他差点走神。

宋棠："奇怪啊，大家都在 BC 浪吗？"

言易冰想打个哈欠，但是他忍住了。忍得挺痛苦，眼泪都挤出来了。

言易冰："注意，左右看看，别放松警惕。"

说罢，他挪了挪腰，又换了一边重心。

许瑞："哎，那个 Kyle 三杀了哦，水平还行嘛，咱这儿一个人都没碰到呢。"

宋棠："看来 Break 和 ZYZ 遇上了，ZYZ 也算是不错的队伍了，居然能被 Kyle 拿个三杀。"

言易冰："Gavy 呢？"

他比较在意这个渣男，任何行业都有天才，但天才之中还有天才。Gavy 大概就是电竞大神中的天才，连言易冰都不能否认，和 Gavy 撞上很难占到便宜。听声辨位、标人对 Gavy 来说就像吃饭喝水一样容易，这也是他能吸引同为优秀选手的 Susan 的原因。

宋棠："Gavy 还没有。"

言易冰蹙眉，心中一动。难道 Break 分跳了？ Kyle 再强，也不至于抢了所有人头，让 Gavy 连个发挥的余地都没有。应该不存在 Gavy 故意不打枪，将人头分全让给 Kyle 的可能，因为没必要。

分跳的确是种战术，但是风险很大，而且现在分跳不代表正式比赛的时候也会分跳。雨林图那么小，但却有八十人呢，怎么就刚好他们这边没人，Gavy 那边也没人呢？

言易冰莫名感觉到了危机。他快速找了个野区的房避了起来，叮嘱道："Gavy 有可能在附近，他们分跳了。"

正说着，傅海峰应声倒地，一阵细微的消音狙声音响在耳边。言易冰一下不困了，他提起了百分之二百的精神。现在的情形非常不利，雨林里树多石头多，他根本分辨不出 Gavy 的位置，而他们几个，则全部暴露在 Gavy 的枪口之下。

傅海峰倒地之后就知道自己走不了了。言易冰："进房，我扶你！"

傅海峰皱眉之后，叹气："得了，我爬过去队长就暴露了，到时候怎么从房里出来？马上就缩圈了。"

言易冰："我现在的位置他可能已经知道了。"

傅海峰："也有可能不知道，赌一把吧。"

傅海峰朝相反的方向爬去，没爬多远，就血掉光被淘汰了。这波比较伤。他们绝大部分的药都是傅海峰背着，但现在没人敢去搜傅海峰的包。

言易冰不敢靠近窗口，于是只能开视野，尽量搜寻 Gavy 的方位。但如果 Gavy 有高倍镜，离得太远，那他也无能为力了。

圈已经在缓缓逼近，不能再躲了。言易冰给了个指令，他们三个默契地朝不同方向跑去。跑了没一会儿，宋棠中枪倒地，但言易冰大致确定了 Gavy 的位置。言易冰贴着毒边绕了很大一圈，确定已经绕到反斜，大概率越过了 Gavy 的位置，这才小心翼翼地朝里面摸过去。

他吃着毒，血量缓缓下降，但这也有好处，毒圈成了一种掩体，不容易被人发现。

打了一个医疗包后，言易冰换掉四倍镜，装上红点。红点瞄准镜的开镜速度比四倍镜要快百分之二十，这在雨林对枪中至关重要。

他蹲身向前，恍惚间听到了一个细微的脚步声。因为太细微，很容易被人错过。但言易冰小心谨慎，知道 Gavy 就在前方。

许瑞主动露头勾引，果然吸引了 Gavy 的注意力，在 Gavy 的枪口对准许瑞的同时，言易冰直接侧身开镜甩狙，几乎是同时，Gavy 的 98K 打穿了许瑞的二级头，而言易冰的 SKS 也打倒了 Gavy。

Gavy 吃亏在是独狼，没人能救他扶他，所以言易冰没留情，上去补了一枪。只不过他已经身处毒圈太久，打药也跟不上缩圈的速度，手头还没有一辆交通工具，最后只能憋屈地被毒圈淘汰了。

虽然他打掉了 Gavy，但并不值得开心。Gavy 用一个人换掉了他们全队，虽然，这也有他们运气不好的成分。

言易冰被淘汰之后，从椅子上站起来，放松肌肉。宋棠摘掉耳机，疑惑道："队长，你要去卫生间？"

言易冰轻咳："不是，有点累。"

宋棠立刻关怀道："那打完赶紧去按摩一下吧，是最近训练过度了吗？"

言易冰摇摇头："不用管我，看他们。"

今天大概是中国战队的倒霉日。不仅言易冰没发挥好，吃不到火锅的郁晏和路江河，同样没有休息好的寒陌，都打得稀烂。唯有陈驰稳定发挥，打入决赛圈，但孤拳难敌四手，还是被 NNTC 给困死在了房内。

言易冰：……

郁晏：……

寒陌：。

陈驰：？？？

第二局开始前，在素质广场里，李希含果然忍不住碎嘴。他操着生涩的英文在言易冰他们附近晃荡："大发！Gavy 哥极限一换四，果然是我的偶像！

"这场练习赛有些队伍的表现让人失望。

"NNTC 觉得失去了发挥的余地。

"Kyle 的操作果然亮眼，希望在世界赛成为值得尊敬的、亮眼的对手！"

郁晏忍不住骂出声："弱智电视剧里的气氛组居然能在这里看到。"

陈驰："不知道的还以为 Gavy 是他队长。"

言易冰咬着牙，冷哼一声："对抗赛输了，李希含果然就疯了。"

不过今天他们的确集体走背运。练习赛一共打了五场，没有一场他们打得能称得上满意。他们越是想给 NNTC 点教训，越是遇不到。他们不是内部消耗，就是在不合时宜的位置跟 Break 撞上，然后被虐。

郁晏曾经在 PGC 赛场上打赢 Break 夺得冠军，但 Gavy 显然是不服的。他觉得是 Susan 的背叛，拖了自己后腿，才让郁晏有机可乘。

所以对那次失利，他也充满怨气。

再加上一直有李希含给他吹彩虹屁，Gavy 有点飘飘然，觉得自从 Kyle 到来，Break 已经修正了所有错误，成了真正的王者之师，从这次练习赛就能看得出来。

结束后，Gavy 故作惋惜道："希望在世界赛上，能看到中国朋友更好的成绩。"

李希含贱嗖嗖地补充了一句："最好是光明正大的。"

全体中国战队的选手都像吞了一只苍蝇那么难受。言易冰忍不住捞起手机，在群里发言。

Zero- 言易冰："寒陌，你怎么回事？一对三硬闯，你以为你是金刚？别告诉我屋里三个人的脚步声你听不到，你这是新手村炸鱼呢，谁都任你虐？"

Prince- 寒陌："我错了，那次太莽撞了，有点着急。"

寒陌承认错误的速度很快，很自然，很好脾气。这种场面看得大家一阵恍惚。宋棠瞥了言易冰一眼，心道，嚯，他说错了，队长一点也不反，这训寒陌的架势有点当初在青训营的风采了。

Prince 队长唯一发言人肖诺也很迷惑。他认真地抬起眼，看了看墙面上挂着的飘逸的 Prince 战队队旗。这是在 Prince 不是在 Zero 吧，怎么他们队长被对家队长训？

CNG- 郁晏："你看看你自己！被 Gavy 一波带走一队？你们 Zero 全体喝了假酒来的？我看到击杀信息都惊了，你怎么不干脆扔了枪送 Gavy 成神算了！"

Zero- 言易冰："你上我的位置试试？人家消音狙我们还在跑毒，我怎么办？"

AXE- 陈驰："你们谁也别说谁，郁晏你被卡山崖下憋死？我们队新人都不能被卡山崖下憋死！"

CNG- 郁晏："……我中午没吃饱，喝了一肚子酒，我容易吗？"

Zero- 言易冰："就你状态不好？我比你更难受！"

Prince- 寒陌："我的错。"

AXE- 陈驰："不是我说，你们看看人家寒队长，明明是咱们几个当中最小的，结果一直在认错，你看你们俩！"

Zero- 言易冰："……"

CNG- 郁晏："行了，世界赛的时候都争点气，把 NNTC 那个马屁精和 Break 那个渣男之师打到自闭。"

Zero- 言易冰："闭麦练习吧，这次的确有点过分了，可能东亚对抗赛之后，我们都不知道自己是谁了。"

AXE- 陈驰："也挺好，及时发现问题，不然在世界赛上打成这个样子，我们就以死谢罪吧。"

Prince- 寒陌："我不会再犯错了。"

AXE- 陈驰："没事啊寒队长，你一直认错凸显得我们的人性很暗淡啊，谁没有个鲁莽的时候。"

CNG- 郁晏："寒队长脾气突然这么好，我一时之间有点不适。"

Zero- 言易冰："没事了。"

Prince- 寒陌："嗯。"

三月初，天气乍暖，小区街道上，初次盛开的玉兰花都过了最繁盛的花期。这几天连绵不断地下小雨，雨水滋润了泥土草芽，清晨一打开窗户，就能呼吸到一股浓郁的、露水混合绿色植物的味道。

这个月份是最舒服的，也是难得让人有踏青兴致的。阴沉的天，对电竞选手们敏感畏光的眼睛十分友好，言易冰终于不用戴着墨镜或眯眼出门了。

原本他这种生活极度不健康的人，在任何天气下都懒得出门走一遭。不过自从跟寒陌解开误会，两人因为工作时见不到面，就只能趁着休息时间一起出门聊聊。

寒陌有时候会去看看江景，言易冰一开始懒得去，后来被他拖拽几次，发现自己也很喜欢大城市中难得的空旷和悠闲。

这天，两人难得从密集的训练中偷闲，正懒洋洋地坐在江边的咖啡店吃下午茶。寒陌以一种非常漫不经心的、仿佛讨论明天会不会下雨、下雨好不好打车的语气，说起寒堂。

寒陌从丁俊那里得到一条小道消息。寒堂和左韵诗正在闹离婚，是认认真真地在走程序，通过企业查询软件可以看到，与寒堂相关的几个公司的高管名单里已经没有了左韵诗的名字，除此之外，左家亲戚在寒堂公司里的职位也被取消，众人议论纷纷。

但这次风波跟寒陌无关。寒陌毕竟是寒堂的儿子，哪怕不亲近，那也是血脉相连的。得知寒堂有把资产留给寒陌的意思，左韵诗虽然大闹了一番，但也不会失去理智跟寒堂彻底分家。她还企图将家里的实权捞回来，这样寒堂兜里那点钱，给不给寒陌她都无所谓了。

但不知道哪天，突然有一个疯女人闹到公司来，说怀了寒堂的孩子，让寒堂负责。左韵诗这才彻底怒了。

寒堂是个极度自私且吝啬的人，他不可能允许自己被人敲诈。他当即宣称，那个女人的孩子不一定是他的，他不会随便跟什么女人留下血脉。

但让左韵诗难以接受的不是这个用来敲诈的孩子，而是那个女人。那个女人今年二十五岁，再普通，再庸俗，再土气，再没有文化底蕴，可就是比她年轻。

那一脸的胶原蛋白以及没有经历过社会过多打击、尚有些天真任性、毫无法律常识的傻白甜的眼神，是左韵诗用多少钱都补不回来的青春。

她曾经因为厌恶衰老，厌恶劳累，拒绝给寒堂生孩子。她希望自己永远活得像个娇生惯养、不谙世事的小公主。十几岁的时候，她在父母的疼爱下，是真正的公主。二十几岁，初入社会，青春正茂，她仍然是真正的公主。

但是直到四十多岁，她突然发现，没人羡慕她可以做个懒散悠闲的公主了。他们甚至可怜她，觉得她从二十岁到四十岁这整整的二十年时光里，没有任何长进。

她把未来都压在寒堂身上，觉得只要寒堂努力赚钱帮她扶持家里就够了。她受了太多言情剧的茶毒，认为自己只要貌美如花，有气质有修养，保养得体，寒堂就始终爱她，一如当初。可她错了。

当初她插足了贝静竹和寒堂的感情，堂而皇之地将寒堂从发妻身边抢过来。她没想过，有一天，她也会是被抛弃的那一个，她更没想到，自己居然成了弱势的一方。

身边的朋友用复杂的、委婉的、痛惜的语气劝她："都这么大年纪了，忍忍吧，寒堂既然藏着掖着，就是没打算认真，男人嘛，尤其是经商的男人，玩一玩很正常，你睁一只眼闭一只眼就好了。"

左韵诗觉得不可思议。她那么骄傲的一个人，那么出身不凡的人，怎么能被这种龌龊不堪的事情沾上。她一定得离婚。

可真的准备离婚的时候，她却发现，自己能带给寒堂的打击太少了。她对公司、对经营、对账本都一知半解，寒堂要忽悠她很容易。

她请了律师，律师说寒堂是过错方，她可以要到更多的赔偿。可是然后呢？她是可以拿到这些赔偿了，可她不会钱生钱的方法，拿到钱也是坐吃山空。家里那些在寒堂公司任职的亲戚，也都会跟着失业。

因为她和寒堂关系的不稳定，整个家族的人都可能受到影响。而那些人，也因为自己的私欲，劝她忍着。

不过寒堂倒像是铁了心要刮骨疗毒，彻底消除左家对公司的影响，反倒不理睬左韵诗暗暗的示好了。他其实谁都不爱，只爱自己的事业。

言易冰听罢，抿了口咖啡，跷着腿，坐在巨大的伞盖下，望着细雨蒙蒙的江面："也是自作自受，这就是左韵诗介入别人家庭的报应。"

寒陌淡笑："可能吧。"

他还记得自己第一次见到左韵诗的场景。那时候，左韵诗穿得比寒堂矜贵，浑身名牌，娇滴滴的，而且身形曼妙，高高在上。她用那种嫌弃的、鄙夷的、仿佛注视墙角一堆垃圾的眼神看着寒陌："这就是你儿子啊，和你长得不像哎，你以前的眼光真不怎么样。"

这句话说得阴阳怪气，充满了不屑，她嘴角撇着，眼睛微微上翻，毫不掩饰自己的嫌弃。当寒陌管寒堂要钱的时候，左韵诗更是发出了一声嗤笑，是那种"虽然你年纪小，但我也没想到你能说出如此天真的话"的嗤笑。

十多岁的寒陌，已经能深刻体会到被侮辱是什么感觉了。而且这种侮辱来得如此刻意，如此恶意。可为了能给妈妈要到钱，他必须得极力忍耐着，哪怕忍得浑身颤抖，毫无尊严。

那样的场景，已经过去快十年了。其实在他心里，这些并不十分重要了。左韵诗能不能遭到报应，他根本不在意，但好像身边人都觉得他该在意，有什么风吹草动都愿意"八卦"给他。

言易冰又想到了什么，坐直起来，放下杯子，皱眉道："不对啊，这样的话，寒堂不是一点约束都没了？以他那么没底线的人品，肯定会继续推出什么电竞运动服。"

寒陌："我从来没跟寒堂互动过，真粉丝应该懂我的意思，最多我在直播间提一句，让他们不要买，其余的就管不了了。"

言易冰叹气："那不是白白让寒堂占便宜吗？"

沉默了片刻，言易冰又抬起眼，狐疑地打量寒陌："你不会是还有什么后手，故意不告诉我装可怜吧？"这招寒陌以前就用过，简直驾轻就熟。

寒陌忍俊不禁，剥了块巧克力酥糖给言易冰："下个月就世界赛了，最近还忙着申请签证，我哪有工夫琢磨寒堂，再说，在我心里，他已经跟我完全无关了。"

言易冰接过酥糖，牙齿咬了几下，咬碎嚼了："我觉得寒堂肯定也有遭报应的时候。"

寒陌轻声道："希望。"

言易冰："不过你们赞助商相信你就行，毕竟签了一年，我看上次的事也没闹得不愉快。"

寒陌："Zero 这季度的代言找好了吗？"

言易冰："差不多了，只有外设代言是续约的，还给了比去年高的价钱，我们经理出卖了自己的灵魂。"

寒陌微微诧异："孙经理的敬业程度总是能刷新我的认知。"

言易冰哑然失笑："开玩笑，但是边总的确跟孙天娇关系挺好，大概是那种'你我本无缘，全靠我花钱'的关系好吧。我都同情孙天娇爸妈，教了孩子不要被陌生人的棒棒糖骗走，却没想到，孩子对金钱的抵抗力才是零。"

正闲聊着，孙天娇打来电话。言易冰捏着手机，看了一眼屏幕后接了起来："怎么？"

孙天娇："冰神，你交的照片不符合规定，赶紧去拍美签合规照片给我，要白底的不要蓝底的，这点小事也要我操心，你又不是第一次出国了。"

言易冰的确不是第一次出国，但是每个国家的签证材料要求都有差异，他哪有工夫记得那么清楚。

言易冰犹豫了一下："我好不容易请个假，你等我吧。"

孙天娇："快点快点！"

言易冰："知道，我查查附近的照相馆。"

寒陌听到了，淡声道："我给你弄吧。"

言易冰："你会？"

寒陌："会P，现在美签不收实体照片了，把电子照片P一下就行。"

孙天娇："谁？谁说话？"他隐隐约约听到一个声音，是个男声。但是具体是谁听不清。

言易冰看了一眼寒陌，眼底浮现一丝笑意，轻飘飘冲孙天娇道："不告诉你。"

孙天娇：……

三月底，言易冰动身出国的前两天，接到了梁和风的电话。

他那时正跟寒陌在家里吃火锅，他连吃东西都懒，嫩牛肉、毛肚之类的东西，他也不愿意用筷子夹着等九秒，而是直接扔进去，什么时候夹到了什么时候吃，所以总吃不到最好的口感。

于是寒陌就自然而然地帮他涮肉，将火候恰好的毛肚夹到他的盘子里，给他夹一块，再给自己夹一块。言母扫了一眼言易冰，重重地咳嗽一声："你自己来，多大了还让别人照顾你。"

言易冰晃晃手机："我聊正事呢。"

孙天娇是个操心的命，马上就要比赛了，他一遍遍地带着大家过流程，跟有强迫症一样，恨不得把全队的伙食都接管了。除此之外，还有这次赞助商品的宣传方式，每天都有新花样，他们也在频繁沟通更改。作为队长，这些都是言易冰必须记住的。

他刚回复孙天娇一条消息，准备退出微信好好吃饭，下一秒，语音通话就打了过来。不是孙天娇，是梁和风。

言易冰皱了下眉，不由自主地歪了歪手机，不让寒陌看到他的手机屏幕。寒陌正仰头喝可乐，并未注意到他的异常。

言易冰收回目光，深吸了一口气。寒陌有梁和风PTSD，他没必要因为梁和风惹寒陌生气。但既然梁和风打电话过来了，他总不能一直当作没看到，哪怕现在不接，明天也还是要回复一下。

言易冰站起身来，捏着手机离席，走到客厅。他手插着兜，背靠着楼梯，身处灯光稍暗处，按下了接听键。

言易冰声音平静："喂。"手机里，传来了不知是风声还是电流声的杂音，呜呜嗡嗡的，将他的声音混得更凉薄了些。

对面是几秒的沉默，言易冰能听到深沉的、绵长的呼吸声，仿佛声音的主人在下什么决心，需要酝酿一番，才能说得出口。

旋即，梁和风笑了笑，是那种光从声音就可以听出虚假、敷衍、不走心的笑。言易冰敢确定，他连唇角都没牵动多少。

笑过之后，梁和风换了一种温和得过分、近乎讨好的语气，迁就道："咱俩好久不见了，冰，我这段时间真的很忙，我妈的病情又反复了，医生给开了很多药，但都不见起色，也怪她心眼太小，我实在跟她住不到一起去，准备把她送医院了，这段时间正在物色呢。"

言易冰恍惚了一下。这短短的一年中，他的人生发生了太多改变，业余生活也被寒陌充实得满满当当。他都差点忘了，梁母找自己麻烦，也就是去年这个时候的事。怎么感觉过去很远了呢？那张疯狂的、声嘶力竭的脸都已经模糊不清了。

他甚至又回忆起学生时代，梁母正常、温和，一副精英女人的模样。她会在接梁和风放学的时候，买两根冰棒，一根给梁和风，一根给梁和风最好的朋友言易冰。

她时常会对言易冰说："阿易可要帮帮我们家和风的学习啊，你们是好朋友，和风就愿意听你的。"他以前的小名叫阿易，后来长大了，叫他冰神的人更多，这个小名就被遗忘了。

言易冰自然满口答应，他也真帮过梁和风的学习，但梁和风也是真学不会。

一时间回想起以前，又想着梁母马上就要被送去精神类的医院了，他心里软了一点："祝阿姨早日健康，你辛苦了，有什么需要帮忙的告诉我。"他嘴里虽然这么说，但心里想着，也就是客气一下。

梁和风见他语气和缓，深沉的呼吸声也渐渐平稳了："冰，之前都忘了恭喜你东亚对抗赛取得胜利，还有过年，我太忙了也忘了联系你。"

言易冰当然不在意这些："没事，我知道你忙。"

梁和风"嗯"了一声，尾音拖得长长的，忍不住问道："对了，你在家吗？"

这个时间点，而且马上就要去纽约，他当然会在家里收拾东西。梁和风肯定是算到了这点，才特意问的。

言易冰犹豫了一下，还是没想骗他："在，不过在和父母吃饭。"他跟了后面那句，基本就是在拒绝梁和风过来找他的可能，他并不想和梁和风见面。

梁和风："真巧，我在你家小区门口呢，我带了点礼物，新年都忘了跟叔叔阿姨问声好，不然……"

言易冰眉头挤出一个深深的川字，皱眉的动作连带着眼睛都眯了起来："新年都过了，不用了，你现在需要用钱的地方也多，心意我领了。"寒陌还在呢，他怎么可能让梁和风进来。

梁和风："挺沉的，我好不容易过来了，总得见见你吧。"他大有言易冰不见他他就不走的架势。

言易冰犹豫了一下，终于叹气："你等我一会儿，我出来找你。"

挂断了语音电话，他纠结地朝寒陌的方向扫了一眼。片刻后，言易冰道："我有个快递来了，我去取一下。"

寒陌回头，朝他的方向望了过来，表情很自然，没有怀疑也没有生气："我帮你取？"

言易冰赶紧摆手："不用不用，我很快就回来。"

言母嘟囔一句："怎么大晚上有快递啊，明天再取吧。"

言父随意道："他愿意去就去吧。"

言易冰拿着手机，利索地穿好鞋："马上。"

他推开门出去了。寒陌收回目光，筷子伸向锅内，夹了一块香菇。香菇掉落麻酱碟，他手指的动作一顿。他的目光微抬起，望着锅上不断升腾的、带着浓郁香味的雾气。

几秒之后，他放下了筷子。他当然是很愿意相信言易冰的，只是言易冰刚刚的举动实在是有点反常。按言易冰平时的习惯，如果真有什么快递，肯定会指使他去取，然后等没人的时候，再讨好似的谢谢他。

言易冰出了门，长叹一口气。屋外清凉的风很快带走了他身上火锅的味道，原来刚才手机里传来的真的是风声，今天的风真不小。

他们家的小区没有卡进不来，他只好走到小区门口去见梁和风。这个点，进出小区的人还算多，但大都是开车的，梁和风一个人站在避风处，多少有些显眼。言易冰看他身边放着一个高到胸口的，长长的柱状的东西。

梁和风先看到了他，随后冲他招招手。言易冰快步向前，等走近了，他才发现梁和风带的是一副滑雪板。好的滑雪板价格不菲，哪怕是普通的价格也不低了。不过这东西好是好，但对生活在南方的言易冰来说有点鸡肋。

南方的滑雪场基本都是人造雪，雪是有了，但时常湿漉漉的，一点也不尽兴。可要是去北方，带着个沉重的板子也不方便，还不如轻装上阵，去雪场租。

梁和风握住身边的滑雪板，推给言易冰："我有个认识的滑雪教练，推荐的板性能特别好，我记着你以前特别喜欢滑雪，一到寒假就叨念要去，所以就送你一副。"

言易冰点点头："谢谢，不过你真不用这么客气，自己留着用吧，我家里已经有板了。"但因为担心运动受伤损害到手臂，他已经很多年不滑了。

梁和风："嗯……还有个事忘跟你说了，我从谢风那儿离开了，他总是让我在网上解说，跟我以前直播也没什么差别，还要给他分成，不划算。"

言易冰沉默半晌，才轻轻"啊"了一声。梁和风是他介绍过去的，谢风看在他的面子上，肯定给过梁和风机会了，但梁和风普通话过不了级，谢风根本没办法把大项目给他，不然其他签约解说也会生气。

梁和风才待了没多久就走了，反倒让言易冰搭了人情，以后他再推荐什么人，估计谢风不会轻易答应了。算了，言易冰道："你觉得对自己发展有利就行。"

梁和风："听说 Zero 去年转会期签了安星火？"

言易冰："是啊。"这都过去多久了，安星火都代表 Zero 战队参加比赛了，还听说。

梁和风："他挺幸运啊，能从极光跳到 Zero 来。"

言易冰不知道梁和风自己聊安星火的意义在哪里，不过还是耐着性子道："他潜力不错，最近比赛表现也好。"

梁和风："你指导他了？"

言易冰："有时间会。"

梁和风笑笑："你还真是大方啊，当初指导寒陌，指导了个劲敌出来，现在又指导当初对你出言不逊的安星火。"

言易冰淡淡道："因为我知道，盼着别人不够好没有任何意义，新人更强，才能刺激我不懒下去。"

梁和风："可能只有你这样的天才才能说出这种话，当初在学校你也是，总希望学校可以转来厉害的人挑战你，不然你觉得不够刺激。"

言易冰实在不想回忆起当初中二的时刻："我那都是小时候口不择言，现在已经不那样了，全国比我牛的人有的是。"

梁和风："其实我还是想做选手。"他冷不丁把话题转回来，让言易冰不知道怎么接。

梁和风："你对别人都那么好，寒陌跟你闹得那么难看，你还是原谅他了；安星火当初那么狂妄，你也能毫无芥蒂地教他；甚至是雷明，他那种人也是你当初强留在 Zero 的。我对你那么好，从小就像跟屁虫似的跟在你后面，你说什么就是什么，你说去哪儿玩就去哪儿玩，有了好东西都知道分享给你，你为什么就不能多帮帮我呢？"

梁和风说罢，脸上的肌肉不自觉地抽动。他似乎在极力克制自己的失态，但这样的刻意更显滑稽。他提到自己对言易冰如何时，眼中写满了埋怨、不甘，仿佛他付出了太多，却并没有得到同等的对待。

他始终觉得言易冰在敷衍他，可对这种敷衍他又无可奈何。他处于下风，他是弱势一方，他甚至都要拿着礼物来见言易冰，拜托言易冰看在礼物的面子上，给他个方向。

言易冰：……

言易冰想，他大概是脾气太好了，所以让梁和风对他产生了这么多不合时宜的期待。而且，梁和风提到的这几个人，都是个人水平过硬的，他作为前辈，愿意伸出手扶一把，让他们少走弯路。再多的，还是要看自己。

言易冰："如果我自己开了家俱乐部，我肯定把你招进来当选手，但我没那个野心，也没那个心力，抱歉了。"

梁和风瞳孔微微扩大，浓浓的黑色圆孔混合着夜色，揣着让人看不清的情绪。他的嘴唇干裂起皮，在夜风里随着碎叶一起哆嗦着。

"我妈病得这么重，多多少少有你的原因，因为你把我对比得一无是处。我妈第一次发疯，就是你替代我成为 Zero 队员的那天。

"我妈也挺优秀的，大学毕业，还是高级白领，所以她受不了你比我强那么多，从小到大，你每次出现，都像根针一样扎在我妈心里，她表现得对你多亲热，我回去就会被骂得多惨。

"你凭什么过得这么好啊，你凭什么这么幸运啊？你这么幸运，还不肯帮帮我，你知道跟你做朋友有多难受吗？我有时候都希望，你从来没有出现过。"

意识到自己的恳求再次被拒绝，梁和风有些语无伦次和歇斯底里。唾沫喷在空气中，干裂的唇被扯出更大的口子，他一边说着，一边无意识地剧烈晃动着手里的滑雪板。

言易冰闭了下眼。他知道，今天过后，他和梁和风彻底断了。但他并没有多伤心，原来友谊这东西，跟时间长短没有太大关系。

他后退几步："你冷静一下吧，我先回去了。"

言易冰说罢，也不等梁和风如何反应，转身往回走。他一边走一边伸手摸出了兜里的卡。他脑子里在思索，一会儿要怎么跟寒陌解释，这个快递取的时间也太长了，而且并没有件。

梁和风看着言易冰的背影，怔忪片刻。他发现自己的歇斯底里被无视了，他这么激动，可对言易冰来说仿佛无关紧要一样。他受不了这种落差，就像一拳打在了棉花里，连个响都听不到，哪怕言易冰能因此生气，能骂他几句呢？可言易冰毫不在意。

他怨毒地想，要是言易冰也不能打比赛就好了，他就没有那么不平衡。其实他很能忍了，言易冰早就该退役了，几年前就该退役了。如果言易冰正常退役，他也不会如此心态失衡。

可没有。言易冰偏偏是天才中的天才，不仅把他对比得暗淡无光，甚至好多知名选手在言易冰面前都毫无神采。凭什么？言易冰已经得到够多了，为什么老天还要给予？而他的职业生涯几乎没有开始就中断了，却没有得到任何补偿。

梁和风攥紧了手里的滑雪板，只觉得血液翻腾，头脑一热，他突然抱起滑雪板，朝言易冰追了过去。言易冰已经走到小区门口了，正低头扫卡。

梁和风憋着一口气，浑身肌肉绷得发颤，他猛地举起滑雪板，朝言易冰的后背砸去。来往进出小区的车很多，车轮碾压地面的声音掩盖了梁和风的脚步声，言易冰并未发现。

可当他拉开大门，准备向里走时，突然听到一股不寻常的风声。多年的职业生涯让他的耳朵非常好用，他心头一悸，身体仿佛感知到了什么，后背起了一层鸡皮疙瘩。他蓦然回头，就见沉重的滑雪板朝他砸了下来。

就在他来不及反应的时候，一股大力突然从右边过来，一把将他拽到了一边。他差点摔倒，踉跄地跌坐在地。

滑雪板带着呼啸的风声从他鼻尖扫过，然后被重重地砸在地上，弹起小腿那么高。言易冰惊魂未定，杏核眼圆睁着，呆呆地看向砸落地面的滑雪板。

寒陌抓着言易冰，那一瞬间，血液差点凝固了。幸亏这东西重，梁和风抡起来也不方便，不然他根本来不及把言易冰拉开。见言易冰完全没事，他先是涌起一阵劫后余生的狂喜，随后就是漫无边际的愤怒。

其实言易冰出来不久，他就跟了过来。他看到言易冰和梁和风见面说话，但他没凑过去，而是在树梢阴影里，静静地吸了一支烟。

等言易冰转身结束对话，他才碾了烟蒂扔进垃圾桶，朝言易冰走过去。他只是想接接他，顺便告诉他这种事不用瞒着。可很快他看到梁和风抱着滑雪板，大跨步追了过来。寒陌意识到不好，立刻也朝言易冰冲了过去，就在千钧一发之际，他将言易冰扯了过来。

言易冰坐在地上，不需要回头，就能熟稔地念出寒陌的名字："寒陌……"他不敢想象，刚才没有寒陌，那个滑雪板迎面砸在他身上，会是什么后果。会死吗？

寒陌咬着牙，眼睛布满红血丝，曾经游走在生存线上的不安全感，身边人临近死亡的惶恐像狂风骤雨一样包裹了他，他是从最不堪的环境里活过来的，他一直不是什么好人，好人在他那种环境里，根本无法生存。但时过境迁，他也愿意更贴近光明的生活，更贴近言易冰的生活。

可这一幕，唤醒了他隐藏多年的恶犬基因。他不能承受任何人伤害言易冰，有这种念头都不行。

寒陌眸色冰冷地盯着梁和风，安抚地拍了拍言易冰的背，然后突然迈步上前，一抬脚，狠狠踩在滑雪板上，力道之大，震得梁和风当即脱手，掌心被滑雪板的边缘狠狠碾过，留下挥之不去的刺痛。

梁和风也蒙了。他不是真的要言易冰消失，他只是气急了，热血上头，做出了没有理智的事。现在理智回来了，他整个人吓得直哆嗦。

可还不等他反应过来，寒陌一躬腰，捞起了石板地上的一根树杈，没有一丝犹豫，抬手就向梁和风的眼珠上扎去。他的动作干净利落，比梁和风有技巧得多。这一下扎过去，梁和风眼睛就废了。梁和风惊恐地睁大眼睛，一时间竟然也忘了躲。

"寒陌！"言易冰回过神，声音里带着愤怒和震惊。

寒陌的动作一顿，树杈没扎进去。言易冰赶紧冲过来，将他的手抱住，把树杈折断，扔到一边："你疯了，不值得！"这一下真扎进去了，不管梁和风的动机是什么，寒陌肯定摘不出去了，事业也就全完了。

小区的保安见状不好，也跑了过来，赶紧报了警。梁和风被小区保安控制住，和那个狼狈落在地面的滑雪板一起，被警察带走了。

言易冰劫后余生，还哆嗦着，他轻喘着气，眼中带着愤怒和恐惧的眼泪。

"你扎了他你怎么办，你想毁了自己吗！你是疯子吗！都多大的人了！现在是法治社会！你当是游戏里面呢？"

寒陌看向言易冰，目光从方才的肃杀狠戾一瞬间宁静下来："吓到你了？"

"我没想真下手，只是震慑一下他。

"这种人我见得多了，你没受伤，他顶多被拘留两天就放出来了，以后想不开肯定还要找你麻烦。

"你说的有道理，但不是对所有人都管用，没有道德底线的、没有感情牵绊的小混混，必须得让他们怕你，他们才不敢动你。

"他刚才，是真的以为我会动手的。

"师父别哭了。

言易冰吹了会儿风，渐渐平静下来。他的嘴唇被压得发白，几乎没什么血色，片刻后，力道松开，双唇迅速充血，变得自然红润了些。随即，他将手贴在鼻子上，感受了一下脸部的温度。他问："还红吗？"

寒陌摇头："不了，看不出来。"

言易冰松了口气，点点头"这事儿别跟我爸妈说了，省得他们担心。"

寒陌沉默了片刻，才缓缓道："虽然我不建议你瞒着他们，不过你决定就好。"

言易冰看向寒陌，眼底露出些疑惑："他们知道了也做不了什么，我这一点伤都没有，基层派出所也就教育一顿，难道我还真花时间跟他打官司吗？"

寒陌："我知道你没精力打官司，但至少叔叔阿姨以后见了梁和风，能知道那是敌人，不再是朋友。"

言易冰若有所思，半晌叹气道："这我会告诉他们的，但我觉得他们应该也不会再遇见梁和风了。"

言父言母果然没机会遇到梁和风了。梁和风因为这件事背上了案底，直播平台跟他解约，并且索要了大笔的违约金。梁母听说后，又是一番大吵大闹。这下梁和风再也不用操心给梁母选医院的问题了。

骤然没有了生活来源，让梁和风对未来的生活格外焦虑，他也负担不起魔都高昂的开支。不得已，他只能带着梁母去了江北。

普新俱乐部就在江北，他曾经给普新打了几年的比赛，多少有几个熟人。到了普新，求求人，哪怕当不上教练，至少也能在电竞俱乐部里谋个出路，这样也不算离开了他喜欢的事业。

想当初因为雷明空降，他被赶出普新时还放了不少狠话，说自己再不会踏足普新，说自己肯定能找到更好的地方，说普新的经理没有人性没有眼光。但是，曾经的狠话现在都变成了笑话。

其实，原直播平台跟他解约，只是因为他有案底，并不知他企图伤害的那个人是 Zero 的冰神。如果他们知道差点受伤的是已经去国外参加世界赛的言易冰，估计他会被全网封杀吧。

梁和风这段时间脑子都是麻木的，他也想不通，自己为什么会对言易冰下手。就仿佛他的双手被一股恶毒的力量控制了，那种浓稠的、湿淋淋滴着脓液的肮脏情绪玷污了他的精神世界，把他变得不是他了。

他很后怕，他知道，如果言易冰没有被寒陌拉开，他那一下打在言易冰头上，是真会出人命的。他只是个普普通通的游戏宅男，虽然这些年被母亲灌输了太多的负能量，有时候恨不得一死了之，可他从来没想过报复社会。

他没想过害人，更何况是害言易冰。言易冰是他十多年的朋友，他虽然嫉妒，却也喜欢。

言易冰是真的很耀眼，是那种放在人群中，不用做什么，只是懒懒散散一笑，就能吸引人目光的耀眼。小升初的时候，学校组织军训，一排陌生的同学们站在一起，教官站在队伍前面，将大家环视一圈，随便一指，就能指到言易冰，让他做体育委员。

在小学生眼里，体育委员也是官职，任何被大人赋予的官职都是值得羡慕的，因为它证明了优秀。可显然，教官这随便一指证明不了优秀，只能证明言易冰长得很招人喜欢。

很快，梁和风右边第二个位置走出来一个男孩。那时候梁和风只是好奇地探出头去，想看看这个第一天就被委以重任的幸运儿是谁。

哪怕是小男孩，也有了基本的审美意识。他首先看到的是言易冰的侧脸。那双杏核眼比现在还要大，还要水润，像浸在潭水里的琉璃珠子，睫毛卷卷的、毛茸茸的，柔软纤细的头发被风吹得有点乱。阳光落在言易冰的耳朵上，将白皙的耳骨照成浅淡的粉红色，耳郭依稀可见细细的绒毛。

言易冰背着手，微微噘着嘴，目光看向地板砖，一副不情愿的模样。他个子还没长起来，比最高的女生要矮，可那副表情，还有展现出来的懒散且漫不经心的气场，在小孩子的眼里，简直比班主任都厉害。

梁和风第一次见到这么与众不同、敢于反抗教官权威的男生，简直就是神，就是老大。他那时候就觉得，一定要跟这种大哥处好关系，这样才不会被看低，这样才能在班级里有地位。

曾经梁母总是告诫他，一定要跟好孩子一起玩，跟学习好的同学做朋友。可梁和风觉得自己跟他们都不是一个世界的人，根本玩不到一起去。

但自从遇到言易冰，他悟了。原来不是他不行，是以前那些好学生不行。那些好学生太老实寡淡了，整天就是高高在上做老师的传话筒，而且特别小心眼儿，特别招人烦。

但言易冰不一样。言易冰有种非常淡定闲适的大哥的风范，他不刻意跟谁交朋友，也不认真听课抢着回答问题。言易冰最喜欢做的，就是手插着兜，跷起一只腿，背向后靠，将椅子的前腿抬起来，慢慢悠悠地晃荡着，再配上脸上那副满不在乎的表情。

他大多时候不看黑板，而是看向窗外，窗外的天空，窗外的树，窗外的高楼，还有掠去的麻雀。然后他会漫不经心地说一句："好无聊。"

梁和风觉得自己的心灵都被震颤了。那种大逆不道的话，就这么随随便便地从言易冰嘴里说出来。梁和风几乎是用星星眼望着那时中二且金光闪闪的言易冰。

言易冰长得好看，所以很受小女生的喜欢。班里最漂亮的女生，每天都会戴着白色绒花发饰的那个，甚至会给他送巧克力，眼中带着毫不掩饰的欢喜的笑意。

这引起了其他男生的不满，因为喜欢那个女孩子的男生非常多。而且在他们眼中，言易冰对那个漂亮女孩实在太冷淡了。

那时候，梁和风尚且安静地蛰伏着，他想看看，谁输谁赢。可言易冰大概是我行我素惯了，对普普通通的女生的好感，和普普通通的同学的恶意都不太在乎。然后，期末考试，言易冰就会以满分的恐怖成绩吊打那些错得稀里哗啦乱七八糟的男同学。

这并不是单次运气好，这是长达数年的单方面屠杀。而且，言易冰在学生时代，从来不会去看年级榜单，因为没必要。他全是满分，满分怎样都会排第一的。

他依旧懒懒散散地学习，依旧向往逃课玩游戏，依旧上课晃悠着椅子看窗外，依旧保持着让老师都瞠目结舌的成绩。他简直是一出生就带着碾压 buff（增益）的满级玩家。

梁和风羡慕他、嫉妒他，又深深地崇拜他、喜欢他。这种感情很复杂，他也说不清楚。

后来到了高中。梁和风之所以能跟言易冰上同所高中，是因为他爸是那里的老师。不过很快他爸就因为私下补课被踢出了体制，后来受不了梁母的训斥，郁郁寡欢几年，离婚另娶了。

也多亏了他爸，梁和风和言易冰变成了同桌。高中生活枯燥无聊且漫长，同学们在一起的时间比跟家长的更长，梁和风就是那时候跟言易冰关系越来越好的。

言易冰依旧保持着恐怖的学习成绩，而他则是全校倒数。不过言易冰丝毫没有瞧不起他的意思，还因为他会玩的游戏多，很愿意跟他说话。

他成了言易冰最好的朋友，就连班里的女生都羡慕他。别人问言易冰题，言易冰有时间就讲，没时间就直接让人去找老师。而无论梁和风问言易冰什么题，言易冰都会放下手里正在忙的事，跟梁和风讲好再继续做。

这种差别待遇让梁和风沾沾自喜，但一旦回到家，当梁母将他和言易冰对比时，这种沾沾自喜又会变成无尽的失落和嫉妒。

再后来，他终于找到了自己的方向——PUBG。他打得小有成绩，网上匹配的水友们，都说他有职业选手的水平。

他终于在某一方面找到了自信。言易冰学习好，但他打游戏也不错。他准备往职业道路发展了，跟言易冰说的时候，言易冰还没玩过这个游戏。

梁和风每天兴致勃勃、孜孜不倦地跟言易冰科普，就像女生之间安利自己的偶像，充满了向往和期待。言易冰在他的全力推荐下，不情不愿地瞒着父母，下载了游戏，还充了钱，弄了加速器。

言易冰一边试着新手教程一边跟他吐槽："我比较喜欢策略经营类游戏，这种打枪的太简单粗暴，没有成就感。"

结果……梁和风回过神来，苦笑一声。他得谢谢言易冰没有揪着这件事不放，连办案民警都说了，他这事可大可小，就看怎么定性。

梁和风走进熟悉的普新俱乐部，看着那个因为透光不足显得有些阴凉的大厅，心里沉重。他强撑着笑意，走进去，敲了敲门卫的窗户："大爷，我找隋。"刘隋是普新的队长，可年龄比他还小几岁。但因为是队长，所以他得叫声哥。

门卫还认识梁和风，所以也没拦着，直接让他进去了，梁和风心里涌起一丝感激，但随后，又变成了扭曲的愤怒。曾经他瞧不起的地方，现在变成需要感激才能进的地方了。短短一年，居然是这么翻天覆地的变化。

刘隋正在直播，听到梁和风来了，也没着急。直到一个小时后直播结束，他才摘掉耳机来找梁和风。梁和风已经等得脸部肌肉都抽搐了。

刘隋懒洋洋地打量梁和风片刻，笑道："梁哥，你不是单干了吗，怎么又想回来了？"

刘隋不知道梁和风被直播平台解约的事。梁和风假意笑笑，眼角挤出一丝鱼尾纹。

"还是舍不得咱们这里，待习惯了，外面没有普新好，我直播也挺能赚钱的，不过跟直播平台因为合同的问题起了点摩擦，一气之下解约了。"

刘隋若有所思地点点头："哦……不过哥，经理说咱们这儿暂时没有教练的岗位了，你也知道咱们俱乐部，其实也不需要什么教练，能直播就行，不过陪练倒是还缺，你看……"

梁和风的表情差点扭曲了。他真想抬腿走人，可理智又把他拉了回去。陪练也是可以直播赚钱的，只要直播效果好，粉丝多，再加上普新俱乐部给引流，赚得也不少。就是说出去名字不太好听，别的没什么。他居然动心了。

梁和风的事，言易冰一无所知。他在事情发生的第二天，去俱乐部简单交代了下情况，跟心理医师聊了一会儿。第三天，他就神清气爽地乘上飞机，飞往纽约了。

PINSHA

拼杀

CHAPTER 14

　　PUBG 世界赛共有来自全世界九个赛区的三十二支队伍。比赛赛程总共有八天，分为 32 进 24 的小组赛，24 进 16 的半决赛，和最后两天的总决赛。比较人性化的是，每个赛段中间有两天的休息时间，争取将疲惫对选手的影响降到最低。这也意味着，所有参赛队将在纽约逗留至少半个月的时间。

　　贴心如孙天娇，已经额外给队员们整理了一份纽约旅行计划和新泽西购物计划。言易冰眯眼读了一遍洋洋洒洒的五千字长文，忍不住真切且委婉地询问："我记得曼哈顿这边有第五大道和梅西百货？"

　　孙天娇轻笑一声，微微扬起下巴，摆出一副"你不懂"的表情："你知道新泽西的税率比曼哈顿低多少吗？你个败家子，你都不用亲自去逛，直接网上订购，到时候咱们从纽瓦克机场回国，顺道捎走就行了。"

　　言易冰面无表情："你还真像个卡里八位数魔都一套房的普普通通有钱人呢。"

　　孙天娇得意道："哼，少嫉妒我，赶紧去看比赛场地。"

　　言易冰抬手招呼宋棠他们："走了。"

　　孙天娇预订的酒店离中央公园不远，是真正的寸土寸金，每天的住宿费就是笔不小的花销。别看孙天娇爱钱，但对俱乐部的队员却一点也不吝啬。

其实这里离比赛场馆并不算近，不过胜在环境好，他希望队员们比赛结束后能在中央公园逛逛，或是在休息时间参观附近的十来个知名博物馆调节心情。

其他几个战队就比较务实，都预订了离比赛场地最近的酒店。那里离繁华区很远，晚上也没什么游乐消遣的地方，想到东城下城逛逛，坐车都要一个多小时。也因此，言易冰和寒陌并不在一个地方。

比赛明天开始，今天是自由参观时间。孙天娇包了辆七座商务车，挨过市区的拥堵，开了四十分钟才到比赛场馆，宋棠和许瑞直接睡在了车上。

比赛场馆是个四层高的圆球形建筑。一楼是按摩休息室，装修稍微有点哥特风，整体色调昏暗，几个通道口打开着，能看到里面胶白色的地面和裸露在外的铅灰色水管。

其实一楼比较空旷，更大的作用是拍摄赛前宣传片，那些哥特风的装饰也是特意为之，拍出来做成小视频非常有大逃杀的感觉。

楼上就正常多了。二楼三楼打通，是正式比赛的场地，观众席呈阶梯状，共有五种不同的价格标识，最昂贵的三层包厢 VIP 票需要上千美元。

四楼则是一大片用餐区，里面有不少特色菜品和连锁快餐。大部分菜品比较昂贵，想要买到和外面价格相当的食物，只有两个选择，某连锁 Taco 和某连锁汉堡。

言易冰参加过那么多比赛，进过全世界那么多比赛场馆，对参观已经没什么新鲜感了。他一到，就给寒陌发消息："你在哪儿呢？"

寒陌飞快回："休息区，好几个战队都在这儿聊天，我没怎么听。"

言易冰："都哪几个战队啊？"

过了一会儿，寒陌说："韩国的 NNTC 和 PYP，泰国的两个，英国的一个，还有 Break，以及 Susan 的新队伍 TON。"

言易冰："人还不少。"

寒陌："我去找你？"

言易冰："不用，我有点渴，先去买杯星巴克，然后去找你。"

寒陌："行。"

寒陌所在的巨大休息室里，各国选手聊得格外热络。其实平时是没这么热络的，因为大家真的不太熟，但这次例外。

PYP 这次的新领队是个娱乐圈明星，还曾在好莱坞电影里出过镜，不少选手都认识。据说 PYP 就是这个明星投资的，她也算是老板之一，这次特意以领队的身份助阵，可见对比赛有多重视。

明星号称"小金喜善"，长相格外大气甜美，年龄也不太大，虽然并没有特别红，但这种光鲜的身份和姣好的容貌，已经足以吸引场内众多男选手的目光了。

小金喜善不愧是混过娱乐圈的，口齿伶俐，英文流畅，不多时，就已经跟好几个国际知名选手聊得火热。其中 Gavy 是最殷勤的一个，他这人渣得无所顾忌，对美女的喜爱远胜于手中的枪。

小金喜善也是个资深电竞粉，当然看过 Gavy 的不少比赛，对 Gavy 的枪法十分肯定。她也存了能把这些国际选手挖到自己战队的心思，所以对 Gavy 格外有耐心："真的吗，你在中央公园旁边有栋房子？"

Gavy 笑："很久没去了，我五月份之前一般待在佛州，那里气温比较舒服，我在迈阿密有游艇，你如果有时间的话欢迎来玩。"

小金喜善笑意盈盈："谢谢，有时间一定去。"

陈泽峰同样是个爱美女的。他见几个欧美战队都跟小金喜善聊得那么开心，就有些心痒。

再回头看，自己队长一脸冷漠，低着头摆弄手机，连个眼神都没给那边。

陈泽峰：……

陈泽峰鼓足勇气站起身，在寒陌耳边道："队长，我去那边聊聊天？"

寒陌抬眸，扫了陈泽峰一眼，淡淡道："去吧，不用跟我说，没事直接回酒店。"

陈泽峰喜形于色："好嘞。"

别的战队纪律都特别严，不让乱跑，不让离队，但因为寒陌不喜欢这些束缚，所以 Prince 非常自由，"老妈子"肖诺只是副队长，也不好严格要求，经理丁俊既然不好管寒陌，当然也不好管别人。

辛辰见陈泽峰走了，腾出一个地方，他便往寒陌身边凑了凑："队长，明天小组赛你紧张吗？"

寒陌瞥了他一眼："小组赛有什么可紧张的？"

辛辰朝小金喜善的方向指了指："那个 Gavy，他跟 Kyle 的配合真的很牛。"

这话很少能从辛辰嘴里听到。辛辰自己就心高气傲，服的人没几个，但他前段时间不知道怎么那么倒霉，开小号去美服晃荡的时候，正好匹配到了 Break。他还没反应过来呢，就被人打了一脸血，还是在优势地位被打了一脸血。幸好他用的是小号，没有暴露 Prince 正式队员的身份。

寒陌："知道别人厉害是好事，好好练吧。"说罢，寒陌站了起来。

辛辰："队长，你去哪儿？"

寒陌站定，皱眉问了一句："小超市在哪边？"

辛辰向楼顶上指了指："四楼，咱们头顶上，但是比较贵，不划算。"

寒陌点头："谢了。"

这时，Gavy 正殷勤地笑问："聊了这么半天了，口渴了吧，想吃点什么吗？"

小金喜善想了想，矜持一笑，眉眼妩媚动人："好想吃点车厘子，听说这边比我们国家便宜好多啊。"

Gavy 迟疑了一下："不知道这里有没有。"

他根本没怎么逛这个场馆，一过来就去了休息室，在休息室看到 Susan 那张脸，他就什么兴致都没有了。后来小金喜善带着 PYP 过来，他才算兴奋了一点。

其实他对美女这么殷勤，也是故意气 Susan 的。他没想到 Susan 被 Break 劝退之后，竟然又搞了个战队 TON，还一路打进了世界赛。Susan 是什么目的，他心里清清楚楚，但这个目的必然不会成功。这个女人有几斤几两，他比谁都清楚。

寒陌推门出去了，只有几个人抬眼望了望，然后低头聊聊寒陌和 Prince 的事。寒陌直接乘电梯到了四楼，按辛辰指的方向走了一会儿，果然看到一个小超市。

超市很小，不过小零食、水果、酸奶应有尽有。寒陌随意扫了一圈，拿起一盒清洗过的车厘子水果盒，又买了两瓶酸奶。一楼星巴克还在排长队，他不知道言易冰有没有买到。反正言易冰说会去休息室找他。

寒陌下电梯，走到休息室门口，门开着，他直接走了进去。有几个战队已经离开了，留下的还有 PYP、Break、TON、Prince。

他刚一进门，几双眼睛齐刷刷望向他。尤其是小金喜善，她微仰着头，双手交叠搭在膝盖上，轻轻一晃脖颈，柔顺乌黑的头发颤了颤，飘起一股馥郁的香水味。

她看向寒陌手中的车厘子，几秒后，脸上带了一副了然的笑意。一旁的 Gavy 神情有些古怪，嘟囔道："居然还真有卖车厘子的。"

PYP 的金泰然轻嗤一声："动作还挺快的。"

NNTC 的李希含就坐在金泰然身边，嘘道："别的国家是没有美女了吗，都围着姐姐转。"

金泰然："可能很少见到姐姐这个级别的美女吧，他们国家女人都不会化妆的。"

寒陌感受到了那些莫名其妙的目光，但他懒得探寻原因。他的表情一如既往的冷淡，眼皮微折，薄唇动了动："Zero 的冰神来过吗？"

辛辰赶紧摇头："没来呢。"

寒陌点了下头："知道了。"问过之后，他转身就出去了，连个眼神都没给其他人留。

小金喜善：……

金泰然：……

李希含：……

好在寒陌出去没多久就撞上了喝着星巴克的言易冰。言易冰很喜欢红茶鸳鸯，每次遇到有星巴克的地方，都会进去点一杯。他看到寒陌，快步走过去："你在这边休息室啊，我去对面找你了，AXE 和 CNG 都在对面呢。"

寒陌眼底终于带了些温度，轻声问："还渴吗？闲得没事给你买了点车厘子，看你在飞机上没吃够。"

飞机上赠送的餐前小水果就是车厘子，但每人只有四颗，言易冰把自己的吃完了，又吃了寒陌的，还是不够尽兴。不过下了飞机就办入住、收拾行李，一时间也没空逛超市，言易冰就给忘了。但寒陌记得。

言易冰翘着唇角，把红茶鸳鸯递给寒陌，自己接过车厘子。他撕开包装，先给了寒陌一颗："甜吗？"

寒陌咬破果肉，低声道："甜的。"

言易冰吃了几颗车厘子，敛起情绪："饱了，Susan 还在里面吗？"

寒陌点头："在。"

言易冰："我进去跟她打个招呼。"

言易冰和 Susan 关系还不错，以前约练习赛的时候，Break 那边出面跟他们沟通的都是 Susan。而且 Susan 选修过中文，能跟他们磕磕绊绊地聊两句。这次得知 Susan 自己组了队，一路打进世界赛，言易冰挺佩服的，也深知她有多不容易。

寒陌："好，我跟你去。"

于是他们又回了休息室。言易冰一进门，将车厘子的核吐到一边的垃圾桶，舌尖扫了扫唇角，面上带笑朝 Susan 走去："苏！"

Susan 看见他也是眼前一亮，终于带了点笑意："ICE，好久不见。"

言易冰慷慨道："吃车厘子吗？ momo 刚买的。"

Susan 笑着摇头，看了寒陌一眼，大方得体地打趣："不了，毕竟是寒给你买的，你们的友谊真让我感动。"

"哈哈，加油啊苏。"言易冰顿了一下，也没否认寒陌这车厘子的确是给他买的。

全程被忽视的小金喜善惊呆了。所以那个中国队长特意带了盒车厘子进来，真不是给她的，是给另一个队长的？中国队长间的关系如此密切？金泰然也觉得不可思议："什么啊，他的车厘子居然不是送姐姐的？"

小金喜善表情有些尴尬，她刚刚还特意冲寒陌笑了一下，现在反倒显得自作多情了。于是她不悦地冲金泰然道："好了！没事就回去休息吧，明天的比赛不要再像对抗赛一样出丑了！"

金泰然马屁没拍好反倒碰了一鼻子灰，只好冷着脸，重重地点点头。

而目睹全程的辛辰倒已经坦然自若了。他面无表情地看着言易冰拿着车厘子进来，又吃着车厘子出去，偶尔还一探头，喝一口寒陌手里的星巴克。身边某个欧美战队的队员好奇地问："我还以为你们队长是给那个韩国姐姐送的，他为什么给男人啊？"

辛辰轻哼："那个是我们队长的师父，教过我们队长。"

欧美队员："对师父也太好了吧，这里的车厘子好像很贵。"

辛辰扫了他一眼："这算什么，我们队长还亲自给他按摩呢。"

不止按摩。还有集训期间每天给言易冰带薏米水，还有看言易冰心情不好就追出去哄人，还有对别人都冷冷淡淡，说一句话都嫌多，但能跟言易冰聊出一部《十万个为什么》来。

当然，辛辰也想知道为什么。他们队长那么努力，勤快，认真，积极向上，职业生涯又燃又激情。所以到底为什么会跟言易冰那么好？

言易冰就像只炉火燎到尾巴尖都懒得动弹一下的布偶猫，要是PUBG比赛里能捡床，他敢肯定，言易冰一定第一个把床捎上。

欧美队员：“哇，我都做不到给我的队长按摩。”

辛辰一张脸纠结地皱起来，半晌，不情不愿道：“我们队长他特别孝顺。”

小组赛赛前抽签结果在网络公布的那一刻，全体哗然。因为抽签结果实在太过戏剧化，让人不敢置信。

除了中国区 Zero，韩国区 PYP，欧洲赛区 CENZA 外，几乎所有公认实力不错的战队都被挤在了小组 B 里。这也就意味着，会有本来应该直接进入半决赛的队伍被迫去打淘汰赛。这些队伍虽然实力过硬仍可以从淘汰赛晋级，不过那显然也是种消耗。

消息一传出来，论坛里就议论得沸沸扬扬。

“Zero 运气太好了吧，开门彩？”

“这才哪儿到哪儿，眼皮子就这么浅了？小组赛离总冠军还远着呢！”

“啊这，Zero 粉在骄傲什么啊，这运气你们不要给我吧，强队都不在，拿积分好容易噢。”

“强队都不在？是东亚对抗赛给你们的自信吗，谁还不知道欧洲赛区和韩国赛区是综合实力最强的，不觉得东亚对抗赛人家在演吗？”

“演？？？真就有睁着眼睛说瞎话的？”

“不是吗，韩国那边战队间的斗争特别严重，东亚对抗赛是打乱队伍，人家很有可能演啊！”

“笑死，那冰神和寒神关系还不好呢，他俩也演了？”

“不好吗，跨年夜不是还一起直播呢？别说那人不是寒陌，言易冰都说那么清楚了。”

“清醒一点，只有进入淘汰赛才看三天比赛的总积分，你觉得Zero 会沦落到淘汰赛？”

"也不知道在吵什么，肉眼可见 Zero 和 PYP 都是顺利晋级的，积分跟他们有什么关系？"

然而大家都没想到，这个在观众和解说团队眼里看起来最和谐的小组 A，居然是打得最血腥惨烈的。

比赛开始前播放 Opening 短片，谢风还在笑着打趣。谢风："小组 A 里面只有我们一个队伍 Zero，其实已经没什么悬念了，大家也可以放平心态，第二天的小组 B 估计会是一场惨痛的厮杀啊！"

朵檬："是的，但我们还是期待 Zero 能给大家带来精彩的表演，毕竟冰神已经从业七年了，世界赛冠军也一直是他的一个梦。"

谢风："没错，冰神加油！"

比赛刚一开始，艾伦格下城航线，Zero 和 PYP 同时选择跳了 P 城。跳 P 城也就算了，毕竟 P 城地方大，选手多，可他们的跳点偏偏只隔着两间房。还不等落地，他们就发现了彼此。

其实谁都知道，在刚落地优势不明显的情况下，不宜冒进，而应该快速充实自己。但他们对彼此的皮肤颜色太敏感，几乎一下子就感受到是对方。

新仇旧恨加在一起，PYP 捡了枪就朝 Zero 发起进攻，Zero 迫不得已开始回击。

顶尖选手的实力相差并不太多，在这种横冲直撞下，两队消耗相当严重。Zero 是被动反击，稍微有点吃亏，一场拼下来，最后只剩言易冰一人躲在房子二楼，且子弹和饮料严重不足。

PYP 还剩下两个人，金泰然和 saes。但还不等他们向独苗言易冰发起进攻，P 城内其他的队伍听到激烈的枪声闻风赶来，特别爽快地收割了 PYP 同样装备不足的两个人。

比赛才刚开场，第一个圈还没缩，PYP 全军覆没，Zero 只剩可怜兮兮的一个人。言易冰也不敢出声，只好憋屈地缩在房间里，听见外面泰国队大张旗鼓地扫荡。这比赛打得太闹心了。

为了积分，他从现在开始必须得争名次了，而且装备不行，根本不敢跟人对枪，不然就是死。所幸泰国队搜了一圈，把 Zero 和 PYP 淘汰队员的装备扫荡一圈，欢天喜地地跑毒了。

言易冰仍然不敢走。他知道，这帮跑毒的选手会在山头停顿，继续瞄 P 城里有可能跑出去的人。他仍然在别人枪口下。

他频繁地看着时间，等到实在不能等的时候，这才翻窗跳下楼，恨不得以他平生最快的速度，重新搜了一遍那几个盒子。也有很多不错的装备是泰国队不需要的，被剩下了，言易冰搜了个七七八八，就开始往圈内跑。

他先是向经常刷新载具的地方跑，不出意外，看到一辆被打爆了胎的摩托。这也是惯用手段，不给别人留下任何生机。

好在言易冰也并没期待自己能撞大运开出一辆汽车来。他收好枪，继续往山上跑，毒圈慢慢逼近，直至没过他的身体。

言易冰仗着经验足，计算精准，以丝血跑进了圈内，顾不得别的，先是趴在草地上打药，等把药打满了，才艰难地往前走。这一局，他只拿了三个人头，不过撑到了决赛圈，也算多赚了些积分。第一场，Zero 总积分排名第十，PYP 总积分排名十三。

金泰然的脸阴沉得都快滴墨了。他又恨 Zero，又恨泰国队，还恨自己运气不好。言易冰也很烦躁，他真想站起来去跟 PYP 说一声，别疯了行不行，大家稍微发育一下，不被人劝架不行吗？但这显然是不可能的。

第二场，P 港 K 镇航线，Zero 和 PYP 不约而同地选择了跳学校。这下是有时间搜装备了，可学校地方也就这么大，谁都想抢点，最后又免不了一场厮杀。

不过同时跳学校的还有一个欧洲战队，对面宿舍楼也有一支队伍。言易冰看到了 PYP 的击杀信息，非常理智地拒绝跟他们内耗。他带着宋棠他们出了学校，开车绕到宿舍楼后的山头，先清了宿舍楼的日本队，抢占了宿舍楼房区，再瞄学校就很舒服了。

言易冰趴在楼顶，悠然地架好枪，开了四倍镜，在 PYP 队员探头的那一刻，一枪打穿头盔，拿到一个人头分——

"Zero-ICE 使用 Kar98K 狙击枪淘汰了 PYP-saes。"

金泰然立刻意识到 Zero 就在附近，而且处于优势位。宿舍并不是一个多隐蔽的地方，很容易被人猜到。言易冰向后缩了缩，藏住身子。

宋棠："队长，他们想跑。"

言易冰："嗯，我们没减员，那就出来一个灭一个。"

许瑞："队长，后山没发现人，安心。"

言易冰不再言语，微眯着眼，上好了弹。但下一秒，子弹却密集地朝他的方向打过来，言易冰一皱眉，下意识歪头躲避。

与此同时，PYP 不知道从哪儿弄来一辆摩托车，两个人坐着摩托车向远离宿舍楼的方向冲去。留下的那个，是为了掩护另外两个队友逃走的。

言易冰冷哼一声："宋棠，海峰扫车！"

他假意探头，骗了对方的子弹后快速变成优势地位，98K 预瞄到学校窗户的掩体，等那人一探头，一枪打过去，将人击倒。这种对枪纯粹是看双方的耐力、冷静和绝对实力。言易冰见人被自己击倒，这才轻轻松了一口气。

宋棠："不行太远了，金泰然跑了！"

言易冰虽然觉得有点可惜，但却也很快冷静了下来："跑了就跑了，按我们的节奏来。"

这一局，Zero 的运气很好，共拿了十个人头，且成功吃鸡，积分一跃到了第六名。只要保持在前八名，就可以顺利进入半决赛了，所以他们的压力没那么大。而两局过去了，PYP 仍在第十名。

第三局，北部航线。不知道为什么那么巧，这局 Zero、PYP、CENZA 同时跳了 K 镇。三大强队，在第一个圈就彼此消耗得差不多了。每个人看着自己的积分都灰了一张脸，CENZA 排名滑到第二名，Zero 落到第八名，PYP 又降了一名。

谢风："天啊，小组 A 这是怎么回事，今天是强队噩梦吗？"

朵檬："我都能猜到观众们怎么说，这简直像他们串通好了给其他队机会一样。"

谢风："跳点重合到这种程度真是闻所未闻，不过幸好 Zero 一直保持在前八，这样进半决赛肯定没问题了。"

朵檬："不过和第九名泰国队的分差并不大，还是有一定的风险。"

第四局，总算没有谁再撞车，几个队伍都活到了决赛圈，但 PYP 因为前三局成绩的不理想显得有些冒进，反而被 CENZA 收割。这局是 CENZA 吃了鸡，排名再次回到了第一，而 Zero 表现中上，上升两名。

第五局，Zero 一路天谴圈，载具被打爆，硬生生被毒气耗死。第六局，

Zero 强势吃鸡，言易冰更是收割了十五个人头，比赛结束，Zero 排名第四，但和第一的 CENZA 有较大差距。

电竞论坛瞬间开了七八个嘲讽帖。

"就这？小组 A 这种水平的对手就排了第四？被 CENZA 超过那么多分？"

"恕我直言，ICE 真的年纪大了，你见过谁二十六岁还不退役的？而且可笑的是，Zero 还在依靠他。"

"讲讲道理，明明是 Zero 和 PYP 跳点一致，消耗太严重，让别的队劝架了好吗？"

"劝架也是需要实力的吧，Zero 和 PYP 都不行了。"

"我也觉得有点失望，就一个中国队，居然进不了前三。"

"正常人都知道是倒霉，只有黑子在闭眼黑，无语了，论坛真是乌烟瘴气。"

"讲真，消耗这么严重，难道不是言易冰战术的问题？"

"我缓缓打出一个问号，战术是教练制定的吧？"

"言易冰是指挥吧，这锅往教练身上甩？"

"对啊，名声都是你家冰神的，骂名都是教练的，可真能占便宜呢。"

"明眼人都能看得出来，ICE 运营节奏有问题，第三局跳 K 镇，我反手一个无语。"

"呵呵，冰神和金泰然两个大神都选了 K 镇，就你个弹幕教练觉得 K 镇不能跳。"

"这是世界赛，又不是全国赛，嘲我们自己的选手有意思吗？外网都在笑我们了！"

除了 Zero 的成绩不理想，PYP 也仿佛出门没看皇历，前几局跟 Zero 互相消耗，后几局都是天谴圈，最后真的排名第九，沦落到去打淘汰赛。

老板小金喜善的眼珠子都要掉出来了，要是她迷信一点，大概会怀疑自己克战队。怎么她亲自观战，PYP 反倒打出了历史最低成绩？

第一天的比赛结束，言易冰浑身疲惫，肩膀隐隐作痛。不过好在他们不用去打淘汰赛，后面有四天的休息时间。

比赛结束，灯光变暗，选手们缓缓离席，大屏幕在反复播放比赛高光集锦，但没谁有心情再看一眼。

今天恐怕回去复盘的兴致都没有。理智上，他们知道打出这个成绩是运气不好，实力并没有下降。但感情上，他们还是不太能接受。尤其是言易冰，虽然他不说，但对比赛仍然是抱了希望的。他已经二十六岁了，总会想给自己的职业生涯一个完美的收尾。

走到后台通道，踩在干涩的胶白色皮垫上，他才终于恢复了淡定。通道里白炽灯明晃晃地亮着，光照在透亮的皮垫上，被反射回来，晃得人睁不开眼睛。

楼梯呈坡度下倾，能够直接走到一楼休息室。言易冰的手指有一搭没一搭地敲着铁扶手，目光望向不远处溢着凉风的出口。

他们刚走到休息室门外，观战的其他队伍，各家战队的领队教练也正巧从楼梯下来。小金喜善正在用快得让人听不清的韩语斥责金泰然。

当着全世界其他战队队员的面骂人显然是不合适的，尤其金泰然还是队长。但小金喜善骄纵惯了，脾气又暴，金泰然被她训得脸一阵红一阵白。

金泰然抬眼扫到言易冰，冷飕飕地给了他一个怨愤的目光。言易冰淡漠地回望过去，然后平静地移开目光，转身抬腿，想去休息室接杯咖啡醒醒脑子。

金泰然居然大跨步朝言易冰的方向走过来。表面上看，他也想要进休息室，但那种坚定的快速的步伐，显然是冲着言易冰来的。

官方严禁选手发生肢体和言语冲突，但是这个边界却不好界定。还是有人会踩着临界点发泄怒气，只要不那么明显，没造成大后果，哪怕有监控，也不是那么容易判定。

休息室的门不宽，两个人并行可以进去，但一旦有人走在正中央，后面的人势必会撞到他。言易冰先走向休息室，自然不会刻意留下空隙。

宋棠、许瑞、傅海峰，还有从楼梯上下来的孙天娇都看到了金泰然的举动。孙天娇最敏感，一皱眉，下意识喊了一声："喂……"

他刚准备跑过去，就见休息室里走出一个人，自然而然地挡住了金泰然的路，掀起眼皮，神情冰冷地盯了几秒，然后揽着言易冰的肩，顺便递了杯热咖啡过去："师父，渴了吧，喝点东西。"

寒陌不动声色地护住言易冰，将言易冰和金泰然隔绝开。金泰然被这么一挡，只好停在了门口，方才怒冲冲的气势也散了，只有一口闷气憋在心里。

来不及跑过来的孙天娇：？？？

不知道寒陌为何提前离场的丁俊：……

言易冰接过热咖啡，试探性地用唇碰了碰，察觉到温度正好，便喝了一大口。多加奶多加糖的咖啡，醇香甜美，糖分刺激着大脑皮层，产生了令人愉悦的多巴胺，让他心情好了很多。

孙天娇疑惑："寒陌怎么在休息室里，他没去看比赛？"

丁俊嗫嚅道："去了，提前离场了。"

孙天娇："提前离场干吗？"

丁俊："或许是来……泡咖啡？"

孙天娇："惊到我了。"

丁俊："你不会是处心积虑让冰神到我这儿策反人来了吧？"

孙天娇："我刚想问你。"

丁俊：……

孙天娇：……

第一场小组赛之后，Zero 有四天的休息时间，这四天的苦苦等待，让人格外不痛快。小组赛上，在一个较弱的组，拿了一个极差的成绩，任谁都想扳回面子，可惜他们再着急也要等四天。

孙天娇坐在回去的车上，捧着平板，骂骂咧咧："论坛的人都有毛病！还有让我们别跟 PYP 撞跳点的？好像是我们故意撞的，蓝洞也是我们开的，地图也是我们人工控的一样，太行了，我火速联系官方，以后咱谁都不撞了，直接找个山头修仙得了，搞什么打打杀杀，PUBG 让他们玩吧，我们集体转行剑三吧。"

言易冰掀了掀眼皮，疑惑道："你玩剑三？"

孙天娇直接一个摇头："我没有啊！"

教练淡淡道："他玩，他玩天策，还暗恋过一个七秀小姑娘，给人小姑娘买皮肤买装备，结果人家平时号都是让哥哥帮玩的，有一天小姑娘自己上号说漏嘴了，娇哥气得当场退游。"

言易冰一脸嫌弃："……你赚那么多钱，给人小朋友买几套皮肤怎么了？抠死你算了。"

孙天娇欲哭无泪："我那时候才上大学，还是穷学生好吗？这都是我省下的小笼包钱！"

言易冰："啧，那你现在愿意给女网友花钱了？"

孙天娇摇头："没有哦。"

言易冰：……

孙天娇："真不全是钱的问题。你说我跟一个学生有什么话聊，关键是她哥，她哥帮她搞人设你知道吗，我还以为对面是个藤校毕业的MBA小姐姐，说起专业来那是头头是道，我这个普普通通金融系大学生都被惊艳了。当时我都准备申请留学去国外找她了，好家伙。算了，不说了，看来是老天让我进电竞圈赚钱。"

"网恋果然不靠谱。"言易冰感叹一句，抬起手压了压帽檐，将座椅向后放了放，准备小憩一会儿，"还是得有相处过程。"

孙天娇突然想起什么，看了言易冰一眼："冰神，你跟寒陌的关系恢复到从前了？"

言易冰半阖着眼，微微一顿，含糊道："什么？"

孙天娇："就是青训营那会儿。"

言易冰有些不好意思，没有说话。宋棠出声道："其实我也能理解，寒陌肯定觉得自己当年过分了，想补偿队长了，他要是早这么懂事，也不至于闹到今天这个地步。"

言易冰："咳，我睡一会儿，累了。"

教练："今天休息吧，明天也不复盘了，好好看他们B组的比赛。"

车上交谈声渐渐小了起来，言易冰闭着眼睛，很快就迷迷糊糊地睡过去了。车子行驶在有些拥堵的曼哈顿大道上，车身轻轻摇晃，车轮压过柏油路面，窗外风声瑟瑟吹过，路边的烤肉饭摊挑着小灯泡，飘出丝丝缕缕的香气。一切都像催眠的序曲，哄着人沉沉进入梦乡。宋棠他们也累坏了，纷纷歪倒在椅子上睡了过去。小组赛结束，只是万里长征第一步。

车整整开了五十分钟，到了酒店门外，言易冰被喊醒，他勉强睁开眼睛，眼底一片红血丝，干涩得厉害。

其实昨天晚上也并没有休息得特别好，虽然都说要养精蓄锐，但知道明天有比赛，他多少还是有点亢奋。现在压力没了，倦意才一股脑地袭来。

言易冰连晚饭都没吃，回了酒店，直接歪倒在床上，手机调了静音，然后接着睡了过去。他这一觉就睡到凌晨五点。天光微亮，言易冰从床上爬起来，先是拿起手机看了看，寒陌给他发了几条消息——

"师父别郁闷，跳点对撞很正常，晚上多吃点好的，我们还在开战术研讨会。"

"我买的酸奶都是凝固的，好干，他们这里好像都是这种，你去超市了没？"

"睡了？"

"早点休息。"

言易冰勾唇笑了笑。他知道寒陌现在肯定没起呢，他要是发消息过去，可能会把寒陌振醒，所以言易冰下了床，先开始洗澡。

酒店早餐六点开始，洗了澡出来，他才真的觉得饿了，于是独自去餐厅吃了点烤面包和意大利面。看时间差不多了，他才给寒陌发了消息："比赛加油啊徒弟。"

八点半，孙天娇在群里叫他们下楼。比赛十点开始，他们今天是观战，所以没那么紧张。

但言易冰还是第一个上了车，他想在比赛前跟寒陌说说话。幸好今天司机换了个路线，没有那么堵，不到四十分钟就开到了现场。

选手们正准备去调试外设，言易冰赶在他们离开休息室之前到了。郁晏、陈驰、寒陌都一脸严肃，他们后面跟着的队员也绷着脸，休息室内的气氛全然不像昨天。

言易冰能理解，小组 B 里 KD 超过 2 的选手就有七个，Gavy 更是恐怖的 2.34，这简直是提前进入决赛的水平。谁输谁赢还真拿不准，要是运气和他一样不好，被发配到淘汰赛的可能性还是很大的。

言易冰走过去，拍了拍郁晏和陈驰的肩膀："我就不毒奶了，都给我好好发挥啊。"

郁晏哼笑一声："我能被你毒到？小组赛还不是轻轻松松。"

言易冰认真道："我劝你还是迷信点，比赛前说这话容易被反噬。"

陈驰："别贫了，我们先走了。"

言易冰这才看了寒陌一眼，稍微犹豫了一下，声音微轻："你也……加油啊，希望总决赛你们一个也别掉队。"

寒陌："师父去卫生间吗？"

言易冰怔了怔："啊？"

寒陌："我也去，我们一起吧。"

言易冰：……

他还能说什么？

寒陌回头对肖诺道："你们先去现场吧。"

比赛前，去卫生间的选手有的是，而且越是临近比赛，去的人越多。不过好在卫生间特别大，绝对够用。言易冰站在门口："我其实不想上，你去吧，我等你。"

寒陌定神看了他几秒，低喃道："我有点紧张。"

他狭长的眼睛一眨不眨，脸上也白净如初，而且唇色自然，没有半点紧张发白的意思。

但言易冰还是不由自主地切换成了师父的身份，故作轻松地打趣道："一个小组赛而已，有什么可紧张的。而且有 Zero 珠玉在前，你们就是倒霉进了淘汰赛，也不会被网上骂得更惨了。"

思忖片刻，他又觉得自己这话不像是安慰，于是又接道："以你们的水平，晋级是顺理成章的，别想太多了。还是昨天论坛里给我们开的那几个节奏帖惊到你了？"

寒陌紧抿了下唇："师父鼓励我一下吧。"

"我这不就在鼓励你？"言易冰杏核眼眨了眨。

寒陌："那我这次表现得好师父会不会给我奖励？"

言易冰："……行。"

回到赛场，寒陌上了对战台，拿过自己的背包，开始娴熟地装外设。

肖诺问道："队长，卫生间人多吗？"

寒陌："还行。"

肖诺欲言又止："那你……怎么去了这么长时间啊？"

寒陌："去加油了。"

肖诺莫名其妙："啊？加什么油？"

寒陌："今天早晨吃什么了？"

肖诺："……面包。"

寒陌点头："吃得好，好好打。"肖诺的嘴角抽了抽。

言易冰回了观战席。孙天娇朝他看了一眼，目光疑惑："你跟寒陌是什么初中小女生吗，还手拉手上厕所？"

言易冰尴尬，迅速扯开话题，聊了点选手们的事："自从 Kyle 去了 Break，Break 可有两个 KD 过 2 的选手了。"

孙天娇果然被他扯开了注意力："唉，Break 的确是强，艾伦格战绩突出，萨诺配合完美，米拉玛也极其稳定。"

言易冰："今天肯定不容易打。"

的确是不容易打，不过架不住今天中国队的运气都还行。第一局，印度队和 Break 撞在一起，这帮人非常自信，采取昨天 PYP 和 Zero 对撞的策略，拎枪就往上冲。Break 的节奏完全被打乱了，虽然二换四解决掉了印度队，但他们显然也挺蒙。

丢掉两个人，完全不利于后期吃信息了。Break 的一贯作风就是派一个人高点架枪，剩下的人冲圈，并且他们特别喜欢打圈边，控最大的视野。

以往比赛中，架枪的都是 Susan，因此 Susan 是最容易被牺牲的一个，KD 确实和 Gavy 有不少差距，所以才有不少人说 Susan 是队里唯一拖后腿的那个。

紧接着，Break 又撞到了 NNTC 战队和欧洲区 WAA 战队。哪怕有 Gavy 在，仍然双拳难敌四手，世界第一强队 Break 还是被 NNTC 和 WAA 给蚕食了。所以说实力并不是决定比赛结果的全部因素。运营、策略、节奏和临场判断往往更重要。Break 有了 Kyle 后显然比以前更狂妄自大了。

言易冰啧啧道："NNTC 真是个逆子，平时训练赛就使劲演，一到正式比赛就不是一个套路，把 Break 坑得多惨。"

镜头给到郁晏。郁晏藏在房顶，开镜甩狙，打爆一个人头。言易冰："郁晏还是稳，就是这圈形不太友好。"

P 城已经噼里啪啦地打起来了，寒陌就在 P 城。言易冰眯眼看了一下："Prince 这次是辛辰上的？"

孙天娇点头："可能米拉玛让陈泽峰上，他米拉玛很强。"

言易冰："嗯，寒队长人头拿得不少。"

孙天娇别别扭扭："也就那样吧。"

言易冰："可以了，也不看看对手都是谁。"

第二局。Break 节奏终于好了起来，一路所向披靡。他们在打劫坡和 Prince 相遇，辛辰刚一露头，就被 Kyle 打穿了头盔。

言易冰皱着眉："不是，辛辰怎么这么脆？"

好在寒陌很快稳住了局势，和 Gavy 在打劫坡艰难地对枪。言易冰略微点头："寒陌还挺理智的，没急。"孙天娇又看了他一眼。

第三局，Break 吃鸡，积分排名第一。中国队均在前八名，暂无掉进淘汰赛的风险。

但辛辰的表现的确不够亮眼，自从他被 Kyle 击倒，就有点不在状态，作为突击手，犹犹豫豫像自由人似的，该刚的地方也慢半拍。

言易冰："孩子果然还是小，这心态很崩啊，不像寒陌，刚来就能挑大梁了。"

孙天娇默默掏出手机，按下了录音键。

第四局开始，辛辰被替换下去，陈泽峰上场。到底是经常磨合的，默契度比辛辰跟寒陌强得多，Prince 的成绩瞬间就正常了起来。

言易冰："现在第四吧，陈泽峰上来还能再冲一名？"

孙天娇："分差有点大，够呛能冲上来，稳住就可以了，小组赛其实不用那么拼。"

言易冰："你不了解寒陌的性格，他肯定得冲，第四和第三不是一个意义。"

孙天娇：……

他恍惚觉得，自己浇水施肥呵护七年的白菜，在自己往外滚。

孙天娇绷着脸，把手机拍在言易冰面前。言易冰疑惑地看了他一眼："股票绿了？"

孙天娇脸色突变，气得跳脚："什么仇什么怨！我绿了，股票也不能绿！"

言易冰："那你瞪我干什么？"

孙天娇一副受了委屈的小媳妇样："说！你是不是被寒陌那个小妖精'勾搭'了，想跟他到 Prince 去！"

"没有。"言易冰一脸真诚。

孙天娇调出录音，在言易冰耳边播放："你品，你仔细品。"

声音从手机里传出来，伴随着嘈杂混乱的背景音——"寒陌这手甩狙不错，他以前不擅长这个，现在用得真好，看得出来认真练了。

"寒队长可以啊，对掉了 Kyle，Kyle 可是 KD 过 2 的选手呢。

"后面渐入佳境了，现在想想，其实让他离开 Zero 也是好事，从个人发展来说，当队长比较锻炼人。

"啧，真的冲到积分第三了。"

……

孙天娇斜他一眼："你是加入了寒陌夸夸群吗？"

言易冰：……

录音被孙天娇简单裁了裁，删掉没用的内容，把所有跟寒陌有关的解说堆在一起，就显得有些夸张。言易冰都没想到，他居然夸了寒陌这么多句。

孙天娇："什么情况？以前他在青训营的时候，你恨不得一天骂他八百遍。"

言易冰清了清嗓子，一本正经道："对自己人得严格要求，对对手当然要正视了，以前他在 Zero 我骂他，那是希望他更好，现在他是Prince 队长，我要还骂他就是咱们狂妄自大了。"

孙天娇被堵得没话说，可转念一想，只要言易冰不跑路，还有什么能算大事。

小组赛正式结束，来自中国的四个队伍全部进入了半决赛，莫名进入淘汰赛的 PYP 也侥幸获得了半决赛的名额。

半决赛同样是分小组比赛，只不过这次是分为三个小组，小组间两两对决，最后按总积分排序，末尾的八支队伍将会被淘汰。这次比赛的竞争压力就更大了。Zero 被分到 B 组，要连续两天打整整十二场的比赛。言易冰听到这个分组结果只能苦笑。他大概真的运气不好，这次世界赛就是找虐来的。

不过 PYP 倒真是铁血"兄弟"，这次又跟 Zero 分到了一个小组，同样队里有高龄选手，同样连打十二场。

傅海峰看了这个比赛强度，稍微有点忧虑。他在开战术会的时候犹犹豫豫道："我第一天行，第二天怕状态不好，要不让星火替我吧。"

几道目光看向安星火。安星火赶紧摆手："不不不，哥你肯定行的。"

他虽然是以替补身份来纽约的，但已经做好了打酱油的准备，他不像辛辰在 Prince 的地位，面对这些 Zero 的老将，他根本不敢冒进。

哪怕是辛辰，因为在小组赛表现不好，已经在论坛里被骂得狗血淋头了。但其实他们作为选手都知道，辛辰绝对是有实力的，这次的确是发挥失常了。可那又怎么样。就算到了言易冰这个地位，拿了那么多有含金量的奖，这次不也是……

言易冰沉了沉气，表情严肃道："视情况而定，星火做好准备。"

安星火见言易冰说话了，这才赶紧点了点头。他最近学得多了，人也谦虚多了，对言易冰更是格外尊敬。

散会后，孙天娇偷偷把言易冰扯到一边，面带顾虑，小声道："冰神，十二场连着，你没事吗？"

言易冰轻笑："有事也得上啊。"

孙天娇微微叹气。是，有事也得上，累了也要坚持。因为 ICE 就是整个队伍的主心骨，他在灵魂就在，底气就在。

否则队员一旦对自己产生怀疑，就会是辛辰那种下场，不仅实力发挥不出来，还要拖累全队。

言易冰拍拍孙天娇的肩："现在愁也没用，而且我比赛结束后回来好好按摩，也不至于太累，先告个假，出去一趟。"

孙天娇看了一下气温："今天这么热，你要去哪儿？"

言易冰："白住在中央公园附近，逛逛呗。"

孙天娇："我陪你？"

言易冰："不用了。"

孙天娇倒也不是真想陪，就是顺口一说，不过骤然被拒绝，还是让他有点伤心。他刚准备抱怨一下言易冰对他越来越冷淡了，手机突然一振，收到了微信。

他低头一看，是边恕的。孙天娇没空跟言易冰抱怨了，低头回消息。

边恕："在纽约？"

孙天娇："老板您可真不关心我们这代言啊，现在可是世界赛，带着你家的 Logo 来的！"

边恕发了个笑的表情，又继续道："帮我个忙行吗？"

孙天娇："这么客气干吗，让我帮什么都行！"

边恕："我在那边定制了个西装，能帮我带回国吗？"

孙天娇："高级定制？"

边恕："嗯。"

孙天娇："那很贵吧，万一压坏了怎么办，我可赔不起……"

任何涉及赔钱风险的事情，孙天娇都很慎重。他真的十分爱钱，全世界最爱钱。

边恕："不用你赔，带回来就行。"

孙天娇："哈哈哈哈好嘞好嘞！"

言易冰跟孙天娇打了招呼，穿了一身轻便凉爽的白色外套，戴好鸭舌帽，出去和寒陌汇合了。

寒陌没打车，直接坐地铁过来，还能快十来分钟。他刚出地铁口，就见言易冰懒懒散散地坐在花坛边，一只脚踩在大理石砖上，有一搭没一搭地敲着地面。

寒陌走到他身边，打了个响指。

言易冰把目光从手机上移开，一仰头，看向寒陌。他吸了吸鼻子，喉结一滚："什么这么香？"

言易冰看向寒陌手里拿着的小包装袋，那里面飘出一股甜丝丝的、浓郁的奶酪香气。

寒陌："甜甜圈，尝一口？"

他举着小纸袋，将甜甜圈往外挤了挤，送到言易冰手边。言易冰拿过快速咬了一口，圆润的甜甜圈上留下一个带着浅浅牙印的豁口。

言易冰把甜甜圈含在含在嘴里嚼了嚼："好吃。"

寒陌："嗯，慢慢吃。"

他就这么站着，低头看着坐在花坛上的言易冰吃东西，像看家里养的小宠物。言易冰把一整个甜甜圈都吃完，见寒陌又要拿另一个，赶紧摇摇头："不吃了，饱了。"

言易冰："你要去大都会博物馆看看吗？就在前面。"

寒陌摇头："都是从世界各地抢来的东西。"

　　言易冰："也是。"他其实也懒得逛，那地方仔细看四天都看不完，他嫌累。

　　既然是出来放松，他们就默契地没提比赛的事。而且两队马上就是对手了，在战术上，也需要保密。

　　言易冰找了片僻静人少的草坪，随意坐在上面，目光落在不远处的松鼠身上。

　　灰松鼠懒得搭理他，伸出小爪子，专心致志地刨了一会儿坑，发现没有同行埋起来过冬的坚果，非常失望地跑开了。

　　寒陌蹲在言易冰身边，伸手摸了一下草："不嫌脏？"

　　言易冰拍拍自己身边的草地："不脏，外国人最喜欢坐在草坪上，公园和广场的草地经常被坐得满满登登的，我以前跟爸妈出国玩，就还挺习惯的。"

　　两人坐在草坪上吹了会风，又逗了逗跑来跑去的松鼠，见天色黑了，便各自回酒店了。

ZHENG FENG

争锋

CHAPTER **15**

休息时间过后，二十四支队伍正式挺入半决赛。

半决赛是一道门槛，目前留下的队伍，在实力上并没有绝对的差距，哪家战队都有可能发挥好，打得顺利，进而挺入决赛。而那些经常进入决赛的老牌战队，也很有可能状态不佳，因发挥失常而止步半决赛。

说不紧张是假的。孙天娇紧张得直跑厕所，他一边跑厕所，一边还故作轻松地帮大家活跃气氛："说吧，半决赛结束之后想吃点什么？米其林三星？我知道一家法国餐厅，口味绝对正，牛排都是从牛身上现割下来的。"

言易冰：……

许瑞深吸一口气，用胖乎乎的手掌心按着胃，忧心忡忡道："谁那儿有健胃消食片？先给我来一片。"

宋棠疑惑："你早晨就喝了一口汤，吃那玩意儿干什么？"

许瑞："我前天晚上海鲜吃多了，心里一直不得劲儿，我怕影响今天的发挥。"

宋棠："……你放心，前天晚上的海鲜已经不在你身体里了。"

"瞧你那没用的样，这才区区一个半决赛，你们随便就能过，都给我正常一点！"孙天娇严厉斥责许瑞后，又捂着肚子道，"那什么你们聊，我去趟卫生间啊。"

他说罢，抽了几张纸就往卫生间跑。傅海峰无奈："到底是谁不正常啊。"

言易冰轻笑："他今年吹的牛有点大，拉的钱有点多，压力大也正常。"言易冰闲适地坐在休息室里，抬起手，轻轻抿了一口绿茶。

宋棠一脸感动。不愧是队长！半决赛在即，大敌当前，队长还能波澜不惊，胸有成竹。这才是巅峰大神的样子！

其实言易冰掌心全是汗，小组赛运气那么差，谁知道半决赛会不会变好。当初来的时候，他们是奔着世界赛冠军努力的，但小组赛的成绩让大家都挺受打击，要是半决赛再发挥失常就此止步，那他们可以集体退役了。

言易冰的压力比谁都大。他是队长，跳点都是他根据航线临时决定的，所以跟 PYP 对撞那么多次，说明他和金泰然对地形和局势的分析有些相似，也算是他本人影响全队。但他不会改。比赛肯定要从全局出发，他们不可能刻意避开哪个队，打乱自己的运营节奏。这意味着，半决赛也有全程撞上 PYP 的可能。

言易冰一紧张就需要分散精力，他登录了微博，想去看看粉丝的留言。起码微博里没什么人黑他，都是一直支持他的朋友。果然，世界赛一开始，消息又爆了，他随便点开几条都是满满的祝福。

"冰神加油啊！你肯定行的！我永远支持你！"

"冰神！我找神婆算过了，是我们老家超级有名的神婆，特别准，她说你这次能拿冠军！"

言易冰忍不住一笑。他其实不信这些，不过临到比赛，谁都愿意相信这些美好的祝福是真的。

昨天 Prince 比赛，听说丁俊找人去曼哈顿每个教堂都拜了一遍。而且他也没把宝全压在外国神仙身上，临来之前，他还送了每个队员一个五台山开了光的小金佛。寒陌当时诚心问了一句，国内外的神仙遇到会不会掐起来，万一真夺冠了，功德算谁的。丁俊认真思考过，才没让他们把小金佛挂在脖子上。好在昨天寒陌他们打得不错，积分排在前列。

看了几条鼓励的留言，言易冰一时冲动发了条微博。

"@Zero 言易冰：决赛成绩满意的话，给你们后台直播哈，希望有微博见的机会。"

　　他还是稍微含蓄了点，只说成绩满意，没说要拿冠军。发完消息，工作人员通知让选手去准备比赛。言易冰理好衣服，带着队员去内场。

　　走到门口，他稍微顿住脚步，回头朝寒陌的方向看了一眼。寒陌今天没有比赛，特意来观战的。察觉到言易冰的目光，寒陌轻轻动唇，无声地做了个口型："师父，加油。"

　　言易冰收回目光，大跨步往内场走。这天运气不错，他们没再跟PYP撞到。大概PYP也吸取了上次的经验，不再冒进硬刚，毕竟小组赛还有可以挽救的机会，半决赛被淘汰，那就真的是明年再见了。

　　第一局，言易冰跳了防空洞。这也是场赌博，他不知道为什么，直觉防空洞的位置会是天命圈，而他们曾经苦练过三个月的防空洞战术，他很有自信。

　　结果这次真的运气好，每次刷圈防空洞都在中心，他们顺利淘汰了几波冲圈的选手，最后在决赛圈和NNTC互扔手榴弹，言易冰关键的一枪，打爆李希含的头盔，吃到了鸡。

　　第二局玩的是农村包围城市路线，虽然是个天谴圈，但好在配合默契，没出大错，还是一路活到了决赛圈，最关键的是，这次拿了不少人头分，当前Zero积分排名第一。

　　许瑞忍不住哼了首歌："行啊兄弟们，今天运气非常好啊！"

　　傅海峰倒是一直很冷静："你别唱了，太难听了，我枪都抖。"

　　许瑞："瞎说，我，KTV小王子，队长都承认过我的歌喉。"

　　言易冰："……什么？"

　　许瑞："你忘了！当初我还在二队，宋棠还在青训营的时候，有一次俱乐部租了个江景别墅聚餐，我喝了酒后，在客厅高歌五六首，队长你拍着我的肩夸我的！"

　　言易冰：？？？

　　宋棠一脸漠然："队长您忘了，您留给寒陌的录音，就在那天。"

　　言易冰满头问号，那个要当寒陌粉丝的录音？

　　许瑞："啥录音，我怎么不知道，你们又背着我搞小秘密了？"

　　言易冰赶紧找补："我那天喝多了，说的话你别当真啊。"

　　许瑞："……我心碎了。"

　　言易冰愁死了。他都不记得当天说过多少不过大脑的话，又有多少单纯且认真的新人当真了。

宋棠："跳哪儿队长？"

言易冰回过神来："机场。"

许瑞："我还心碎呢，就这么刚？"

言易冰："明天 Break 和几个欧洲强队都在，还有寒陌、郁晏他们，今天必须多拿积分，不然有点难。"

许瑞一听，顿觉压力又回来了。也是，昨天半决赛第一场，竞争对手们的表现可都不错。半决赛就只有一组相对来说是软柿子，要是不使劲儿捏捏，明天就更不好脱颖而出了。许瑞也不再开玩笑，拿出了十二分的精神，随时准备应对落地时的刚枪。

第三局，Zero 排名第四，排名没降，只不过积分被 NNTC 赶上不少，AXE 也紧随其后。

第四局，AXE 和 Zero 抢点，两败俱伤，让 NNTC 占了便宜，排了第一。

第五局，Zero 艰难追上，但积分被咬得很死。

第六局，Zero 保持第一，比赛结束。

NNTC 并不服气。比赛结束后，李希含朝言易冰的方向看了一看，轻蔑一笑。总积分榜已经刷出来了。NNTC 因为有两天的积分，目前排在总榜第一，虽然不确定最终的排名，但进入总决赛肯定是没问题的。

言易冰懒得搭理李希含，他淡定地收拾好外设，挎在身上，随后轻按着右手的虎口，一边揉着一边往后台走。

傅海峰的情况更惨一点。他的腰受不了，一路勉强咬着牙，保持着脸上的淡定。其实要是明天休息一天就能恢复，他现在的极限是隔天六场比赛。宋棠担忧地扶着他的肩，傅海峰只是简单地摆了摆手。

他说："队长，明天前三局，让星火试吧。"

言易冰沉默了一会儿道："你别压力太大，明天对手本来就强，打得不理想也不是你的原因。"

傅海峰："嗯，我知道。"

言易冰："按今天的成绩，咱们进决赛大概率是没问题了，反正到决赛积分又要重新计算，不重要。"

傅海峰："也是，进决赛肯定没问题了。"他喃喃重复了一遍。

半决赛第三天，全球直播收看人数突破新高。现场观众的热情和高空中的灼灼日光一样热烈，选手还没入场，欢呼呐喊声就此起彼伏，绵延不绝。

"真行，我也就在老美棒球比赛上看过这种场面。"孙天娇有些得意地念叨了一句，说罢转过脸来，"你们也少喝点咖啡，别到时候一趟趟跑厕所。"

许瑞打了个哈欠："真困啊。"

宋棠："我也是，昨天比完赛过于亢奋，怎么都睡不着，我都慌了，等今天完事儿我肯定要在酒店睡一天。"

孙天娇："那也要适量。"

这会儿观众都被圈在观众席里，很少有人上四楼，所以他们趁着清闲，在晨光下吹着暖风喝点东西。安星火的咖啡杯被一直攥在手心里搓，他一边搓一边咬着吸管，也不喝，就是给自己找点事干。

他已经手脚冰凉、肾上腺素飙升有一会儿了，嘴里喝的是咖啡还是辣椒油都无所谓，他满脑子都是自己即将替傅海峰上场的事。安星火犹犹豫豫道："傅哥你休息好了没，你要是腰没事的话，我……"

还不等傅海峰说话，言易冰突然开口道："名单已经报上去了。"

安星火猛地咽了口唾沫，半晌，斟酌措辞道："因为这是我第一次打世界赛，而且我刚从极光战队过来不久，我……"

他觉得自己幸运得让人忐忑。曾经他以为能被极光战队签下就已经很牛了，他那时候的确有点狂妄，甚至觉得大神选手也并不比他强。

自从他挑衅言易冰，在表演赛被寒陌血虐后，极光的队友就开始嫌弃他丢脸。他知道天高地厚了，也知道羞愧了，但情况并没有好转。被队友排挤的日子有点难过，他尝试着参加了 Zero 的面试，没想到竟然通过了，孙天娇正式把他签了过来。

他一跃来到了更大的平台，而且曾经被他挑衅的冰神并没有因此针对他，反而时不时指导他的战术，纠正他的错误。他觉得在 Zero 的几个月，比他之前两年学的东西都多。

而且这次，孙天娇主动通知他，会以替补的身份来参加世界赛。他根本没想过有上场的机会，只觉得是来见见世面。结果，现在上场的机会也有了，他又激动又惶恐。

言易冰转过脸来看向他，杏核眼澄澈明亮，眼尾自然折起微垂，两缕碎发懒倦地掠过耳垂。他淡淡道："我对你期望很大，你又不会一直在二队，好好打。"

安星火怔住，半晌没说出话来。他茫然地眨眨眼，似乎言易冰这句话需要反复咀嚼回味，逐字品鉴。终于，他慢慢睁大眼睛，眼底蓄上越来越明亮的光芒。

他望着言易冰，脸上挂满了对偶像的崇拜，以及对获得偶像肯定的欣喜。他的嘴唇微微颤动了一下，虽然很克制地没有上翘，但那仿佛小学生被班主任表扬的样子，根本藏都藏不住。

那一刻，他觉得，他能为言易冰出生入死了。安星火重重点头，拳头攥得紧紧的，脸憋得有点发红，他用最真诚的声音发誓："队长，我肯定不辜负你的期待！"

言易冰稍一扯唇，唇边挂着笑，喝掉最后一口意式浓缩："走吧。"

其他人也纷纷把纸杯放下，理了理队服，跟上他，一边揉着手腕一边下楼。他们沿着楼梯往二楼走，走到二楼三楼交界的小平台处，正看到二楼入口陆续入场的战队。

小平台用玻璃拦着，上面有淡黄色的扶手。言易冰趴在扶手上，垂眸往下看，阳光透过窗户斜斜落在他的队服上，洁白的衣服被抹上一层明黄的光。

寒陌也在进场的队伍里。他微微仰头，看了一眼趴在小平台懒散看热闹的言易冰。寒陌脚步稍顿，改变了方向，朝言易冰走过去。

小平台不算高，透过玻璃围栏，能清楚看见言易冰的样子。寒陌仰着头，朝他伸出手来。言易冰目光微颤，眼底浮出一丝笑意。他也伸着胳膊向下，清风拂柳似的在寒陌掌心拍了一下。两人什么都没说。

随后寒陌入场，言易冰也站直身子，下楼。

半决赛最后一天正式开始。本土战队 Break 显然是最有优势的，他们的粉丝就占了几乎一半的场地。半弧状四块连接起来的大屏也第一个映出了 Break 队长 Gavy 的脸。

Gavy 正在有条不紊地检查外设，听说某些小网站上，Break 的赔率已经低得没有押注的必要了。几乎所有人都觉得，整装出发的 Break 这次必将夺得冠军。显然有些媒体夸张宣传了 Break 的实力，也严重低估了其他国外战队的水平。

第一局，中部偏西航线。言易冰带着人跳了机场野区，同样跟来机场的只有欧洲 ONT 战队。

言易冰："我架枪，许瑞和宋棠速度清机场，小安去控载具。"

ONT 战队是个经典的运营强队，他们一般不爱前期跟人起冲突，经常是不声不响发育，人头数拿的不一定多，但是总能留到最后，成绩十分稳定。不过他们的战术也是太过单一了点，早就被人研究透彻了。

言易冰爬上高架，找了个易于隐蔽的位置，在宋棠和许瑞的配合下，在缩圈之前，淘汰了 ONT 全队。此刻安星火已经把载具都开过来了。几个人随手炸了辆轿车，然后开着一辆摩托一辆吉普，冲出机场。

而此刻，NNTC 和 Break 却在 P 城发生了激烈的抢点。别看 NNTC 平时跟在 Break 后面装孙子，但心眼儿一点不少，新战术从不在练习赛上显露。

每次打练习赛，NNTC 都能被 Break 打得头破血流，可这次 P 城抢点，NNTC 一口气带走了 Break 三个人。当然，他们自己也损失惨重。

"哦嚯，Break 就剩 Kyle 了，喜闻乐见。"许瑞瞥了一眼击杀公告，说了句风凉话。但紧接着——"Prince-momo 使用 MG3 机枪淘汰了 Zero-xurui。"

许瑞一口血卡在嗓子眼儿里："他们居然捡到空投了，这是什么好命啊！"

言易冰嘴唇一绷，随即轻笑："准备接客！"想过会撞上 Prince，但没想到会撞得这么快。

许瑞被击倒后，言易冰快速找了个掩体藏了起来。许瑞道："哎哎哎队长，150 度方向有人，寒陌不会还有吉利服吧，他要是穿这玩意儿就有点棘手啊。"

言易冰冷静地换了红点瞄准镜。有了许瑞定好的位置，他不需要开镜看清，只需要速度了。言易冰侧身，开镜甩狙。

"Zero-ICE 使用 SKS 狙击步枪击倒了 Prince-chenzefeng。"

言易冰轻呼一口气："宋棠，绕他，小安掩护。"

陈泽峰急躁地跺了跺脚，愤愤道："冰神眼神真好啊！"

寒陌轻勾起唇角："过来我扶你，漠贝把车开过来当掩体，肖诺注意，小心被绕。"

宋棠："队长，有车声！是不是来劝架的？"

言易冰早已经换了掩体，闻言淡淡道："不能，这是不想放弃陈泽峰啊，把车给我扫了，宋棠绕到位置打个烟幕弹，他们肯定有人堵你。"

安星火："队长，我一个人打不爆！"

言易冰："打什么打，用手榴弹，正好给宋棠掩护。"

安星火领悟飞快，立刻甩了个手榴弹到车声附近。手榴弹"嘭"地炸开，但并未伤及车辆。一辆吉普车气势汹汹行动极快，在反斜坡出没。言易冰此刻已经跑到了更近的位置。

寒陌有吉利服，言易冰担心寒陌留在哪儿架着他，所以他跑得非常谨慎，所幸并没有传来 MG3 的声音。言易冰还没到，吉普车已经开到附近将陈泽峰拦了起来。子弹打在车身上，扬起一阵浓烟。

言易冰眼见来不及，直接甩了个燃烧瓶出去，在燃烧瓶还在空中没有落地时，飞快抬起 M4 连射，将燃烧瓶打爆。洋洋洒洒的火光像雨滴一样朝着吉普车落了过去。

寒陌听到枪声时已经察觉不好，他直接放弃陈泽峰，伏在一块石头后，没有半分犹豫，朝燃烧瓶扔来的方向回敬了一颗手榴弹。

言易冰还没等到吉普车炸开，寒陌紧跟着给了陈泽峰一枪，没让言易冰抢走人头分。下一秒，吉普炸开，火花淹没了陈泽峰的盒子。

言易冰扫了眼击杀信息，咬了咬牙，喃喃道："寒陌现在是越来越难对付了啊。"

肖诺："好险！幸亏人头没被他们抢去。"

寒陌勉强松了一口气："冰神真是……一点不留情啊。"他要是反应慢点，存了救陈泽峰的心思，估计已经被炸没了。

肖诺："队长，他们果然来绕圈了！"

烟幕弹骤然散开，遮挡住一大片范围，子弹从手枪中射出来，几次险险擦过肖诺的头盔。

寒陌："汽油桶留了吧？"

肖诺一笑："留了三个，幸好这玩意儿在我身上背着，要是给了泽峰还惨了。"

寒陌："嗯，送冰神个回礼。"

话音一落，寒陌和肖诺同时举枪朝汽油桶扫射。三个汽油桶被打爆，火光再次燃了起来，扔过去的燃烧瓶和手榴弹沾火即炸，宋棠根本来不及黄雀在后，就被淘汰了。

宋棠："什么家庭啊，捡这么多汽油桶？"

言易冰稳了稳神，深吸一口气。他抬眼看了看缩圈时间，对安星火道："慢慢撤回我身边，别让人察觉到，枪声别断，别让他们有机会跑路，咱们有车。"

果然，在言易冰和安星火的密集进攻下，寒陌和肖诺没时间逃跑。两队你来我往磨了半天，毒圈已经从他们头顶上碾过去了。这波毒谁都扛不起，于是言易冰干净利落地开着摩托，带上安星火，直往圈内冲。

Prince 的吉普已经被他们炸了，现在肯定没车，一会儿就要被毒圈淘汰了。想想寒陌被逼无奈只能被毒圈淘汰的样子，言易冰居然有点想笑。

寒陌肯定郁闷，肯定憋屈，但是他那种冷淡闷骚的个性，也绝对不会表现出来。最多晚上少吃几口饭，或者绷着脸不说话，逼自己反复练习八百遍，以求再也不犯车被打爆的错误。

不过言易冰很快就笑不出来了。摩托轮胎越过山坡，还没来得及落地，一声细微的枪响，精准地打穿了安星火残破的三级甲。

"Prince-momo 使用 MG3 机枪淘汰了 Zero-xinghuo。"

言易冰虽然丝血冲出了毒圈，但寒陌多拿了他们一个人头，好像他也没占到便宜。

被毒圈淘汰后，寒陌松开鼠标，轻轻靠在椅背上。肖诺懊恼不已："都怪我，要是我那一枪没打偏就好了，要是把冰神打下来，他们就全军覆没了。"

当时那个情景，肖诺的角度打言易冰更好，且言易冰开着摩托，没法还手。可惜蓝色毒圈多少遮挡了肖诺的视线，他那枪没中，只打在摩托车身上，而单单一枪根本不至于把摩托打爆，紧接着，他就失血过多倒地了。

寒陌扯掉耳机，揉了揉被压得难受的耳骨，平静道："不赖你，你以为冰神为什么要自己开车？他本来就是把安星火当掩体的，他也知道我肯定不会放弃最后一击，所以给自己加了层保护。"

随后，寒陌又自顾自叨念一句："反应真快。"

安星火成盒后，有些愧疚地低下了头："我的错，我对不过寒神。"

言易冰进了圈，将摩托甩在一边，冲进野区厕所给自己打药。一针肾上腺素下去，血条重新刷满。

他微微松了一口气，轻声道："比赛才刚开始，揽什么锅，让你在后面，本来也是拿你当靶子的。"

宋棠也道："比赛期间拒绝背锅哈，你表现没什么问题，那种情况下，你肯定要给队长垫背的。"

安星火稍微被安慰了点，同时又有点感动。言易冰这是把责任全都揽了过去，用队员的命换来的生机，如果没有换取最大化的利益，肯定又会被网友骂的吧。他现在总算明白，为什么越是大神被骂得越多了。

决赛圈，厕所是个非常危险的地方，高高的狭窄的小窗户不利于射击，而一旦外面扔了雷进来，连跑的机会都没有。言易冰打了药，直接一个烟幕弹封住门口，随即冲了出去。

树林里枪声微响，他躲在烟雾里，抬起 M4 连射，打掉了日本某战队最后一位选手。但紧接着，一颗手榴弹炸在厕所门口。幸好他早早出来了，否则真就被人堵在厕所里。

言易冰硬生生带走三个人，拿到了第三，虽然没能吃鸡，但能得的积分都得了。最后 Navi 战队剩下两个人，他实在对不过，没办法。

一连五局打下来，居然没有哪个战队优势明显，稳坐第一。彼此间积分咬得特别死，一连到第六名，都有和第一名较量的机会。关键在第六局。谁能在第六局吃鸡，那半决赛的冠军也就差不多了。

Zero 运气比较好，第六局前期一直在天命圈，只有最后被刷了出去。此刻存活人数还有十人。在冲圈的时候，宋棠为言易冰挡了枪，言易冰躲在宋棠身后，带走了 Break 的 Kyle。存活人数还有四人。Gavy 还在，而且根据一路吃的信息判断，Gavy 大概率在圈内，而言易冰则再次被刷出了圈外。哪怕参加了那么多次世界赛，经历了那么多大场面，在生死一瞬的时刻，言易冰也开始出冷汗了。Gavy 很强，他和 Gavy 谁能吃鸡，基本上就要看谁运气好了。

但显然他的运气不怎么好，他也不认为自己在刚枪上比 Gavy 更有优势。为了不被毒圈毒死，他只能跑起来冲圈，但他现在还没确定出

Gavy 的具体位置。

手榴弹已经扔没了，这时候跳起来，大概率就是死，但已经没时间等了。言易冰肌肉绷紧，眉头紧蹙，眼睛牢牢盯着电脑屏幕，掌心里全是汗，就连鼠标都被他摸得亮了一个度。

毒圈缓慢逼近，时间一秒秒流逝。他终于深吸一口气，甚至在心里自我安慰，算了，反正也只是半决赛，只要能进总决赛就无所谓。

他下定决心，刚要举枪跳起来，突然从圈外位置传来一声沉稳的枪响。这一枪极其淡定自信，不疾不徐，精准地打穿了 Gavy 的头盔，不给人丝毫反应的时间。AWM。天选之枪，防无可防。

"TON-Susan 使用 AWM 狙击枪淘汰了 Break-Gavy。"

那个一直被嘲笑拖全队后腿，是 Break 唯一软肋，靠男友 Gavy 上位的 Susan。那个从来不争不抢，默默守好大后方，为全队守出一个无人可破的保护网的 Susan。

一直被忽视，一直被看轻，很多人都忘了，她也是 KD 高达 2.0，曾经一战成名的天才选手。Gavy 的盒子安静地躺在地上，镜头则快速回缩，对准了丛林中，平静举着枪的 Susan。

枪口漆黑，缓缓下落。下一秒——"TON-Susan 被毒圈淘汰了。"

决赛圈的毒没人扛得起，几乎几秒钟，就可以把血条消耗光。Susan 有且只有开一枪的机会。她理智上知道，自己冲圈就是个死，所以她放弃了，将最后的一点时间用来分析捕捉 Gavy 的踪迹，然后孤注一掷，开了这枪。

Gavy 的脸色刹那变了。他身边的队友已经等待着庆祝胜利了，就连他自己也认为，赢定了。他趴在一个非常优势的位置，后面是毒圈，前面是屏障，进可攻退可守，这样的位置不吃鸡，简直天理难容。

而且他确信，剩下的人要么在圈内，要么在疯狂往圈里赶，他只等着轻轻松松收割人头了。他没想到，自己背后，几乎可以算是万无一失的地方，居然还有人。

Susan，这个女人太了解他了。在明知道没有机会吃鸡的情况下，她毅然决然地选择了放弃，然后用致命一击将他带走。

这一切简直像个笑话。Gavy 三级头三级衣，手里拿着霰弹枪和98K，顶配装备，如果 Susan 不是正好在他身后，如果 Susan 手里没有一把绝杀的 AWM，他都不会死。但这一切就是这么凑巧。

Gavy 狠狠咬着牙，拳头猛地砸了一下桌面。身后的监督员立刻上前来，用警告的眼神看向他。Gavy 深吸一口气，只好收敛脾气，用那双深蓝色的深邃的眼睛，朝 Susan 的方向看了一眼。

在 Susan 被淘汰的同时，NNTC 李希含举起枪下意识朝 Susan 射去，但等他意识到自己根本不需要管 Susan 时，位置已经暴露了。言易冰抓住时机开枪打死李希含，Zero 成功吃鸡。

吃鸡的界面一出来，综合积分榜瞬时刷新。结合两天的比赛，此刻 Zero 和 Break 竟然达到了戏剧化的同分。但因为 Break 的吃鸡数更多，暂时排在前列。

Gavy 并不开心。这几场比赛里，Break 几乎每场都被 TON 拿过人头，他合理怀疑 Susan 针对他。如果最后一场，Susan 的枪口不是对着他，而是言易冰或李希含，那结果会大不相同。

赛后采访。Gavy 放出狠话："总决赛时，Break 会是名副其实的第一，中国队，不会再有机会。"他说这句话时，后台跟拍镜头里，分明录到了 Susan 一个默默的白眼。

言易冰懒得跟外国媒体扯淡，直接尿遁了。出了内场，几个中国队伍碰面。孙天娇满面春风地朝丁俊迎过去："小丁，哎，今天真的是千钧一发，我在台下差点把头发拔没了，你看 Gavy 多狂啊，幸亏我们冰神力挽狂澜，保住了 PCL 的颜面哈哈哈哈。"

丁俊皮笑肉不笑："你拽的头发在哪儿呢？会场明确规定不许随地扔垃圾，你不怕 Zero 被罚款啊。"

孙天娇笑眯眯道："哎哟，这要是拿了冠军，谁还管罚款的事儿啊，这点钱我们 Zero 还是出得起的。"

丁俊："能不能拿冠军还得看总决赛吧，现在说早了点。"

孙天娇："哈哈哈哈也是，这不是图个好兆头嘛，半决赛积分第一总比第二三四五六好是吧。"

丁俊："呵呵呵呵那希望 Zero 在总决赛也有这么好的运气。"

孙天娇："那是那是，你们 Prince 也加油哈，争取守住四强。"

丁俊：……

孙天娇·"嘻嘻。"

RONG GUANG

荣光

CHAPTER *16*

半决赛结束第二天，比赛结果发酵到高潮，网上评论开始两极分化。

"ICE 牛！Zero 牛我先说了！神永远都是神！"

"哈哈哈哈 Zero 粉扬眉吐气，小组赛被你们骂得太憋屈了，结果呢，半决赛第一！"

"喝酒但凡配点花生米呢？Break 第一好吧？"

"Zero 积分和 Break 相同，说第一有问题？"

"讲真，要不是 Susan 一直给 Break 使绊子，Zero 最后一局能吃鸡？"

"要是要是，哪那么多要是，第一就是第一。"

"呵呵，笑到我了。"

"莫名其妙，都是国人居然还有吹 Break 的？"

"事实而已，Break 就是强啊。"

"胜负本来就是多重因素影响的。"

"Susan 冲呀，打死渣男。"

"说比赛就说比赛，扯什么人品，Susan 拖 Gavy 后腿，Zero 实力不如 Break 有问题？要是东亚对抗赛的阵容还有得一比，就现在还找了个新人上去，呵。"

言易冰丝毫没被网上评论影响。休息第二天，他和教练一起复盘了半决赛，针对 Break 的新打法，重新出了一套战术。

言易冰："从半决赛的表现看，Susan 的水平显然是被严重低估的，她架枪的实力绝对强，可以说曾经 Break 的大后方全都是 Susan 在控，有 Susan 在，Gavy 他们才能无所顾忌地对枪。现在他们丧失了这个后援，反倒是最好的突破口。"

教练："没错，打他们要拉枪线多控视角，他们节奏乱了，整体就不行了。但是能不能遇到他们，什么时候遇到他们，遇到他们的时候我们还有几个人就不好说了，比赛场上瞬息万变，大家做好准备。"

教练的话一说完，场子有些沉默。孙天娇跳出来活跃气氛："行了行了，想那么多干吗，半决赛都能拿到积分第一了，决赛就拿不了？"

言易冰懒洋洋地枕着手臂，漫不经心道："就是，除了 Break，其他强队我们也不能确保打得过。"

孙天娇："……都这时候了你就不能说点好话？"

两天休息后，总决赛正式开赛。

舞台完全换了一个颜色，由原来的赤红色变成了橙金色，比赛开始之前，照例播放一段 Opening 视频，绚烂的金色光芒在会场闪耀，晃得人睁不开眼睛，抑扬顿挫的 BGM 瞬间淹没了场内其他杂音，震得人耳膜嗡响。

这次，再没有选手在休息室轻松攀谈，每个人都进入了自闭模式，行为模式异常古怪且任性。

郁晏蹲在窗口频频给丁洛打电话。其实没什么可聊的，说两句他就会皱着眉挂掉，挂掉几秒，又再打过去说两句，循环往复，大概也只有丁洛受得了他。

陈驰跷着腿，安静地低头抠手指，抠得专心致志、兢兢业业，恨不得研究出什么抠手指的战术来。抠完一只，他抬起来对着光端详片刻，觉得不够完美，就再换一只手抠。

寒陌闭着眼睛，静默地靠在椅子上，一动不动，好像在闭目养神，又像在思索什么。阳光透过落地玻璃打在他的侧脸，他的眼皮不颤，只有睫毛尖上的亮点偶尔晃动一下，稳重得简直不像个二十岁的少年。

言易冰则在慢条斯理地剥橙子。他也不是为了吃，只是找点精细的活，让自己的心定下来。但他可能就是没有那么精细，无论怎么努力，都没法把橙子剥得像寒陌剥得那么完美。

许瑞和安星火呆呆地坐在他旁边，帮忙吃剥完的橙子，吃得应接不暇，一片狼藉。

不止选手们紧张焦虑，战队经理也同样焦虑。他们不在选手休息室里，焦虑的方式就扰民得多。丁俊跟着后排粉丝欢呼呐喊，其实喊的什么东西他也不知道，后面英语，西班牙语，日韩法德各种语言都有。丁俊大部分都听不懂，但这不妨碍他激情似火。

观众："Gavy will win,you are the best!（Gavy 一定会赢，你是最棒的！）"

丁俊："泡菜世界第一！辣子鸡不如椒麻鸡！"

观众："Navi,du bist der Gott für immer!Ich liebe dich!（Navi,你永远是神！我爱你！）"

丁俊："吃葡萄不吐葡萄皮，葡萄还是新疆的好！"

观众："RCA,vous allez gagner!C\'est votre maison aujourd\'hui!（RCA，你会赢的！今天是你的主场！）"

丁俊："万里长城腿走断，不如在家吃卤蛋！卤蛋我支持 X 巴佬！"

怀旧主义者孙天娇，正在细心照料自己养育十多年的网络企鹅。洗个澡，吃口饭，看本书，吃口饭，玩游戏，吃口饭，串个门，吃口饭。

"系统提示：由于您的过度喂养，'财神鹅'宝宝已经被撑死，是否用一颗还魂丹复活？"

孙天娇心碎了，他快速点击了"是"。

"系统提示：您的还魂丹不足，是否用四百币购买还魂丹？"

孙天娇快速点击，是是是。

"系统提示：您的余额不足，请充值后购买，请选择充值方式。"

孙天娇手速更快，否否否。正巧，边恕发来慰问消息。边恕："你们今天要总决赛了吧，加油。"

一夜暴富小娇娇："是的，不过刚刚我儿子被撑死了。"

边恕："？"

一夜暴富小娇娇："要了我儿子的命就算了，居然还要我充值复活，资本家的嘴脸果真丑恶，啧啧。"

同为资本家的边恕：……

一夜暴富小娇娇："说多了，谢谢边总哈，我们会加油的，现在就让我独自悲伤吧。"

边恕："什么儿子？需要多少钱复活？"

一夜暴富小娇娇："四百币。"

"边恕向您转账四百元。"

一夜暴富小娇娇："？？？哈哈哈哈是四百金币，其实只要四块钱啦，我不是没钱，就是没绑卡也懒得绑，不值得，现在玩宠物的人也越来越少了。"

边恕："嗯，我不太懂这些，没玩过，你拿去复活吧，就当我跟你一起养的。"

一夜暴富小娇娇："别别别，我自己复活，您把钱收回去，生意上多照顾我就好了哈哈。"

他虽然爱钱，但也不是没眼色地什么都收。边恕也没推辞："好吧，儿子叫什么名字？"

一夜暴富小娇娇："招财鹅。"

边恕：……

早晨九点整，主办方通知所有选手入场备战。开场的音乐声戛然而止，场下的观众也一瞬间默契地安静下来，他们放下手中的电子设备，齐齐朝舞台中央看去。

十六个席位被分成四排，由上至下依次排开，席位前面的长方形屏幕上，陆续刷新出战队的名字和 logo。

Zero 在第二排第三席，言易冰带队入场，落座之前，他朝黑压压的观众席看了一眼。

观众在他眼中由具体变得模糊，直至最后全然消失不见。他没再看过去，而是淡定地坐下，松了松领口，扯了扯袖子，露出一小节手臂散热，然后娴熟地安装外设调节配置。

宋棠轻呼一口气，喃喃道："终于又走到这里了。"他们不止一次走到这里，然后止步这里，带着遗憾，看着其他战队举起那个象征着荣耀的奖杯。这一切仿佛就在昨天。

傅海峰："拼了。"

许瑞："来吧。"

过了很久，言易冰才温声道："说实话，这是我最想赢的一次，所以，得特别努力了。"

十点整，比赛开始。第一局艾伦格海岛，中部航线。飞机越过熟悉的地图，细微的轰鸣声从耳机里传来。

言易冰顿了几秒，开口："机场。"

宋棠微微一怔："机场？"

一般决赛里不会有人跳机场，因为机场在资源上的优势已经被削得很薄弱了，而且这个航线，机场前期能获得的信息太少。职业比赛中能否胜利，还是取决于技术和运营，如果刷新圈形不友好，机场也是个坑。不过机场也不是没有优势，毕竟比赛是积分制，并不是拿的人头多就最好。

言易冰："我们的优势在艾伦格，前期谨慎一点没坏处。"

一排四席，肖诺轻呼一声："有人跳机场了，桥头野区也落了两个队，这是要收快递啊。"

寒陌："圈没刷出来，不一定谁收割谁。"

寒陌话音刚落，圈形刷新。机场圈！宋棠：！

许瑞："队长你找神婆算过了？"这简直开局就是绝对优势，虽然这个范围有点微妙，后期容易再次被刷出去，但相比于其他纠结过不过桥的队，他们已经舒服多了。

言易冰："对面野区有人，宋棠和我走左桥过去，许瑞海峰帮忙架枪，以及，准备收过路费。"

鸡蛋不能放在一个篮子里。这个局势，他有预感第二个圈会刷新在机场外，他们需要做两手准备。

机场里只有他们一个队，所以每个人都很快拿到了满配装备。言易冰和宋棠开车冲桥，刚过去没一会儿就听见了细微的枪响。对方显然也听到了他们的车声。

言易冰轻抿了下唇，没有选择跟人抢点，而是故意将车停在远处，又拉了很长的枪线跑过来，搞偷袭。他手里拿着消音狙，不搞偷袭实在是浪费资源。

言易冰蹲在石头后，开镜，枪口微瞄，在一个极其不起眼的小窗口开了一枪。远处绿光一晃，有人快速缩进了掩体里。他微微叹了口气。三级衣，没办法了。

对方很快警觉起来，有两个人开车就走，显然也是为了绕后偷袭。那个被打了一枪的人正安稳地缩在房里打药，他的另一个队友偶尔探头找人，又飞快缩回去。

言易冰快速换了个点位，深吸一口气："一会儿肯定有人过来，准备对枪。"

宋棠立刻转头，护住后面。可言易冰虽然那么说，但他自己却没舍得回头。他眯着眼睛死死盯着屏幕，高倍镜头下，远处的风景格外清晰，仿佛能看清落魄木质建筑上的老旧纹理。

他喃喃自语："真就，不能打到吗？"在对方已经察觉的情况下，很难，但并不是没有可能。他眯着眼，枪口稳住，死死盯着那两个藏着人的掩体。

背后交给宋棠，他完全放心。他的任务，就是拿到这两个人头。慢慢来，不能急。他们躲不住，肯定还有探头的机会。这么长时间没采取措施，大概也没有烟幕弹了。

言易冰觉得自己已经听不到其他的声音了。他的世界完全静止，肌肉绷着，瞳孔紧缩，眼底传来隐隐的酸涩，是眼睛在强烈呼吁他眨一下。但是他没有。

时间一秒秒过去。突然！房内有人微微探头，显然是故意试探。那人见并没有枪声响起，探头的动作才突然更大了一点。

砰！"Zero-ICE 使用 Kar98K 狙击枪击倒了 Break-Richer。"

肖诺扫了眼屏幕，震惊道："Zero 和 Break 撞了！"

这并不是好事。第一个圈，和公认实力非常强的队撞，肯定要自损八百，拿不到积分就算打得再好都没用。寒陌抬枪打掉一名欧洲选手，淡淡道："看自己。"

许瑞也很受惊："队长，你们跟 Break 在打？"

言易冰轻声道："嗯。"

他平时是个话比较多的指挥，但这里的任务没完，他根本没空说什么。他的枪口瞄着另外一个掩体里 Break 的选手。

救是肯定救不了了，毕竟消音狙架在这儿。为了不让他吃人头，那个选手一定会在 Richer 血条滑尽之前解决掉 Richer。这也是言易冰唯一的机会。

几秒钟后，Richer 向外爬，一只手臂恍惚出现在门口。另一处掩体里，枪口一闪而过。

砰！"Zero-ICE 使用 Kar98K 狙击枪击倒了 Break-Svin。"

"神了！"好几个队伍看到击杀信息后都忍不住发出了惊呼。身后的监督们一阵紧张，频频蹙眉。

宋棠激动得差点跳起来："太强了！这是什么精准度，这是什么枪法，队长你是神吧！"

言易冰狠狠地闭了下眼，眼睛叫嚣的酸痛稍稍缓解了一些。他没心情夸赞自己，Gavy 和 Kyle 正准备偷他们。

言易冰："许瑞，向我们这边打几枪，随便打，混淆视听。"

许瑞蹲在遥远的机场里，开着镜，朝言易冰所在的山头打了几枪。果然子弹混淆了 Gavy 和 Kyle 的信息，他们被迫谨慎地躲避起来。

刚开局，丢了两个人，再厉害的选手也不敢硬刚了。他们的节奏完全被打乱了，这种惨状几乎从来没在 Gavy 的职业生涯中出现过。以往都是他们偷别人，什么时候轮到别人偷他们了？

言易冰心中却有了底。Break 因为实力太过强大，所以训练时根本没来得及暴露缺点，他们也没有完全适应离了架枪王者 Susan 的生活。只要节奏被打乱，Break 就废了。

第一局，Zero 成功吃鸡，拿到第一个四百分。言易冰稍微松了一口气，轻轻晃了晃手腕。还早，还有十一局。

肖诺："冰神还是牛啊，不服不行，这两枪又要封神了。"

寒陌微不可见地扯了扯唇："永远不要忽视任何选手，职业赛场不会给人松懈的机会。"

不过这种天命圈且能顺利偷人的运气并不会每次都发生。第二局，欧洲强队 Navi 天谴圈一路逆袭，成功吃鸡。第三局，Break 终于找回状态，十七杀吃鸡。第四局 Prince，第五局 CNG……时间缓缓流逝，总决赛第一天，Zero 排名第三，Navi 第一，Break 第二。

第一天和第二天之间没有休息时间，一天高强度的比赛后，选手们纷纷进入疲态。傅海峰腰痛难忍，不得已，安星火再次临危受命，打最后一天的总决赛。

安星火那天晚上，一抓就是一把头发，急得差点英年早秃。

说实话，将傅海峰换成他无形中是拉低了 Zero 的综合水平。他和一队配合得少，默契度肯定不如傅海峰，而且他经验也不够，有时候还需要冰神提点，分散冰神的精力。但傅海峰疼得冷汗直冒，膏药都贴了两层，趴在床上直咬牙。

言易冰也忍不住对安星火道："难为你了。"安星火要是真在最后一天的决赛中犯了错误，大概会被网上的粉丝骂到社会性死亡。但没办法，这就是替补的使命，既然来了，就是得承担风险的。

安星火摇摇头："队长，我尽量不拖后腿，你要是有需要，尽管拿我当靶子。"

言易冰偷偷按着虎口，故作松弛地一笑："我不会客气的。"

他其实也很疲惫。毕竟二十六岁了，和二十岁的恢复速度没法比。如果是以前，他睡一觉就精神抖擞了，但今天，理疗师已经给他按过两遍了，从手指尖到膝盖。

寒陌似乎也怕牵扯他的精力，这是唯一一次，比赛之后没做任何联系。言易冰心里了然，也默契地没过问一句。

Prince 这次世界赛的节奏有点乱，但这完全源于他们内部的动荡。丁俊极力推崇辛辰，让漠贝感觉到了危机。整日生活在即将被人替代的恐惧里，谁也无法拿出最佳状态打比赛。而且丁俊还让辛辰替过陈泽峰，这让陈泽峰心里也开始打鼓。

队内不定，寒陌再努力也带不起来。丁俊显然也已经意识到了自己决策的失误，所以整个决赛都不打算让辛辰上场。不过漠贝和陈泽峰的状态已经很难找回来了。

总决赛最后一日。

因为安星火的经验不足，Zero 在 PCL 赛区的优势图艾伦格失分严重，名次滑落第五。比赛还剩四场。沙漠图是欧美强队的主场，雨林图大家水平相当，而艾伦格只剩一局，改变不了结局。想要在沙漠图里把失去的分数夺回来，实在是太难了。

安星火的冷汗把队服都打湿了。赛间休息期间，他一瓶瓶喝水，可一次厕所都不想去，嘴唇也被咬得干裂发白。

他脑子里一片糨糊，一片茫然。他不知道自己为什么那么"脆"，那么容易被打倒，仿佛谁都可以欺负一下。他怎么能辜负冰神的期望？

队内没有人说话，他们几乎已经默认，这次夺得冠军不可能了。宋棠低着头，闭着眼睛，脸上是血液不断上涌泛起的潮红。疲惫、茫然、劳累，像洪水一样侵袭了他。

最后一天的比赛是最难熬的。就像学生时代一千五百米比赛的第一千米，进不得退不得，仿佛被人掐住了脖子，几欲窒息。他心里默默想——想要赢，除非奇迹出现吧。

言易冰扫了一眼积分榜，目光沉静片刻，云淡风轻道："吃两局鸡就够了。"

许瑞勉强扯了下唇。两局鸡，说得轻松，可哪有那么容易。而且排名第一的 Break 肯定要谨慎行事了，第二的 Navi，第三 Prince，第四的 NNTC，第六的 PYP 也都没有放弃。

倒数第四局，Zero 终于又吃了局鸡，积分重新回到第三。此刻他们和第一的 Break 相差五百四十四分。一局鸡，九个人头。

倒数第三局萨诺，PYP 吃鸡，排名升至第四，Zero 和 Break 相差一局鸡，十个人头。

倒数第二局米拉玛，CNG 吃鸡，Zero 和 Break 相差一局鸡，七个人头。

希望依旧很渺茫。这意味着，最后一局里，Zero 想要获得胜利，必须得成功吃鸡，且拿到超过 Break 七个人头的量。而 Break，只需要闲庭信步地走一走，争取活到决赛圈，顺便收割几个顺手的人头数。

Zero 想要赢，简直是天方夜谭。

谢风："比赛终于进入了白热化阶段，最后一局关键性的比赛马上就要开始了，目前排名第二的 Zero 和排名第一的 Break 还是稍微有点差距。"

朵檬："但我个人觉得 Zero 这次的表现已经非常非常了不起了，好像是傅海峰的身体出了问题，所以替补安星火上场打最后一天的决赛，这位选手目前经验还稍显不足。"

谢风："的确已经非常不容易了，Zero 想要夺冠的话，最后一局唯有吃鸡了。"

朵檬："而且想要领先 Break 八个人头，那意味着前期不能避战，只能刚枪。"

言易冰将右手从鼠标上拿起来，手腕牵动着虎口，正不受控制地轻微颤抖。从颈椎到手腕上的筋络，分明正在叫嚣着自己的疲劳，企图就此休息，但它们显然还不能休息。

言易冰用右手狠狠按了几下颈后的穴位，穴位被按得麻木了，他才松开手，而右手只有搭在鼠标上，才能控制住不抖。

不得已，言易冰将鼠标的灵敏度调低了些。这是个很冒险的举动。他很有可能无法很快适应配置的改变，他已经足够疲惫了，脑袋已经不想分散精力转动了。但是，他想赢。

最后一局比赛正式开始。米拉玛北部航线。

言易冰将嘴唇抿成一条笔直的线，片刻后松开，启唇："圣马丁。"

跳圣马丁意味着，言易冰选择刚枪。宋棠侧过脸，深深地看了自己的队长一眼。

言易冰的眼睛非常漂亮，睫毛浓密，眼皮折痕很深，眼尾自然下垂，漆黑的瞳孔清澈明亮，眼中充满了坚定的光。

那一瞬间，他突然又有了莫名的勇气。怕什么排名会掉，冲就完了！

言易冰："小安帮忙记 Break 的击杀数。"

安星火点头："好。"

寒陌看了一眼航线，沉默片刻，开口道："跳电厂。"电厂和圣马丁离得很近，正常情况下，要么你卡我，要么我卡你，反正总要灭一个。

Zero 在圣马丁撞上了泰国队 WAE。言易冰和宋棠先控了点位，泰国队稍落后一步，直接丢了两个人。

另两个开车要跑，但对人头数如狼似虎的 Zero 而言根本不能放过。留安星火一个人架枪，言易冰带着宋棠和许瑞一顿扫车，开吉普追出去两个山头，打到许瑞丝血，才总算把泰国队全部淘汰掉。

Zero 目前四个人头，Break 一个。所有队伍都知道，Zero 没有放弃，他们还向着冠军努力。

许瑞打完药，开车回圣马丁接安星火的途中，他们又跟 PYP 起了摩擦。言易冰端起 AKM 腰射，巨大的后坐力让他不得不更大限度地操纵鼠标，手腕再次传来熟悉的酸疼。但他连眼睛都没眨一下，在鼠标快要滑落桌面前，带走了 PYP-han。

言易冰在心里默念，五个。

Monte 混战，宋棠和许瑞被欧洲战队 Navi 收割，言易冰一颗手榴弹一箭双雕，带走了野区厕所的 Navi 队员。此刻 Zero 十个人头，Break 五个。

二三圈，刷在大厂，言易冰早早埋伏，打爆摩托，带走 PYP 金泰然。十一个。

毒圈缓缓缩进，日本队听到枪声，企图过来劝架，一行四个人气势汹汹。言易冰打了两个烟幕弹，带着安星火躲进掩体。

安星火觉得游戏里的肾上腺素就像打在了自己身上，他紧张得血液都要凝固了。他们只剩两个人，还差一个吃鸡，两个人头。等等！两个？游戏开始前以为遥不可及的目标，竟然慢慢地，越来越靠近了。

沙漠图，中国战队就真的不能吃鸡吗？所有人都说欧美队把沙漠图吃得透，中国队是弱势、不行，只能靠艾伦格和萨诺。这样的话，他们很多选手刚入圈的时候都深信不疑。

但他觉得，言易冰从未信过。他的队长淡定如常，正一来一往地跟日本队对枪。一个击倒，两个击倒，三个……但对方在一处很有利的掩体内，彼此距离不远，是可以扶的。

安星火蓦然睁大眼睛，他知道，现在绝不能给日本队扶人的时间，不然言易冰耗尽心力的对枪就全部白费了。

他舌尖抵住牙齿，拎着枪就冲了过去。他听见枪声在自己的头盔和盔甲上响起，他的身上泛起一片片绿色的血光。

但他不躲不闪，用自己最快的手速，拼命打着手里的子弹。他得更快一点，才能更靠近一点。他要为队长争取最大的优势……

言易冰没有言语，他将安星火的身体当作掩体，在安星火淘汰后的几秒钟，冲入日本队藏身处，用霰弹枪打死了他们最后一个队员。四杀。

Zero 十五个人头，Break 九个。还差两个。言易冰看着眼前一片狼藉的战场，轻声对安星火道："干得好。"

安星火眼中带着红血丝，声音沙哑："队长，加油。"

言易冰："当然。"

圈再次刷新，这次 Zero 的运气很好，被包裹在了中心。言易冰终于不用跑毒，他可以找个优势位置，收不远千里送来的快递。

肖诺："队长，大厂现在最多两个队吧，Break 不在，他们和 Zero 还没撞上。"

寒陌："嗯。"

肖诺："冰神在大厂。"

寒陌："小心消音狙。"

说是小心，但毕竟是消音，防无可防。而毒圈的伤害越来越大了，他们不得不冲圈。寒陌是突击手，他嘱咐肖诺帮他架枪，自己则率先朝圈中冲去。肖诺抿着唇，神情紧张。

寒陌刚踏入暴露区，敏感地朝几个易于狙击的位置扫了一圈。他现在急需找个掩体藏起来，再接肖诺进圈，离他最近的掩体是个草垛。

寒陌将枪稳在预瞄点，就在他快要躲去草垛的前一秒，他敏锐地察觉到左边有黑色枪口一晃。他的反应已经足够快了，可真当他快速跳开，抬眼寻去，却是一片虚无。他怔了片刻。

紧接着——

"Zero-ICE 使用 M416 突击步枪击倒了 Prince-momo。"

寒陌在被击倒的前一秒，扔出去一个烟幕弹。烟幕弹给他起到了很好的掩护作用，让言易冰没能再补上一枪。

寒陌缩在草垛后，仔细一看，才忍不住无奈笑了，吉利服。言易冰从日本队那里弄到了吉利服，怪不得他刚才没有看到。那就没办法了，只能认输。

在比赛里，职业选手的习惯是不能让敌人拿到人头。肖诺还在，他了解寒陌的位置。他也知道自己救不了寒陌，而且很快，他自己也会被毒圈淘汰。

肖诺下意识抬起了枪对准寒陌的方向。寒陌："别。"

肖诺枪口微微一顿，几秒后，释然地放下了。浓浓烟雾散去，寒陌的血条也滑到了末尾。

"Zero-ICE 使用 M416 突击步枪淘汰了 Prince-momo。"

只要不在击倒期间被人抢了人头，哪怕击倒后没有补枪，人头数也会算给言易冰。算上寒陌，Zero 共拿了十六个人头，Break 九个。

此时，总积分的人头数上两队已经没有了任何差距，言易冰还差一个吃鸡以及一个超越 Break 的人头。

寒陌松开鼠标，下意识抬手，扯掉了耳机。他抬起眼，看向硕大的转播屏幕。圈层刷新，言易冰在决赛圈里。剩余人数五人。

Gavy 击倒李希含，言易冰击倒 Kyle，还剩三人。印度队最后一名成员没来得及进圈，被毒圈淘汰。还剩言易冰和 Gavy 一对一。

全场屏息。寒陌仰头盯着屏幕，手指不由自主地攥住了鼠标线。鼠标线缠绕在他的骨节上，缺血的疼痛让他稍微冷静下来。

胜负在此一举。言易冰赢了，那 Zero 获得四百吃鸡分以及 Gavy 的人头分。Gavy 赢了，一切就结束了。

就在所有人都以为，言易冰会仗着自己药包丰富跟 Gavy 拼吃毒时，言易冰却率先站了起来。

白色流星般的枪线相互碰撞，交织成一道密不透风的网。短短的两秒钟，却仿佛一年那么漫长。枪声戛然而止。

"Zero-ICE 使用 M416 突击步枪淘汰了 Break-Gavy。"

"Winner winner,chicken dinner！"

一瞬间，十六支队伍桌前面板霎时熄灭，如黯然坠落的星火。只有属于 Zero 的标志仿佛明烛缓缓浮现，照亮了偌大的舞台中央。世界赛总冠军，总决赛十二场 MVP——言易冰。

寒陌看着游戏中止界面里的那个身影，一瞬间仿佛回到了十五岁站在网吧外的那个夜晚。言易冰站在荣耀中央，光芒万丈。

那天真冷。

魔都居然破天荒地下了大雪。

积雪压断树梢，他的心也跟着颤了一下。

＋ 全文完 ￢

图书在版编目（CIP）数据

不服. 2 / 消失绿缇著. — 武汉：长江出版社, 2022.4

ISBN 978-7-5492-8219-7

Ⅰ. ①不… Ⅱ. ①消… Ⅲ. ①长篇小说 – 中国 – 当代

Ⅳ. ①I247.5

中国版本图书馆CIP数据核字(2022)第037387号

不服2 / 消失绿缇 著

出　　版	长江出版社	
	（武汉市解放大道1863号　邮政编码：430010）	
选题策划	漫娱图书　雷雨薇	
市场发行	长江出版社发行部	
网　　址	http://www.cjpress.com.cn	
责任编辑	陈　辉	
特约编辑	胡丽云　陈雪琰	

总 策 划	嗑学家工作室	**开　本**	880mm×1230mm　1／32
装帧设计	吴　琪　周真名	**印　张**	9.5
印　　刷	武汉鸿印社科技有限公司	**字　数**	300千字
版　　次	2022年4月第1版	**书　号**	ISBN 978-7-5492-8219-7
印　　次	2022年5月第1次印刷	**定　价**	42.80元